飛鴿交友須謹慎 1

目錄頁

CONTENT

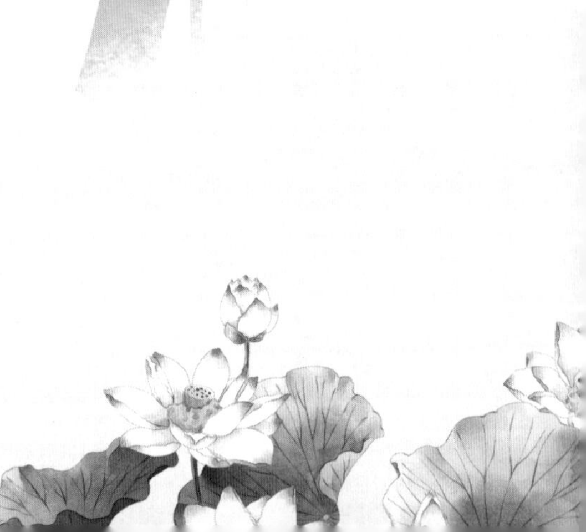

第一章 初見鯤鵬誌

「這位公子請恕敝人冒昧，
《鯤鵬誌》上乍見公子風姿不由心生嚮往，
望能與公子飛鴿交友，
許能成就一番美好姻緣。」

這些日子，衙門的師爺吳幸子有點不對勁。

每兩日就雇一次柳老頭的牛車，跑到半日路程外的鵝城，也沒有多待，柳老頭一管菸抽不到一半，吳幸子就回來招呼他回家。

柳老頭一開始也不在意，有人願意叫車他便能多賺點錢，眼看冬天要到了，攢點錢好過年不是？可連續十多天過去，柳老頭心裡就開始惦記上，擔心吳幸子是不是被什麼人給騙了。

畢竟整個清城縣沒人不知道吳幸子這個人，過得清苦不說，還孤家寡人的，在衙門當師爺，一當當了二十多年，眼看都要四十歲了，身邊連個知冷暖的人都沒有。

柳老頭怎麼想，都覺得吳幸子像被人騙財了，至於為何不往騙色上想……唉，一個大男人，撐不過一刻鐘，那得多丟臉是不是？

一開始，柳老頭只是跟老伴閒嗑了幾句，誰知道沒兩天，半個縣的人都知道這回事了。

清城縣實在太小，也實在太無聊。

於是這日吳幸子又來找柳老頭時，被柳大娘給拉住。

「幸子啊。」柳大娘話才出口，眼眶就紅了，看得吳幸子一愣一愣，頓時慌了手腳。

「大娘，怎麼了啊？有人給您置氣了嗎？要不我替妳寫狀子？」吳幸子也不是頭一天遇見街坊鄰居哭著上門求助，他當了大半輩子師爺，啥不行就是寫狀子幾乎不用動腦便能一氣呵成。

「幸子啊……嗚嗚！」柳大娘這下真的哭上了。

吳幸子手足無措地舉著雙手，求助地看著在一旁替牛刷背的柳老頭。

老頭看看他，再看看自己家婆娘，搖搖頭，低聲嘆口氣。

看來挺嚴重啊！吳幸子連忙在心裡回憶這幾天縣裡出的大小事。

王二家跟石大家幾日前因為家裡小兒女私訂終生，鬧上衙門吵了好幾天，好不容易才喬定聘金跟嫁妝，最後大夥兒樂呵呵地談論喝喜酒的事。

安大爺家的小孫子偷摘許老頭院子裡探出頭的柿子，小孩兒被推了一把也鬧上衙門，狀子還是吳幸子寫的，但沒半炷香時間縣太爺就解決了這件事，兩家樂呵呵地一塊兒吃柿子去了。

李大姐與放牛的老王因為田界有些小齟齬、周家寡婦與長嫂之間有些爭執、李三欠了族長三兩銀子死活不肯還鬧著要拿命抵……想來想去，吳幸子就是想不到柳家能攤上哪件事。

可見柳大娘已經哭得雙目紅腫、雙肩顫抖，吳幸子只能不住地安慰道：「柳大娘別哭別哭，幸子能幫您什麼忙啊？」

終於，柳老頭看不下去，重重咳了聲，柳大娘這才猛地止住哭泣，抹乾眼淚盯著吳幸子瞧。那湛亮的眼神，把吳幸子看得一陣激靈，莫名感到大事不好。

「幸子啊，」柳大娘又喚：「唉，幸子啊！」

「是，大娘。」您倒是說點別的啊！吳幸子一輩子沒被人喊過這麼多回。

「幸子啊，你……你老實告訴大娘，是不是，看上誰家姑娘了？」左思右想，柳大娘也不想嚇著吳幸子，隱隱晦晦地問了句。

吳幸子眨眨眼，很快露出無奈至極的表情，嘆了口氣，「大娘，您、您……您忘了，我不喜歡姑娘啊。」

柳大娘也眨眨眼，一瞬間有些愣神，但很快回過神又哭了，「唉，可憐的幸子啊，你這是被男人給騙了嗎？」

這下子連抽著旱菸的柳老頭都露出不勝唏噓的表情，連連搖頭。

吳幸子臉色一紅，脹得跟豬肝似的，「不是啊，大娘，妳怎麼認定我被男人給騙了？」

「什麼？難道你去騙了男人？嗚嗚嗚，幸子啊！你怎麼、怎麼變成這樣？大娘早告訴你，你年紀也不小了，男人也好女人也好，有個知冷暖的人在身邊總是好的，偏偏你……唉，竟然還騙起男人……唉……」

不是啊，除了騙人與被騙外就沒別的猜想了嗎？他這些年做人是做得多失敗？

「大娘，妳想多了，幸子沒有騙人也沒被騙。」吳幸子無奈至極地抹抹臉，接著縮起肩膀左右看了看，才壓低聲音：「大娘，我說了妳可不能告訴別人啊。」

「你說你說，大娘我絕對不跟人說。」柳大娘猛點頭，握著吳幸子的雙手兩眼發光。

遲疑了半晌，吳幸子才下定決心，吸口氣輕聲道：「大娘啊，我這些日子交了飛鴿之友。」

「飛鴿之友？」柳大娘瞪著眼，滿臉困惑。

「欸，是。」吳幸子搔搔臉頰，豁出去了：「大娘，妳也知道我明年就四十了，這把年紀既沒出息也沒錢，還喜歡男人，想找個結契的對象搭伙過日子也不容易。」

「這是這是。」柳大娘深以為然地點頭。

吳幸子臉色一白覺得自己更加前途無亮。

「所以，我就想也許可以靠飛鴿交友，說不定能遇上個良人……」默默抹去心口被扎出來的鮮血，吳幸子語氣淡淡地彷彿講述他人之事。

「這是這是。」柳大娘又點點頭，接著問：「這飛鴿交友安全嗎？」

這算是新玩意兒，柳大娘不大懂得。鴿子在清城縣是食物，家裡窮得快揭不開鍋，誰還有精力養飛鴿去交友？鴿子多美味啊，又肥又嫩的，黃油一燜那簡直……柳大娘暗暗嚥了口水。

「欸，安全吧。」吳幸子點點頭，不仔細看也看不出他耳根微微泛紅，「我這些日子就是去鵝城收飛鴿傳書的。」

「這樣啊……」柳大娘沉吟道：「幸子啊，大娘不懂這些，可見不著面總不那麼令人放心，你自個兒小心點，真想找結契的人，大娘也能幫你問問。」

「不用麻煩大娘了，幸子省得。」吳幸子安撫地拍拍大娘的手背，抬頭看看天色，日頭已經高掛在空，這會兒去鵝城也晚了，他看來有些落寞。

「柳大爺，明兒再煩你帶我去鵝城一趟。」

柳老頭沒說什麼，趴搭趴搭抽著菸，輕輕點了頭。

說罷吳幸子打算告辭直接上衙門工作，清城縣地方小，山窮水惡的，連盜匪都繞道而行，除了鄉親之間偶爾小打小鬧，衙門清閒得連蒼蠅都沒得打，也因此吳幸子才能三天兩頭往鵝城跑，縣太爺也不置可否。

得到自己想要的訊息，柳大娘也不多留人，塞了一個窩窩頭給吳幸子，揮著手把人送走。

確定吳幸子已走遠，柳大娘便撈著一籮筐山菜，跑到隔壁張阿牛家嘮嗑去了。

沒過幾天，吳幸子迷上飛鴿交友的事情，又傳遍了半個清城縣，也不知怎麼還帶動起養信鴿的風潮，不過這是後話了。

沒能去鵝城收信，吳幸子心裡有些鬱悶。

說起這飛鴿交友，那得從一個月前說起。

吳幸子這人，長得完完整整，眼睛在鼻子兩側、眉毛下方，鼻頭肉肉的，人中略短顯得嘴巴跟鼻子太近，雙唇倒是肉嘟嘟的飽滿寬厚，一看就是漏財的相貌。

雖說其貌不揚，但讓人瞧著親切，也是這股子親切，讓他當上了師爺。

十六、七歲時，吳幸子家裡人就死光了，連根毛都沒剩下。

他爹曾經是名秀才，但也止步於此，一是沒錢繼續趕考，二是才能不足以成就更高的功名，但吳老爹倒是個踏實的明白人，乾脆在家鄉開了私塾，也算能顧一家溫飽。

吳幸子從小資質普通，既不突出也不駑鈍，規規矩矩地在十五歲考過童生試，然後就沒有然後了。

吳家原本就單傳，姥爺、姥姥過世後就剩一家三口人，母親娘家也人丁單薄，早早搬離清城縣不知去向。於是當吳幸子十六歲遇上那場大水災後，他就只剩孤家寡人。

縣太爺看他可憐，加上鄉下地方識字的人不多，吳幸子也勉強說得上鶴立雞群，就讓他當個師爺，薪俸不高卻能溫飽，加上被派到清城縣的縣太爺多半兩袖清風，通常也沒能力另外帶自己的師爺上任，不知不覺吳幸子就成了鐵打的師爺，一路幹到現在。

小日子過得也沒啥不好，可一年、兩年、三年、四年、十年、二十年過去，吳幸子從少年步入中年，手裡沒錢、家裡沒人，某天他突然覺得人生無趣，何苦繼續渾渾噩噩過一生呢？這念頭一起，就停不下來。

於是，在發了一天一夜的呆之後，吳幸子決定在四十歲生辰當天自殺。

這決定一下，吳幸子整個人倍感神清氣爽，美美地吃了頓飯、睡了一覺，開始想著要怎麼死比較不驚擾旁人。

想著想著，莫名想到市場裡賣豆腐腦的小哥，那小哥白白淨淨長得也跟豆腐似的，眉彎彎、眼彎彎，笑起來一口白牙，襯著粉色的豐潤雙唇，吳幸子覺得褲襠一緊。

既然都決定要死了，死前他想總該做點以前不敢做的事情！

於是吳幸子抓了錢袋，先去首飾店買了一個成色過得去的玉簪子，接著衝到豆腐腦鋪子。那時已經夕陽西下，整個市集已經收了大半，豆腐鋪的小哥赤著上身正在抹汗，看見吳幸子露出一口白牙微笑。

「幸子哥。」豆腐小哥親熱地叫了聲。

「欸。」吳幸子抹著額上的汗，口乾舌燥地直抿唇，偷眼看著豆腐小哥在夕陽下蘊著微光的結實身軀。

小哥也十七、八了，身材高䠷、手腳修長，穿著衣服時看起來精瘦，一脫了才發現滿身都是肌肉，腹部上是漂亮的王字，褲帶的地方有些許毛髮，往下隱沒。

吳幸子咕嘟嚥了口唾沫，嗓子滾燙得像有火在燒。

「幸子哥找我有事？」小哥隨意將脫下來的外衣搭在肩上，朝吳幸子走近了兩步。

「我、我……你、你……」吳幸子嘶啞得不能成句，彆扭地夾著腿彎著腰，一下一下地偷瞄小哥腹上的王字。

看起來是顏體啊！剛勁雄渾、氣勢如虹……吳幸子的腰微微一抖，感到大事不妙。

「幸子哥？」小哥等不到回應，看來有些迷惘。

「你、你……那個……喜歡男人嗎？」話一出口，吳幸子當場就想逃走。

雖說大夏朝不禁男風，男子與男子結契過日子也時有所聞，但總歸還是以男女調和為主，許多人還對男人結契這件事頗為厭惡。

吳幸子想不到自己怎麼就這麼問出口了呢？

小哥聞言一愣，在發現吳幸子轉身要逃時，出手把人拉住，「幸子哥，你別慌啊，我、我是喜歡男人。」

吳幸子一聽，忍不住就笑了，他停下逃跑的腳步，轉回身滿眼都是星星，張口正想說什麼，小哥卻搶先一步道：「我已經有結契的對象了。」那滿臉嬌羞幸福的模樣，吳幸子腦子嗡嗡亂響。

「這、這樣啊……恭喜恭喜……」

「幸子哥……」瞧他失魂落魄的樣子，豆腐小哥也有些不忍，把人拉回自己鋪子上，壓低聲：

「幸子哥，你知道鯤鵬社嗎？」

「鯤鵬？」吳幸子眨眨眼，一臉茫然。

「是啊，鯤鵬社。」小哥把聲音壓得更低，神神祕祕地說道：「鯤鵬社有本《鯤鵬誌》，專供喜好南風之人飛鴿交友。」

「飛鴿交友？」吳幸子還雲裡霧裡，他知道飛鴿傳書，衙門養了幾隻鴿子，專門提供清城縣與州府間的官方文書聯絡，那些鴿子還都是吳幸子餵養的。

「對啊，用飛鴿傳書交朋友。」小哥接著把這件事細細地解說給吳幸子聽。

總之，就是有個叫鯤鵬社的祕密結社，只要將相貌畫像、飛鴿傳書地點、姓名跟喜好及五十文錢交上，便能得到有效期為一個月的《鯤鵬誌》，上頭記載了有意與人結契的男人，大家可以靠飛鴿傳書熟悉，要是有意思就能私下約見面。

「我與我家男人，就是這麼認識的。」小哥紅著臉，那口白牙閃得吳幸子頭暈目眩……當然，也可能是鯤鵬社的存在讓他頭暈目眩。

「幸子哥，你要是有興趣，我能給你指點指點。」

「指點指點……」吳幸子袖子裡還放著那根玉簪子，整個人還懵著呢，「讓我思考思考……」

他原本想跟小哥表白的，眼下卻有些惶然。

「當然。」豆腐小哥瞧瞧他，安慰道：「幸子哥，你也別多想，有緣千里來相逢。」

吳幸子愣愣地點頭，隨意道了別，便晃蕩回家。

失魂落魄回到家裡，吳幸子吃過飯，小心翼翼把玉簪子收進帶鎖的木盒裡，埋進床底下。

接著坐在床沿發起呆。

不得不說他是心動的，不管鯤鵬社是怎樣的祕密結社，假如有很多想結契的男人供他認識，那簡直是西方極樂世界。

吳幸子寂寞很多年，要知道他連條狗都沒養，離開衙門回家後的漫漫長夜，一個說話的對象都沒有……

嘆口氣，他彎腰從床底刨出一個小陶罐子，裡頭是他僅有的十兩棺材本，原本都沒打算動用，他還想買一口扎實的黃木棺材，躺進去舒舒服服地爛成骨頭。

五十文錢啊……吳幸子無比掙扎，五十文他可以過十天呢，還可以隔三差五地去市場上吃一碗豆腐腦，瞧瞧小哥那口亮眼的白牙……可惜，來不及把心意告訴對方，小哥就有人了，吳幸子垂著雙肩，像被打蔫的茄子。

這糾結來糾結去，當他終於下定決心，都已經過了五天。

想想，四十歲就要死的人，幾文錢還有啥捨不得呢？說不定讓他找到願意結契的對象，未來有了盼頭，也就不用急著求死。

越想越對，吳幸子一咬牙，數了五十文錢裝進錢袋裡，跑去找豆腐小哥把事情問清楚。

小哥已經把攤子收好，正準備回家，一轉頭就看到跑得氣喘吁吁滿臉通紅的吳幸子，被嚇了一跳，「幸子哥。」

「你、你……給我說說那個鯤鵬社好嗎？」吳幸子壓低聲，不住左右打量四周，掌心都是冷汗，一副做壞事怕人發現的模樣。

小哥愣了愣，隨即笑開，「當然好。這裡不方便，要不，幸子哥你跟我回家？」

跟豆腐小哥回家？吳幸子猛地脹紅臉，這可不是普通街坊串門子啊，這可是他喜歡的男人邀他回家呢！

「可、可以嗎？」

「怕幸子哥嫌棄。」小哥靦腆地搔搔後腦，看得吳幸子心花朵朵開，人都快飛起來了。

「不嫌棄、不嫌棄，你太客氣了。」吳幸子忙不迭應了，樂陶陶地跟在小哥身後走。路上還自告奮勇買了一壺酒、兩碟小菜，就希望盡量拉長閒聊的時間。

豆腐小哥住的地方離市集不遠，在城西荊花胡同，矮矮的一排房子有一半是空的，隨著天色漸暗，黑乎乎的有些怵人。

「幸子哥我家到了。」小哥站在一戶窗中透出暖光的房門前，回頭招呼道：「我家那個脾氣比較古怪，你別在意。他就是……醋勁有些大。」

冷不防被塞了一嘴恩愛，吳幸子輕飄飄的腳步瞬間踏實了。

「欸，是我打擾了。」他神情一暗，怎麼就忘記小哥已經名草有主了呢？

「哪兒的話。」小哥拍拍吳幸子的肩，轉身推開屋門，朝裡頭喊：「我回來了，幸子哥也跟我一起。」

「幸子哥？」門內傳出的男子聲音低沉，聽起來有些不高興，卻沒多說什麼，只有幾個悶悶的腳步聲傳到門邊，往外看了眼，「吳師爺。」

定睛一看，吳幸子張著嘴，整個人愣住了。

那個男人，他可熟了！這不是張捕頭嗎？他倆當了二十年同僚啊！

「你們是從《鯤鵬誌》認識的？」這也是靠《鯤鵬誌》？吳幸子瞬間精神一振，看來身邊喜好男風的人恐怕比想像中要多啊！

「是啊。」小哥笑笑，伸手握住張捕頭的手推著人進門，「幸子哥別客氣，快進來。」

吳幸子連連點頭，頂著張捕頭有些尷尬的瞪視，走進屋裡。

被招呼在桌邊坐下，桌上放著兩菜一湯，有葷有素，噴香撲鼻，吳幸子嚥嚥口水，連忙放上自己帶來的酒菜。

大抵是沒想到自己的祕密會被同僚發現，一時間三人氣氛有些鬱悶，只顧著埋頭猛吃飯，直到酒足飯飽，小哥將張捕頭趕去洗碗，吳幸子才鬆口氣。

「這鯤鵬社，很厲害啊……」吳幸子感嘆。

「是啊，幸子哥一定也能從《鯤鵬誌》上找到良人的。」小哥點著頭鼓舞他，「有什麼想知道的，儘管問我吧。」

吞吞口水，吳幸子才詳細詢問鯤鵬社的事情。

總之，依照小哥所說，鯤鵬社遍布全國，無論哪個窮鄉僻壤、邊境地區都有鯤鵬社的分社，離清城縣最近的分社在鵝城。

當然，既然是祕密結社，就不會大剌剌地掛招牌營業，鵝城的鯤鵬分社是用骨董鋪子打掩護的。小哥詳細教導吳幸子如何找到骨董鋪子，要對掌櫃說什麼切口，要帶啥東西在身上，又保證《鯤鵬誌》絕對保密但內容豐富。

最後小哥拍著吳幸子的肩膀，「幸子哥，我們找個好男人過日子不容易，但凡有那個意思，何妨試試呢？人生苦短啊。」

「這是這是。」

吳幸子連連點頭，把一切都仔細記下，心裡也隱隱有些雀躍地告辭回家。

第二天，吳幸子起個大早，雇了柳老頭的牛車便趕往鵝城。

鵝城原本不叫鵝城，而叫做宣夷城，一開始是個跟清城縣一樣貧苦的地方，甚至更山窮水惡，畢竟清城縣好歹是個縣啊。

後來，城中有個姓黃的養鵝人，也不知怎麼做生意的，靠著養鵝賣鵝竟然成了一方首富，把家鄉建設得有頭有臉，不知不覺成為鄰近五百里最繁華熱鬧的一座城。

因此附近的人後來都把宣夷城喊做鵝城，久而久之幾乎忘了鵝城的原名。

吳幸子並不是第一次來鵝城，畢竟清城縣太小太窮，逢年過節想購齊年貨，還是得上鵝城一趟。可每回來鵝城，吳幸子都覺得滿身尷尬，總覺得有人盯著他看，偷偷笑他鄉巴佬。明知道都是自己亂想，可吳幸子還是控制不了。

他匆匆地按照豆腐小哥指示的方向走在鵝城最繁華的街上，沒多久就找到聽說是鯤鵬分社用以掩護的骨董鋪子。

那鋪子可真大，富麗堂皇雕梁畫棟。吳幸子從未踏足過這片地區，鋪得扎實美觀的石板路走起來平穩舒適，放眼望去是修建得碧瓦朱甍的鋪子，陣陣說不清的香氣隨風撲鼻而來，吳幸子差點連路都不會走了。

侷促地在骨董鋪子外晃了好幾圈，吳幸子才一咬牙舉步往裡走。

一踏進鋪子裡，他就後悔了。

滿眼認不出來的名貴東西，把他嚇得動都不敢動。

「客官，您想找什麼嗎？」夥計倒是很熱情地迎上來，彷彿沒看到吳幸子一身乾淨卻陳舊，甚至洗得有些起毛邊的衣著。

「我、我……有漢玉寶塔嗎？」險些就忘記小哥教的切口，吳幸子嗆了聲才終於開口。

「客官要的是什麼樣的漢玉寶塔呢？」

夥計眼底閃過一絲微光，面上半點不露，依然笑得親切。

「是、是董賢把玩過的。」

「董賢嗎？」夥計笑了笑，開口道：「這位爺，這東西小的說不準，不知您願意去後頭跟掌櫃聊聊嗎？」

「當然當然……」吳幸子抬手抹了抹額上的汗。

夥計也不多廢話，帶著他往舖子後頭走去。

「董賢？」正要踏出前廳時，一個悅耳恍若歌聲的輕語滑進吳幸子耳中。

他下意識回頭看去，一抹身穿黑衣的人影映入眼底。

是個高大的男子，硬生生比周圍的人都高出了一個頭，氣勢凜冽有若寒風，卻有一張姣若春華眉目含情的面龐，那雙彷彿帶著三月煙花的眸子，直勾勾地對上吳幸子的偷覷。

雙頰猛地一燙，吳幸子連忙轉回頭，躲去那張讓他心頭直跳的臉龐。

「長得真好看啊……」他不由自主地低喃，夥計回頭看了他一眼，隱晦地笑了笑。

被引到舖子的後花園，夥計恭恭敬敬地讓吳幸子在涼亭坐著等候片刻，還奉上一杯看來碧綠清澈、清香撲鼻的茶，以及幾塊精緻的小點。

遲疑片刻，吳幸子才小心翼翼地端起茶杯啜了口，又捻起一塊小點用門牙細細磨著吃。那味道甜而不膩、馥郁芬芳，簡直像吃了朵花似的，他這輩子沒吃過這麼好吃的東西。

等待的時間有些久，直到吳幸子喝完兩杯茶，吃光小點，對面的位子上才悄然坐落一道人影。

「客人喜歡嗎？」來者笑吟吟地問道，聲若黃鶯。

「啊……好、好吃……」吳幸子原本放鬆的身子猛地緊繃，直挺挺地佇在石椅上。

眨眨眼，那人噗哧一笑，美豔不可方物，幾乎晃花了吳幸子的眼，他愣愣地看著那抹笑，渾然不覺自己紅得像隻燙熟的蝦子。

「我是染翠。」說著，染翠端起茶杯啜了口，「敢問客人大名？」

「我、我……」吳幸子的喉嚨彷彿有火燒過，幾乎說不出話來，連連乾咳。

染翠又笑出聲來，順手替他將茶杯斟滿，「請潤潤喉，不急著說話。」

「謝謝……」吳幸子端起杯子咕嘟咕嘟灌完一杯，這才感覺舒服點，半垂著頭尷尬地道了謝。

「客氣了。」染翠看來全不介意吳幸子的失態，直接問道：「客人是為了鯤鵬而來？」

「欸……是的是的。我、我帶了錢，也帶了畫像，規矩我都懂的！」

「是嗎？」染翠點點頭，「看來客人是明白人，那染翠就不拐彎抹角了。《鯤鵬誌》每月初十出刊，每回費用五十文錢，假如客人不打算繼續收到《鯤鵬誌》，則必須將手邊有的《鯤鵬誌》都交回來。」

「這個我明白、我明白。」吳幸子連連點頭，慌慌張張地將錢袋從腰上扯下來放在桌上，「這裡是五十文錢，請染翠公子收下。」

染翠伸出纖纖柔荑，拿過錢袋打開看了看，便露出一抹笑，「確實收到客人您的錢了，也請客人將您的畫像、姓名喜好交給染翠，待到初十便可來領《鯤鵬誌》。」

「好的好的。」吳幸子連忙將自己的畫像及基本資料都交過去，這才有種心口放下大石的輕鬆感。

「吳公子嗎？」染翠瞄了吳幸子的名字一眼，恭維道：「吳公子好名字，定能在《鯤鵬誌》

上覓得良人。」

「承蒙吉言、承蒙吉言。」吳幸子傻笑，頭一回對日子充滿期待。

接下來，染翠又對吳幸子解說了飛鴿交友的方式。

為了保護社員們，飛鴿傳信地點就是各分社社址，可以選擇用自己的飛鴿傳信，或者用鯤鵬社養的信鴿傳信。

「頭一回使用敝社飛鴿傳信，五封信只要三文錢，之後都是一封信一文錢。」染翠補充道。

吳幸子牢牢記在心裡，頭一回的優惠不可不用啊。

使用鯤鵬社的信鴿雖然要花錢，但速度快、不容易出差錯，約略兩天就可以收到回信，此外還能確保拒絕對方後，不會被循線找上。

「林子大了什麼鳥都有，誰沒背過幾個桃花債呢？」染翠掩著嘴呵呵笑道。

吳幸子連連點頭稱是，下定主意花點錢使用鯤鵬社的信鴿，雖然有些肉痛，但總歸安全點，否則萬一出事，他可就難做人了。

細細把一切規則講解清楚，染翠又舉了幾個結契成功的例子，才將樂顛顛的吳幸子送走。

一想到初十就能收到《鯤鵬誌》，回程的路上吳幸子笑得彷彿一朵花兒似的。

初十來得很快，當天吳幸子天還沒亮就醒了，裡裡外外將屋子打掃一遍，將桌椅、櫥櫃跟床都抹得發亮，接著跑去後山的瀑布沐浴淨身一番，這才滿心雀躍地雇了柳老頭的牛車前去鵝城。

一路上吳幸子幾乎都坐不住，胃裡像有小蝴蝶在飛，直到柳老頭第三回瞥他時，吳幸子才發現自己正在哼曲子。

其實吳幸子懂的曲子不多，全是以前父親還在的時候教他讀的話本，也不知道為啥他哼起了《竇娥冤》。

霎時窘迫地臉紅，他搔搔後頸，勉力裝作若無其事地看著已經看熟的景色，心卻控制不了早已飛進鵝城的骨董舖子裡。

這段大概是吳幸子一輩子熬得最難過又最愉快的路程，剛到城門口他就急匆匆跳下車，問柳老頭：「柳叔，您想在鵝城買點什麼嗎？」

柳老頭咬著菸管，淡淡看著彷彿兔子般幾乎在原地一跳一跳的吳幸子，「這倒沒有，你要是有事需要久待，我等你便是。」

「沒事沒事，我就是去拿個東西，拿了就回去吧。」吳幸子用力點了幾次頭，轉身飛奔而去。

柳老頭一管菸還沒抽完，吳幸子就抱著一個不大不小的油紙包回來。

「柳叔，這給您嚐嚐。」

爬上牛車，吳幸子從懷中摸出一個小油紙包，攤開來是四塊精緻的點心，柳老頭露出些微的訝異，看了看吳幸子又黑又亮的眸子，跟臉頰上的紅暈。

「那柳叔不客氣了。」雖然不知道吳幸子哪裡來的點心，但柳老頭知道他不是會做壞事的人，也就掂了一塊吃。

吳幸子小心翼翼地將手上的大油紙包端端正正放在膝頭，上上下下摸了好幾回，彷彿在抹平什麼看不見的皺褶，整個人愉快得都要飛起來一般。

待回到清城縣，吳幸子將點心全交給柳老頭，還約好明天再去鵝城一趟，這才抱著大油紙包，腳步輕快地離開。

柳老頭目送著向來安靜內斂的吳幸子異於尋常的背影，悶不吭聲地抽著菸。

回到家，吳幸子首先打了一盆水將自己全身擦一回，接著洗了兩次手，用乾淨的麻布擦了又擦，確定手都乾了，這才謹慎地將油紙包攤開來。

裡頭，是一本書。

不算太厚，大概有百來頁的樣子，書冊的封面簡單大氣，龍飛鳳舞地寫著「鯤鵬誌」三個字。那字看來就很好，骨架勻稱、氣勢恢弘，嚴謹中帶著一抹隨興，吳幸子輕輕用指尖來回摸了這三個字好幾回，指尖都微微顫抖。

紙也是極好的紙，吳幸子認不出是哪種紙，但摸起來有些綿帛的輕柔觸感。深吸一口氣，他正打算翻開書頁時，突然又想起什麼縮回手，跑到門邊確認門閂已上，又跑去窗邊確定已捂嚴實，這才拍著胸口回到桌邊，終於翻開那本《鯤鵬誌》。

西方極樂世界也不過如此吧！一刻鐘後，吳幸子腦子裡只有這個想法，整個人暈乎乎的，笑得像喝醉了。

《鯤鵬誌》一共有百二十頁，除去頭尾四頁，每一頁都是一位男子的畫像及資料。有些人鉅細靡遺地將自己的好惡興趣、穿著打扮、家庭背景都交代了，有些人則含蓄點只說了自己的名字及喜好。

吳幸子在第九十六頁看見自己的畫像。

那不是他原本交上去的，似乎是染翠另外找了專業的畫師重新臨摹，將吳幸子畫得活靈活現，幾乎能從紙上走出來。他羞怯又得意地摸了又摸，心想自己其實長得也不算差，這回說不定真能找個結契的對象過日子。

不知不覺，吳幸子已經把自己想在四十歲生辰當天自殺的事，完全拋到腦後。

其他男子的畫像看來也都是專業畫師畫的，鯤鵬社做生意很細緻，是真心實意打算替男子們牽姻緣。

吳幸子粗粗翻了一回後，便從頭開始一頁一頁細看。

直看到天色昏暗，再不點燈就啥也看不清楚，吳幸子才不得不放下《鯤鵬誌》點燈，並摸了摸自己咕嚕直叫的肚子。隨意煮了一碗麵，放顆雞蛋及兩把菜，他快速填完肚子，便又栽回《鯤鵬誌》中。

待到吳幸子選定五個人，又腸枯思竭地寫了五封信晾乾捲好後，已經睏得快睜不開眼。然而，心情的雀躍卻讓他躺在床上硬是大半夜睡不著，直到遠方隱隱傳來雞啼，才終於昏睡過去。

第二天，柳老頭看到吳幸子雙目微腫滿布血絲，卻氣血飽滿的樣子，微微蹙了眉卻也沒說啥，只是將兩個槓子頭跟一顆雞蛋塞過去，要吳幸子在車上好好吃一頓。

一到鵝城，柳老頭照例在城外樹蔭下等，吳幸子打聲招呼，便脫兔似地跑進城裡。

比昨日等了稍微久些，直到日頭微微偏斜，他才匆匆忙忙回來，手上抓著一個大包袱。

「柳叔，讓您久等了。」吳幸子雙眼晶亮，全然沒有過去那平靜得有些沉悶的模樣，掏出兩個大肉包子跟一竹筒涼水遞過去，「您吃，這包子可美味了。」

心裡總覺得有哪兒不對勁，可柳老頭還是沒多問，接過包子跟涼水道了謝，便慢慢趕著車子回清城縣。

回去的路上，吳幸子又控制不住地哼起歌，回想起在鯤鵬社飛鴿傳書時，夥計的交代：『爺，這信一般是三日來回，像您這樣早起就來寄信的話，兩日就能收到回信，請記得來取啊。』

『一定一定。』吳幸子點頭如搗蒜，直到鴿子的身影消失在天際才收回視線。

他心裡都計劃好了，雖然《鯤鵬誌》上有許多人讓他心動，但他也知道自己年紀大了，又家無恆產，身為一個師爺頂多就是餓不死而已，要是太過眼高手低，恐怕只是浪費飛鴿傳書的錢，還給自己添堵。

這五人是他精挑細選的，年紀都跟他差不多，最小的一位也三十有四，全都讀過書，其中兩人甚至有秀才的功名，住得離他不遠，飛鴿傳書點都在離鵝城一天距離遠的香城。

五人都是孤家寡人，既無高堂也無兄弟姊妹，從面相看來皆是忠厚老實之輩，其中一個長得還頗清俊。吳幸子私心是希望能與那位清俊的公子交上友。

這等待的兩日，吳幸子整個人都飄飄然的，笑容也多了，更加招人喜歡，張捕頭甚至還在第二天中午時，遞給他一碗羊肉澆的豆腐腦，鼓勵似地拍拍他的肩，讓吳幸子受寵若驚，吃得滿嘴香滑。

可這時，他沒回味過來，為啥張捕頭特意來鼓勵他，不過就是個飛鴿交友不是？

待到吳幸子收到回信，興沖沖回家關好門窗，展信欲讀時，他整個人愣了一下，完全不敢相信自己看到了什麼。

他先將五封回信都拆了，一張一張攤平，臉上的笑容還殘留著，僵硬得有些怵人。他揉揉眼，深吸了一口氣，雙手顫抖地將信一封封再捲起來，整整齊齊擺在桌上，起身去廚房煮了一碗麵，呼嚕呼嚕連湯吃完後，再次回到桌前將信攤開。

隨著畫在信上的條狀物在眼中顯型，吳幸子的眼睛越瞪越大，幾乎都要滾出眼眶。

他猛地抽了一口氣，眼前瞬間一黑，彷彿暈了片刻，然而他的手依然堅忍不拔地將信全攤平。

這是怎麼一回事！

這究竟是怎麼一回事！他眼前這……這……這不會是五張男人那話兒的圖吧？

吳幸子整個人幾乎要瘋了，他努力回想自己寫了些什麼，似乎是：這位公子請恕敝人冒昧，《鯤鵬誌》上乍見公子風姿不由心生嚮往，望能與公子飛鴿交友，許能成就一番美好姻緣。

當然，他覺得自己寫得有些直白了，寄信的時候也怪不好意思的，但又想著萬一誠意不足，讓對方以為自己只是單純想交友，那就失去他花這筆錢的用意。

難道，他太直白了嗎？

吳幸子抓著五封回信，全身抖得牙齒都喀喀響，好半天才緩過勁來。將手上的信一放，他又鑽進廚房裡煮了一大碗麵，呼嚕呼嚕地吃光後才回來。

兩碗麵下去，他肚子脹得發疼，人總算冷靜了些。

這時候，他才能仔細品味這五張男根圖。

不得不說，這技法還真是……令人驚豔啊！栩栩如生彷彿都能感受到體溫。

吳幸子有些懷疑，總不會這五張圖也是由鯤鵬社的專業畫師重新臨摹的吧？若真是如此，那五十文錢交得實在物超所值啊！

都說世上有多少人，就有多少種相貌，各花入各眼。但吳幸子沒想過，原來男根也是人人不同的。

先說第一張吧，看來乾乾淨淨的，前端褪下的皮露出了圓潤的頭部，那一道裂縫帶點粉嫩，看來就是沒有用過的模樣，恐怕連自瀆也少，吳幸子自己也是這種型的男根，但少了一些分量。

第二張呢，看來就粗壯不少，莖身上的青筋微微浮起，有些張牙舞爪的模樣，頭部稍大、根部較細，長度似乎沒有第一張的長，頂端的裂口微微張著，吳幸子看了兩眼，不自覺嚥了口唾沫。

第三張則顯得有些細小，正是屬於那位清俊公子的陽物。然而，儘管沒有前兩張的粗長，卻也是生得極為好看，彷彿一塊美玉雕就而成，從根部到頂部，連頂端的裂口都細緻溫潤，半點瑕疵也無。

吳幸子不禁讚嘆，那畫師的技法真好，竟能將男根畫出玉石的質感，他都想伸手摸一摸。

第四張則有些不同，皮的部分略長，將頭部給遮擋住，只隱隱綽綽地露出點頂端裂口，既粗且長但沒有第二張的猙獰，可根部毛髮茂盛，畫師還特意畫了一片戚戚芳草，看來狂野不羈，蹭在細嫩的部位肯定癢絲絲的。

吳幸子不由得調整一下坐姿。

最後一張讓吳幸子大開眼界，同樣大小的信紙，幾乎要畫不進完整的陽根，沉甸甸的重量幾乎破紙而出，雙球也是飽滿沉重，頭部幾乎像個小雞蛋似的，渾圓粗壯。整個陽根還不是筆直的，而是有些往上彎。

吳幸子呼吸都粗重起來，有些慌張地將信紙放下，不住地搓揉雙手，彷彿有什麼炙人的溫度殘留在手心裡。

他依然沒搞懂，為啥飛鴿交友會收到這樣的回信，難道是什麼慣例嗎？低頭瞄了自己褲襠一眼，吳幸子全身燙得不行。

這這這，要他畫下自己的陽物當回信，他可做不到啊！外頭的世界實在讓一輩子長在窮鄉僻壤的吳幸子招架不住。

但雖說是招架不住……吳幸子盯著五封回信，咕嘟嚥下一口唾沫。

他的身體有些蠢蠢欲動，彷彿有什麼火焰在下腹燃燒，隔著褲襠已經能看到微微抬頭的小幸子。有些焦躁地站起身繞著屋子走了兩圈，下腹的火非但沒有偃旗息鼓，反而愈加火熱朝天。

他推開窗看了看外頭，天色已暗，不會有人來拜訪他吧？

如此想著，吳幸子深吸口氣，再次確認門閂與窗鉤都上實了，這才帶著五張陽根圖跟蠟燭，走回房間裡，把下半身脫個精光，躺上床。

說真的，吳幸子眼看要到不惑之年，平日裡卻也幾乎沒有自瀆過，這麼迫不及待可還是第一次啊……

是夜，吳幸子終於嘗到一種從未有過的暢快歡愉。

這大抵是吳幸子許久未有的一夜安眠。

在那場大水後，他未曾睡得這麼好過，清晨起來時整個人神清氣爽，身體彷彿排出什麼鬱氣，都輕盈了起來。

用過早飯，眼看還不到上職的時間，他索性將昨夜翻了無數回的五張圖又細細品味一番，越品心裡越隱隱有什麼要破土而出。

吳幸子想著，要回信的話是否也得畫上自己的男根圖？這他真的辦不到，可是……喘口氣，他將五張圖細細摺好，小心塞在空了許久的藤箱中，還放了個驅蟲的香包進去。

然後拿起《鯤鵬誌》，下了某個決定。

昨夜的體驗，彷彿某種醍醐灌頂，吳幸子赫然驚覺，他這輩子過得太沒滋味了，這世上有許多事比他所想的要有趣得多，不嘗試嘗試未免太可惜。

《鯤鵬誌》上百來號人，雖說不全是人中龍鳳，但也都端正踏實。先前一心想找個結契或談天的對象，人選就得謹慎挑選。

可若是……大夥兒都習慣給男根圖呢？他就算沒法子和第十七頁的那位珠寶舖子大掌櫃交上飛鴿之友，卻不妨礙他鑑賞大掌櫃的……鯤鵬啊。

正所謂：食色性也。

身為男子，吳幸子雖然個性內斂，人又有些自卑，但這不代表他對那片巫山上的雲雨沒有興趣，雨澤廣布嘛！多多益善的。

要他周旋數人之間，他肯定是辦不到，可要他「品鑑鯤鵬」，這……想想還真有些激動啊！沒察覺自己整個心思已經完全跑偏，吳幸子當即下定決心，挨個兒給《鯤鵬誌》上的每個人寄信，這百來張男根圖，夠他用上兩三年了。

全然沒有前幾天花個五十文錢便肉痛得糾結五天的模樣，吳幸子趁著上衙門前的半個時辰，一口氣寫了十封信晾乾摺好，心下慶幸自己領取《鯤鵬誌》那天順便買好筆墨紙，夠他揮霍一番。

一輩子沒買過什麼好東西，連年貨都用最簡單便宜的吳幸子，一頭栽進飛鴿交友的新世界。從那天起，吳幸子每兩天雇一趟柳老頭的車，一是去寄新寫的信，一是將回信領回。他倒是從未在同一個男人身上花過第二文錢。

大半個月下來，他也攢到五十張男根圖，全整整齊齊地收在藤箱裡，每晚睡前都拿出來一張張翻過，挑出兩三張帶上床細品一番。

吳幸子卻沒料到自己小小的樂趣，最終引來柳大娘的懷疑，白白浪費一天沒能去鵝城收飛鴿傳信，好不容易離開柳家，他滿腦子都是惋惜。

沒有新的鯤鵬可品，長夜漫漫他該如何是好？

蔫蔫地上衙門處理幾件公文，很快就夕陽西斜了。吳幸子正打算回家，張捕頭卻靠上來，

「吳師爺。」

「欸，張捕頭。」吳幸子笑得有些無力，張捕頭皺著眉看他半晌。

「你……今晚要不要來我家裡一塊兒用個飯？」張捕頭的神情隱約透著一抹同情跟不忍，吳幸子卻沒留心，他腦子裡還在可惜今天沒去收信這件事。

「呃，」吳幸子聞言眨眨眼，先是一陣欣喜，接著是羞澀彆扭，「這怎麼好意思呢……」他與張捕頭不算交好，雖說同僚二十年，公務以外的閒聊大概也不超過二十句。

再說了，他先前喜歡豆腐小哥的事情，張捕頭是知道的，吳幸子也就完全打消了與張捕頭私交的心思。

「無妨，兩人吃飯與三人吃飯沒啥差別，安生也掛念你的事。」安生是豆腐小哥的名字，這還是那日對他講解鯤鵬社時吳幸子才知道的。

張捕頭神情平淡，吳幸子自然也不會拒絕，兩人便一同離開衙門，前往市集。

來到豆腐腦舖子外，安生正在抹桌子，一樣赤著上身，帶點水氣的精實身軀，在夕陽下好看得晃人眼。

吳幸子揉揉眼，連忙別開頭避嫌，又忍不住用眼尾餘光瞄一下、瞄一下。

張捕頭似乎也不在意他偷瞧，逕自上前摟住安生的腰，在他額際吻了吻，好一幅溫馨迷人的畫面，吳幸子心裡有些酸酸的羨慕。

「幸子哥。」安生很快發現了吳幸子，臉上一紅用力推開張捕頭，「最近好嗎？」

「很好很好，多謝你。」吳幸子連連點頭，想起家裡收藏的五十張鯤鵬圖，臉上的笑容燦爛極了。

「柳大娘說你經常去鵝城啊。」安生對他眨眨眼，笑得有些壞心眼。

吳幸子紅了臉，搔搔後頸有些羞怯地點頭承認。

「吳師爺今晚跟我們一起吃飯，你想吃什麼？」張埔頭接手安生的整理工作，正在刷椅子。

「那可太歡迎了！幸子哥，你喜歡吃什麼啊？福哥的手藝可好了，什麼他都做得出來。」安生那滿足的模樣，讓吳幸子愈加羨慕。

自從他決定品鑑鯤鵬後，就全然不在意自己寄信的對象是誰，那百來個男子在他眼裡，都成為形狀各異的大小鯤鵬，談心自然是說不上的，但肉體之間的神交倒是頗有點心得。

吳幸子莫名的有些忡愣，當初他加入鯤鵬社，為的是找知冷暖的人，這會兒卻淨往鯤鵬找。

「幸子哥？」察覺吳幸子的恍然，安生擔心地喚了聲。

「嗯？啊，沒事沒事，我啥都吃，不挑的。」吳幸子回過神，回應得有些侷促。

安生與張捕頭交換個眼神，看來似乎有些擔心，卻沒有多說什麼，只是熱情招呼吳幸子回家。

張捕頭的手藝是真的很好，簡單的炒山菜、乾煸長豆、醃菜肉絲都不輸給鵝城的飯館子。吳幸子自個兒吃飯向來是一碗湯麵或饅頭、槓子頭夾蛋皮，孤獨一人自然不會在吃食上多費心思。

用完飯，張捕頭照例去洗碗，安生就拉著吳幸子閒聊。

「幸子哥，有遇上喜歡的人嗎？」斟酌再三，安生才開口問。

「嗯？」吳幸子眨眨眼，正在啜著他順道打來的酒，腦子一時沒轉過彎來，下意識就點點頭。

「喔！是怎麼樣的人呢？」安生眼神一亮，似乎鬆了口氣。

「這……」吳幸子卻有點答不出來，認真說他喜歡上的不是「人」，而是某人的「鯤鵬」啊。

「嗯？」安生依然滿臉期待，吳幸子脹紅了臉，不得不硬著頭皮回答。

「是個……很……威武雄壯的人。」閃過吳幸子腦海的就是頭一次收到回信時，那幾乎填滿整張畫紙，粗壯又有分量的男根。不得不說，即便他至今已經蒐集五十張鯤鵬圖，還真沒有誰能跟那張比。

無論是粗細或長短，包含形狀跟那微微上彎的角度，彷彿飽滿雞蛋般的頭部，上頭的裂口卻又帶點禁慾羞澀的味道，底下雙球也是渾圓鼓脹，每回拿在手上，甚至彷彿能感受到一股滾燙的溫度。

「像福哥這樣的？」安生眨眨眼一臉好奇，他自然看過《鯤鵬誌》，所以也清楚像張捕頭這樣高大健壯的男人，其實並不多見。

聞言，吳幸子腦子嗡了一聲，完全無法控制地將腦中那隻鯤鵬安在張捕頭胯下。

說起來，那麼粗壯有分量的東西，確實很適合張捕頭……他下意識在腦中品味起來，深以為然地連連點頭。

「原來幸子哥也喜歡高大的男人啊。」安生有些訝異，他同吳幸子雖然不算交往多深，卻也有一定的了解。

眼前這個親切溫和得有些羞澀的男子，見到衙門裡那些粗壯高大的捕快捕頭，總是露出不安緊張的模樣，不動聲色地拉開距離，他一直以為吳幸子喜歡的應該是溫潤如玉的男人。

「這……頗喜歡……頗喜歡……」吳幸子侷促地換個坐姿，回想起他最喜歡的那幾張鯤鵬圖，無一例外都是往粗長雄壯的方向走的，他總是很好奇實物摸起來是不是也如他所想的那樣，沉甸甸的又滾燙。

「太好了，幸子哥。」

安生真心實意地恭喜，讓吳幸子有種做壞事的心虛。

「哪裡哪裡……」說起來，《鯤鵬誌》上的男人都是為了交友，像他這樣一逕兒蒐集鯤鵬圖，細思起來還真是有些不大對。

自以為問到答案，安生跟張捕頭也放下心，三人吃完酒，吳幸子便告辭回家。

一到家，吳幸子鎖好門窗，將藤籠拿出來，將五十張鯤鵬圖倒滿桌，一張一張與《鯤鵬誌》上的畫像比對。

不少人他其實沒認真看過長相，甚至有幾個人住得還更遠些，飛鴿傳書要四五日才能來回。他心裡最喜歡的那張鯤鵬，是屬於一位私塾先生的，從畫像看來白淨斯文，眉宇間充滿正氣，肩膀有些窄，吳幸子猜應該和自己差不多吧，有些乾瘦，還稱得上高䠷。這私塾先生有秀才功名，年紀三十有四，平日裡喜好煮茶讀書，隔三差五會與老友小酌幾杯。沒打算再繼續追求功名，只想在家鄉好好當名先生，平平靜靜過一生。

吳幸子莫名想起自己的爹，於是他果斷地闔上《鯤鵬誌》，盯著那張鯤鵬圖嘿嘿地笑了。

其實這就夠了不是嗎？人命實在太脆弱，想他爹娘不過眨眼工夫就被滾滾江水吞沒，至今都沒找到人。

他都要四十的人了，就算精心找位三十出頭的人過一輩子，也難保不會某日醒來，又變成孤單一個人。

但這些鯤鵬圖就不一樣，就算他明天就翹辮子，這些圖也會跟他一塊兒躺進那口黃木棺材裡，陪伴他直到黃泉九州。

這麼一想，吳幸子又開心起來，將安生與張捕頭那溫馨的互動，死死地塞在腦海深處，用大石頭夯實了。

想起明天又能去鵝城拿新圖，吳幸子美得飄飄然，抓起他最愛的鯤鵬圖，脫了褲子躲回床上，伸手握住軟綿綿的小幸子搓揉起來。

鯤鵬社的夥計一見到吳幸子，便帶著笑親切地迎上來，「吳公子，您來啦。」

「欸，是是。」吳幸子笑得靦腆，下意識搓揉雙手，跟在夥計背後輕車熟路地走進鋪子後頭的一處小花廳。

「吳公子您請坐，我這就去將您的信取來。」夥計上了茶與點心，接過要寄的信後轉身離開。

吳幸子坐在椅子上，腳在石板地上一踏一踏的，幾次拿起茶水還沒放到嘴邊，又擺回桌上。胃裡彷彿有一窩兔子在跳，讓他耐不住直往闔上的門扉瞧。雖然來拿過好幾次信，吳幸子依然沒能習慣鯤鵬社這麼大氣高雅的做派，一邊期待拿到新圖，一邊又不安於讓夥計替自己跑腿。

約略一刻鐘左右的時間，彷彿永無止盡，當門再次被推開時，吳幸子差點從椅子上跳起來，總算勉強忍住。

「吳公子，今兒您收到的信比較多，有幾封是從馬面城來的。」夥計將手上的信攏好，才交到吳幸子手上。

從馬面城來的嗎？吳幸子愣了愣，這才回想起自己確實在七八日前寄了三封信往馬面城的飛鴿傳書點，那裡大約是離鵝城最遠的地方，也是大夏最南方、最繁榮的一座驛城。

心裡冒出一股說不清的期待，吳幸子道著謝收下信，摸出幾文錢交給夥計，照慣例將點心給包了，才心滿意足地離開。

讓他用以等候的花廳在鋪子後頭有好幾個，都不特別寬敞，但也不顯侷促，一個人在裡頭用茶點待上一兩刻鐘，恰到好處極為舒心。

過去吳幸子不曾遇過其他的鯤鵬社員，大概是很少有人像他這麼早來收信，多半都要過午

——這是夥計閒聊時告訴他的。

所以，當他推開花廳門，同時聽見隔壁的花廳也被推開時，吳幸子整個人驚了一跳，猛地縮起肩膀就想往後退，卻不想夥計就跟在他身後，一時間進退維谷，整個人一腳踩在門檻外，一腳留在門檻內，直接僵住了。

「吳公子？」夥計動作機靈，勉強閃過沒撞上去。

「欸……」吳幸子霎時尷尬得恨不得將自己埋進地底，感到更加手足無措，完全不知道該怎麼辦才好。

「怎麼了？」隔壁花廳的客人停在他身前不遠處，側頭就能看到面色慘白、額頭冒汗的吳幸子，隨意開口問了句。

那聲音，讓吳幸子抖了下，耳朵瞬間紅透。

他從沒聽過這麼好聽的聲音，如高山流水，也如玉石相擊，清越澄澈有如一泓冷泉，又溫潤纏綿恍若情人絮語，即便是淡漠的問候，卻像有無數小鉤子搔過耳畔直癢到心裡。

吳幸子一點也不敢朝聲音的主人看去，狼狽地用手摀著耳朵，頭垂得幾乎埋進胸口，只有眼尾餘光隱約瞧見一件黑色錦袍的下襬，繡著雅致的暗紋。

「沒事沒事……這位兄臺先請先請……」他勉力抬手拱了拱，誰知道身子太過僵硬，險些就扭傷，筋骨啪嚓一聲，簡直沒法兒再更丟臉。

男子並沒有多回應他，那抹黑色的衣襬很快就消失在吳幸子眼裡。

「吳公子？」一旁的夥計等男子走遠，才小心地喚吳幸子：「您還好吧？需不需要找大夫來瞧瞧？」

「不用不用……沒事沒事……」顧不得狼狽，吳幸子連連擺手，抓著收攏回信的油紙包，動作僵硬地往外走，還險些被門檻給絆倒。

他也不知道自己怎麼了，《鯤鵬誌》上既然有百來號人，飛鴿傳書點是鵝城的也有二、三十人，這大半個月來遇上同好實在不是什麼大事，也用不著覺得丟臉。適才要是抬頭對上一眼，說不定就能成就一樁姻緣。

可吳幸子辦不到。

他就是沒來由覺得羞恥。像他這樣長得其貌不揚年紀又大的人，說不定對上眼後就連蒐集鯤鵬的機會都沒有了。

沒有比較，他能安慰自己長得還周正。但剛剛那個男子，聲音那般悅耳迷人，肯定長得也很好，《鯤鵬誌》中有這樣的人存在，那又有他什麼事呢？

緊捏著回信，吳幸子幾乎是從鯤鵬社落荒而逃，因而沒有注意到有雙眸子，直盯著他不放，直到他的身影被人群吞沒，仍久久沒有移開。

第二章 鯤鵬蘭陵王

吳幸子都不懂自己怎麼了，不過是一張鯤鵬圖……
不不不，他當下反駁自己，
這可不是普通的鯤鵬圖，這是鯤鵬中的蘭陵王。
他現在成了被蘭陵王踏破的城，輸得灰頭土臉，
卻又被那張傾世容顏迷得心甘情願。

照例買了大肉包跟涼水給柳老頭，吳幸子坐在搖搖晃晃的牛車上啃著自己那份肉包，難得食不知味，腦子裡還迴盪著那好聽的聲音，隱隱露出一抹傻笑。

柳老頭看了他一眼，也沒說破，逕自趕車。

他們回到清城縣的時間比平時略早，這回因為寄的信都稍遠，吳幸子與柳老頭約好三日後再去鵝城，便回衙門處理公務。

直到夕陽幾乎落盡，吳幸子才離開衙門匆匆趕回家。

隨意煮了一碗湯麵囫圇吃完，再打水洗個澡，天氣已經開始轉涼，他偷懶沒有燒水，這會兒冷得牙齒直打顫，縮在被子裡好半天才緩過來。

一緩過來，他就迫不及待將今天拿到的信攤開，毫無意外一張張都是鯤鵬圖，一共有八張。其中五張普普通通，吳幸子瞥了眼便放下。

如今閱鯤鵬已小有心得的吳幸子，對於特色不足的鯤鵬，很少花大心思去品鑑。自然，畫師的技巧仍是高超的，即便普通也都乾淨筆直，平日可用。

但吳幸子今天心情有些激昂，需要足夠吸引人的鯤鵬才能撫平他的心緒。

接下來三張，乍看之下都極為惹眼，全是從馬面城來的，經過畫師的潤飾之後，稱得上龍章鳳姿、氣勢凜然。

特別是……吳幸子猛地嚥了口唾沫，眼珠子直盯著那讓他驚為天人的鯤鵬，幾乎連眨眼都嫌浪費。

第一眼，吳幸子就注意到這張鯤鵬幾乎能與他心目中占據首位無有匹敵的鯤鵬，有一較高低之能。

無論長度、粗細、分量或那上彎的角度，在在勾得吳幸子別不開眼，喉頭像燒了火似地乾澀得厲害。

第二眼細看後，吳幸子被深深地震撼了。他這才注意到，這封信用的紙硬是比其他信紙長了接近一寸，饒是如此這隻鯤鵬仍將紙面塞得滿滿當當，幾乎破紙而出。

儘管是幅畫，吳幸子腦中仍不由自主地浮現出「壯如兒臂」四個字，把自己逼出一張大紅臉。

不只沉甸甸，還幾乎能從紙上觸摸到熱氣，從圓潤恍若雞蛋的頭部、上頭隱隱張開誘得人恨不得啜上一口的裂縫、粗壯莖幹上浮起的青筋、底下飽滿渾圓的雙丸，要猙獰有猙獰、要誘人有誘人、要說好看那也是極端好看的，恰如那句「減一分太瘦、多一分太肥」。

充滿張揚的男子氣息卻不讓人感到粗野；上翹的弧度宛如鉤子搔得人心難耐；既有文人的雅緻也有武人的壯實。吳幸子死死盯著手上的圖，褲襠裡的小幸子脹得發痛，前端汩汩流出汁液，將褲子沾濕一大塊，他甚至都沒有用手撫摸搓揉，光是看著這張圖，想像實物的分量、熱度跟氣味，就險些洩了。

他終於明白，什麼叫做筆墨無法形容，眼前的鯤鵬就是如此的存在。

吳幸子不知道自己該怎麼辦，他只知道自己被眼前的鯤鵬迷得暈頭轉向。

怎麼樣都看不夠，另外兩張鯤鵬早已經被他拋在腦後，藤箱裡的五十來張鯤鵬圖也都褪去顏色，吳幸子匆匆抓起茶壺對著壺嘴就往肚子裡灌，一口氣喝掉大半壺茶，喉嚨才終於潤滑些，不再乾澀得像火燒。

這期間，他的眸子依然盯著那張圖不放，幾近貪婪地一寸一寸用視線舔過鯤鵬上的每一個線條，從飽滿的雙球……吳幸子噘起嘴對空氣啜了啜，舌尖在嘴裡滾了一圈，彷彿真的將那鼓脹的囊袋含進嘴裡。

接著是粗壯的莖幹，上頭浮起的青筋……吳幸子微微張開嘴，嫣紅的舌尖動了動，最後舔上自己的雙唇，但這遠遠不足，他心裡空虛得厲害，嘴也癢得不得了，恨不得眼前的男根從紙裡戳出來，放進嘴裡舔舔看、啜啜看，嚐嚐頂端流出的汁液是什麼味道。

簡直像入魔了。

吳幸子粗喘著，整個人縮在床上，用力搓揉已經洩了一次的小幸子，嘴裡咬著被子一角又吮又舔。

這肯定是頭一回，他品鑑了五十來張鯤鵬圖從未如此失態過。當然，他想過要嚐嚐那幾張深得他心的鯤鵬是什麼味道，卻都僅限於腦中想想而已，看著鯤鵬圖搓揉自己的小幸子，洩了之後美美地睡上一覺，對他來說已經頗為足夠。

吳幸子從未有過對象，上上下下、前前後後都是雛兒，吸舔陽物這玩法，還是他前陣子從染翠大掌櫃手上拿到的春宮圖裡看到的。

「唔嗯嗯……」腰一抖，又瘦又白的腿在床上蹬了幾下，吳幸子差點一口氣沒喘上來，洩得渾身發軟，手上全是黏膩的白汁。

喘了好一陣子腦子才終於清醒一點，他目光空洞地看著被自己咬出齒印的被角，接著抬手瞄一眼已經失去熱度的黏膩，整個人完全提不起力氣，身子深處卻依然叫囂著蠢蠢欲動。

他都不懂自己怎麼了，不過是一張鯤鵬圖……不不不，吳幸子當下反駁自己，這可不是普通的鯤鵬圖，要說這可是鯤鵬中的潘安啊。

又或者說，這是鯤鵬中的蘭陵王，美得足以傾城傾國，卻用鐵馬鐵騎踏破城池國門。

吳幸子現在就是被破的城，輸得灰頭土臉，卻又被那張傾世容顏迷得心甘情願。

癱在床上休息了好一會兒，吳幸子終於恢復些許力氣。他小心翼翼地將鯤鵬圖放在床頭，才撐起身，將身上黏黏糊糊的體液清理乾淨，換件中衣，將手擦了又擦確定乾淨後，小心翼翼地將那張圖拿起來，半天捨不得放下。

直到月上中天、星子疏淡，吳幸子才戀戀不捨地將圖收進藤箱裡，上床睡覺。這一覺很難說睡得好不好，一開始他夢到那聲音的主人，因為沒看到臉，只瞧見衣襬，所以男人在他夢中的臉極為模糊，隱隱約約只覺得面如冠玉，好看得無法形容。

男人有些冷淡，問過他的名字後就不理人了，坐在離他有點距離的椅子上，飲茶的動作像幅畫般。

接著也不知道怎麼著，男子靠上來，湊在他耳邊低聲笑了笑，笑得吳幸子腰痠腿軟，整個人燙得像隻煮熟的蝦。然後男人褪下身上的黑袍，露出底下的大鯤鵬，正是把吳幸子迷得暈頭轉向的那隻。

吳幸子瞪大眼，腦子嗡嗡響著。

「你想摸摸嗎？」男子笑問，吳幸子點頭如搗蒜，腿一軟就跪在男子腿間，顫抖著手摸上那隻鯤鵬。

好燙……燙得掌心都癢了。

吳幸子小心地從根部往上撫摸，讓那沉甸甸的重量在掌心滑動，另一隻手則握著鼓脹的囊袋，輕柔揉捏。

男子微微喘著氣，好聽的呻吟聲，讓吳幸子也硬了起來，額上都是汗水不斷往下滾落，下腹又痠又麻，恨不得有人替他搔搔癢。

「舔吧。」片刻後，男子柔聲命令，吳幸子自然無有不從。

他張嘴，滿心期待中又帶著羞澀畏懼，緩緩貼近那滾燙的圓潤頭部，眼看就要含住了……

猛地一個激靈，吳幸子唉了聲醒來。

一時間他還沒能從夢境中完全掙脫，整個人傻楞楞的，微張著嘴，對著空氣啜啊啜的，發出嘖嘖的聲音。

半晌，他終於醒過神來，整個人猛地紅成一片，幾乎感到生無可戀。

他竟然做了春夢？這便也罷了，他到底多想舔那隻鯤鵬啊！恨恨地捏了自己臉頰兩把，一點也沒手下留情，硬把臉頰掐出兩片瘀青才罷休。

褲子上又被自己的白汁給沾得黏糊糊，吳幸子羞憤地爬下床，換上褲子後抱著衣服趁著天才矇矇亮，跑到河邊洗個乾淨，才遮遮掩掩地跑回家曬衣服。

吳幸子啊吳幸子，你一事無成也就罷，品鑑鯤鵬也無妨，怎麼卻對一隻鯤鵬一見鍾情了呢？他在心裡指著自己罵。

而心裡的那個吳幸子則辯解道：那可不是普通的鯤鵬啊！你想想要是今天龍陽君在你面前，你能不鍾情於他嗎？

恐怕是有困難的。吳幸子用力打了自己幾下，卻打不掉那源源不絕的癡心妄想，也知道自己得認栽了。

這還是頭一回，吳幸子下定決心要在同一個男人身上花第二文錢。

問題是，他該畫自己的小幸子回寄呢？還是老老實實寫封文情並茂的信交友呢？一時間，吳幸子陷入掙扎，這一掙扎竟掙扎了三天。

第三天，也就是跟柳老頭約好去鵝城的日子，大清早吳幸子爬下床，終於下定決心。

他深吸幾口氣，拽下自己的褲子，準備好筆紙墨，接著將小幸子搓硬——其實也不難，只要在腦中想像那張鯤鵬蘭陵王，他就能硬得滴汁——然後一筆一畫將小幸子畫在紙上，一點細節都沒有放過，最後晾乾摺起來。

馬面城很遠，是一座邊城，鄰近南蠻，駐軍約略二十萬，守將為護國公世子，身有赫赫戰功，短短五年將南蠻擊退逼得南蠻王入京朝貢，不敢再犯邊境。

但也因殺戮過重，肩擔凶名可止小兒夜啼，據說長得更是凶神惡煞宛如鬼神，把南疆防守得如同鐵桶一般。

吳幸子自然也是聽說過的，可他從沒有放在心上，畢竟清城縣是個鳥不生蛋、訊息阻塞的小地方，與這威名赫赫的護國公世子、鎮南大將軍一輩子都不會有交集。

話雖如此，吳幸子也不禁感謝起這位將軍，正因為馬面城有駐軍，才能出現那讓他驚為天人的鯤鵬。

如今，他等待回信已經等了四天，這四天他幾乎茶不思飯不想，日日算時間，想到還得再熬三天，不免都有些急躁，人也瘦了一圈。

與前些日子的有滋有味相比，吳幸子無法言述自己最近的日子過得有多枯燥，恐怕比加入鯤鵬社前還難熬。

有道是：由奢入儉難。過慣了大魚大肉，哪耐得住清粥小菜呢？他每天盯著那張來自馬面城的鯤鵬圖看，用手撫慰自己無數次，夜夜都夢到鯤鵬以及那天見到的黑衣人，明知道兩者並不是同一套的，可他控制不住自己的腦子，早上起床總在洗褲子。

不知道自己的鯤鵬，是否能引起對方注意呢？吳幸子無法不患得患失，特別他太清楚自己的鯤鵬實在……乏善可陳。就跟他的臉一樣，堪稱完整而已。

待到第六天，吳幸子整個人像縷幽魂般飄蕩，看人都直勾勾的，張捕頭擔心地問了他好幾次。

而清城縣也流傳起吳師爺在飛鴿交友時，被人給騙得人財兩失。

「這是聽誰說的啊？」安生好不容易清閒下來，就聽到舖子裡的客人嗑牙，繪聲繪影地說著吳師爺如何遇上個金玉其外敗絮其中的男人，被騙了感情還騙了人，最後連棺材本都被騙光，那飛鴿交友真是危險啊！

被安生一問，客人更來了精神，「就是那柳大娘啊，小老闆你知道吧？」

「柳大娘？趕牛車的柳大叔他夫人？」安生擦乾淨手，在桌邊坐下，擺出一臉好奇，「大娘說了啥啊？」

「不就是那個吳師爺嘛！前陣子老往鵝城跑，說是迷上啥飛鴿交友，嘖嘖嘖，這與人交往哪兒能不見人呢？對方底細都摸不透，也真虧吳師爺有那個膽子。」客人甲說得口沫橫飛，雙目燦亮，嘴上說得唏噓，臉上明明就興味盎然。

「可不是嘛！飛鴿交友就是邪魔歪道，連臉都沒見過，還能相信那信上所說嗎？吳師爺也快四十了，怕是太過寂寞吧！病急亂投醫，你看！這下人財兩失，連棺材本都沒有了。」客人乙拍著胸，幾乎欲罷不能。

「這都是柳大娘聽吳師爺說的？」安生忍住翻白眼，一臉聽得津津有味的模樣，讓兩個客人話匣子大開。

「哪是呢，吳師爺自然是沒明白說，可這幾日突然歇了沒再雇車去鵝城，還能是別的原因？」客人甲搖頭。

「可不是嘛，你不知道之前吳師爺跑得可勤快，兩天就要去一次，你說說要不是被騙得腦子不靈光，怎麼會天天往鵝城跑呢？也不知道對方說了啥甜言蜜語，把人迷得連東西南北都分不清楚。」客人乙又道。

「小老闆，你看是不是這個道理？」兩人一起看向安生，他笑了笑點點頭，聰明地沒有多說什麼，卻也暗暗擔心起來。

倒不是怕吳幸子被騙，鯤鵬社做生意細緻得很，並不是誰都能登上《鯤鵬誌》，也不知道他們消息從何而來，但凡作奸犯科之徒，全都吃了閉門羹，這還是張捕頭拍胸脯保證過的，安生自然不會懷疑。

可，他擔心吳幸子被喜歡的人拒絕了。儘管這是飛鴿交友常發生的事，可吳幸子為人較為膽怯謹慎，要是被拒絕的次數多了，也許就不願意再嘗試，便失去飛鴿交友的意義。

看看時間，離平時關鋪子的時間還有些早，但安生實在等不了，待客人甲乙吃完，便乾脆地收攤，去找吳幸子一探究竟。

來到衙門時還不到申時，衙門口靜悄悄的，連守門的衙衛都沒看見，一排麻雀站在屋緣上吱喳喳，涼風習習吹得人昏昏欲睡。

安生遲疑片刻，從一旁的耳門走進衙門，卻一時不知道該往哪裡找吳幸子。儘管與張捕頭結契，這還是他頭一回進衙門呢。

「咦？這不是安生嗎？」輕柔的呼喚帶點鼻音，軟得極是親切，是吳幸子的聲音。

「幸子哥！」安生一喜，連忙迎上去。

「你怎麼來了？找張捕頭嗎？」吳幸子臉色不大好，但仍露出宜人的微笑。

「不，我是來找你的。」安生咬咬唇，遲疑道：「幸子哥，你……有沒有時間跟我說說話？」

「有是有……」吳幸子面露困惑，卻沒有拒絕，「來，咱們裡面說話。」

「欸。」

吳幸子領著安生走進他辦公的地方，鄰近大堂的小耳房，擺了一張桌子、兩張椅子，牆邊全是書架，塞得滿滿當當的，桌上也都是卷宗。

「有些亂，你別介意。」吳幸子耳尖微紅，招呼道：「你先坐，我去替你倒杯茶水進來。」

「不麻煩幸子哥，我就說點小事，花不了多少時間的。」安生連忙阻止，將吳幸子推在椅子上，自己才坐下。

一時間，兩人默然無語。安生正細細觀察吳幸子的神態，而吳幸子則雲裡霧裡猜不出安生的來意。

好半晌，吳幸子開始感到侷促，手腳不住移來移去，安生才吐了口氣開口：「幸子哥，你老實說，是不是遇到什麼麻煩了？」

「麻煩？」吳幸子一臉茫然，若是三千寵愛在一身、後宮佳麗無顏色這種麻煩，他倒是有，可說不出口。

「是啊，關於飛鴿交友的……」安生問得隱諱，他不願意相信外面的流言，卻又無法忽視吳幸子的憔悴。這才幾天沒見呢，人都瘦了一大圈，原本就不是強壯的人，眼看都成紙片了。

吳幸子聞言，無法克制地紅了臉，窘迫地連連搔著後頸，半天也沒回話。

安生不急，就靜靜等待。

好一會兒後，吳幸子才勉強回答：「沒事，就是……」總不能將自己看上鯤鵬的事情說出口，他臉皮夠薄的，以後還想做人呢。

「就是？」

「欸，」吳幸子換個坐姿，連連吞口水，「就……前幾日看上個鯤……看上個人，寄了信正在等回音，掛念得緊所以也沒胃口吃飯，倒是讓你擔心了。」

「寄了幾日？」安生一聽，稍微放了點心。

「六日了。對方在馬面城，來回比較慢，大概明兒才收得到回信吧。」一旦起頭，後面就簡單了，吳幸子本也不是什麼很有城府的人，加上跟安生交好，也就沒瞞著把能說的都說了。

「這樣啊……」安生點點頭，算是徹底放下心，又不禁埋怨柳大娘，這流言真真假假的，也不知道最後會傳成怎麼回事。

「幸子哥啊，有件事我得跟你說說。」

「什麼啊？」吳幸子臉還有點泛紅，人卻輕鬆了。

「柳大娘……你注意點，有些事情別同她說。」

「柳大娘？」吳幸子眨眨眼，接著溫柔地笑了，「我知道柳大娘喜歡同人閒聊，沒啥惡意，流言傳著傳著也就散了，我不介意的。」

清城縣又小又窮，大夥兒過日子都不容易，除了嘮嗑外也沒別的樂趣，吳幸子知道自己這點事早被人拿去當茶餘飯後的談資，但反正沒傳進他耳中就當沒這回事，人生在世嘛！

安生嘆口氣，「就你脾氣好，怪不得柳大娘愛嘮嗑你。」

「這也沒啥，大家都沒有惡意。」吳幸子輕輕拍了下安生的肩，「謝謝你擔心我。」

「噯，應該的。」安生想了想，又道：「幸子哥，清城縣人人都知道你的好，你千萬別妄自菲薄，《鯤鵬誌》就是個引子而已，成與不成都別放心上。」

「欸，我知道。」吳幸子心裡溫暖，雖然他與安生差了點緣分，可交上知心朋友也算是一種幸運。

「趕明兒再來我家吃飯吧。」

「欸。」

兩人又聊了些生活瑣事，直到夕陽西斜，吳幸子帶著安生去找張捕頭，才道別各自歸家。

第二天天才朦朦亮，吳幸子便醒來，整個人精神好得很，完全沒有前幾日的失魂落魄。大概是即將收到回信的興奮，夜裡連春夢也沒做。

他隨便吃了早飯，心已飛到鵝城。

臨出門前，他又回頭數了五十文錢帶上，原本只打算訂一個月的《鯤鵬誌》，可現如今他決定繼續訂閱，暗暗打算把蒐集鯤鵬的志業延續下去，這樣就算沒能與那鯤鵬蘭陵王交上友，也能有其他撫慰。

誰知道會不會哪天又遇見個鯤鵬韓子高、鯤鵬衛玠、鯤鵬稽康啥啥的，世上鯤鵬何其多，沒了這村還有那店呢！

與過往差不多，午前吳幸子就到了鯤鵬社，被夥計帶進小花廳中，這讓他情緒激動不已，要知道他七天前只寄出一封信，這肯定是有回信了才讓他等啊！莫非這偉岸鯤鵬的主人，也看上了他的鯤鵬？哎呀，真是羞人！

然而，吳幸子這麼興奮地等著候著，過了許久夥計都沒有回來，激昂的情緒慢慢淡去，不安湧現心頭，吳幸子原本挺著胸坐在椅子上，想用最端正的姿勢收下回信，這會兒整個人都蔫了，攤在椅子上鬱結滿胸。

難道說，對方沒有回信？是夥計弄錯了，這會兒擔心他責怪，所以躲著他？不不不，鯤鵬社的夥計都是人精，就算弄錯了也一定能將事情圓好，再不濟還有染翠大掌櫃不是嗎？任誰見了染翠，怕都發不起脾氣吧！

他嘆了口氣，又嘆了口氣，整個人就在這一口一口氣中，扁得像乾枯的茄子。

要不，他先離開好了？看時間也漸漸晚了，不好讓柳大叔繼續等他，待會兒把下個月的錢給了就走吧，人生何處無鯤鵬，何必單戀一隻鳥？

打定主意，吳幸子將最後一口茶喝光，垂頭喪氣地推開花廳門走出去，與此同時，他又聽到隔壁花廳的門被推開。

下意識，他抬頭看去，然後整個人就呆住了。

只見走出一位穿著黑袍的男人，那件袍子的質料彷彿流水般，吳幸子直接就想到先前看過的那片衣襬。

男子極為高䠷，衣帶當風翩翩似仙，一頭綢緞似的烏髮用玉簪簡單綰起，露出白皙的頭頸肌膚，恍若霜雪一般，在黑袍的襯托下更有種出塵的氣度。

似乎察覺吳幸子的視線，男子朝他睞了眼，真真是眉宇如畫，多一分則太豔、少一分則太淡，宛若黑水晶的眸隱約蘊含冰霜，把吳幸子看得渾身一顫，莫名有些腿軟。

察覺自己失態，吳幸子連忙調開視線，正想拱手道歉，男子卻搶先一步開口：「你是清城縣吳師爺？」

果然是那天聽到的聲音，冷淡又纏綿，有若玉石相擊。

「是是是，正是吳某，唐突公子了，萬分抱歉。」吳幸子連忙拱手，頭低得幾乎埋進胸膛裡。他不懷疑對方為何認得自己，會出現在這裡的肯定是鯤鵬社社員，也都看過《鯤鵬誌》，他的畫像就在裡頭呢。

不過，眼前的男子卻沒在《鯤鵬誌》裡出現過，這樣一個宛若謫仙的人，怎麼可能記不住呢？

「不唐突。」男子頓了頓，「我名關山盡。」

「關公子……」吳幸子忍不住抬眼瞄他，把自己給嚇一跳，差點往後摔倒，先前還隔著一段距離的男子，竟已無聲無息地走到他一臂之距，一抹醉人的薰香搔過鼻尖，吳幸子忍不住一嗅再嗅，腦袋都輕飄飄了起來。

「嗯。」關山盡似乎笑了，那語尾像有個小勾子，搔得人心癢癢。

「您……您也是鯤鵬社的人？」吳幸子說不清自己到底想幹麼，他一邊感到自慚形穢，一邊又忍不住偷偷靠近，噯，這關公子的氣味真是好聞啊。

「是也不是。」關山盡勾起唇角，那雙唇也十分好看，大小適中、厚薄適宜，顏色是偏淺只帶點淡淡的紅，像花瓣似的。

也不知道咬起來口感如何？一輩子沒吻過人的吳幸子，腦子裡控制不住地胡思亂想起來。眼前的男人給他的感覺就像那隻鯤鵬，才第一眼就莫名深陷其中，旁的什麼都黯然失色。

「關公子打算上《鯤鵬誌》飛鴿交友嗎？」吳幸子帶著一抹討好的傻笑問。

「上過了。」關山盡略略將第一個字咬重了些，吳幸子卻沒聽出來，心裡正為了這個答案感到惋惜。

若是上過，卻沒出現在手上這本《鯤鵬誌》，那應該是已經找到對象了？

「這樣啊……」既然已經使君有婦，那也只能望人興嘆，嗅嗅這薰香就好。「關公子是來交還《鯤鵬誌》？」

「不。」關山盡彎起眸，眉宇間的凜冽消失，霎時間染上奪人心魂的媚意，「我是來收信的。」

「收信？」

「嗯。」關山盡從懷中掏出一封信，當著吳幸子的面展開，「你寫的信。」

信上赫然是吳幸子親手所繪的鯤鵬圖。

他瞪大眼，整個人抖了起來，腳步不穩地往後退，卻被鬼魅般靠上來的關山盡摟上腰。

不不不，這當中一定有什麼誤會！

吳幸子想掙扎，關山盡的手勁卻出乎意料地大，輕鬆地摟著他走進花廳中，將房門踢上，笑得風情萬種，「既然都坦誠相見了，何妨再進一步？」

嗄？吳幸子瞠大眼，被那張笑靨迷得暈頭轉向的同時，心裡一邊驚恐萬狀地尖叫。

然而柔軟滾燙的氣息掃過唇瓣後，吳幸子就忘記掙扎這件事。

吳幸子是不折不扣的雛兒，別說被人吻，他連自己的手心都沒親過，眼下發生的事，直接讓他暈暈糊糊，被啃沒幾下整個人都軟成泥。

關山盡的吻很強悍，緊貼著吳幸子的唇輾壓，氣息燙得令人發顫，嘴唇卻偏偏那般柔軟，還帶點果子般的甜香。

自己大概已經飛升西方極樂世界了……吳幸子喘著，氣息裡都是關山盡那醉人甜膩的薰香味，彷彿混合了梔子花、橙花跟白檀香。

咕嘟地嚥下唾沫，吳幸子口乾舌燥，唇上柔軟甜美的唇瓣有些濕潤，隱約有什麼更靈活的東西滑過他的唇縫。

他下意識地張開嘴，那小東西立刻掃進他嘴裡，滑過齒列、摩搓頰側的軟肉，接著從他倉皇不知所措的舌側掠過，搔了搔舌下敏感的位置，讓他不由得悶哼出聲。

而關山盡則回給他纏綿中帶情慾的低笑。

儘管試著要清醒點，但吳幸子實在太青澀，也或許是關山盡的美色實在太誘人，這個吻又深又長，靈活的舌舔在他脆弱的上顎，幾乎要舔進咽喉那般深。吳幸子既沉溺又有些畏懼，身體顫抖得不行，半點力氣也無，全靠關山盡支撐。

在幾乎把吳幸子吻到窒息前，關山盡才抽離些，用溫軟的唇摩蹭吳幸子的唇，讓他好一陣喘氣，眼角都染上薄紅，似哭未哭的模樣，闕山盡看來極為滿意，貼上來輕柔地啃了啃吳幸子微腫的唇。

「把舌頭伸出來。」低柔的命令嫵媚又多情，吳幸子單薄的身軀一抖，下腹部火燒般地痠麻起來。

「別……」儘管被吻得昏頭轉向，但這喘息的時間裡，他好歹記起來自己現在身處鯤鵬社的花廳裡，雖說眼看就要不惑之年，人也沒那麼多講究，但頭一回與人肌膚相親，好歹……要有張床吧？

「嫌棄我？」闕山盡輕笑，不急不緩地偏頭含住他耳垂啜了口。

「啊……」冷不防顫了下，吳幸子難耐地呻吟出聲，差點就軟得跪下。

他的耳垂竟如此敏感，真是想都沒想到啊！

闕山盡也為自己的發現驚訝，眼前男人原本平凡無奇的臉上染得一片暈紅，眼角、鼻尖這下連耳垂都染著豔色，平添一種難以言述的迷人，親切得令人心軟，又無助得讓人恨不得對他做點什麼過分的事，最好能讓他崩潰哭泣，連尖叫聲都發不出來。

「把舌頭伸出來。」多情的聲音混著滾燙的氣息吹進耳中，吳幸子眼神朦朧，單薄的肩抖了抖，終於緩緩將粉色的舌尖探出唇間。

「乖了。」闕山盡滿意地讚美，用銀牙叼住那截粉紅，一點一點地啃，麻中帶疼的搔癢，讓吳幸子喘得幾乎背過氣，他閉著眼不敢看闕山盡動情而媚態橫生的眉眼，配合地將自己的舌一點一點往前伸，直到被吮進闕山盡的口中。

彷彿在吃多汁的水果般，闕山盡吮咬著男人羞怯的粉舌，直到嘖嘖出聲。

吳幸子聽著那聲音，羞得不知如何是好，睜眼不是閉眼也不是，想躲也躲不掉，總會被勾纏住越吻越深，他甚至覺得闞山盡想一口吞了自己。

卻也八九不離十了。

花廳中有一張稍大的圓桌，中央擺著花瓶，瓶身繪著百子圖，一個個胖娃娃神態嬌憨、活靈活現的，嫩嫩的小嘴或嘻笑或哭泣或吵鬧，幾乎能聽到那些聲音般。

吳幸子向來不敢太靠近這張圓桌，姑且不論這花瓶的圖樣是否合宜，但絕對是做工細緻的高價品，要是碰壞了，他連草蓆裹屍的機會都沒有。

闞山盡顯然就沒有他的顧慮，摟著渾身發軟走都走不動的人，也沒停下唇舌的進犯，走到圓桌邊，直接將花瓶掃落在地，喀啦一聲響，嚇得吳幸子開始掙扎，但他細胳膊細腿的，於闞山盡而言無異蚍蜉撼大樹，肩頭一頂就把人壓在桌上動彈不得，加深的吻更是讓吳幸子唇邊流下含不住的唾沫。

好半晌，吳幸子覺得自己都被吻暈過一回，闞山盡似乎才饜足了些，將唇移開，兩人間牽著淫靡不已的銀絲，被他舔進嘴裡，豔紅如花瓣的唇抿了抿，勾出一抹微笑。

「喜歡嗎？」

吳幸子眼中只有紅唇貝齒，還有那多情惡劣的舌尖，他想自己大概又要暈了，紊亂的呼吸怎麼樣也無法平息，傻楞楞地盯著闞山盡看，片刻後才笨拙地點了點頭。

「你可真乖……」闞山盡噗哧一笑，猶若皓月千里、燦如星河。

吳幸子腦子裡大概丁點理智都不剩了，美色當前先吃再說。

「欸，」他著迷地點點頭，鬼使神差道：「我還能更乖，你喜歡嗎？」

沒料到他如此回答，闞山盡笑容一斂，秀眉微挑，伸手撫了撫吳幸子纖細的頸側，指腹貼在那微微浮起的青筋上，感受肌膚之下紊亂滾燙的脈搏，而後又笑了。

「喜歡。」指間順著纖頸往下，挑開衣襟露出刀削似的鎖骨、單薄白皙的胸膛。

吳幸子很瘦，胸腹上肋骨隱約可見，現在他躺在圓桌上，就更清楚分明，只覆蓋了一層薄薄的肌肉，柔軟平坦的白肚子順著他的呼吸微微起伏，他似乎想縮起身子躲一躲，關山盡卻搶先一步將高大的身軀卡進他雙腿之間，炙熱的手掌貼在蒼白的肚腹上，用力按了按。

「唔……」肚子像被鐵塊燙著，吳幸子全身泛紅，無措地試圖夾緊雙腿，卻自投羅網夾住男人勁瘦的腰，衣襬也全散開，赤裸裸躺在自己的衣服中央，一覽無遺。

雖然害羞，但他嚥了嚥唾沫，更多的是讓他渾身發軟的期待，下腹的火焰早就燒遍全身，肉莖毫不知羞地硬挺著，嫩粉色的前端晶瑩如泣，在關山盡帶著熱意的眼神下，流得更歡。

「你可知，我要做什麼？」關山盡的手指修長如玉，但觸感極為粗糙。吳幸子白軟的肚腹被輕柔撫過時，癢得一抽一抽的，整個下腹彷彿燒了一盆火。

「大、大概是知道的……」吳幸子羞羞怯怯地回道，活了要四十年，沒吃過豬肉也看過豬走路，他雛的只是身體，可不是腦子。

「你真知道？」關山盡低聲一笑，指尖點著肚腹與胯下的交界處，風流多情的眸子微瞇，「我等等，要戳到你這裡來。」指尖接著往上一寸一寸地滑動，「然後是這裡、這裡，直到這個地方。」最後停下的位置之深，吳幸子無法克制地瞠大眼。

「這、這不可能……你會戳穿我的……」吳幸子舔舔唇，顫抖的聲音中參雜自己沒有發現的期待。

「我是要戳穿你沒錯，不喜歡？嗯？」那略微上揚的尾音像把小鉤子，纏綿得緊。

「不……」吳幸子徒然地張著嘴，眼中都是迷茫，關山盡也不急，貼上去親了親他紅透的臉頰，含了含他微腫濕潤的唇，舔了舔那對可愛的耳垂，把人撫弄得失神喘息。

「別、別舔那兒……」乳尖被啜了口，吳幸子才顫抖得求饒。

被舔了幾下便挺起的細小乳尖，色澤柔軟，再被啜了幾下便腫起來，吳幸子爽得腦子空白，卻也苦不堪言，他的腰隨著這吸吮舔咬一抽一麻，肉莖上不斷溢出黏滑的汁液，順著莖身往下滑落，甚至浸濕會陰處，直流到臀縫之間的穴口外。

沒玩不知道，玩過嚇一跳。他從來不知道自己是個敏感如斯的人，這全身上下摸哪兒都濕、舔哪兒都爽，他到底為什麼守身如玉了這麼多年？他早當師爺去幹什麼？就該找個身強體壯的男人早早結契，汁水淋漓一輩子！

關山盡舔得他瀕臨高潮，卻在最後一刻移開那罪惡多情的舌頭與手指，又點了點下腹，「喏，你還沒回答我，不喜歡我戳穿你嗎？」

吳幸子可以感覺到自己下身貼著個滾燙又粗壯的東西，他嚥了嚥口水，也無力再矜持。

「我、我很期待……」他好想看看關山盡的鯤鵬啊！那熱度、那大小，隱隱約約讓他想起馬面城那張圖……

嗯？慢著……既然關山盡手上有他的回信，那代表那張鯤鵬確實屬於關山盡啊！這簡直是喜從天上來！美人竟然也有那般喜人的鯤鵬！他好想看一眼！舔舔看、摸摸看，感受感受他重量跟熱度，嘴裡都癢了起來。

「想些什麼呢？」察覺吳幸子突然興奮起來，關山盡眉心微蹙。

「想看你的鯤鵬！」沒防備就脫口而出，兩人瞬間相看無語。吳幸子被自己口無遮攔給羞壞了，關山盡則茫然片刻，神情微妙。

「有何不可。」語畢，他大大方方褪下自己的衣袍，靴子一蹬、褲子一扯，精實強悍、肌肉纍纍的高大身軀就落入吳幸子眼中。

該怎麼說呢……什麼也說不出口！筆墨難以形容的好看，細膩白皙的肌理蘊含無法忽視的力量，美得醉人又銳如刀劍，特別是胯間沉甸甸硬得貼在腹上的鯤鵬，果然是蘭陵王！

吳幸子難耐地扭了扭下身，夾著關山盡窄腰的大腿也緊了緊。

這一下關山盡沒能再忍耐，扯著吳幸子又瘦又白的大腿往腰後一拉，讓他將自己夾得更緊些，粗長猙獰的肉莖直接蹭過他濕成一片的會陰，又擦過圓潤的雙丸，與吳幸子小了兩號的肉莖摩蹭在一起，上下揉了揉。

「慢、慢點……」前端冠狀部位被堅硬滾燙的龜頭擦過的感覺簡直讓吳幸子爽翻了，後腰的筋肉一抽，整個人在桌上彈了下，又被按著肚子壓回去。

「等會兒你就希望我快些了。」關山盡一勾唇，大掌在吳幸子濕答答的肉莖上抹了一把，滿手都是滑膩的汁液，「沒準備膏脂你暫且忍耐，我不會虧待你的。」

「嗯？」吳幸子整個人迷迷糊糊，根本沒聽懂關山盡說了啥，小腹在那跟蘭陵鯤鵬的摩蹭下早抽搐起來，眼看都快要洩了。

關山盡也不管他聽懂了沒，撐開白細的雙腿，手掌往臀瓣間的蜜穴摸去，那兒早就濕了，再加上關山盡手上這些，當真是流水潺潺，又膩又滑。

骨節分明的手指在外頭揉了兩把，很輕易就將那羞澀的蜜穴給揉開一個小孔，指頭一按便被吞了進去。

男人臉色微暗，嫵媚的雙眸深沉如海，毫不客氣將手指直戳到底。

修剪得宜的指尖直接擦過一塊微凸的部位，躺在桌上的中年男人短促地尖叫出聲，下意識想縮起身子卻被他按著肚子給阻止。

「別、別碰那兒……」吳幸子呻吟著，剛剛那下讓他眼前瞬間亮白一片，從腰部彷彿有小蟲子一路啃到心口，他弄不清那是什麼，只知道自己爽得差點哭出來。

心有餘悸啊，可問題是關山盡並不理會他，唇邊帶著魅惑的笑，手指連摳帶揉地在那塊突起上玩得不亦樂乎，吳幸子叫得都啞掉，身體猛得痙攣地彈了彈，肉莖噴出一股白汁。

「你真敏感。」關山盡看著濺在自己腿上的白汁，伸手揩去，全抹進吳幸子的後穴裡，弄得那柔軟的地方咕啾咕啾直響。

「別……我、我不行啊！」吳幸子哭叫出聲，腰腹在關山盡的手掌下又抽又扭，還在他腰上的腿蹦了蹦，腳趾都蜷曲起來，顯然是爽到極致，除了喘氣整個人完全沒別的反應。

原來關山盡剛又將第二、第三根手指伸進被玩得鬆軟的穴口，半點平撫的機會也不給吳幸子，一再玩弄那敏感的部位，把人玩得目光迷離，眼淚沾濕了鬢邊。

就這樣又把人給弄得射了一次，吳幸子渾身抽搐，連大腿內側的肌肉都在顫抖，又哭又喊地求饒，還被口水給嗆得連鼻水都流出來，關山盡才終於將手指從他身體裡抽出去。

原本羞澀緊緻的穴口，如今顏色豔麗不說，還張著一指寬的小口，無措地收縮著，滿是淫汁。

將手上的汁液抹在自己硬得發痛的肉莖上，關山盡拍拍吳幸子的肉臀，笑道：「放鬆，我要進去了。」接著他又點了點先前筆劃過的位置，將吳幸子無力的手掌移到那兒放著，「摸著，等我把你戳穿。」

「唔……」

還沒能回答什麼，關山盡一手握著吳幸子的大腿，一手扶著自己粗長的肉莖，滾燙堅硬的龜頭在那還沒能緩過勁的小口上壓了壓，下一刻就筆直地捅進去。

「啊——」吳幸子顫抖地慘叫一聲，後穴傳來的疼痛太過，他臉上的紅暈盡褪，嘴唇都發白，嗚嗚咽咽地悶哼，伸手要推身下的男人，卻又被抓著手按上自己的肚子，大掌覆蓋在他手背上十指交扣，溫柔地揉了揉。

「疼？」

「疼……」吳幸子不自覺撒起嬌。

「乖了。」關山盡額上浮著一層汗，面上也有些隱忍，他湊過去吻了吻吳幸子臉頰，低聲纏綿地道：「現在就忍不了，待會兒可怎麼辦？」

太過甜蜜的語氣，讓吳幸子緊繃的身子軟下來，沒意識到關山盡言詞中的可怕之處。

關山盡的溫言軟語過後，吳幸子還沒能緩過氣，男人握緊他的腰，一鼓作氣戳進最深處，直接頂在陽心的位置，讓吳幸子又哭又喘卻無力掙扎。

「別哭，待會兒就不疼了。」關山盡溫言安撫，倒是沒再繼續往前動。他被緊緻的內壁夾得很疼，也知道繼續硬闖恐怕會見血，只能暫且忍耐。

粗重的喘息帶著炙人的溫度吹在吳幸子胸前，他還疼著，頭皮發麻，胯骨彷彿脫臼了般疼痛，連夾著關山盡的力氣都沒有。

但即使如此，吳幸子也沒後悔，他邊哭邊喘氣，試著放鬆緊繃的身體，腦子裡不合時宜地浮現先前看的春宮圖。

大概是他的飛鴿傳書透露出什麼，染翠大掌櫃送他的兩本春宮圖，裡頭的鯤鵬都是極有分量的一方霸主，而承受的人那欲仙欲死、迷離失神的模樣，讓吳幸子無比嚮往。

疼是必然的，忍過去就海闊天空了，吳幸子自認沒啥別的優點，就是擅長忍耐。

相互配合之下，沒多久疼痛減緩許多，倒是關山盡吹在胸前的氣息，讓吳幸子莫名燥熱起來，一時沒忍住，低啞呻吟出來。

關山盡挑眉，他自然感受到吳幸子放鬆下來，卻沒想到眼前這瘦弱平凡，膽怯得跟鵪鶉似的中年師爺，竟有個這麼適合承歡的身軀。畢竟自己的肉莖長度粗度驚人，就只有吳幸子被他開苞時不但沒流血，甚至還……會咬人了。

輕拍了拍吳幸子的肉臀，關山盡笑得沒先前那樣游刃有餘，「不痛了？」

吳幸子被拍得抽搐了下，柔軟的內壁也縮了縮，無師自通地吮起關山盡的肉莖，兩人同時粗喘一聲。

「好你個……」關山盡眼神一暗，握住吳幸子白膩的腰開始大開大合地肏。

緊緻的後穴被完全撐開，軟肉試圖要抵抗卻無能為力，兵敗如山倒地任由堅硬的龜頭一再撞上深處的陽心，又痠又麻又痛又爽，吳幸子哭叫著去推腰上的鐵臂，反被扣住壓在肚子上。

「不感受感受？」身下的人滋味太好，關山盡抽出一部分肉莖，汁水淋漓不斷往下滴，那一朵嫩菊被撐得幾乎成了肉套子，裡頭的軟肉被帶出些許，粉嫩嫩的，關山盡伸手掐了一下。

「啊——」吳幸子哭叫一聲，那處火辣辣的疼，然而疼痛之餘卻又莫名的癢，他腦子早就不好使了，只能隨著關山盡再次戳在底端的動作哭，渾身顫抖。

關山盡的動作略顯粗暴，身下的人雖瘦卻很軟，極富彈性的內壁也是軟得讓人欲罷不能，羞羞怯怯、欲迎還拒，他進得狠了便哆哆嗦嗦地退開，討好地吸吮，任著他狠搗狂肏，待他退出的時候，卻又依依不捨，咬著不肯放，連內壁都被帶出些許。

「淫蕩的傢伙……」關山盡在吳幸子耳垂上啃了一口，將他的肉臀掰開些。

「啊啊——」吳幸子尖叫一聲，細白的腿蹬了蹬，腳趾都蜷曲了，整個人癱在桌上痙攣了好一會兒。

「戳穿了？」關山盡一笑。

猙獰的龜頭戳過一個小洞，整個肉莖都肏了進去，飽滿的雙球啪地打在吳幸子顫抖的肉臀上，而他硬被壓在肚子上的掌心，確確實實感受到薄薄肌肉下浮起肉莖的形狀，果然如關山盡所言，把他給戳穿了。

那過度的深度，加上被肏開的鈍痛，吳幸子瞠著雙眼失神地看著頂上梁柱，張大了嘴卻什麼聲音也發不出來，唾沫順著嘴角滑落，被關山盡曖昧地舔去，而後含住他的唇，深深吻得他險些暈厥過去。

也不急著出去，吳幸子的身體又軟又暖，會吸又會夾，光是抵在裡頭也讓關山盡爽得眼神泛紅，彷彿一頭舔血的狂獸。

「別、別再大了……」吳幸子恍然地呢喃，手掌著魔似地揉了揉肚子，那讓人魂神俱消般的舒爽，讓他發出短促的哭叫，而男人在他身體裡的肉莖，果然又粗了一圈，硬生生讓他半硬不硬地射了。

「這是你自找的。」

接下來粗暴的抽插，肏得吳幸子在圓桌上滑動，他扶著肚子哀叫哭泣，便被幹得更狠。粗長的肉莖不用特別有技巧，就會在每次抽離插入的時候直接蹭過那塊突起的敏感處，更不提關山盡的技巧好得讓人痛恨又迷醉。

他一會兒九淺一深、三淺一深，到最後全入全出，把吳幸子體內那個小口肏得完全失守，又軟又乖地任由關山盡堅硬的龜頭出入，肚子裡燙得像火燒，他都分不清楚是太爽了，還是爽過頭了，還是爽得痛了。

不用多久，吳幸子又仰起頭，泛紅的身子在圓桌上抽搐，眼珠子都翻白，細弱地哭喊，雙腿連蹬幾下便又洩了。

這次洩出來的東西已清淡如水，再來一次恐怕只能尿了。

而顯然，關山盡並不管他是否承受得住，雙目赤紅地抱緊吳幸子的腰，狠狠地往深處肏，每進出一次都肏出水來，在地上流成一灘小水窪。

吳幸子感覺自己快要被弄死，他試著掙扎，卻被壓著肏得更深。

當最後關山盡粗喘著戳到深處射了他一肚子時，吳幸子整個人直接厥過去，身軀一抽一顫地，硬不起來的肉莖淅淅瀝瀝地流出如水般的汁液。

關山盡很快就把自己抽出去，眼角眉梢還帶著未褪的春情，嫵媚的眼眸中卻只剩下臘月般的冬霜。

他射得很多，混濁的白液與吳幸子後穴的汁液混在一起流出紅腫的穴口，那原本緊緻之處，現在彷彿都闔不上，張著一指寬度微微收縮。關山盡盯著那處看，神色異常淡漠。

好一會兒後，他才俯身將地上的衣袍撿起來，自己隨意套上中衣跟褲子，把外袍蓋在吳幸子身上，轉身推門而出。

門外站著兩個高大健壯的男子，神情冷肅，眉宇間是抹不去的殺戮血氣，一看見關山盡便恭恭敬敬地垂下頭，整齊地喚了聲：「將軍。」

「告訴染翠，我需要一間房間，讓他燒熱水送去。」關山盡吩咐道：「城外趕牛車的老頭讓他回去。」

「是。」左手側的男人拱手退下。

「馬面城有消息嗎？」關山盡沒看向右手邊的男人，挺拔頎長的身軀半靠在門邊，顯得有些懶洋洋的。

「回將軍，沒有任何消息。」

「哼。」關山盡半垂眼，紅唇勾起，「那傢伙倒有耐性……罷，隨他去吧。」擺擺手，關山盡退回房內將門關上，門外的男子神色依然不變地守在原處。

回到桌邊，吳幸子還癱軟著，臉色潮紅似乎有些發燙，下身還隱隱約約地顫抖著。

「倒也有趣……」關山盡擰了把吳幸子的鼻尖，用衣袍把人一裹摟在懷裡，推門走出去，吩咐道：「帶路。」

鯤鵬社的夥計訓練得極好，關山盡才剛吩咐要房間，這一會兒工夫夥計就來領人。對於花廳中的狼藉彷彿沒看到似的，甚至都沒往關山盡懷中的人多看一眼。

日頭沒過多久，就偏西了。

吳幸子醒來時，整個人是愣著的。

他被輕軟的被子裹著，彷彿睡在雲端，導致一開始他以為自己尚在夢中。

要不是鼻尖搔過米飯香味，而他的肚子也咕嚕叫得歡快，他肯定閉上眼再睡一覺。

「嘶——」身子一動，吳幸子就痛得想哭。渾身骨頭彷彿被敲碎了再組回去，特別是腰臀那一塊，簡直是折磨人。

這下，他才想起自己昨天發生了什麼事。

一回想起，人就紅成蝦子，但又忍不住用被子摀著嘴偷笑。

身體雖然是痛的，但卻很清爽，顯然是有人替他清洗過。雖然知道動手的應該不是關山盡，畢竟那個年輕的男人看起來就是久居人上的，肯定沒那種耐性替自己清理身體。但那不妨礙吳幸子自得其樂，暗暗想著也許關山盡用棉巾替自己擦身體，從頭到腳包括那羞人的小地方。

他還記得關山盡最後是射在自己肚子裡的，這是不是代表清洗的時候，關山盡那玉石般修長好看的手指，得伸進自己的小菊花裡，把射進去的白濁一點點摳出來……吳幸子顫抖了下，差點被自己的妄想弄得腿軟。

不過真沒想到，原來鯤鵬竟然可以戳得那麼深啊……吳幸子低頭往自己肚子看了眼，忍不住伸手在上頭摸了摸。被頂到肚子的感覺太過深刻，粗壯的肉莖隔著肚皮在手掌中滑動，那樣燙那樣硬，幾乎讓他神魂俱散，回想起來就羞人啊！

他忍不住又抱著被子竊笑起來。

「想什麼這麼開心？」男人多情溫柔又猶帶霜雪的輕語，讓吳幸子從腰軟上腦子，整個人抽了下，才開葷不久的身體可恥又令他自己意外地有了反應。

「你、你……」即使如此，吳幸子臉皮原本就薄，這種被人窺探到祕密的感覺，讓他羞恥得一句話也說不出口。

「嗯？」那語尾的小勾子總是那樣搔刮人心，吳幸子憋了個大紅臉，用被子擋住自己只露出眼睛，看向坐在桌邊的關山盡。

「怎麼？你看來很意外我在這兒啊？」

下意識點頭，接著連忙搖頭，吳幸子陪笑，「不不，我就是沒想到……」

關山盡聞言輕挑眉，卻也沒多問，平淡地招呼道：「來，你肚子應該餓了，吃點粥吧。」

「啊……是是……這就來、這就來……」吳幸子連忙下床，卻不想身體沒能跟上，在床邊踉蹌了下，差點跌個狗吃屎，還是關山盡眼明手快，一把將他撈起來，直接抱到桌邊才將人放下。

太丟臉了……吳幸子侷促地糾結片刻，才小心地在與關山盡隔了一張椅子的位子上坐下。

關山盡睨了眼兩人間的空位，也沒多說什麼，把餐具擺在吳幸子面前，「來，粥是特別熬的，用魚骨下去熬了一個時辰才做好，適合你現在吃。太油膩的暫時得忌口。」

「多謝多謝……」吳幸子拱拱手，連忙拿起湯匙舀一口粥，那米被熬得又糯又綿，晶瑩得像白雪一般，米湯泛著金黃，輕輕一攪拌就裹在米粒上，散發出濃郁又清爽的香氣。吳幸子這輩子沒吃過這麼美味的粥。

他吃了第一口後，就沒時間想其他的。一是自己肚子確實餓了，二是這碗粥實在美味，三是他也不知道自己能跟關山盡說什麼。

難道要說：關公子，您的鯤鵬跟我的菊花似乎一見鍾情了，要不，咱們搭伙過日子？圓了彼此想望？

關山盡定然會被他嚇走的。

欸，這米粥這麼好吃，再吃一碗吧。吳幸子不著邊際地胡思亂想，又替自己舀了一碗粥，埋頭猛吃。

「你是清城縣的師爺？」

突來的詢問，讓吳幸子險些被嘴裡的粥給嗆著。

他趕緊嚥下粥，擦了擦嘴，「是的是的，在下是清城縣的師爺。」

「清城縣是什麼樣的地方？」關山盡看來很有閒聊的逸致，還挾了一筷子清炒豆苗放到吳幸子碗裡。

吃也不是，不吃也不是，吳幸子左右為難地看著碗中的豆苗，又側頭偷瞄關山盡一眼，腦子裡同時煩惱著要如何向眼前的男人介紹清城縣，整個人一時卡殼，呆了半天沒有反應。

這這這，跟他想像的不一樣啊！

吳幸子當初也是有心要跟關山盡的鯤鵬當飛鴿之友的，絕對是真心實意不摻雜水分。安生和張捕頭之間那溫馨親密的感情，他哪裡能不羨慕呢？

原本他都打算好了，將自己的鯤鵬寄回去，對方要是看上眼，說不準就會寄普通的信回來，一來一往互相瞭解幾個月，也許他倆能見個面，要是處得合意，就來結契。

可他沒想到，關山盡這人如此積極，上來就跟他去了幾趟西方極樂世界，做得他全身痠軟，現在腦子裡半點章程也無，只想趕緊回家翻翻《鯤鵬誌》壓壓驚。

舒服是很舒服的，爽也實在是爽得太過頭。吳幸子下意識摸了摸肚子，那兒不合時宜地麻燙起來。

可……吳幸子是很清楚自己本分的人。他，就是個鄉下小地方的師爺，領著餓不死的俸祿，住在簡單的小屋裡，又無趣又不好看，明顯是配不上關山盡的，也不敢配。

與關山盡共赴的這趟巫山，都不知道是上輩子燒了多少香才換來的。

終於，吳幸子冷靜些，低頭把菜吃了，又喝口粥壓壓驚，才回道：「清城縣是個小地方，大夏建國兩百一十四年，年年都是道府州縣排名最後一個。又小又窮，人口也少，可大夥兒都親近，沒出過什麼大事，平平順順的。」

「是嗎？」關山盡點點頭，「你想過離開清城縣嗎？」說著又挾了一口菜過去。

「啊？」吳幸子眨眨眼，想都沒想就搖頭，「這倒沒有，我是想在清城縣終老的。」連墓地都找好了。

「為何不想離開？」關山盡的問題接二連三，吳幸子有些招架不住，他沒法子一邊吞粥一邊分神回答，可這粥如此美味，涼了就不好吃了，多可惜呢！

不得已，他只好捧起碗咕嘟咕嘟把粥喝了，滿肚子滿鼻子都是粥的香氣跟宜人的熱度，他差點又動手舀了一碗，所幸忍住了。

「很餓？」關山盡看著他豪邁的吃相，笑得宛如春風，總帶著一泓霧氣般慵懶的眸子彎彎，看得吳幸子又臉紅了。

「是是……」他傻楞楞地點頭。

美人佐餐實在令人食指大動，他就該把握機會多喝幾碗粥才對。

「這些菜都是替你準備的，不用客氣多吃些。」關山盡乾脆替他盛了粥，又挾了幾樣小菜放在他眼前的碟子裡，催促道：「吃吧，吃飽咱們再談。」

吳幸子的眼追著關山盡持筷的手，心神蕩漾。

鯤鵬社的待客之道向來穩妥又細緻，也不知道是為了配合關山盡的身分，還是原本就如此。餐具都是使用上好的瓷器，與盤中吃食搭配得相得益彰，比如那道清炒豆苗，盛在白得毫無瑕疵、恍若暖玉的盤子裡。

而關山盡用的筷子，看來是象牙的，手工細緻但不張揚，握在關山盡玉石雕就般的手中，更顯得美不勝收。

但吳幸子是用不來這雙筷子的，他剛試過了，象牙還真滑啊……

既然關山盡都這麼說了，吳幸子也就繼續埋頭猛吃，暫時把一切拋諸腦後，打算吃飽就告辭。天色已經很晚，吳幸子倒不擔心柳大叔還在城外等他，要是等待時間太長，柳大叔會先行離開，除非有特意交代過。不過，接下來他得靠雙腿走回清城縣，身上的錢也不知道夠不夠在鵝城住一晚，要是不夠就趁夜趕路吧。

似乎看透了他的打算，關山盡適時開口：「今晚這房間歸你，明早再回去吧。」

這可真是得救了啊！吳幸子感激得對關山盡連連道謝，更加開懷地掃光滿桌子的菜，直吃到肚腹圓潤，整個人癱在椅子上喘氣才作罷。

而關山盡倒沒吃多少東西，端著一杯茶啜飲著，指尖、紅唇、翠竹般的背脊，全都足以入畫。

吳幸子盯著看了半天，還是不懂為何關山盡會同自己在房間裡獨處這麼久。

「能聊了？」關山盡放下茶杯，抿了抿唇，朝他似笑非笑地睨了眼。

「可以可以……關公子想聊些什麼？」被那多情又凜然的眼神一看，吳幸子腰都酥了，整個人蹭一下坐得筆直。

「你想過離開清城縣嗎？」

「這……」吳幸子揉著吃撐的肚子，猶豫片刻才搖頭，「不想。」

「真不想？」關山盡顯然不信。

這回吳幸子堅定地搖頭，「真不想。關公子，我這輩子都住在清城縣，最遠就是到鵝城來了。您知道井底之蛙的故事嗎？」

「知道。」關山盡被問笑了。

也察覺自己問了笨問題，吳幸子頓時羞得滿臉通紅，怯怯地垂下頭，低聲道：「您、您當然知道這個故事了。」

「無妨，你繼續。」關山盡親暱地揉了他耳垂一下，把中年男人驚得差點從椅子上摔下地，手足無措地摀住自己的耳垂，往一旁又移了一個位置才勉強緩過氣。

關山盡看著他的眸中似乎帶著笑意，然而深處卻淡漠得令人心驚。

吳幸子低著頭，啥也不打算看，懦懦地續道：「我啊，就是那隻井底蛙，這輩子就住在那兒，啥都有了，啥都不缺了，看著井口的天空，春夏秋冬、日夜更迭。」

「不想去外頭看看？」

「外頭？」吳幸子飛快地抬頭瞥了他眼，又垂下臉搖搖，「關公子，我知道有外頭，但只要知道也就夠了，住在井底的蛙在所謂的外頭能活多久？他什麼都不熟悉，什麼都不懂，連那片足夠葬身的地方都沒有了。」

關山盡嗤的一笑，「你這隻老青蛙卻敢寄男根圖給人，也稱得上不安於室了。」

聞言，吳幸子脹紅了臉，訥訥不能成語。

丟人！太丟人了啊！

他低著頭半天不敢回應，恨不得找個洞把自己給埋了。他為什麼會被關山盡的鯤鵬迷得忘乎所以？這下可好，他這張老臉見不了人了啊！

「嗯？」關山盡卻沒放過他，小鉤子似的鼻音從吳幸子心尖上擦過去，他猛地抖了抖，唬地站起身。

「關公子……關公子……」吳幸子拱拱手，結結巴巴地道：「昨日之日不可留，咱把這小事給、給忘了吧！」

「哪件小事？你睡了我還是寄了鯤鵬勾引我？」關山盡不知何時已貼上前，纏綿的低語帶著灼熱的氣息，掠過吳幸子敏感的耳畔，他猛地往後縮，險些被椅子給絆倒，理所當然又被關山盡給摟進懷裡。

第三章　春風一度不行嗎？

沒有人，從沒有人會在激情過後從他身邊離開，關山盡對自己的樣貌跟能力極為自信。

沒想到吳幸子這鵪鶉似的老傢伙，竟膽敢睡醒就跑！

「好你個吳幸子！」

關山盡將牙咬得喀喀響，抬手一掌將桌子拍成碎片。

與午時親近時略有不同，關山盡身上醉人的薰香味已經散去，大概是沐浴過的關係，身上只餘淡淡的白檀味，還有隱隱約約鐵鏽般的氣息，銳利、凶狠卻又使人欲醉。

吳幸子捂著臉，意圖假裝自己不存在，而關山盡則被他的舉動給逗笑了，貼在他耳畔的胸膛悶悶地震動了幾下，癢得他渾身發軟，即使身體還因為先前的性事而痠軟不已，依然扛不住吃飽後精神起來的小鯤鵬。

「你硬了？」關山盡似乎有些訝異，隨後大笑，「真是個騷寶貝。」

沒等吳幸子辯駁，關山盡摟著人大步回到床上，一眨眼就將吳幸子脫得赤條條，一身白肉在大紅被褥間淫靡異常。

「等、等等……」吳幸子幾次想撐起身子都找不到施力點，觸手可及都是軟得雲朵似的被褥，沒一會兒就把他吞噬。

「放心，我有分寸。」關山盡這回倒沒有脫自己的衣物，眼帶促狹地睨著他，「你的後穴還太生澀，我不想弄傷你，就是把玩把玩。」

不是啊！把玩這詞聽起來沒讓人比較安心啊！

吳幸子臉色霎白霎紅，被褥是上好的絲綢，流水一般裹著他的肌膚，癢，無與倫比的癢，癢得吳幸子粗喘。

「您、您老想把玩哪兒啊？」吳幸子慌得不行，卻又渾身痠軟，分明就是期待得緊，他都快認不得自己了。

「你猜。」關山盡的笑如春陽乍現，眼神流轉間的風情，完全讓吳幸子沒有任何抵抗能力，腦子霎時糊掉。

之前也不是沒肉搏過，這眼下也不需太多矜持矯情。

吳幸子紅著臉，羞澀又期待地盯著關山盡，「猜不到，你、你……」隨意吧。

這大方又混合靦腆的模樣，讓關山盡也是心頭一癢，原本只想逗逗眼前的老傢伙，現下可真有些動情。

不過，先前玩得有些過火，這一兩天吳幸子不適合再承受他的進入，只能暫且忍耐。

輕嘖了聲，關山盡將被子全塞在吳幸子腰下，讓他羞恥地挺著光溜溜的下半身，粉嫩的肉莖已經硬了，嬌嬌羞羞又無比大方地指著關山盡那張沉魚落雁的臉。

「別……」吳幸子頭下腳上，自然也看到自己現在不堪的模樣，扭著腰想躲，卻被扣住。

「別害羞，這才開始。」關山盡明媚地對他笑道，語尾上飄的聲音，讓吳幸子的腰瞬間軟得如同爛泥。

他茫然地看著身上的絕色美人，嫌棄自己的小鯤鵬礙眼，又說不出自己到底在期待什麼。

「待會兒好好學，嗯？」關山盡傾身吻了吻吳幸子的臉頰，又啃了口他圓潤泛紅的耳垂，滿意地聽見嘶啞柔軟的呻吟。

本以為關山盡會像先前那樣順著耳垂往下吻，卻不想他抬了抬吳幸子的腰，花瓣似的唇微張，一口就把顫巍巍的粉色肉莖給含進嘴裡。

「唔！別、別……」從沒嘗過肉味的部位被溫暖柔軟的部位包裹著，吳幸子緊扯著褥子，推拒都染上了哭聲。

爽……太爽了……

吳幸子腦中只剩一片空白。

靈活的舌頭順著莖身從下往上舔，來來回回細膩無比，滑膩又滾燙的口腔則順著舔舐的動作深深淺淺地吸啜，偶爾含得深些，前端敏感的龜頭會隱約抵上一個稍緊的地方。

那瞬間，吳幸子發出短促的尖叫，肉臀在被子上扭動，兩條大白腿繃緊，渾身都是汗水。

他不知道關山盡為什麼願意舔他的鯤鵬，也不知道技巧到底好不好，但吳幸子確實爽得有些神志不清，這和被戳進肚子裡的愉悅完全不同，那種被吞下肚般的畏懼跟舒爽，簡直是毒藥般的存在。

「好髒……別……」吳幸子啜泣著，壓根不知道自己在呻吟叨念些什麼，他沒有關山盡高大，又被擺成現在的姿勢，根本無力推拒。

柔軟的舌頭接著往雙丸舔去，勾弄著有些發皺的囊袋，大概是之前射太多，兩顆小球有些乾癟，羞羞澀澀地在關山盡的舌尖上滾動，接著被狠狠吸了口。

吳幸子隨著這啜吸的動作發出陣陣浪叫，大白腿一顫一顫地蹭著關山盡的肩頭。

肉臀被大掌緊握著揉了揉，關山盡繼續往下舔過會陰，把身下的中年男人爽得雙腿亂蹬，又哭又叫，肉莖汩汩流著淫汁。

就這樣來回折騰幾次，吳幸子整個人癱在褥子上，幾乎連氣都不會喘，大腿內側被啃了好幾個牙印子，微微痙攣著，而會陰那一塊更是被又吸又咬得腫起來。

似乎是把玩夠了，關山盡不再折騰他，回頭一口將張著小嘴的粉色龜頭含進嘴裡。

「不行……不行不行……饒了我……」吳幸子直接就哭了，一邊哭一邊打嗝，快感已經超過他能承受的範圍，更不提敏感的龜頭現在根本動彈不得，哪受得了關山盡細膩又執拗地吸啜。

然後他發現自己真是太天真，關山盡的舌頭實在靈巧得令人痛恨，又多情得讓人迷醉。

因為幾乎沒有東西能射，龜頭上的小孔寂寥地開開合合，關山盡的舌尖在傘狀部位舔了一圈後，直接往小孔裡的嫩肉舔去，過度的刺激讓吳幸子翻著白眼全身抽搐了好一陣。

偏偏關山盡仔細地舔著那裡頭，似乎想試試看能舔得多深。

吳幸子哭喊著雙腿亂蹬，但被強硬地按在床上，硬是將人給舔得射出來，才被放開。疏淡的白液濺在吳幸子肚子上，接著他又痙攣一下，一股帶著腥羶味的水柱淅淅瀝瀝噴了出來，順著肚皮往下漫流。

「你尿了。」關山盡嗤地笑了。

被褥間一蹋糊塗，腥羶的氣味不算太濃，慢慢也就淡去。

吳幸子癱在床上一顫一顫，一時還回不了神。關山盡也不急，動手將沾了尿水的褥子扯了，隨意收拾吳幸子的下身，便將褥子扔下地。

這下床板就有些嗑人，又涼又硬的，讓吳幸子暈乎乎的神志，很快就歸了位，略帶迷茫地盯著眼前眉目含春的美人。

「醒了？」關山盡輕柔地拍了拍吳幸子的臉頰，見他晃著腦袋半瞇雙眸，索性俯身把人摟在懷裡，隨意把被子鋪在床上。

「你、你……」嗅著關山盡身上的味道，吳幸子的腦子總算慢慢轉動，他羞得不知如何是好，他看過吹簫圖，卻沒想到這簫會吹得人三魂七竅盡數離身啊。

「嗯？」關山盡拍撫著吳幸子瘦得脊椎突起的後背，順著骨節往下，揉了揉兩片肉臀。

吳幸子悶哼了聲，閉著眼把臉藏在關山盡的頸窩裡。雖然一人裸著，一人卻仍衣冠楚楚，但對吳幸子來說卻是難得感受到的溫情。

人啊，總是需要肌膚之親的對吧！

儘管關山盡肏起人來那叫一個心狠手辣、殺伐果決還濕痕遍野，但情事結束後或中途休息的時間裡，卻很溫柔體貼，宛如春風一般裹得人全身舒暢，不知不覺就沉溺了。

吳幸子當然躲不過關山盡手段高超的溫情，他原本就寂寞，十歲之後就沒感受過第二個人的溫暖。他爹媽相敬如賓，對孩子也是恪守分際，原本他娘很愛摟著他親親，但十歲上學堂後，爹就禁止娘這麼做了。

總之，男女授受不親，讀了書、知了恥就該明白男女大防，不再是個可以隨意膩在父母懷中的孩子。

緊接著大水吞了爹娘，吳幸子孤家寡人的，喜歡的又不是女人，見了男人肉體還會自覺閃避，把自己關得牢牢的。

關山盡溫暖的懷抱，竟是三十年來唯一一次。

男人的體溫很高，卻不讓人煩躁，暖暖的恍若冬陽，吳幸子哼哼唧唧地在他厚實的肩上蹭蹭臉頰，幾乎要睡過去。

但哪裡能呢，他是爽快了，關山盡卻還是硬的啊！

察覺懷裡的人快睡著了，關山盡也不客氣地將人搖醒，在泛紅的耳垂上吻了吻道：「你這忘恩負義的傢伙，不該禮尚往來一番嗎？」

禮尚往來？吳幸子猛地一個激靈，人瞬間就醒了。

這是說……他口舌微癢，口津多了起來，腦中瞬間就想起那張讓他心心念念，好幾次想舔舔看、摸摸看的蘭陵鯤鵬！這簡直是天上砸了餡餅，沒想到關山盡做人這麼講義氣，一言不合就圓了他的想望！

吳幸子幾乎是迫不及待，但又怕嚇著了眼前的人，只能故作矜持道：「這是應該的、應該的……您、您要是不介意在下學藝不精，這是我本分應當、本分應當。」

聞言，關山盡冷淡地睞起眼，但很快掩去那抹凌厲。

「吳師爺，請吧。」

拱拱手，吳幸子也顧不得自己渾身赤裸，眼神看來饞得不行，直盯著關山盡的胯下……鼓是鼓起來了，卻猶抱琵琶半遮面，這是讓他動手掏嗎？這實在太客氣了。

舔舔唇，吳幸子原本痠軟的手腳、爽得忘乎所以的腦子，瞬間恢復力氣，腿腳有力不說，腦子比過去任何一刻都要清明。

機會難得，怎能不好好記在腦子裡呢？

見了他那急躁難耐的模樣，關山盡唇角微勾，「你想怎麼做就做吧，別咬疼我就是了。」

「這是這是。」咕嘟嚥下唾沫，吳幸子正想伸手掏鯤鵬，卻猛然發現自己掌心冒汗，連忙在身下的被子上擦了擦，才小心翼翼地解開關山盡的褲帶，幾近虔誠地用雙手將那隻大鳥給拿出來。

這隻鯤鵬比想像中更燙、更沉、更膩手。他愛不釋手地在莖身上摸了摸，從雙球處往上，一吋一吋地撫過。

掌心中的觸感絲滑細緻，突起的青筋血管看來猙獰，摸來可人。

「不親親他？」關山盡語中帶點壓抑，撫摸吳幸子肩頭的手，移往他的後腦杓，往下壓了壓。

「親……當然、當然……」湊得近了，鯤鵬散發的熱意混合皂莢的味道鑽入鼻中，吳幸子無法克制地連連深喘，全身彷彿都淹沒在這氣味跟溫度裡，比他想像得更加美好。

關山盡的肉莖實在大得驚人，飽滿的龜頭稜角分明，當中裂開的鈴口半張不張，看得人心癢難當。至少吳幸子是忍不了，他都不知道在腦子裡吻過多少次這道小口。

抿了抿唇後，吳幸子就不再磨嘰，貼上去吻了口。關山盡的鈴口已經流出不少汁液，順著唇縫就流進吳幸子嘴裡，味道有些腥甜，他不由得伸舌舔過去。

一切那般順理成章，滑膩的舌尖在前端掃了掃，動作青澀又帶點靦腆，卻讓關山盡的呼吸粗重不少。

「繼續……」他再次按按吳幸子的腦袋，把自己的肉莖戳了一大截進去濕熱的口腔中。

「唔……」吳幸子畢竟是第一次侍奉男人的鯤鵬，被堅硬的龜頭直接戳在脆弱的上顎，整個人顫了下，嘴裡又麻又癢，口涎都含不住順著莖幹往下滑，把關山近的下身弄得濕滑不已。

「嘴張大些，用舌頭舔。」關山盡低柔的語尾隱隱帶著多情的嘶啞，羽毛似地搔在吳幸子心頭。他本就癡迷於嘴裡的大東西，這下更是忘乎所以，乖巧地依照教導，把嘴張大，困難地將舌頭貼著莖身滑動。

「乖了……」

吳幸子用手握著粗大的根部，緩慢地試著將這沉甸甸的玩意兒吞進嘴裡，他能感受到關山盡的動情，大腿繃得緊緊的。可惜關山盡的肉莖真的太大，吳幸子才吞了一半多，竟已整個抵在咽喉處，再往下就要進喉嚨裡。

他有些畏懼，只敢舔弄嘴裡這一段，下半截則用手撫慰，啜得嘖嘖作響，滿臉迷醉不已。可對關山盡來說，這不上不下的舔弄讓他極為難受。

吳幸子嘴裡沒有足夠的空間，努力舔著浮起的青筋，龜頭下的溝槽，再縮起臉頰用力吸吮，雙手則撫弄著雙球。

「吳師爺。」這對關山盡來說幾乎是折磨，他含著春情嫵媚的眼半閉，媚得奪人心魂，聲音裡混著不滿足的隱忍，直接讓吳幸子軟了身子，難耐地吸舔得更賣力。「再往裡含些……」

往裡含？

「鬆開你的咽喉，把我吞進去……」關山盡誘哄著，修長帶繭的指頭撫過吳幸子鼓起的臉頰，滑過頰側最後落在喉結上，曖昧地搔了搔，「吞。」

大概沒有人抵抗得了這麼個活色生香的大美人，吳幸子肯定是兵敗如山倒，更何況還有大鯤鵬做靠山，吳幸子連自己是誰都忘得差不多，滿腦子都是鯤鵬的味道、重量還有熱氣。

於是他努力放鬆喉嚨，一吋一吋艱難地將剩下的那截肉莖嚥進去，直到窄小的喉管浮出肉莖頂起的形狀，臉上糊滿了眼淚口水鼻涕，鼻尖都埋進了茵茵芳草之間才停下。

吳幸子被噎得幾乎吐了，喉管火辣辣的疼，卻又讓他目眩神迷地滿足。舌頭已經被粗壯的莖身壓得動彈不得，他怯怯地伸手在頸子上碰了碰，隔著肌膚依然有種觸碰火焰的感覺。

「乖了。」關山盡讚美，一手抓住他腦後的長髮，一手扣在被肉莖頂起的喉頭，重重地抽插起來。

沒幾下吳幸子差不多就是個死了一半的人，任由關山盡抓著自己腦袋戳自己喉嚨，一開始喉管還會抽搐著想吐，到後頭乖得不行，隨便肉莖進出，還會配合地吸吮，舌尖幾次搔過龜頭肉稜，便會舔上去彷彿品嘗珍饈。

好一會兒後，吳幸子身子痙攣，喉嚨緊緊縮起來，翻著白眼看來就要窒息，而關山盡顯然也到了緊要處，更粗暴地往他喉管戳去，幾乎連雙丸都要塞進嘴裡似的，接著便噴薄而出，射出的力道讓吳幸子嗆得掙扎起來，卻掙不脫鐵鑄般的掌握，腥甜的白濁直接灌進吳幸子胃裡。

房中一時間只有粗喘跟嗆咳聲，淫靡不已。

退出的時候，關山盡仍情不自禁用龜頭肏了肏吳幸子的嘴，把那一點沒射乾淨的白濁全留在他嘴裡才離開。

吳幸子已經厥了過去。

休息了片刻，關山盡起身讓守在門外的下屬叫來鯤鵬社的夥計，換了一床新被褥，又捎來一盆熱水將兩人收拾乾淨，才上床歇息。

吳幸子總是起得很早，通常天矇矇亮就醒。

即使昨夜被玩得很徹底，可鯤鵬社的床也是一等一的舒適，他倒是睡得比平時更香甜，醒來時整個人除了嘴有點疼、筋骨有些麻痛，精神卻是好得不得了。

他伸伸懶腰，腳步有些虛浮地下床，左右看了看找到自己被摺疊好放在架子上的衣物，麻利地穿上後才回頭往床上看。

床的裡側看得出是躺了人的，絲緞般的烏髮散在大紅被褥間，美得驚心動魄。更不說那頭烏髮的主人，是個不折不扣的美人，即便霜雪般凜然，依然活色生香。

盯著好一會兒，吳幸子轉頭推門而出。

他也該回清城縣了，雖說平日裡沒啥案子需要他忙碌，但身為師爺要做的文書工作也是不少，總不能白領乾薪對吧！

門外，站著兩個鐵塔似的護衛，聽見推門聲後朝他睞去，卻沒說什麼。

吳幸子被兩名護衛看得手足無措，下意識縮起雙肩，帶著討好的笑對兩人拱拱手，才輕手輕腳關上房門。

正想詢問要怎麼離開，一抹翠綠身影在不遠處朝他招手。

定睛一看，吳幸子才發現那是染翠大掌櫃，早已經穿戴整齊，正笑盈盈地看著他。

儘管有些侷促，吳幸子還是走上前，「大掌櫃，您早啊。」

「吳師爺，您也早。」染翠親切地托起吳幸子的手臂，「來，我有事兒想同吳師爺說說，您別急著走，說完話染翠自會派人送您回去。」

恰巧，吳幸子也有話想同染翠說，他還要付下個月的《鯤鵬誌》費用，也就不推拒任由染翠帶走。

關山盡的屬下目送兩人離去，也沒出口挽留，繼續在門前盡忠職守。

染翠帶著吳幸子拐幾個彎，走過幾重院子，最後來到第一次會面的那座小涼亭。庭內石桌上備了早點，包子、饅頭與幾樣小菜，看來都精緻無比，惹得人食指大動。

讓吳幸子坐下，染翠才在他對面落座，掂起一塊酥餅吃了，並用眼神招呼吳幸子用餐。既然主人先動，吳幸子便放心吃將起來，一頓飯吃得滿足不已，分量恰到好處。

待吃完早飯，霧氣也都散了，青空如洗看來會是個好天氣。

染翠也就適時地切入正事：「吳師爺，身為鯤鵬社的大掌櫃，染翠向來是相信各位公子能覓得有緣人的。」

「托福托福……」吳幸子尷尬地搔搔臉頰，是不是遇到有緣人他不敢肯定，但關山盡的鯤鵬絕對是有緣的。

「所以染翠不得不問，昨日您與關將軍打算結契了，或是露水姻緣？」染翠問得直接，他知道跟吳幸子說虛的沒有意義，吳幸子的腦子肯定轉不過彎。

被這一問，吳幸子幾乎都沒想過就回答：「算是露水姻緣吧。」

「喔？」染翠黛眉輕挑，顯然沒想過吳幸子會回答得如此不加思索，看著也不像矯情，但那臉上的滿足跟羞澀又那麼明顯，反倒令染翠看不透了。

「欸，原來關公子是個將軍啊，怪不得。」吳幸子自然是沒留心到染翠的窺探，倒對自己的識人之明有點沾沾自喜，他早看出來關山盡身分地位不一般，原來是馬面城的將軍啊。

「您……沒打算與關將軍多了解了解？」染翠盯著吳幸子的臉問。

「沒有沒有。」吳幸子連連擺手，接著從小錢袋裡摸出五十文錢推過去，「大掌櫃，這是下個月的《鯤鵬誌》費用，您請收下。」

「這樣啊……」染翠也不再多問了，將五十文錢先推到一旁，「既然如此，染翠就派人送您回清城縣吧。」

「這多不好意思。」吳幸子剛想拒絕，染翠就笑著點點自己的紅唇，開口道：「這也是鯤鵬社的服務。」

不由分說，染翠便招來一個夥計，交代了幾句後對吳幸子笑道：「您放心，既然無緣，那後頭的收尾，便是鯤鵬社的責任。我讓夥計駕馬車送您回去，下個月初十恭迎大駕。」

「多謝多謝，讓您費心了。」吳幸子連忙拱手道謝，便在夥計的帶領下坐上馬車，很快便回到清城縣。

至於在他走後才從睡夢中清醒的關山盡如何憤怒，並拆了半間廂房、罰了兩個守門的屬下、被染翠大掌櫃剮了一層油水這些事，他就完全不知情。

唉呀，眼看下個月初十也不遠了，吳幸子打開藤籠，一幀一幀翻看裡頭收藏的鯤鵬圖，最後滿足地撫摸著關山盡的鯤鵬圖好一會兒，開開心心地換身衣服上衙門去了。

馬面城駐守了大夏的狼虎之師，隱隱然有種雄踞一方的氣勢，即便是將其他三地軍隊擰成一股，大概也無法撼動其分毫。

要不是護國公世代純臣，與帝王親密無間，恐怕早因為功高震主，而……皇帝也不能怎麼樣。

講道理，先不管南蠻的凶殘粗暴，在關山盡以大將軍身分駐守南疆之前，每年都會被南蠻王掠奪一番，而不過短短五年，南蠻被整治得跟龜孫子似的，乖乖縮在劃定好的疆域之外稱臣朝貢，皇帝可不覺得自己的腦袋比南蠻王的硬。

當然，朝廷上不是沒有人嫉恨關山盡，但又能怎麼樣？他就縮在馬面城不回京，手頭有全大夏最威猛的軍隊，殺戮之名可止小兒夜啼，就算是喝醉了也沒人膽敢在明面上說關山盡的壞話。

討好的倒是很多。

一開始送的是美人，環肥燕瘦、百花齊放，什麼樣的美人都有，恐怕比皇帝的後宮都齊全。可關山盡沒興趣。

那可不是普通的沒興趣。

關山盡成名的時候才十六歲，早就在西北拚殺出一身軍功，關家軍的威名赫赫，鎮西將軍根本不敢掠其鋒芒。雖說也因著鎮西將軍本為護國公麾下大將，後來護國公交回兵權提拔了他，自然對曾經的小主子更為寬容。

及冠後，關山盡終於肯回京，賦閒了兩年，表面上是皇帝憐惜他長年在外征戰，父子之間難得天倫之樂，所以讓父子兩人多相處相處，順便把終身大事給辦了，生個繼承人，也好寬慰護國公一片愛兒之心。

私底下就簡單了，皇帝怕這年輕人不好控制，偏偏這把鋒利的刀不用可惜，盤算著讓他盡快結婚生子，自己手上的籌碼也會多一些。

也不知道是不是看透皇上的想法，關小將軍對送上門的各色美人毫無興趣，書房裡的畫卷像那是一綑一綑的，牆上掛不下就全堆在屋中一角生灰塵。也虧得管家機靈，每幾天換一批畫掛，勉強給足各世家面子。

但眼看畫中美人們一半都覓得良緣了，關小將軍連畫都沒仔細看過一次，更別說從中挑選。儘管這也不難理解，畢竟這些美人恐怕都沒有關小將軍長得好看。

在他面前，哪個沉魚落雁的美人還沉得了魚、落得了雁？魚雁都撲騰起來看關小將軍這個美人了。

護國公也拿自己的兒子沒辦法，打嘛，這兒子是個心狠手辣的，護國公不說打不打得動，就算打得動自己也得去層皮；罵嘛，護國公是個粗人，比不上兒子文武雙全、琴棋書畫樣樣精通之餘還不給老父親面子。

倒不是說父子關係不好，可也不知道怎麼教養的，關山盡自幼有主見，你能用理說服他便罷，他是個聽得進勸告的，只要不犯他底線。但若打算硬著來，他能跟你死嗑個魚死網破。

但這麼拖延著也不行，護國公只好授意夫人去跟兒子詳談，到底有什麼章程，說出來大夥兒才好打算啊！

一談之下才知道，關山盡喜歡的是——男人。

儘管大夏稱得上男風鼎盛，也出過幾個知名的男妻，但世家大族畢竟對這種事頂看不上眼，就算喜歡男人也都暗著來，斷不會有娶男人為正房的事情。可關小將軍才不管，他坦明了對女人沒興趣，不想誤了他人終身，這輩子就算娶妻也只娶男妻。

這話一出，皇帝放了不少心，護國公一門在大夏算是少數謹守一生一世一雙人的世家，護國公自個兒連個通房丫環都沒有，與國公夫人少年夫妻甜甜蜜蜜，就生了關山盡一個兒子。

眼下這獨苗苗只要男人不愛美人，誠懇地來說護國公主脈是斷子絕孫了，皇帝整個人鬆口大氣，立刻一道聖旨把關山盡派去南疆當鎮南大將軍。

唉，家門不幸。護國公與夫人送走兒子後，獨自去祠堂跪了一夜，回頭開始幫兒子物色起好男人。

也只能說護國公心大。

至於關山盡，這一離京就再也沒回去過。

但即使天高皇帝遠，也阻止不了父母對兒女的關愛之心。

於是數月前的某日，關山盡收到一本四百來頁的書冊，造工精美，書頁用的是白鹿紙，封面用的竟是金栗箋紙，上書「鯤鵬誌」，下頭還用蠅頭簪花體標註：京城暨南疆通版。

隨書有家書一封，關山盡不想自己看，揮手讓副官滿月替他看。

滿月人如其名，又胖又圓就像一輪銀月，偏偏還天生膚白曬都曬不黑，吹彈可破隱約泛著粉色，除了關家軍跟現在的南疆軍以外，任誰也猜不到這白饅頭似的圓墩，事實上是關山盡手下數一數二的猛將。

攤開信看了看，滿月嗤一聲笑出來，「將軍，是國公寫給您的。」

關山盡冷淡地睨他眼，警告他不要廢話。

「別這樣看我嘛！將軍您知道您這雙桃花眼，輕易就能撩得人心癢難耐，滿月年紀還小，生受不起啊。」沒將他的警告放心裡，滿月和關山盡關係本就不一般，有的是本錢跟他鬧。

「多嘴。」關山盡伸手狠狠擰了一把滿月的臉頰，「說。」

之所以不讓滿月念信，那是因為關山盡太了解自己的爹。明明就是個五大三粗的大老粗，偏偏寫起信來嘮嘮叨叨、廢話連篇，能將城門口小黃狗生了一窩狗仔的事都寫進去，關山盡拿他爹這秉性毫無辦法。

所幸滿月雖然生性活潑愛鬧，但對於關山盡的脾氣掌握得恰到好處，他嘻嘻一笑道：「也沒啥，將軍你知道鯤鵬社吧？」

「知道。」僅限於知道，關山盡自從坦白自己性好南風這件事後，鯤鵬社就派人找上他了，說是想替他牽紅線。

嗤！關山盡冷笑，他的婚事連此等貓狗之輩都惦念上，背後要說沒皇帝老兒的示意他才不信。至於鯤鵬社幕後老闆是誰，他離京前便派心腹去查過，很快就把對方的底給掏得透透的，也就姑且放置一旁不再關心。

沒想到時隔多年，鯤鵬社竟然又透過他爹的手，出現在他面前？真是活得不耐煩了。

「這鯤鵬社專替男子們牽紅線，喏，就是靠這本《鯤鵬誌》。」

滿月說著拿起《鯤鵬誌》翻閱，嘴裡不住嘖嘖稱奇，「你說，這鯤鵬社是誰辦的？還真是懂得行商啊。」

「是董書誠。」關山盡諷刺地撇唇，擺手道：「你有興趣就拿去玩吧，我的終身大事還犯不著老頭子掛念。」

「董書誠？」滿月也沒推辭，喜孜孜地將書收下，剛翻了幾頁，入眼的可都是各色偉岸男子，家世清白，自個兒守身如玉多年，也是時候找個知冷暖的人。

「琉璃閣閣主。」關山盡再補一句。

「竟然是琉璃閣閣主啊！」滿月讚嘆。說起琉璃閣，大夏朝幾乎無人不知無人不曉，風月之地的扛霸子，非等閒不能進入，就算是滿月這樣性喜南風的人，都不免生起一絲嚮往，可見其厲害。這閣主手也真長，男男女女的情慾就沒他不能用來掙錢的，一拿捏一個準啊！

「可話說回來，將軍你也不能一輩子打光棍啊。」拿人的手軟，既拿了《鯤鵬誌》，也該替護國公美言幾句。

「我不會。」關山盡似笑非笑地睨了副手一眼，「你知道我心裡有人了。」

「知道，但又如何？他是在你心裡，可你又不在他心裡。」這句大實話任誰說了都會被關山盡直接剁了餵狼，也就滿月有那份底氣。

饒是如此，他也沒能扛住關山盡殺人似冰冷的眼神，訕笑兩聲便匆匆抓著《鯤鵬誌》逃跑。

之後數月，《鯤鵬誌》風雨無阻地月月寄來，全被滿月收下，樂顛顛地交起了飛鴿之友。

時間久了，關山盡也搞懂這本《鯤鵬誌》的厲害，某日忍不住好奇，跟滿月討了最新一期的《鯤鵬誌》翻閱。

「你動凡心啦？」滿月擺出誇張的訝異，把書雙手奉上。

「呸。」人美，就連口出惡言都是一幅畫。關山盡斜倚在窗邊的美人榻上，他今日有些懶洋洋的，上午結束操練後，回房洗個澡，整個人連髮也不束，就穿著單薄的中衣賴在美人榻上，閒適地翻著那本《鯤鵬誌》。

「如何？」滿月坐在一旁，心癢難當地問。

關山盡沒回答，用玉石般的長指一頁一頁翻看，他向來博學強記一目十行，沒多久工夫就翻完大半本，就剩薄薄幾頁。滿月在一旁心痛，《鯤鵬誌》中可都是好男人啊，別的不說，他這幾個月交上的飛鴿之友，全都是百裡挑一的對象，溫文儒雅者有、豪氣干雲者有、出入朝堂者有、鼎足一方者也有。

可照關山盡這種看法，就算是珍珠也只能被當魚目拋棄。

突然，關山盡腰身一挺，從美人榻上唬地站起身，懶洋洋的神色大變，那雙多情的桃花眸隱隱泛出紅光。

滿月心理咯噔一聲，猛然驚覺大事不妙，也跟著跳起來，伸手就要搶《鯤鵬誌》……當然，這也就想想而已，他的手才動，一柄烏黑銳利的長劍，就指向他咽喉。

要命，這一言不合就出劍的脾氣何時能好！

「收回你的劍！我好歹也是你的副將啊！」滿月連忙退後兩步，這才敢出聲抱怨。

「所以？」關山盡瞥去一眼，長臂一振收回長劍。

「你這是……」滿月嘆了口氣，「好歹讓我知道你看上誰了？」雖想靠上前，但評估一下關山盡眼中的晦暗，滿月還是決定不拿自己的脖子去拚命。

「告訴我，所謂飛鴿交友是什麼樣的章程？」關山盡沒回答滿月的問題，反問道。

「這個嘛……總之就是寫封信給你看上眼的人，將信寄去飛鴿傳書點，自然有人會去收信。」滿月不得不乖乖回答，先安撫好眼前這人，才能阻止慘劇發生。

「飛鴿傳書點？」

「是，上頭不都寫了嗎？鵝城、香城、馬面城、京城等等，這些就是鯤鵬社提供的飛鴿傳書點了。」滿月估摸著關山盡心情好了些，這才走近了幾步，「怎麼？你真的動凡心了？」

關山盡還是不直接回答他，只勾了勾唇角，「備馬，找四個人跟著我，我要去鵝城。」

「你要去鵝城？」滿月這下驚跳起來，渾身的軟肉抖啊抖的，「你要是看上誰，寄信去就是，犯不著如此啊！」

「嗯？」關山盡尾音柔媚，就算是滿月也扛不住鬧紅了臉，心裡癢絲絲的，張著嘴沒法子再說什麼。

關山盡畢竟是將軍，他能怎麼辦？派人綁了將軍不讓走嗎？真這麼做，那柄沉鳶劍又可飽餐一頓了。雖說不至於出人命，但在床躺上一兩個月都算輕微的。

「將軍啊，你就不怕魯先生知道了不開心嗎？」滿月也只能做最後掙扎，他是百般不樂意在將軍面前提到魯先生的，真要說這藍顏禍水才是病灶所在啊！可現下，似乎也只能飲鴆止渴了。

「這不正順了你的心意？」關山盡冷笑，用力闔上《鯤鵬誌》，「等我離開了，派人告訴魯先生我去哪兒、打算做些什麼，有任何消息都送信告訴我。」

「我可不知道你打算做什麼。」滿月真不開心了，向來笑彌勒似的圓臉陰沉如水。

「強搶民男罷了。」關山盡順手擰了滿月臉頰一把，「快叫人準備，我收拾完就要離開。」

那急切的模樣，滿月只得領命而去。

馬面城到鵝城快馬約要十到十五天，關山盡卻硬生生用九天就趕到目的地。

風塵僕僕趕到鵝城，在城內最大的客棧要了三間上房，洗去一身塵土用過飯後，關山盡本想直接去鯤鵬社，然而一同前來的屬下將他勸下，說是滿副官有交代，希望將軍休息好、神清氣爽了，再去找鯤鵬社麻煩。

心裡知道副官跟下屬是為自己好，關山盡也沒多為難大夥兒，還真回房睡了一覺。

他可不知道四位下屬為此緊張了一晚上沒睡好，擔心著他半夜摸出去鬧事，第二天每人眼下都是一大片青黑。

鵝城確實是個熱鬧的地方，並不若馬面城經歷過五年前的戰亂，儘管近五年來總算得以休養生息，但到底是傷到根本，沒這麼快緩過勁來，遠遠不及鵝城的繁華和平，居民們也不似馬面城人民多少帶些肅殺的血氣，每個都像鵪鶉似的，柔軟溫和傻乎乎的。

久住邊城，關山盡一時半會兒習慣不了，索性先在市街上逛逛。

直晃到鵝城最繁華的那條街道，他才領著下屬直接走進鯤鵬社用來當幌子的骨董舖子。

這地方讓他想起了京城。

布置也好、氣氛也好，全都是奢華但不張揚，極其精緻卻大氣，雖說是打掩護用的舖子，還真有不少好東西，客人三三兩兩的，從衣著氣度來看，肯定是鵝城裡數一數二的大戶人家。

「這位客人，請問您打算找什麼？」一名夥計迎上來，長得很是討喜，笑容帶點市儈卻不令人討厭。

這董書誠倒很會教底下人。

「爺就想先看看，你別在一旁礙眼。」關山盡揮揮手，他雖醉翁之意不在酒，卻突然想起來滿月沒告訴他進鯤鵬社的切口。這傢伙連膽子都養肥不少，也是他心急竟著了道。

以為這真是看骨董的客人，夥計便告著罪退開。

正想著要怎麼從滿月嘴裡問出切口，身後突然傳來一個清澈溫柔，軟得像三月春風的聲音。

「……有漢玉寶塔嗎？」

就聽夥計回：「客官要的是什麼樣的漢玉寶塔呢？」

那聲音帶點侷促，柔柔地道：「是、是董賢把玩過的。」

「董賢嗎？」夥計笑了笑，開口道：「這位爺，這東西小的說不準，不知您願意去後頭跟掌櫃聊聊嗎？」

「當然當然……」那男子想來是大鬆了一口氣，關山盡難得好奇地看過去。

只見著一個背影，套著一襲半新不舊的鴉青色外袍，長髮綰得一絲不苟，插著簡單的竹簪，後頸極為蒼白，隱約可見肌膚下泛青的血管。

那頸子很細，彷彿一折就會斷。這人也細細瘦瘦的，將袍子穿出了一種空蕩蕩的寬大，腰間收起盈盈不及一握，看得人心癢難當。

「董賢？」關山盡低低地念了聲，即將走進後堂的男人似乎是聽見了，耳尖微微一紅，偷偷轉頭看他一眼。

那張臉，讓關山盡愣了，直到那抹細瘦的身影消失遠去，都未能回過神。

太像了……雖然鼻子有些肉、嘴唇偏厚、人中偏短，雙眼濕潤潤的像頭驚惶的鹿，乍看之下卻仍十分相像。

「那是……魯先生？」關山盡身後的其中一名下屬，壓低的聲音中藏不住驚訝，這才讓關山盡回過神。

「不是。」他冷哼，乍看之下確實像魯先生，但細品後就知道兩人何止雲泥之差，先不論那小家子氣的平凡五官，就是那從骨子裡冒出來的羞怯膽小，便與魯先生的鴻漸之儀遠不能及。

「將軍說得是。」下屬當然不會否定關山盡的話，他們也就是訝異居然有人乍看之下與魯先生像了七成。

倒是……

關山盡招來夥計，含笑問：「有漢玉寶塔嗎？」

「這位爺，請問您要的是什麼樣的漢玉寶塔？」夥計眼中一閃而逝的暗光，可沒能瞞過關山盡銳利的雙眼。

「董賢把玩過的。」

聽到回答，這名夥計沒像剛才那位客人一樣，立刻將人引進後頭，反而上下打量了一下關山盡跟他後頭四個鐵塔似的侍衛。沉吟了半晌才回道：「這位爺，小店眼下沒有這樣一個寶貝，要不您看……」

「鯤鵬。」關山盡直接了當地截斷夥計的話，雖然不盡相像，但他既然看到那個人，今天就算拆了這間舖子，他也要進去。

夥計立刻噤聲，看來有些無措地拱手道：「這位爺，小的得先問過大掌櫃的意思，請您在此稍待。」語畢匆匆跑向後堂，一眼都不敢往回看。

鯤鵬社的夥計都是人精，他當然看出眼前這氣勢凜然的美人眼中的殺氣，這可不是尋常富貴人家養得出來的，銳利得恍若真實，讓他頸子上的細毛都發疼。

關山盡倒是很閒適地等著，順便將舖子裡幾樣名貴的物件逐一把玩過，這才等來氣喘吁吁的夥計。

「這位爺，大掌櫃請您敘話，請跟小的來。」那略帶諂媚的模樣，讓一旁的幾個客人都露出好奇的神色，也偷眼打量起關山盡。

「帶路吧。」關山盡唇角微勾，他倒是對這大掌櫃起了些興趣，看這夥計的態度，很可能已經知道自己的身分，也不過短短數息之間，竟已經查到他了？

舖子的後院比關山盡猜測的要寬敞得多，草木扶疏、百花爭鳴、山石流水恍如仙境，一重重一進進的院子層層疊疊，普通人很容易就會在裡頭迷失方向。

最後，來到一處人造湖畔，小巧玲瓏的湖泊中央，立著由白玉建造的亭子，鋪出一座青竹橋連接岸上，樸素纖細的竹橋在澄澈水面上翠綠欲滴，別有一番風情。

夥計將幾人引進湖心亭，拱手道：「請關將軍稍待片刻，大掌櫃還有客人需要招呼，慢一些就來，請將軍先用茶點。」

果然已經知道他的來頭。關山盡笑笑，自然不會為難夥計，揮手讓他離開。

庭內桌椅都是墨竹編就，竹身黑得泛光，觸手微涼又溫潤。竹桌上有兩杯清茶，還冒著熱氣，點心也都做工精緻，讓人看了捨不得吃。

本就不太愛吃甜食，關山盡對後頭一名護衛笑，招手道：「黑兒，我記得你愛吃甜的，把這點心吃了吧。」

「多謝將軍。」黑兒也不客氣，拿起點心就咬。

沒幾下子，點心就連殘渣都不剩，黑兒還意猶未盡地舔著手指，被關山盡笑罵了幾句，之後就把四人趕回去。接下來的事情即便大家心裡有譜，關山盡也不想當著下屬的面說。

並沒有等太久，一抹纖弱身影從遠處緩緩走近，渡過了竹橋走進湖心亭，對金刀大馬的關山盡福了福，「草民染翠，見過鎮南將軍大人。」

「染翠大掌櫃。」關山盡也拱拱手。

「讓將軍大人久等，草民不勝惶恐，還請將軍恕罪。」染翠巧笑嫣然，長相聲音乃至於衣著都有些雌雄莫辨，一雙桃花眼勾人得緊，看起來倒像是個久經風月的花魁。

「大掌櫃客氣了，坐下敘話吧。」關山盡揮揮手，染翠的樣貌雖好，但也無法在他心頭掀起半點漣漪，反倒因為自己的身分輕易曝光，眉眼染上些許凌厲。

「謝過將軍。」染翠翩翩落座，端起茶水抿了口，「請問將軍特意前來，是有看上的人嗎？」

「你倒機靈。」關山盡輕哼。

「不敢，染翠也是為了鯤鵬社社員們的安全，不得不窺探將軍身分。」他掩唇微笑，桃花眼也帶著一絲霧色輕彎著，身段極為柔軟，言詞很是四兩撥千金。

冷淡地瞥望過去，關山盡也懶得在這種小事上多琢磨，直接開口道：「我要知道適才那個男子是誰。」

「適才的男子？」染翠眨眨眼，沉吟片刻才回：「噯，原來將軍大人喜歡包老爺那樣的男子啊？真是人不可貌相。」

「包老爺？」關山盡皺眉不悅，他雖然不清楚那相貌平凡，與魯先生有幾分相似的人姓啥名誰，卻絕對不是個能被叫做老爺的人，那模樣看來，頂多是個鄉下的教書先生。

「不是嗎？將軍別害臊，包老爺雖然已經天命之年，但保養得極好，家裡又有恆產，為人又老實專情，要不是年老喪偶，恐怕也不會來到鯤鵬社。」染翠彷彿沒見到關山盡山雨欲來的神情，依然面帶微笑地介紹：「您的喜好如何，鯤鵬社是不過問的。」

「那還真多謝了。」關山盡皮笑肉不笑地撇唇，直接抽出沉鳶劍指向染翠咽喉。「本將軍懶得多說廢話，大掌櫃不要與自己的性命過不去，你該是個識時務的。」

顯然這太過直接的威脅也讓染翠發愣，他瞠大眸子，彷彿嚇呆似的，數息後才緩緩往旁邊移了移，笑道：「將軍大人息怒，染翠要是誤會了，您直說便是，犯不著動刀動槍的。」

「這是沉鳶劍，不是刀也不是槍，大掌櫃莫害怕。」關山盡也勾起唇角，語帶安撫恍若調情，但泛著冷光的劍尖，如蛆附骨半吋不離。

染翠袖中的手緊緊捏起，也知道自己不能再顧左右而言他，眼前這位可是名震大夏的修羅鬼神，直接將他擊殺此地恐怕連眼睛都不會眨一下，誰也保不下他。

沒辦法，染翠只能僵硬地笑笑，「莫非，將軍問的是清城縣師爺，吳幸子吳師爺？」

「吳師爺……」關山盡輕輕地笑了。

在得知吳師爺的姓名資料後，關山盡並沒有急著出手，他原本也不是為了這個小地方的師爺來的，而是《鯤鵬誌》上的另外一個人。

也是個看來斯文儒雅的男子，差不多是不惑之年，眉宇間暈染著淡雅的書卷氣，在鵝城附近的蘇水鄉當帳房，東家是蘇水鄉最大的一間食鋪，家裡除了一雙已成親分家的弟妹外，便無其他人。雖然這張臉略長了些，眉宇間有些許市儈的味道，眼神稍嫌混濁不夠周正，五官哪兒都差了些許，但猛一看確實很像魯先生。這才讓關山盡心神大震，顧不得滿月的阻攔硬要來鵝城。

卻沒想到在這裡遇到一個更形似的。

指尖點了點吳師爺的畫像，看得出師爺不擅長作畫，型只有六分像，更不提神似與否了，死氣沉沉的，只讓人感覺那雙無神的眼眸、圓圓的肉鼻、寬闊漏財的嘴，怎麼看怎麼討人厭。

所幸為免會員自身不擅繪畫而耽誤姻緣，鯤鵬社都會另請專業繪師將畫像重新臨摹過才付印，想來到時候吳師爺的模樣就會與魯先生更相似。

關山盡心裡滿意，盤算著在下個月《鯤鵬誌》出刊前，先跟蘇水鄉的帳房先生交友玩玩。

當然這一玩，久住邊城的關大將軍才發現，這年頭城裡人還真會玩，飛鴿交友竟然都不是規規矩矩的書信，第一封回信通常是陽根圖，即便是閱男無數，未曾缺過暖床人的關將軍，都大開眼界。

為此他還同滿月確認過，也不知從何時開始，更不知從誰開始，男根圖就成為招呼用語。想到滿月也曾經把自己的男根繪製成圖，寄給十幾個男人，關山盡先是大笑，接著發現大事不妙。

他自然是派人去調查過吳師爺，清城縣是個小地方，要找到一個人太容易了，吳師爺被他掏得清澈見底，自然是知道這中年男子天性羞怯，又帶點讀書人的酸腐味，乍見陽根圖肯定也會嚇著。關山盡關心的當然不是他是否受驚嚇，他關心的是萬一吳幸子也隨大流呢？他可不能忍受自己看上的玩物私密處被其他男人看去。

就算他們現在未曾正式會面過，但在他對吳幸子這個替身感到膩味之前，就是一根頭髮也不能叫人碰著。

向來唯我獨尊的關大將軍直接找上染翠大掌櫃，雙方談好只要吳師爺交出自己的男根圖，就直接轉到他手上不用寄出去。至於染翠大掌櫃是否樂意答應，那不是關山盡在乎的事，畢竟出面談的是他那柄沉鳶劍。

就這樣兜兜轉轉，關山盡在鵝城住下，與蘇水鄉的帳房先生很是風流了一段時日，但也如同過往那樣，不過半個來月，關山盡就膩了，贗品到底沒有真貨來得迷人。

也就在這時候，他收到了吳幸子寄給他的第一封信。

依照慣例，也帶點惡意的試探——畢竟吳幸子從未給同一個男人寄過第二封信這件事，在鯤鵬社中也是件趣談——關山盡第一次寄出自己的陽根圖。

至於之後收到吳師爺的陽根回信，倒是出乎他意料之外，索性就順勢把人給吃了。

即便過程當中他好幾次為吳幸子臉上那不像魯先生的表情而厭煩，卻又無法自抑地去獵捕那幾個近似的模樣。

一夜激情，關山盡睡得極沉。身為邊關守軍，人生半數時間在戰場上，關山盡是個很難入睡的人，警覺性也高，一丁點聲響就能將他從睡夢中驚醒。以至於當他醒來後發現身邊人已不在，床褥已涼時，感到前所未有的驚駭。

他甚至來不及穿好衣物，隨意套了褲子、赤著腳就推開房門，瞪著守在外頭的下屬厲聲問：「人呢？」

兩個下屬面面相覷，對他惡鬼似的模樣大吃一驚，愣了半晌眼看他都要拔劍了才連忙回答：「吳師爺被染翠大掌櫃請去敘話。」

「染翠？」關山盡咋舌，碰一聲關上房門，匆匆套好衣物，隨意將髮綰起，心裡的怒火不但沒有沉靜下來，反而越燒越烈，彷彿一頭惡獸嘶咬咆哮著想出來。

沒有人，從沒有人會在激情過後從他身邊離開，關山盡對自己的樣貌跟能力極為自信，甚至不諱言，他對一開始道貌岸然，最後沉醉在他給的激情中的那些人，抱著一種輕蔑的態度。

吳幸子這人並不特別，他那般膽小羞怯，在情慾上青澀偏又放蕩，完全與白日穿得人模狗樣時的嚴肅端正截然兩樣，這樣的人關山盡看太多了，所以他總覺得膩味。

沒想到這鵪鶉似的老傢伙，竟膽敢睡醒就跑！

「好你個吳幸子！」關山盡將牙咬得喀喀響，抬手一掌將桌子拍成碎片，再一揮手連窗邊的多寶格也未能倖免，連同精緻典雅的古玩，全都摔碎。

外頭的下屬膽戰心驚地聽著房內各種巨響，一刻鐘後房門才被打開，關山盡赤紅著眼走出來，瞥了匆匆循聲趕來了解事態的夥計一眼，陰惻惻道：「帶本將軍去見染翠。」

「這……」夥計抹著額上的冷汗，試圖閃躲關山盡銳利的瞪視。

「有什麼不方便嗎？」關山盡冷笑，放在門扉上的手略一使勁，直接抓下一塊門板，接著整片門板裂開蛛網般的痕跡，嘩啦碎了一地。

夥計猛地一抖，整個人傻了似地看著那一地碎木，還有房間中一片狼藉，喘得跟風箱一樣，眼看就要兩眼一翻、雙腿一蹬嚇暈過去。

關大將軍當然不讓他用此種方式逃避，身形一晃逼到面前，五指成爪狠狠扣上夥計的咽喉，涼絲絲又膩人地開口：「你要是昏過去，本將軍就把你身上的骨頭一塊一塊都卸下，從十指開始……」說著，空著的手拂過夥計的小指。

見過大風大浪的夥計嚇得夠嗆，險些哭出來，拚命忍耐才沒嚇尿，但已經抖得幾乎說不清一句話：「染、染染染……請請請，請將軍隨隨隨隨、隨小的來……」

聞言，關山盡露出淺笑，鬆開對夥計的桎梏，「帶路吧。」

這前後差距太大，夥計整個腦子都轉不過彎來，人還在抖，臉上已經帶笑，那扭曲的笑容，實在讓人不忍卒睹。

「你們兩個自去領罰。」離開前，關山盡淡漠地對兩個下屬拋下話，鐵塔般的兩人明顯僵了僵，但沒多替自己辯解，沉聲應是。

一去數日，吳幸子打從開過葷後，很是滿足了一段時間。夜裡睡得可香可甜，連春夢都不做一個，加之氣溫漸低，該開始準備過冬，吳幸子整天跑跑衙門，處理案件檔案，替鄉親們寫寫狀紙，下職回家後逐一將該補的補、該加強的加強，屋頂釘實了、門窗也全修補好，雖說清城縣在南疆，冬天不下雪，可冷風混著水氣，那刺骨的寒冷也著實讓人難受。

當他驚覺時，竟已經是《鯤鵬誌》的出刊日了。

他正走在回家的路上，腦子裡原本想著要在麵湯裡打兩顆雞蛋，卻莫名聯想到鯤鵬下的兩球飽滿，褲襠猛地一緊，險些不會走路，尷尬地半彎腰，縮在路邊牆角好半晌才緩過勁來。

不知道新的《鯤鵬誌》裡會有哪些人呢？

原本就暢快的心情更加愉悅，吳幸子已經很久沒想到自己打算四十歲自戕的事情。

既然想起出刊的事，那明天就該去鵝城一趟才是。於是吳幸子腳步一轉，繞向柳老頭家，約好明日的出發時間，又被柳大娘塞了一油紙包的烤栗子，這才邊剝著栗子吃邊走回家。

當吳幸子回到家門前，遠山已經只剩下餘燼般的豔紅，他手中的栗子也只餘最後一顆，乾脆在門外剝了塞進嘴裡，栗子殼一股腦兒都扔在門外放柴火的地方，這才推開家門。

「回來了？」

「回來了……」吳幸子很自然地回答，才後知後覺地抖了下，瞪大眼看著簡陋小屋中，模糊不清的一抹剪影。

是人是鬼？

他站在門邊進退維谷，手腳冰涼，努力不讓自己抖得太明顯，一邊慶幸自己嘴裡還塞了一枚半的栗子，就算牙齒打顫也聽不出來。

屋內的人倒是體貼，輕輕一笑後，擦地點起燭火，狹小室內很快就被暖黃的燭光照亮。同時被照亮的，還有一張風華絕代的面龐。

「關、關公子……不不不，關將軍、關將軍……」發現是熟人，吳幸子立刻鬆了口氣，連忙拱手。

「吳師爺。」關山盡依然金刀大馬端坐椅上，指尖掃過燭焰尖端，白皙的肌膚一瞬間燙紅了，吳幸子怕痛地瞇起眼，他卻如沒事人一般，「吳師爺快請進，這是你的屋子，何苦在門外苦站？」

說得體貼，卻好像哪兒不大對勁啊？

吳幸子搔搔臉頰，怯怯地往前走了兩步，走進屋裡卻不知要不要關門，他對於將後背露給關山盡，莫名有點害臊。

「關門吧，天涼了。」關山盡瞥他一眼，柔軟的唇瓣似笑非笑，在燭光搖曳中，有種曇花般的冷豔。

「這是這是。」吳幸子連連稱是，反手摸了半天才摸到門把，終於將門帶上。

「用過飯了嗎？」關山盡對吳幸子的反應很是滿意，冷肅的眸中染上一抹亮色的愉悅。

「不算用過……」吳幸子揉揉肚子，順便把嘴裡剩下的烤栗子吞下。他當然還是餓的，剛剛幾顆烤栗子連墊胃都稱不上，反倒讓他更加飢腸轆轆，「將軍用過飯了嗎？」不過，來者是客，吳幸子也客客氣氣地問了句。

「尚未。」關山盡笑笑，指尖又從火焰上拂過，「打算等吳師爺一塊兒用。」

「當然當然，就怕您嫌棄。」吳幸子雖然過得清苦，但為人好客，家裡還有些存糧，煮個雜燴麵疙瘩是足夠的。「就是可能要花點工夫，關將軍要是餓得緊了，我先炒個菜？」

剛好有兩顆雞蛋，後院種的韭菜也能割了，正是最嫩的時候，攤個韭菜炒蛋，應該能讓關山盡先墊墊胃。

盤算著，吳幸子就挽起袖子，人也沒了之前的羞澀膽怯——好歹都是鯤鵬與菊花共度一晚的關係，也沒那麼多扭扭捏捏——打算去院子裡割韭菜。

關山盡也沒攔著他，多情柔媚的眼盯著他忙進忙出的身影。

很快，一盤韭菜炒蛋上桌，吳幸子將筷子也擺上桌，招呼道：「關將軍您先吃，我回來的路上吃了幾顆栗子還頂得了，麵疙瘩要花點時間煮，你千萬別餓了。」

「多謝。」關山盡拿起筷子，挾了一口韭菜炒蛋放進嘴裡嚼。

韭菜是剛割的，又嫩又鮮甜，沒什麼蔬菜的苦臭味，火候正剛好，爽脆的口感配上雞蛋的滑嫩，儘管稱不上什麼驚人的美味，但也夠令人口齒生香。然而關山盡只吃一口就停筷，起身走到廚房門口，盯著裡頭揉麵的人看。

廚房很小，鍋碗瓢盆灶爐幾乎塞得滿當當，剩下的空間只夠吳幸子蹲下來生火。

一段時日沒見，吳幸子似乎又瘦了些，也就襯得他的嘴巴更寬，嘴唇肉嘟嘟的好像在笑。他現在正使勁地將麵粉揉出勁道來，灶上的大鍋中水已經咕嚕咕嚕地燒開了，這似乎讓吳幸子有些手忙腳亂，又揉了揉麵團，整成一個胖乎乎的麵糰後，一塊一塊撕了扔進鍋裡煮。

看得出吳幸子習慣下廚，一大塊白胖麵團很快都下了鍋，沒多久噗嚕噗嚕地往上浮，被全部撈起，接著是各式山菜跟一小塊切碎的臘肉被扔進鍋裡燜煮，滾了後便將麵疙瘩重新下鍋悶一會兒，就能盛起來。

「呃……」吳幸子一轉頭，沒料到會對上關山盡那雙勾人的眸子，身子一歪手上的碗眼看就要摔了。

關山盡身形極快，才眨眼就一手摟住人，一手穩住碗，免去了一場小災難。

「多謝多謝。」吳幸子雙頰微紅，屬於關山盡的薰香味甜膩地掃過鼻端，身後又是男人精壯熾熱的身軀，他很難不想到之前那一夜啊！

「舉手之勞。」關山盡把碗塞回吳幸子手上，把人推出廚房，自己動手舀了一碗雜菜麵疙瘩，回桌在原本的位子坐下，「吃吧。」

一頓飯吃得安安靜靜，而卻沒人在意味道究竟如何。

第四章　最難消受美人恩

吳師爺唉聲嘆氣地反省自己究竟做錯了什麼？
明明那些話本裡，
位高權重之人對平民百姓都是玩玩而已。
他還以為自己真的遇到一位只求露水姻緣的大將軍，
誰知這露水都乾了，關山盡還不肯離開，
硬要陪在他身邊須臾不離……

直到吃飽喝足，吳幸子將桌子收拾乾淨，洗好碗，甚至重新泡了一壺茶，這才想起來自己該問問關山盡的來意。

「關將軍……」

「海望。」關山盡啜口熱茶，淡淡地截斷他，「你的字？」

「呃……我沒有字，小地方也沒這麼講究。」實則進學就該取字了，但也不知為何他爹沒關注這件事，也都習慣叫他的名字，鄉下地方也沒那麼多講究，事情就這樣不了了之。

「嗯。」似乎對茶水的味道不甚滿意，關山盡僅啜一口就放下杯子，瞧著他問：「為何擅自離開？」

擅自離開？吳性子一臉茫然，顯然沒理解他的問題。這讓關山盡不悅地蹙起精緻眉峰，修長指尖重重地敲在桌子上，一下一下令吳幸子的心跳也跟著一顫一顫。

「您……」

「你那日為何在我醒前離開？」懶得多說虛的，關山盡直指重點。

「這……」吳幸子沒料到關山盡會問這個問題，尷尬地搔搔後頸，誠懇地道歉：「是我不對了，應當等您醒來跟你道別才是。」

但不知為何，當日吳幸子就是有種「不立刻離開，可能就離不開」的想法，恰好染翠又出面邀他，索性就順勢而為。他真是太大意了，想想也難怪關將軍生氣，這一夜風流卻說走就走，簡直像嫖了對方似的，忒沒誠意。

「你沒想留在我身邊？」關山盡卻很敏銳地捕抓到吳幸子未盡之言，這老傢伙還真是打算睡過不認人啊！一抹憤怒混合著窘迫的火氣，燒得關山盡心口疼。

即便是魯先生，也未曾對他表現出如此不在意的態度！他生為天之驕子，自幼就被眾人關注，只有黏著他不放的菟絲，未曾有人對他如此不屑一顧！而這人，竟只是個窮地方的師爺！

「絕對沒有，絕對沒有！」吳幸子慌得連退三步，搖頭擺手地強調：「小人自知配不上將軍大人，絕無異想。」

他也被將軍嚇得夠嗆了，雖然鯤鵬器大活好，無論用起來吃起來的感覺都讓人難以自制，可吳幸子很清楚自個兒的本分，他就算喜歡上關山盡這個大將軍，也不會妄想自己配得上對方啊！這一夜風流，已足以令他燒香感謝祖上積德了。

為免關山盡不相信自己，吳幸子難得壓下心底羞怯，直勾勾地看著那雙銳利又嫵媚的黑眸，誠心道：「小人知道將軍是崧生岳降之人，從未有高攀的妄念，請將軍安心。」

一點也沒被安撫到。不如說，吳幸子這徹底撇清的態度，讓關山盡更覺難堪，恨不得出手掐死這不知死活的老東西。

「住口！」眼看吳幸子還打算繼續解釋，關山盡怒極一掌將桌子拍成兩半。

猛抽口氣，吳幸子眼睜睜看著自家用了二十年的實木桌子，在關山盡一掌過後，硬生生削掉半張桌面，碰地一聲摔在地上，他也跟著驚跳地抖起來。

這這這……吳師爺茫然不知所措，也不知道自己說錯了什麼引起將軍大怒，莫非認為他爬床的行為不知廉恥嗎？可是……吳幸子無辜極了，那明明是將軍二話不說就把人推倒，他一介文弱師爺，手無縛雞之力，實在抵抗不了。

「將……將軍大人，您……」也許還能補救補救？

「我讓你住口。」關山盡氣勢一斂，沒令吳幸子安心，反有種山雨欲來的壓迫感，弄得吳師爺喘不上氣，腿軟地坐倒在地，怯怯地仰望那豔色逼人又宛若惡鬼般的男人。

「脫衣服。」這三個字如流水淙淙，洋洋盈耳，竟讓人察覺不出不對勁，反倒下意識地照做。

直脫到褻衣褻褲，吳幸子才在關山盡滿意的淺笑中回過神，窘迫不已地僵在當場，露出的肌膚全燒得泛紅。

「全脫了。」關山盡猶不滿意，加重語氣命令。

「這、這……敢問將軍這是何意？」總不會又要……吳幸子為自己的猜測羞得不行，卻不能說毫無期待。

唉唉，就是不知道這一樁樁好事，會不會導致他吳家氣運耗盡呢？

「你自會知道，脫。」關山盡依然大馬金刀坐在原處，手上卻不知何時拿著一個七八寸的木盒，臉上的淺笑妖媚動人，吳幸子只一眼就丟兵棄甲，什麼疑問都沒有。

很快，吳師爺把自己脫得赤條條，一身白肉在昏黃燭光下泛著淺淺瑩光，窄腰纖纖，骨頭有些顯眼，但不至於令人覺得病弱，反倒有種讓人想欺凌的脆弱纖瘦。

他的肉莖在關山盡的笑靨下已經挺起來，羞羞怯怯地半抬著頭，前端吐出些許淫液在燭光下異常打眼。

「來。」關山盡朝吳幸子伸手，而吳幸子恍若踩在雲端，飄飄然回握那隻毫無瑕疵的大手，被掌心炙熱的溫度燙得縮起肩膀，但仍緩緩靠上前。

「你知道這是什麼嗎？」

將人拉到自己腿上摟著，關山盡啃了吳幸子削肩一口，將手上的木盒打開。

「這是……」什麼？

吳幸子先是瞠大眼，訝異地盯著木盒裡粗長的東西，接著緩緩地露出拘謹中隱帶欣喜的神情，眼巴巴地盯著不放。

這肯定就是染翠大掌櫃提過的「角先生」了吧！他還是頭一回見到實物呢！吳師爺差點忍不

住伸手去摸，連連舔著略乾的嘴唇，半點沒有關山盡期待看到的恥辱模樣，心頭莫名淤積著一口悶氣，關山盡勾起的唇角顯得有些猙獰。

「你看來很有興趣？」

「這是這是……呃……」吳幸子猛地回過神，驚覺自己太不矜持，他連忙低下頭，「也、也不算……」

「這是角先生。」關山盡抓起吳師爺一隻手，讓他向上張開，接著將不知用何材料製作的角先生從盒子裡取出，放進他掌心，然後用自己的手掌包著吳幸子的手背，一同握住角先生。

「我、我看過圖……」被掌心的觸感迷得神魂顛倒，吳幸子下意識就把自己給賣了。

「那你該知道角先生怎麼用了？」悅耳低語貼在耳畔，吐氣如蘭又熾烈如火，吳幸子難耐地抖抖身子，感覺血管中有小蟲子麻癢麻癢地咬著他。

「知道……」他清清喉嚨，聲音依然乾澀，恍然地回應詢問。

「那好。」關山盡在他紅透的耳垂上舔了口，蠱惑道：「用給我看吧。」

「好……」先不提關山盡那勾人心魂的低語讓吳幸子整個腦子都像燒壞般廢掉，他自己對角先生原本就很好奇，也不是沒打算過用棺材本買一個來玩玩。

敏感的耳垂被溫熱的小舌又舔又吮，吳幸子的呼吸亂成一片，拿著角先生的手抖得幾乎沒辦法動作。

饒是如此，關山盡也沒放過他，將角先生根部打開，纏在吳師爺細腰上的手邊揉著其上軟肉，邊催促道：「趁茶水尚熱，還不灌進角先生裡頭。」

明明說的是將熱茶灌進死物中，吳幸子卻莫名回想起數日前自己肚子被灌滿精水，又暖又脹的感覺。

這一回想，吳幸子的手更加無力，連腰都軟了，依偎在關山盡火熱的懷抱中，迷醉地嗅著那帶白檀的冷香。

似乎被他的模樣取悅，關山盡低聲笑笑，抓著他兩隻手握著角先生，「握緊了，嗯？」

「好……」吳幸子聽話地握緊手上的玩物。

「乖了。」讚賞地吻吻他額際，關山盡拿起茶壺，茶嘴對著角先生根部的開口，將熱茶全倒進去。

那角先生伴隨茶水，越來越燙也越來越脹，簡直像真正的男根一樣，沉甸甸地幾乎滑出手心。吳幸子下意識一握，灌滿的茶水溢出些許，關山盡連忙將根部的開口闔上，也不知怎麼能做到嚴絲合縫，一滴水都沒滲出來。

「來，用給我瞧瞧。」伸手就將吳幸子的腿抬起放在桌上，被劈掉一半的桌子有些搖搖欲墜，連帶著吳師爺的細腰也跟著左扭右搖，肉臀高高翹起，即便關山盡從背後裹著他，也能隱約看到嫩菊微微抽動。

「用？」即使腦子糊了，吳幸子仍有些抗拒。

「不想？」關山盡可不理會他的躊躇，摸出一盒膏脂往角先生上抹，也將他十根指頭弄得滑膩不已，「別怕，這次有膏脂，你慢慢來就不會疼了。」

上回經驗，他知道吳幸子天賦異稟，即便沒有膏脂也只是痛一會兒，後穴吞了他那根粗長肉莖，卻一點傷也沒有。這回刻意提起膏脂，反倒是想羞辱吳師爺。

果然，吳師爺顫了下，呼吸急促地幾乎哭出來似的，手上的膏脂跟角先生上的膏脂黏膩地混在一起，滑得他幾乎抓不住頗有分量的東西，身子在關山盡腿上一抽一抽的。

「快，別磨蹭了。」索性不管不顧地拉著吳幸子的指頭就往後穴塞。

吳師爺手指一進去，人也嘶啞地哭出聲。他從沒碰過自己那個地方，一吞下指尖就咬著不放，又軟又燙，他顫抖地將指頭塞得更深了些。

「乖了。」關山盡帶笑輕語著含著他的耳垂，「喏，把角先生也塞進去，別餓著你的小嘴。」

吳幸子嗚的一聲，將角先生粗大的頭部抵上後穴。他的手臂不夠長，又是半靠半躺在關山盡懷裡只翹起肉臀的姿勢，沉甸甸的角先生又被抹了不少膏脂，還來不及將角先生塞進後穴裡，他的手就受不住地抽筋，指尖一滑角先生就摔了。

「啊——」他懊惱不已，正擔心角先生摔壞，關山盡卻接住了那玩意兒，重新塞回他手中，並體貼地隨他一塊兒握著角先生，一點點將雞蛋大小的前端塞進後穴裡。

「啊——」溫熱粗硬的玩意兒被自己塞進身體中，吳幸子的呻吟都在發顫。

這個角先生沒有關山盡的肉莖大，粗卻是不相上下，也許還略粗了點，似乎就要撐裂他，柔韌的肉壁卻貪婪不已，不住將東西往裡頭吸啜，幾乎都拉不出來，吳幸子的手在根部滑開過幾次後，關山盡索性接手角先生，將他的手移到胸前。

「揉揉乳尖，你喜歡不是？」

「是……」吳師爺毫無反抗地揉起細嫩乳尖。

那尖尖細細的粉嫩部位前些日子被玩得紅腫，如今又在吳幸子自己手中被揉得發顫，癢得他雙眼迷濛，卻停不下來。

後穴裡的角先生在關山盡手中靈活得讓人痛恨，每進一次就擦過敏感的突起後直抵陽心，最後乾脆抵在陽心上磨蹭。

「別……太、太多了……」吳幸子輕聲嗚咽。

他試著要掙扎卻使不上力，連闔上雙腿都辦不到。

關山盡太有力氣，也太懂得如何在他身上點火，他腦子跟燒糊的粥一樣，除了快感別無其他。然而他的求饒沒被當一回事，關山盡反而加快手上的動作。角先生彷彿活物一般，既暖又沉，一再撐開緊緻的肉壁，又猛然抽走，在空虛中狠狠戳入深處，弄得吳幸子哭叫。

他覺得自己快死了，被身體裡的熱潮給燒死。

「關、關將軍……將軍……饒了我……」當角先生再一次抵著陽心磨蹭，吳幸子只能哭著求饒，肉莖噴出濃白的汁液，濺在自己肚子上，甚至噴了幾滴在臉上。

他無力地軟在關山盡懷中，玩弄乳尖的手顫抖得啥都捏不住，軟綿綿地垂在身側，腰際一抽一抽的，肉壁痙攣地緊縮，咬得角先生一時寸步難行，關山盡乾脆將那玩意兒留在裡頭隨他咬，纖長的手指把玩起軟下的粉色肉莖。

「你這小東西倒有意思。」輕柔地在吳幸子頰側吻了吻，恍若情人之間的纏綿絮語，手上的動作卻讓吳師爺細弱地呻吟起來。

吳師爺真心認為自己這次在劫難逃，他張著嘴試圖在曇花一現的清明中跟關山盡示好，而對方卻完全不打算給他喘息的機會，指尖溫情但殘忍地撥弄他剛高潮過還沒緩過來的尿道口，比前些日子用舌尖玩弄更令人難耐，堅硬的指甲用了點力氣往嫩肉掐去，讓吳幸子喊得尾音顫抖。

低笑數聲，關山盡安撫地抬起吳幸子下顎，在他唇上親了親，「喏，你看看這是什麼？」

「什麼？」吳幸子淚眼迷濛，幾乎看不清眼前的東西，模糊地分辨關山盡指間捏著似乎是根細長的棒子。

眨眨眼再看，這才勉強認出是一根玉製棒子，約有三四寸長，前端帶勾狀，棒身整體很細，大概才半寸不到。

玉色是湖水般的淺綠，在關山盡手中彷彿一泓清泉，綺麗得令人心口發涼。

總覺得自己似乎在春宮圖裡看過類似的東西，但這時候吳幸子什麼也回想不起來，下意識縮起肩想躲，腰卻被緊緊捏著幾乎掐出指痕來。

「知道這是做什麼用的？」關山盡笑問。

「這……」吳幸子口乾舌燥地囁著唾沫，身子還沒脫離愉悅的頂端，可憐兮兮地眨著眼搖頭。

「等一會兒，這要戳進你尿孔裡。」關山盡愛憐地揉著他的腰臀，用玉棒子磨蹭他被掐得紅腫的尿孔嫩肉，「放心，我已經抹上膏脂，會輕輕地來，你別怕，嗯？」

「好……」吳幸子乖順地點頭。

「乖了。」關山盡滿意地捏起吳幸子疲軟的肉莖，指頭掐著龜頭往左右一剝，讓尿孔大張，候在一旁的玉棒子便順著大張的小孔往裡滑去。

「唔……」身子抽了下，便被壓得更牢，玉棒子甚是涼滑，看著不粗但卻撐得尿管緊繃，棒身底端的稜角在細緻的內側搔刮而過，簡直麻癢得像有千百條小蟲在啃咬。

吳幸子嗚咽得哭出聲，雙腿亂蹬了兩下就被關山盡扣住，「別亂動，你不想見血吧？」見血？這可差點把吳師爺給嚇死了，即使癢得他恨不得伸手去搔，卻也一時不敢再胡亂動彈，咬著牙悶聲呻吟，無比敏銳地感受玉棒子在尿管內刮搔的痠麻。

說不出是什麼滋味，他只覺得自己渾身發軟，與肉莖被咬或後穴承受進入的快感不同，但也實實在在地爽得腦子空白。

「關、關將軍……關……」

「海望。」關山盡含了含他的耳垂。

「海、海望……」吳幸子抽搐了下，感覺到尿管中的玉棒已經抵到某個讓他頭皮發麻的地方，偏偏關山盡還不放棄地打算再往裡推得更深些。

「別……別……太多了……」

他伸手要去推，當然推不動關山盡。反倒不小心碰到玉棒露出來的部分，連帶著沒在肉莖深處的部分也震動了下，那直入骨髓的癢跟愉悅，還參雜些許的疼，吳幸子瘋了似地哭叫。

「餵不飽的傢伙。」關山盡輕笑，將玉棒往外抽出些許後，再次往裡頭戳，往復幾回吳幸子整個人像死了似的，眼淚糊了滿臉，張著嘴卻發不出聲音，大腿內側的軟肉抽搐著，好半天才崩潰地哭喊出來：「不行……不行了……」

「怎麼不行？」將玉棒抽出又戳入，這回進得比之前都要深，只餘勾狀的前端還露在外頭。粉色的肉莖被玩弄成豔麗的深紅色，半硬不硬地顫抖著。

吳幸子真不知道自己該怎麼辦才好，他既想射又想尿，偏偏射不出也尿不了，全被那根玉棒子給堵得牢牢的。

下身的兩個洞全被關山盡玩得通透，也都脹得難受。

他猛地痙攣了幾下，角先生跟玉棒子讓吳幸子一直處在高潮前一刻，總差那麼臨門一腳，哪兒都碰不得，一碰就抽搐，除了哭求身後男子善心大發，還真是啥也做不了。

偏偏關山盡只敷衍地吻他眼角眉心，用那多情得讓人心頭發癢的輕語安撫，簡直令人髮指。

「求求你……讓我射好嗎？」哭得滿臉豆花的吳師爺真是怕死了這瀕臨極限的快感，不住口地哀求，最後都不知道自己說了什麼。

「不喜歡？」關山盡拈了拈吳幸子半硬的肉莖，玉棒在裡頭滾了一圈，立刻聽到一聲哭叫。

「別……別別……」吳幸子大腿內側的肌肉顫抖得幾乎崩斷，他伸手去推，再次被擋開。

「以後還跑不跑？」關山盡抽出半截玉棒，聽著耳邊的抽泣與喘息，懷中瘦弱身軀猛地彈了彈，最後縮在他懷中顫抖，心下頗為滿意。

他向來唯我獨尊慣了，就連龍椅上那個人他基本都不放在眼裡，也沒誰敢下他面子，就只有這個窮地方的小師爺有這個膽子，他怎麼能嚥得下這口氣？

原本應該更早些就找來，偏偏染翠那吃了熊心豹子膽的，竟派人給他下絆子，逼得他不得不先回馬面城一趟處理南蠻的事情，這才來晚了。

沿途他可是跑死了四匹好馬，這筆帳以後他會同染翠討回來的，而罪魁禍首就是這老傢伙。

「不、不……不跑了……」吳幸子壓根兒不知道關山盡說的是什麼，他抽抽噎噎地搖頭，軟塌塌地求著：「讓我射好嗎？疼……」

「只有疼？」關山盡自然不信，吳幸子的身子彷彿天生適合性事，怎麼玩都不受傷，恢復力也好，更不提他本身對性事無比配合樂意。

「癢……」吳幸子哭哭啼啼的，嘴巴倒是一如既往地老實：「你弄弄，你快弄弄……求你……」

果然是悶著騷。關山盡冷冷勾唇一笑，爽快地將尿管裡的玉棒抽出，接著抓住角先生在那抽搐又鬆軟的後穴裡全進全出，每一回都擦過突起的敏感處，再重重抵上陽心磨蹭，另一隻手則惡劣地搓揉那兩顆繃得緊緊的雙球，沒幾下就把人玩得上頭射、下頭噴，張著嘴翻著白眼，口涎從嘴角滴下。

「你這騷寶貝，下頭的小嘴竟然能噴水。」嘖嘖稱奇，關山盡將角先生抽出來，沒想到正因高潮而痙攣的後穴，在角先生幾乎退出的時候又抽了下，將那玩意兒往裡頭吸吮，又猛地擦過那塊腫起來的敏感處，差點把整根角先生又吞回去。

這最後一下讓吳幸子發出崩潰的尖叫，整個人當場就厥過去。

簡直浪得沒邊了。

關山盡用了點力氣才將角先生抽出來，隨手甩在一旁。

雖然吳師爺長得普通，但這種被玩得暈厥的極致媚態，依然足以勾人心弦。

「魯先生……」即使沒一個地方像似，卻不知為何就是能從這張哭得眼尾鼻尖都紅成一片的臉上，看到他心裡掛念的那個人，「魯先生……」關山盡將人摟緊，垂下頭輕柔地吻上那張厚厚軟軟的唇，掃過整齊的齒列，勾起那條熟軟的舌，纏在一起吸吮。

帶點小心翼翼的吻，慢慢變得激烈，嘖嘖有聲。

「唔嗯……」

被吻得喘不過氣，吳幸子被迫從暈厥中甦醒，整個人雲裡霧裡壓根沒搞懂發生什麼事，只覺得舌頭被吮得發疼，氣息亂得一蹋糊塗，那醉人的白檀味混著橙花香及一絲隱隱的血腥氣息，塞滿他鼻腔及至胸口。

「醒了？」關山盡意猶未盡地結束親吻，淺笑著啄了啄他鼻尖。

「啊？呃……嗯……」記憶緩緩歸位，吳幸子想起自己是怎麼暈過去的，腰腹還痠著呢，太丟人了。

「醒了就好。」關山盡一把將人打橫抱起，笑得如春風般，「陪我玩玩吧。」

吳幸子伸手攬住關山盡的頸子穩住自己，鬧了個臉紅，卻也不扭捏，甚至是有些討好地問：「能別再用角先生還有那個玉棒子嗎？」

雖然他也玩得暢快淋漓，但一把老骨頭暫時還經不起更多折磨。

睨他一眼，關山盡笑而不答，摟著人滾上床，揮手放下床帳。

不一會兒，床帳內傳出男人嬌媚的哭喊呻吟，以及激烈的肉搏聲，混合上咕啾咕啾的水聲，一夜旖旎……

身為鎮南大將軍的副將，滿月在關山盡率性地扔下駐地跑去鵝城強搶民男後，忙得腳不點地，一不小心又胖了幾斤，更像一輪十五圓月。

前些日子南蠻莫名爆發一場不大不小的騷亂，他無法一力抗衡，不得已只能六百里加急把將軍找回來弭平這場亂事，待將軍風風火火趕回來後，滿月就知道自己完蛋了。

唉，到底是誰不怕死的惹了鎮南大將軍呢？

滿月心裡不得不說很好奇，特別是從同僚口中得知將軍吃了悶虧，讓他不由得對那未曾謀面之人心生嚮往！要知道關山盡這輩子只有讓別人吃虧，還沒人能讓他吃虧呢。

當然，身為關山盡的親衛兵，那幾個傢伙的嘴巴跟蚌殼似的，沒能再多打探到什麼消息，滿月心癢得跟萬蟲蝕心似的，本想趁著將軍剛在南蠻子身上撒氣，心情平靜許多的時候直接向本人打聽，誰知道一轉眼將軍又帶著親衛兵跑了。

這是去抓人呢？還是去撒氣呢？還是抓人撒氣呢？

儘管無比好奇，滿月依然得苦悶地替將軍收尾，心裡越來越想見見那位民男究竟是什麼樣厲害的角色？要知道，自從魯先生出現後，關山盡從沒對誰上過心。

這些年他將無數帶了點魯先生影子的男子吃乾抹淨，在對方依戀上他之後，冷酷地斷絕一切交際，貫徹舊的不去新的不來、遊戲草叢差點玩禿眾草的行徑，連滿月都看不下去，也不知勸過多少回。

然而關山盡全然不當一回事，滿月……實在也不能怎麼樣，那柄沉鳶劍有多鋒利，滿月是不打算用自己的脖子去試的。

這還是頭一回有個人，能讓關山盡拋下魯先生，就算是賭一口氣那也是前無古人的壯舉。

要滿月說，他對這件事是樂見其成的，最好這位民男能徹底抓住關山盡的心，別再繼續執著於魯先生不放了。

「滿副將。」清泉般的聲音令人聽了就滿身舒暢，可惜滿月不是其中一人，他從文書中抬起圓臉，對門外的人笑得憨厚可人。

「華公子有事？」

門外是個身穿藍衣的年輕公子，大概才剛過及冠之年，恍若一泓清泉般柔軟而迷人，身姿挺拔如松如竹，樣貌極好，眉宇間是溫雅的書卷味兒，唇邊的笑容克制卻不疏遠，恰到好處的展現了應有的美好及落寞。

「聽聞前些日子將軍從鵝城回來了？」

「他又回鵝城了。」滿月笑吟吟地看著他回答。

「是嗎……」華公子咬咬唇。

「華公子還有事？」滿月瞄了眼自己案上的文書，暗示自己沒時間陪他打啞謎。

華公子是個聰明人，自然知道滿月的意思，露出一抹苦笑，「是華舒打擾滿副將了，不勝惶恐。可……滿副將也知道，華舒長年陪伴在魯先生身邊，知道魯先生想念大將軍，不得不為主人參酌。」

「魯先生想念大將軍嗎？」滿月一臉訝異，似乎不經意地道：「滿某以為魯先生近日與樂家三小姐處得正好，才從香城回來不是嗎？原來他還掛念大將軍啊。」

「這……」華舒面上閃過一絲尷尬，但很快恢復平靜，依然是那樣矜持又溫潤如水的模樣，「魯先生對大將軍總是不一般的。」

「這滿某是相信的。」滿月點點頭，露齒笑問：「華公子還有要事相商嗎？」這是赤裸裸的趕人了。

「華舒失禮了，請滿副將大人不記小人過。」

華公子拱拱手，眉峰輕蹙著，躊躇片刻才轉身離去。

確定人走遠之後，滿月重重嘆口氣。

唉，紅顏禍水沒什麼了不起，藍顏禍水實在讓人疲憊呀！

清城縣最近出了件大事——衙門的吳師爺，疑似找到結契的對象了。

「唉呀，你們可有所不知，別看吳師爺老實巴交的樣子，手段可不一般啊。」李家大嬸好不容易偷了點空，就搬張椅子坐在門外，跟左鄰右舍嘮嗑起來。

「怎麼說啊？」阿牛他媳婦還是個十五、六歲的姑娘，一邊替婆婆剝包穀，一邊忍不住好奇問道。

「唷！吳師爺做人雖然親切，但他那模樣妳也知道的。」李大嬸嘖嘖地咋了兩聲舌，那表情別說多嫌棄了。

「吳師爺長得挺乾淨啊。」大牛媳婦畢竟年紀小，這話一說出來，大腿就被婆婆打了一巴掌，「娘……」委委屈屈的都快掉眼淚了。

「噓！妳懂什麼？吳師爺長的那模樣，能和誰家漢子比？」婆婆警告地睨她一眼，轉頭應和李大嬸：「也不知道怎麼能勾上那麼個神仙般的人物，肯定動了見不得人的手段。」

「沒錯！您說得太對了！」幾個大娘、大嬸紛紛贊同。

有了底氣，李家大嬸更加得意，揚著下巴繼續道：「也是老天有眼啊！前些天我家漢子起早去山上收拾，恰巧就看到吳師爺和那神仙公子的事，唉呀，那可真沒眼看啊！神仙公子原本都要離開了，偏偏吳師爺攔著不讓人走，又跪又求的，也是神仙公子心善，被求得沒辦法了，這才留下來。」

「看不出來，吳師爺原來這般不要臉啊！」方大娘面露嫌惡，「虧吳師爺還是個讀書人，不找女人正正經經過日子，反倒鎮日追著男人跑。該不會，前些日子他老往鵝城去，是為了糾纏這神仙公子吧？」

「誰說不是呢！」大牛他娘深以為然：「前些日子柳家的不是才說，吳師爺最近迷上什麼飛鴿交友？嗐！沒見過面的人交什麼友？肯定是做了見不得人的事，這才攀上了神仙公子。」

「可吳師爺人那麼好……」小媳婦還想替師爺說兩句，就被婆婆又打了一把，被瞪得一句話都不敢說，垂下腦袋悶悶地做事。

「是說李家的，那神仙公子是什麼來頭？竟讓吳師爺又跪又求的把人騙下來？」

「嗐！我跟妳們說啊，這位神仙公子可不一般，聽說是京城裡搬來的，剛到鵝城不久，家大業大，年少有為啊！皇上對這位公子很不一般，聽說神仙公子要離京時，皇上還親自送出十里長亭呢！」李家大嬸說得有眉有眼的，彷彿親眼所見，那臉上的嚮往跟唏噓，引得一干大娘、大嬸子也唏噓不已。

「可惜了這神仙般的人物，也不知吳師爺怎麼騙的人家，那麼金貴的身軀，卻住在那小房小舍裡。」方大娘嘆息，眼底卻是掩飾不住的嫉妒。

「誰知道呢，吳師爺是讀書人，定是畫了什麼符咒迷了神仙公子的眼，真是造孽啊！」李家大嬸的猜測引來大夥兒的贊同，她得意得都快飛上天了。

「我呸！」突然一聲斥罵，緊接著是一籮筐剝好的豆仁蒙頭蒙腦砸過去。

李家大嬸一聲尖叫，從椅子上摔下地，哼哼唉唉地爬不起來。

「誰啊！」阿牛他娘跳出半步遠，氣急敗壞地找出手的人。

「妳奶奶我！呸！」就看柳大娘挽著袖子，氣勢洶洶地推開幾個看熱鬧的人，衝到李家大嬸身邊，舉起手上的竹帚就打，「我呸妳們這些長舌的賤人，也不怕死後被閻王爺拔舌頭！」

「唉呀！妳怎麼打人啊！」方大娘也被竹帚掃了幾下，慌慌張張往後退，卻被旁觀的人給推回來。

「我就打妳們這些愛嚼舌根的！妳們這些人，平日裡沒少麻煩幸子，前些日子方家的妳不是還讓幸子替妳寫狀紙？就是畜生都懂得知恩圖報，妳們這些畜生不如的東西！」柳大娘氣起來手上的竹帚更是舞得虎虎生風，打得方大娘、李大嬸幾個人又哭又叫地躲。

「怎麼怎麼！吳幸子敢做還怕我們說嗎？他那模樣，憑什麼勾搭神仙公子？要不是用了妖魔鬼怪的方法，能留得住人？誰不知道吳幸子就是個命硬的，爹娘都被剋死了！」大牛他娘躲得遠，一張嘴半點不饒人。

這下柳大娘更是氣得直跳腳，她看著吳幸子長大，兩家人住得本就比較近，雖說她也愛跟老姊妹們嘮嗑吳師爺，但絕不會說出一句傷害吳幸子的話。那麼好的孩子，那神仙公子看起來才不像好人呢！

沒一會兒，幾家大娘、大嬸就打成一團，妳摳我眼睛、我扯妳頭髮，好半天都勸不了，直到家裡男人們聞訊趕回來，才勉強拉開各家娘子。

「我話扔在這兒！要是再聽到哪個忘恩負義的狗東西說幸子壞話，我聽一次打一次！」柳大娘自然是最終勝利者，身上沒多少傷痕，雖然頭髮亂了，臉頰也被抓了幾條傷，但對比起幾個一開始就被她用竹帚打的婦人，那可是整齊太多了。

「那種醜事，我們還不願意說呢！」

相對沒被打得那麼慘的阿牛他娘嚥不下氣，回頭又懟了句。

「什麼醜事？」這個聲音，讓現場瞬間陷入一片死寂。

「嗯？怎麼啦？什麼醜事啊？大夥兒都是街坊，有事好好說吧。」

隨著聲音出現的是一身鴉青色長袍的吳幸子，他額上都是汗，看樣子是跑來的，人還在粗喘著，臉上掛著親切溫和的笑容，看得幾個說閒話的大嬸、大娘全垂下頭不敢回答。

「哼！也不知道是誰敢做不敢認呢！就不知道是不是也畫了符咒欺騙他人，這一手符咒功力不行啊！」柳大娘笑吟吟的，這下也沒誰敢出聲反駁她。

「符咒？」吳幸子面帶迷惘，立刻勸道：「柳大娘，走方的道士不可輕信，要是有什麼麻煩，我能幫妳的。」

「大娘知道。」柳大娘擺擺手，把那群長舌婦給留在腦後，親親熱熱地挽起吳幸子的手，「大娘好得很，你別瞎操心。這裡也沒什麼事，回去吧。」

沒事嗎？吳幸子偷偷往後頭狼藉的地面及幾個狼狽的大嬸、大娘看去，他似乎還看到柳大娘的籮筐被踩破了，可憐兮兮地扔在地上。

「沒事，不信你問問她們。」

「各位大娘，要是有麻煩，千萬別客氣。」吳幸子老老實實地問。

「沒事沒事。」幾個被打的大嬸、大娘乾澀地苦笑回應，這啞巴虧不吃不行，難道要當著吳幸子的面再說他壞話不成？

「瞧！有些人哪就是閒得慌，不給自己找堵就活得不舒坦，這忙你幫不上，誰讓她們犯賤呢。」柳大娘身為清城縣談資的起頭人之一，那張嘴皮子動起來，可比動手打人要狠戾得多。

吳幸子也只能陪笑，他也不是傻子，隱隱約約猜到可能發生什麼事，自然也就不再多問。再說，他來也是因為有人上衙門拉他出面解決爭端，本也該睜一隻眼閉一隻眼。

稍微慰問了幾句，柳大娘就把吳幸子拉走，得意洋洋地像隻開屏的孔雀。

回到家後，柳大娘塞了幾顆饅頭過去，才將吳幸子給放回去。

剛離柳家不遠，一堵溫暖的胸膛從後頭環抱上來，吳幸子連忙停下腳步，耳尖泛紅。

「你、你在啊？」他偷偷往身邊看，午後溫和的日光下，關山盡彷彿覆蓋著一層金絲薄紗，半垂的眼睫上盛了一掬碎光，隨著呼吸零星散落。

「嗯。」關山盡勾起唇，把人往懷裡摟緊了些。

「瞧，柳大娘給了我們饅頭。」吳幸子揚揚手上的布包，明顯有些侷促不安，卻也沒試圖掙開關山盡的懷抱。

打從那日開始，吳幸子就是這樣的態度。

說到那日，轉眼也過了快一個月。

那日一早，吳幸子是被食物的香味給餓醒的，他迷迷糊糊睜開眼，身子懶、精神懶，整個人還昏昏欲睡，要不是實在餓得慌，恐怕連睜開眼都不願意。

昨晚實在太過縱情，吳幸子的腰彷彿不是自己的，又痠又痛又麻，他試著要翻身下床，卻發現自己壓根就動不了，嚇得他以為自己癱了，連忙狂捏自己大腿，直捏到發青痛得差點哭出來，這才安下心。

「你在做什麼？」房門被推開，關山盡耳力極好，吳幸子剛醒過來他就知道了，手上端著一碗粥走進來。

「呃……」吳幸子傻楞楞地看著手上端粥的美人，下意識揉揉眼，「你、你怎麼還在？」

這是第二回了，關山盡難道不該上完就離開嗎？

「你為何總這麼問？」關山盡眉峰微蹙，神情有些無奈，「餓了吧，起來吃點粥。」

「多謝多謝。」吳幸子拱拱手，努力要將自己從床上撐起來，手卻一軟險些滾下床。也不知關山盡動作怎麼能那般快，一眨眼已掠到床邊，把人摟進懷裡。

「是我孟浪了。」輕柔溫潤的聲音在耳邊響起，帶著熟悉的灼熱吹息，吳幸子身子一顫，腰部猛得抽搐了下，整個人瞬間染得通紅。

「哪裡哪裡。」手裡被塞進一碗粥，人也被穩穩安頓在床墊與寬厚胸懷間，吳幸子不知道自己該如何反應，索性低頭咕嘟咕嘟喝粥。

碎肉粥吃起來像兔子肉蓉，用薑跟蒜處理過，保留了兔肉的豐腴滑嫩，卻沒有獸肉該有的腥羶味。那肉剁得極碎，卻又不至於糜爛得咬不動，與熬得恰到好處的粥混在一塊兒，滿嘴都是鮮甜。吳幸子胃口大開，一碗喝完又一碗，連續喝了四碗粥才心滿意足。

「你明明這麼能吃，為何就是不長肉？」看他吃飽喝足，關山盡不無感慨。吳幸子的身子敏感緊緻，幾乎是他碰過最迷人的身軀了，偏偏就是一身骨頭嗑得慌。

「呃……天生如此……」吳幸子也很鬱悶啊，他從小就是吃不胖的，嬰兒的時候他娘餵奶餵得毫無成就感，明明奶喝的是普通孩子的兩倍，身量卻硬是比其他娃子都小上一些。

及至成人，吳幸子吃得雖然簡單樸實，分量卻著實不少，身長是上去了，人卻薄得跟紙似的，跟他的命相比，也不知何者更薄一點。

「以後得多餵餵你才行。」關山盡搖搖頭，語氣端正，但那雙多情的眸子卻帶點勾人的嫵媚，吳幸子差點沒忍住問：你要餵上面還下面啊？

所幸是忍住了，否則他這張老臉真的該找個地方埋了。

嗯？慢著……他剛剛聽到了啥？

「關、關將軍……」

「海望。」關山盡的聲音隔著一扇門仍然清晰。

「海、海、海海海……」吳幸子深吸口氣，努力不扭捏地細聲喚道：「海望。」

「嗯？」

「那個……你說以後……以後的意思是？」他半靠在床上，小心翼翼地努力拉大聲音問。肯定是自己聽錯了吧？堂堂馬面城的將軍，以後當然是回馬面城啊！

可……既然他總是沒走，也許……

「以後的意思？」關山盡動作很快，一下子便洗好碗走回來，手掌上還帶著濕氣，撫了撫吳幸子的臉頰，「怎麼？你這是擔心我以後留下來，還是擔心我待會兒要離開？」

這……吳幸子呵呵乾笑，不敢回答。

今天他還要去鵝城領《鯤鵬誌》呢！要是關山盡留下來，《鯤鵬誌》怎麼辦？那可是五十文錢啊！還有一百張鯤鵬啊！

「看來你不想我留下來？」自然一眼看穿他的心思，關山盡臉色一沉，在他臉頰上狠狠捏了一把，「怎麼？嫖了本將軍還想全身而退？」

嫖？這這這……吳幸子瞪大眼，忍了又忍還是伸手掏掏自己耳朵。美人不愧是美人，嫖這個字念起來原來也能這麼優雅好聽？

「怎麼？你不認？」關大美人露齒一笑，那森白的牙讓吳師爺嚇得抖了一下，整個人瞬間很沒有底氣。

「這、這……我沒給錢啊……」他也不知道自己怎麼就咕噥出這句話。

聞言，關山盡氣笑了：「敢情你打算出銀子真嫖了本將軍？」還有膽子提到錢？這老傢伙算上棺材本有沒有十兩銀子都難說，眼下看來竟有膽子想用錢打發他？

「這……」總不能白嫖吧，那是犯法的……

「本將軍的夜度費，你付不起。」氣得咬牙，關山盡湊上前在他臉頰上用力咬出一輪齒痕才勉強解氣，「所以，本將軍要在你這裡住下，直到夜度費付完為止。」

咦？吳幸子整個人傻住了，他慌慌張張地搖著雙手，「這這這……將軍折煞小人了！」

「那就折。你筋骨軟，本將軍很清楚。」

不是啊！這是要折什麼？折他的腰嗎？昨夜的記憶不期然閃過腦海，吳幸子滿面通紅，手腳都不知道該怎麼擺放。

昨夜他可是被關山盡直接折了一半，逼著他舔自己的小鯤鵬！他的老腰啊……

「可、可……小的手藝不精，怕將軍吃喝不習慣，那就太、太失禮了……」不行不行，吳幸子打定主意拒絕，他原本也只打算露水關大將軍而已。

「剛才的粥好吃嗎？」卻不想，關山盡顧左右而言他。

「好吃……」吳幸子舔舔唇，有些意猶未盡。

「那是本將軍親手熬的。吃食方面，本將軍倒是可以關照你一二。」關大美人瞇眼一笑，湊過去舔了他濕潤的唇一口。

吳幸子整個人傻得不行。

將軍啊……將軍啊……您如此上得了戰場入得了廚房，這合理嗎？

「就這麼定下吧。」關山盡拍板，俯身把人吻住。

於是在吳幸子來不及拒絕也無力拒絕的狀況下，關大將軍登堂入室，可把吳師爺給愁死了。

書上有云：最難消受美人恩。

吳幸子深有所感，簡直感入骨髓啊！《鯤鵬誌》他是沒餘力去想了，關山盡每日跟著他，一起吃、一起睡，連他上衙門也跟在身後，一開始縣太爺打算趕人，誰知道兩人一照面，就各自愣住，接著縣太爺一臉欣喜不已地快步上前，對關山盡行了大禮。

「海望兄！」

「黎緘？」關山盡先是吃了一驚，接著露出笑容，吳幸子目睹一切愁得胃都痛了

他沒過問縣太爺與關大將軍的往事，只知道自己現在連衙門這塊淨土都失守，唉，少年有為的將軍，實在令人無福消受。

吳師爺慨慨地鑽進自己的辦公間裡，唉聲嘆氣地反省自己究竟做錯了什麼？

明明那些話本裡總是說，位高權重之人對平民百姓都是玩玩而已，也許有憐惜、也許有喜愛，但絕對不會留戀的。

難得他還把染翠大掌櫃給的話本都看完了呢，以為自己真的遇到一位只求露水姻緣的大將軍，誰知這露水都乾了，關山盡還不肯離開，硬要留在他身邊，一塊兒睡那小小窄窄的床，每天煮飯給他吃，還總陪在他身邊須臾不離……

想到染翠大掌櫃，就想到《鯤鵬誌》，吳師爺那心痛啊！

究竟，關山盡在想什麼呢？吳幸子自己陷入沉思，他絕不認為關山盡是看上自己，這點自知之明還有，他又不好看還老，人又古板羞怯，更沒什麼生活情調，還吃得多，若他是關山盡，也不會看上這樣的人。

「想什麼呢？」與縣太爺敘完舊，關山盡進屋就看到吳幸子一臉呆傻的模樣，雙目空洞地盯著桌上攤開的卷宗。

這蠢笨的模樣，自然是一點也不像魯先生。關山盡心中厭惡，伸手就擰了吳幸子臉頰一把。

「唔！」吃痛，吳幸子從恍惚間驚醒，連忙摀住雙頰，可憐兮兮地看著對自己壞笑的男人。即使是這樣惡劣的笑顏，依然美得像幅畫般，看傻了吳幸子。

本想命令眼前的老傢伙別再露出這種表情，關山盡留在這裡為的就是那一抹魯先生的影子，這些日子對吳幸子種種好，只是因為他笑起來及害臊的模樣最像魯先生，偏偏這老傢伙最常露出就是這種癡癡傻傻的呆樣。

心裡不喜，但關山盡念頭一轉，手指在吳師爺肉肉的鼻頭上刮了刮，笑道：「你啊你，怎麼老是發呆呢？」

美人的嗔語簡直是鴆毒啊！吳幸子老臉一紅，霎時把關山盡礙事的部分都忘光了，樂呵呵地看著美人，害羞地想夜裡與人交流下鯤鵬與小菊花，也實在是件美事！

於是兩人就這樣各懷心思的過了一個月，也讓流言在清城縣傳得愈加繪聲繪影，導致今日柳大娘與各家三姑六婆大打出手的局面。

關山盡知曉這些流言，但沒在意。畢竟他是人人仰慕的神仙公子，對這些粗鄙鄉下人的汙言穢語根本不放心上。

而吳幸子原本就對鄉親們的流言採取放任態度，自然也未曾留意過，導致不知不覺間，半數人都認為他會畫符咒施法，這才高攀上關山盡這樣的神仙公子。

安生幾次想提醒他，但不知為啥，在關山盡面前安生就像隻被掐住脖子的鵪鶉，被那雙嫵媚的桃花眼一瞪，聲音就梗在喉嚨裡發不出來，莫名的一陣心驚，為此他沒少氣過自己。

可見到吳幸子每天吃好睡好，與關山盡相處融洽的模樣，安生又覺得不說也好，何必用那些流言讓吳幸子難過？大不了跟柳大娘參詳參詳，他們另外想辦法扭轉風向就是了。

走在回家的路上，吳幸子問摟著自己的男人：「今天一直沒見到你，有事要忙嗎？」

「嗯，馬面城傳了幾封消息來，我得處理。」關山盡也沒瞞他，原本心裡有些鬱悶，這些消息多是軍事常務，魯先生那兒半點風聲也沒有，倒是滿月同他說了華舒的事。

華舒其人，在關山盡腦中只有模糊的影子

要不是華舒是魯先生身邊的人，關山盡根本連他的名字都記不住。

滿月來信說，華舒近日問他的消息問得著實勤快，「據說」因為魯先生想念將軍，他不願意魯先生愁思日深，因此特意請將軍去探望魯先生。

但滿月又說，魯先生最近與樂家三小姐頗有點郎情妾意，雙方交往日深，樂家看來是有意與魯先生結親家，恐怕魯先生也沒那麼想念大將軍，「至少沒有華舒想念」，滿月毫不客氣如此結語。

關山盡看得厭煩，他心知魯先生一直心心念念著成家立業，今年也已三十有六了，就算是男人也到了差不多會被人在背後議論的年紀。樂家是馬面城的大家族，向來對駐軍畢恭畢敬，姿態放得極低，想與魯先生結親也不難理解。

這一來二去，大夥兒都有自己想要的東西，這個婚事即便是關山盡也不能開口置喙什麼，他萬萬不願意魯先生對自己生氣，更不想在魯先生心上留下以權勢要脅人的印象

這已經夠令他煩心，還有些不大不小的軍務需要他裁定，整天下來關山盡心裡一股子火氣，直接回信要滿月把華舒給換了，魯先生身邊不需要這樣一個小人，也不想這人再煩擾滿月，畢竟滿月都來信訴苦，於公於私他得替滿月做主。

但在見了吳幸子後，關山盡心裡的鬱悶淡去不少。

明明這老東西現在的模樣半分魯先生的影子也無，像隻傻楞楞的鵪鶉，蠢得人心軟。

「你的軍階很高嗎？」這還是吳幸子頭一回問起關山盡的私事。

心裡莫名一喜，關山盡把人摟緊了些，才回答：「還過得去，沒人管得著我。」

「連鎮南大將軍都管不著你嗎？」吳幸子訝異地欸了聲，他對於鎮南大將軍有種敬畏之情，畢竟鎮南大將軍威名在外，聽說當年徹底收服南蠻王的那場仗，打得風雲變色日月無光，地上積血三尺，至今土地都還帶著血色。

「管不著。」關山盡笑著在他臉上親了親。

早已經習慣這時不時的親吻，吳幸子甚至配合地將臉側了側，讓關山盡更容易吻到他的唇。

兩人就這樣黏黏膩膩地回家，關山盡鑽進廚房做了幾樣小菜配饅頭，還熬了一鍋魚湯，呈現乳白色的湯頭，帶點薑片的辣味，更顯得鮮甜。

吳幸子吃得很多，幾顆饅頭不夠兩人分，於是吃完菜喝完湯，總覺得胃裡隱約還有些空間能塞點。

「你要不要同我去鵝城一趟？」關山盡伸手揉了揉吳幸子的軟肚子，感覺掌心有點空虛。

「去鵝城？」吳幸子眨眨眼，歪頭思索片刻。

明日休沐，他以往會趁機去幫柳大娘下田，順便整理整理自己後院裡的菜園子。但現在已經入冬，菜圃裡的菜早就都採下，他自己一個人在家裡看看書，品品鯤鵬也開心，但讓關山盡陪他悶在屋子裡也不大說得過去。

更何況那些鯤鵬圖，無論如何也不能讓關山盡知道。

「也好啊，我想去看看染翠大掌櫃。」也許有機會問問他的《鯤鵬誌》。

「那我們走吧，騎馬一個半時辰就到了，還能在鵝城吃點東西。」關山盡說起就起，動作迅敏地從衣櫃裡拿出毛氅給吳幸子披上，就把人拉出門。

「欸？現在就去？」被這風風火火的行動嚇了一跳，吳幸子好不容易問出聲時，已經被關山盡打橫抱在懷裡，在樹梢間縱躍。

「當然，你也還沒吃飽吧？」低頭朝他一笑，日光還殘留一絲餘暉，在那張絕代風華的臉上熠熠生輝，恍若九天玄仙。

吳幸子自然是看呆了，也就忘記繼續詢問。反正他原本也不是個愛追根究柢的人，關山盡想怎麼樣，他通常也就配合。

馬養在有些距離的山腰上，是一大片肥沃的牧草，但已不屬於清城縣的地界，也不知清城縣為何總能這麼恰巧避開那些肥沃的土地，端端正正地杵在一塊不毛之地上。

吳幸子當然不會騎馬，關山盡將人仔細護在懷裡，確定毛氅把人給捂實了，不會被冷風颳著，才一夾馬肚疾馳而去。

身為軍人，關山盡的騎術自是精湛，馬也是大夏朝數一數二的名馬，風馳電掣恰恰好一個時辰，在城門關閉前趕到鵝城。

「你想帶我去哪裡吃飯啊？」直到這時候，吳幸子才有膽子露出臉問。路上馬實在跑太快，即使穿著關山盡的毛氅都隱隱約約能感受到冷風如刀，也不知身後的男人怎麼還能維持那滾燙的溫度？

「在饕餮居用過飯嗎？」城內禁止奔馬，關山盡閒適地放馬兒自己踢著蹄子漫步，偶爾才牽動轡繩引導方向。

「饕餮居？」吳師爺抽了一口氣，眼睛都快瞪出眼眶。

這這這，饕餮居可是鵝城最有名、最貴的食肆啊！就算是鵝城裡的大戶人家，也不見得人人有那個機運上饕餮居吃飯。倒不是錢的問題，而是饕餮居的主人個性古怪，要是食客他看不上眼，就不肯招待，還會讓夥計把人打出去。

至於看不看得上眼，那標準說是難但也簡單，就是相貌而已。

吳幸子回頭看了看關山盡，因為姿勢的緣故，他只能看到一段膚白如玉、筋骨勻稱可謂巧奪天工的頸子，及怎麼看都完美的下巴，和一點兒花瓣般的紅唇。

大概就算關山盡想拆了饕餮居，那主人也會樂呵呵地看著美人拆房子吧。

但……吳幸子嘆口氣，摸了摸自己的臉。

「怎麼？怕饕餮居的主人趕你出門？」關山盡一眼看穿，低笑著在他耳垂上啃了口，「莫怕，饕餮居主人是我髮小，有我保駕，他不敢動你的。」

竟然是髮小啊……吳幸子聽了也不感到驚訝。這要放在數月之前，他肯定一驚一乍，但關山盡本身就是頂級世家出生，好像多認識些權貴富商也是理所應當。曾幾何時，他都習慣了，人的慣性還真是不簡單啊！

馬蹄踏踏，不一會兒就來到饕餮居外，門邊有個夥計等著，遠遠看到關山盡就跑出來，親熱地招呼：「這位是關大將軍吧？主人恭候您大駕。」

「嗯。」關山盡神色淺淡，摟著吳幸子翻身下馬，將韁繩交給夥計，「逐星脾氣烈，韁繩不用綁，牠不會跑的。」

「小的知道了，將軍裡面請。」夥計連忙對裡頭招手，一個看來像掌櫃的中年人緩步走出，相貌清癯面白無鬚，眉目間帶著一種凜然的氣息，極為吸引人目光。

「關將軍。」掌櫃朝關山盡拱手，「主人派小人來迎接關將軍。」

「帶路吧。」闞山盡淡瞥掌櫃一眼，卻也沒多看，反而低頭替吳幸子理了理衣襟，刮他鼻頭，「怎麼啦？看起來魂不守舍的。」

這不是當然嘛！美人呢！吳幸子看著掌櫃，臉頰微紅，他雖老實但愛美之心人皆有之，否則也不會總被闞山盡的美色給吃得死死的。

更何況，他原本就更喜歡此種溫潤如玉的男人。

掌櫃也注意到他的視線，拘謹地睞去一眼，微微蹙起眉心，「敢問將軍，這位是？」

「清城縣的吳師爺。」闞山盡答得隨意，攬著人就往裡走。

「請將軍見諒，饕餮居有饕餮居的規矩，吳師爺雖然氣質出眾，但……」掌櫃眼神一片冷淡，甚至還有點厭惡，竟不願意正眼多瞧吳幸子。

吳幸子向來有自知之明，倒也沒因掌櫃的態度而感到恥辱，只是一臉「你瞧吧」的神色，對闞山盡聳肩。

「你前一刻涎著臉看人呢，轉眼人家把你當魚目嫌棄，還不懂得生氣嗎？」闞山盡對吳幸子的態度失笑，俯身親親他額際，轉頭對掌櫃冷淡道：「本將軍想帶誰進饕餮居，你還沒資格過問。讓蘇揚出來跟我說話。」

「主人正在裡頭等候將軍，請將軍……」掌櫃還想說什麼，就聽鏘的一聲輕響，頸上瞬間感到銳利的涼意，回過神來才發現是一把劍身沉黑泛著冷光的劍，指著他的咽喉。

「讓蘇揚來跟我說話。」闞山盡語氣纏綿，卻如催命惡鬼，讓掌櫃一身冷汗，險些站不住。

「嘖！我說怎麼你還沒進去，竟然連沉鳶劍都出鞘了？」

隨聲而出的，是個看來才及冠不久的男子，吳幸子第一眼見到心中便不由得冒出：「陌上人如玉，公子世無雙」的讚嘆。

愛看美人的吳師爺自然又移不開眼了。

「別看，這人金玉其外敗絮其中，看多了眼睛疼。」關山盡索性將吳幸子的眼遮住，語氣裡淨是嫌棄。

「呿，要比敗絮，關大將軍要是認了第二名，全天下就沒人敢站第一了。」饕餮居主人蘇揚笑吟吟地啐道，但視線落在吳幸子身上後，眼中的不喜之色倒是半點沒掩飾，「這位是？」

「清城縣吳師爺。」關山盡又介紹了一回，搶在蘇揚之前道：「他是我的人，你估量估量。」言外之意就是，估量你的脖子有沒有沉鳶劍的銳利。

蘇揚皺眉，伸手摸摸自己白玉無瑕的頸子，只能服軟：「進來吧，就等著你來上菜呢。」

第五章　各懷心思

「你總不能一直留在清城縣吧？」
關山盡也離開邊關夠久了，但……
「這一個月的相處，你對我就沒有絲毫留戀？」
「可是你終究要回馬面城的。」
最終，吳幸子嘆了口氣，「我們好聚好散不好嗎？」
關山盡忍不住伸手按住胸口，幾乎嘔出血來。

將沉鳶劍回鞘，關山盡摟著神遊物外的吳師爺走進饕餮居。

入眼的是一間雅致廣室，幾組桌椅各自錯落，房梁特意加高，敞亮得令人極為舒心。幾件古玩、數樣盆栽，並沒有刻意雕梁畫棟，乍看之下甚至有些樸素，必須細細品玩才能領略其中精緻之處。

關山盡邊走邊向吳幸子低聲介紹幾件古玩的來歷，他聲音柔和悅耳，氣息滾燙灼人，就貼在敏感的耳側，吳幸子壓根沒能仔細把話聽全。

蘇揚在前邊帶路，時不時回頭覷兩人一眼，似乎對關山盡這體貼細緻的模樣很不以為然，帶了顯而易見的不耐煩。

「不過就是個等候的前廳，你打算走到天荒地老嗎？」這話明著在懟關山盡，但蘇揚惡狠狠瞪了吳幸子一眼，針對誰自是不言而喻。

「這些東西若沒人賞玩也只是垃圾。」面對髮小，關山盡自然也不客氣。

白眼都快翻到腦後，蘇揚沒好氣地嘀咕：「平日也沒見你對誰這麼上心，就是那個什麼先生，也沒見你如此體貼過。」

這句話讓關山盡眉心一蹙，氣勢冷冽不少，沉聲道：「是魯先生，他是我的老師，跟吳師爺是不一樣的。」

「我倒寧願你帶魯先生來我這裡用飯，至少還賞心悅目。」蘇揚對一臉傻樣的吳幸子惡劣地笑笑，催促道：「想賞玩，我讓人都搬進包廂裡讓你賞玩，菜再不吃，味兒就要走了。」

「那也不用，我就是心血來潮。吳師爺吃飯不愛有外物打擾，你別給我添亂。」關山盡擺擺手，總算願意跟著蘇揚身後上樓。

饕餮居並不大，也就上下兩層樓，後頭有個極為寬敞的院子，卻並未刻意弄些亭臺樓閣，而是一個大水塘，裡頭養著蓮花跟菱角、芡實什麼的，夏日裡就直接從水塘裡摘來入菜。

沿著水塘是壓實的泥土小徑，並未鋪上任何石板。

水塘左側則是一窪窪的菜圃，春夏秋冬互不相擾，外圍栽種一片竹林，儼然一幅南方農家的閒逸情趣。

饕餮居都是包廂，沒有散桌。共六個包廂的窗都是對著院子，看出去都是一幅濃墨淡彩勾勒而出的閒雅名畫。

進了包廂，蘇揚指指外頭撇嘴，「你來的不是時候，現在天氣冷了也晚了，只有那水塘點燈的景色勉強能見人。」

「才多久沒見，你也懂得謙虛了？」關山盡笑哼，將吳幸子帶到窗邊向他介紹庭院景致。夜裡水塘邊會點燈，蓮花造型的小燈錯落地漂在水面上，星星點點別有一番風味。

吳幸子看了兩眼，非但沒有任何驚豔，似乎還有些莫名其妙。

「怎麼？你對我精心布置的院子，有什麼指教嗎？」蘇揚眼光極銳利，自然沒看漏吳幸子的表情。

「這個嘛……」吳幸子搔搔臉頰，看來有些侷促不安，偷眼對關山盡求救，偏偏關大美人笑吟吟地只做不見。

「有話就說，反正關小子現在是你的靠山，我也不能拿你怎麼辦。」語氣酸溜溜的，蘇揚對於饕餮居裡出現這麼一個平凡老醜的人，哪裡能嚥得下這口氣？他現在就等著吳幸子說錯話，好讓他出口怨氣。

「這個嘛……」求助無門，吳師爺低下頭，深深嘆口氣，「在下只是奇怪，城裡人為什麼喜歡這種景色罷了。」

「你懂什麼？這叫田園之味啊！開軒面場圃，把酒話桑麻，這種閒情雅致師爺恐怕不懂吧！」蘇揚諷刺地笑笑，一介俗人也不知怎麼讓關山盡看上眼。

吳幸子確實是不懂。清城縣到處都是這種水塘跟田地，家家戶戶左右要是有零星空地，通常也都會開闢來種菜，這是不得已的，不這樣善用土地，很容易在冬天或澇旱的時候餓死人。

雖說近年來因鵝城繁榮，加上南疆平靜，水道堤防都修築得極好，近十年沒有澇旱之災，可大家畢竟苦過，誰都不敢掉以輕心。

要說那些菜圃水塘有什麼田園之味，吳幸子真的看不明白，在他眼中這都是求生的手段罷了。城裡人果然不一樣啊。吳師爺在心裡感慨一番，也沒多說什麼，溫和地拱手笑笑。

蘇揚這一嘴，彷彿打進棉花中，他蓄足力道，對方卻連招都不接，憋得他難受，胸口都犯疼了。他氣呼呼地坐到桌邊，叫夥計立刻上菜。

「想不到，連蘇揚都在你手上吃了啞巴虧。」關山盡低低笑著刮著吳幸子鼻頭，然而笑意並不達眼，隱隱約約透露出一抹冷淡。

要不是蘇揚氣悶得揉胸，定不會漏過這情緒，可惜了。

「我怎麼讓蘇公子吃啞巴虧了？」吳幸子眨著眼一臉茫然，他向來就不愛與人爭執，況且鵝城與清城縣畢竟不一樣，他也不好對他人的喜好置喙什麼。

關山盡笑著搖搖頭，帶人入座，替兩人各斟了一杯茶。

清雅的茶香散逸開來，沁人心脾，關山盡啜了一口讚道：「竟然是猴兒茶。」

「如何？這可是我費盡苦心才弄來的，除了我手邊的三斤之外，可都上貢給皇上了。」蘇揚面色得意，也動手倒杯茶品著。

茶，確實是好茶。入口微苦，舌根清甜，滿嘴茶香，深淺有致，火候只要差上一些，就會泛苦了。茶水是碧綠色澤，澄澈見底，盈盈有若和闐碧玉。

「喜歡嗎？」關山盡向吳幸子問道。

「嗯……」吳幸子尷尬地點點頭，手上拿著茶杯連啜兩口，好喝是非常好喝的，比在鯤鵬社喝到的茶要美味許多，反倒讓他有些喝不下嘴，「這茶多少錢啊？」

「別談錢，俗氣。」蘇揚冷哼，他出生富貴豪門，招待客人時誰會當面問價錢？失禮之至啊！

這……吳師爺捂著嘴，低下頭臉色脹得通紅。確實是有些直白無禮，他跟關山盡相處久了，也少了些羞澀，許久沒有感受到如此無措及尷尬，手腳都不知如何擺放才好。他怎麼就忘了，關山盡畢竟是世家公子，還是馬面城沒人能挾制的將軍呢……

不管在清城縣的時候，關山盡有多平易近人，甚至日日替他下廚，兩人的出身畢竟是雲泥之差，他怎麼就……不小心忘了呢？

看吳幸子滿面通紅、姿態侷促的模樣，蘇揚很是解氣，之後上了菜也沒少嘲諷吳幸子，把人弄得食不下嚥，菜都沒吃上幾口，就說自己飽了，安安靜靜坐在位子上發呆。

從頭到尾，關山盡都沒有替他說過一句話，彷彿進饕餮居之前替吳幸子拔劍的人，壓根不是自己。

一頓飯吃了許久，關山盡與蘇揚難得見面，有很多話想說，儘管多是蘇揚開口，關山盡看來也聽得頗為愉快，這親親熱熱的一來一往，更讓吳幸子覺得自己微不足道，根本就不該出現在這個地方。

直到戌時已過，關山盡才出口告辭。

「下回，帶魯先生來吧。」送到門外，蘇揚最後補了一句。

他已經猜出來吳幸子不過又是一個魯先生的替身，當然不願意放他好過。

「一定。」闞山盡拱拱手。

吳幸子依然說不上話，規規矩矩跟著闞山盡拱手，沉默地跟在男人身後半步距離。

蘇揚又看了兩人一眼，轉身走回饕餮居。

牽了馬，另一手則握起吳幸子的手，兩人在安靜的街道上行走。大夏沒有宵禁，但過了戌時之後若有擾民之舉，也是會被抓進衙門關上一晚的。

「蘇揚說話向來不留情，你無須介意。」闞山盡將交握的手改為摟抱，似乎直到此時才想起來要安撫吳幸子。

「我並沒有介意……」吳幸子輕嘆口氣，揉了揉自己的肚子，「我就是沒吃飽，饕餮居的菜是很精緻美味，可是我都吃不出到底是些什麼材料，有些膽戰心驚的。」

「你不怪我只顧著跟蘇揚敘舊，而冷落了你？」這話問得溫情，吳幸子卻沒看到闞山盡眼裡的寒霜。

他直覺就搖頭，「有什麼好怪呢？他是你朋友，不是我朋友，自然說不上話。」去安生舖子吃豆腐腦時，闞山盡也不說話啊。

「你的心倒是很寬啊。」說不上是什麼心情，闞山盡滿心鬱悶，「是我的錯，不該硬帶你去饕餮居吃飯。」

「也不是這麼說……」吳幸子覷他一眼，「你畢竟是名將軍，還認識我們縣太爺呢，來這種地方吃飯是理所當然的。下回你還是帶魯先生來吧。」

闞山盡猛地停下腳步，神色陰沉地看著吳幸子，「魯先生是我的老師，你不要多想。」

嗄？吳幸子眨眨眼，茫然地回望闞山盡，「我知道魯先生是你的老師，沒有多想啊。」

剛才蘇揚蘇公子不也特別邀請了魯先生嗎？

「沒有多想？」知道吳幸子不是什麼花花腸子的人，既然說沒有多想，那肯定是一丁點都不會多想，關山盡一股氣憋在心裡，也不知道自己究竟為什麼這麼煩悶。

「是啊，魯先生既然是你的老師，肯定會喜歡饕餮居的。我不行，吃飯還是要吃能飽的，像是粥啊、麵啊、饅頭啊，太精緻的菜餚我吃不慣。」

越說越餓，晚飯原本就用得早又吃得少，適才饕餮居的菜餚每樣都少，又沒有頂餓的主食，吳幸子這下子真覺得餓得不行。

「那剛才在饕餮居，你也不多吃點？」

「我看那菜就夠你跟蘇公子喝酒，也不是沒吃但就是……」吳幸子討好地笑笑，揉著自己的肚子，「要不，我們找個麵鋪或粥鋪，讓我吃點？」

「這個時間還有食鋪開著嗎？」路上幾乎都沒行人，關山盡對鵝城又不熟，不由覺得麻煩。

「還是有的，大夏沒有宵禁，遊坊那兒有些食鋪夜裡才開呢。」吳幸子瞬間躍躍欲試了起來，這消息他還是聽安生跟張捕頭說的，也不知道那些食鋪合不合口味，但不妨礙他嘗試。

「好吧，陪陪你也無妨。」說著，關山盡牽著馬摟著人，往遊坊的方向走去。

遊坊位於城南，分上下區。上遊坊是青樓楚館的聚集之地，下遊坊則是曲藝園子、茶樓酒肆林立。眼前這個時間，下遊坊的店家都收攤了，街上冷冷清清與他處無異，但上遊坊卻正是熱鬧的時候。

因為聚集的人多，有不少攤販，麵鋪粥鋪仍在開門迎客，隔著一條不寬不窄的巷道，對面就是香風送爽、絲竹悅耳的青樓，俊美的小廝、嬌俏的姑娘在門邊嘻嘻哈哈地招徠客人，彷彿連夜風中都浸滿脂粉香味及姑娘們的笑語。

關山盡摟著吳幸子隨意漫步，即使他只穿著一件簡單的黑袍，但流水般的料子任誰都看得出價格不菲。

饒是如此，卻沒哪個小廝或姑娘沒眼力地同他搭話，非常精乖地避開他。

吳幸子卻沒留心這些小事，他眼裡看到的都是那一攤攤麵鋪粥鋪小食鋪，微微抽動鼻子嗅著空氣中的食物香氣。

「想吃什麼？」關山盡領著吳幸子一攤一攤看，隱約有些興致缺缺。

適才在饕餮居他早已經吃過，雖說都是清淡的菜色，可樣樣都是精緻小品，刀工火候無一不完美，半分錯著都沒有。

味道自然也是前所未有的好，不愧是出自蘇揚那慣愛享樂的人之手。

眼前的粗食自是勾不起他分毫興趣，但看著吳幸子開心的模樣，他心裡原本冒出的些許不悅，又莫名散去。

「你想吃什麼？」吳幸子從頭到尾看了一回，每一攤都有吸引他的地方，畢竟是與青樓對門做生意的攤販，食物看起來都比尋常食鋪要來得精細美味，特別是那家賣餛飩的，一顆顆鮮蝦餛飩飽滿圓潤，幾乎有嬰兒的拳頭大小，麵皮接近半透明，鮮紅的蝦仁與細碎的白菜混上些許韭菜，色澤明亮可愛，他口水都快流出來了。

「餛飩如何？」關山盡自然沒放過吳幸子的小動作，知道他朝賣餛飩的攤子多看了兩眼，擺明心有所屬。

開心地連連點頭，吳幸子率先拉著關山盡走進賣餛飩的攤子裡。

「老闆，來一碗餛飩麵，你呢？」

「我還撐著，你吃就好。」關山盡拍拍吳幸子的手背，找了一張桌子拉人坐下。賣餛飩的老闆是個五十多的壯年男子，中氣十足地應了聲，俐落地開始下麵，很快就端上一碗冒著熱氣的餛飩麵，裡頭竟足足有七八顆大餛飩，圓滾滾地漂浮在海鮮熬出的湯中。

這碗麵讓吳幸子吃得眉開眼笑，那香甜的吃相讓關山盡莫名也餓了，索性也叫碗餛飩湯來吃。六七顆大餛飩浮在湯水中，關山盡自然是吃不完，便將三顆餛飩移到吳幸子碗中，這老傢伙兩眼發亮，一臉感動地連連道謝，彷彿那不是三顆餛飩，而是三塊金磚似的。

不得不說，這餛飩確實美味，皮薄餡大，選料極好，手藝也精湛，吃得人口齒留香。那碗海鮮做底的湯也異常鮮美，竟比饕餮居端出的口蘑燉小雞要美味。

這頓宵夜吃得暢快淋漓，吳幸子摸著鼓鼓的肚子一臉滿足，臉頰染上一抹愉悅的紅暈。

為了消食，兩人又摟著在鵝城的夜色裡散步，吳幸子雖不知道關山盡要把他帶去哪兒，可這一個月被照顧慣了，也就任由他帶著自己朝某個方向前進。

這一走，還真走了老長一段路，直接從城南走到城北。

城北主要就是居民住所，分成八個坊，其中青秧坊所住的都是鵝城富人，每棟宅邸占地皆極寬敞，長長的圍牆總有無邊無境的感覺。

吳幸子自然是頭一回來這個地方。

與其他幾處不同，青秧坊一旦過了亥時就關閉坊門，直到卯時才開，這期間若要進出，得有衙門特發的腰牌才行，非青秧坊中一地之主，是拿不到這塊腰牌的。

兩人來到青秧坊時即將子時，吳幸子有些疲倦地打著哈欠，見怪不怪地看關山盡掏出腰牌讓守衛過目，腦子想著：也不知道開在青秧坊的客棧得多豪華啊。

直至兩人走到一棟宅院前，吳幸子才突然回過神，訝異地問：「你在鵝城有房產？」

關山盡笑笑沒有回應，這宅子是他兩個多月前才購入的，讓跟著他的四位親兵主理一切，幾乎沒在裡頭住過。

想想也不意外，先前他與蘇水鄉的帳房先生在一起，自然留在蘇水鄉。而這個月他與吳幸子在一起，自然住吳師爺那棟小木屋。

不待他敲門，耳門就打開了，探出一張神情肅殺的臉，吳幸子縮起肩抖了抖，縮到關山盡背後躲了起來。

「將軍。」男子畢恭畢敬地喚道。

「嗯。」關山盡不冷不熱地揮揮手，握起吳幸子的手從耳門走入。

宅子不算太大，但整理得氣派寬敞，擺設樸實，沒有任何過度張揚的裝飾。吳幸子很快就冷靜下來，偷偷四處打量這間大宅。

關山盡任著他東張西望，配合他的腳步，一邊與親兵低聲說話，幾番來回之後，他蹙起眉心，氣勢轉為冷肅，不悅地低語：「你說魯先生跟樂家家主已經定好綵禮的日期？」

「是……將軍，我們是不是該回馬面城了？」

親兵只是隨意問問，他與滿副將的看法相同，難得將軍對魯先生以外的人如此上心，無論是真心或假意，處得越久後面的事情就越難說，能趁此機會與魯先生撇清關係是最好的。

這個提問聲音略大，吳幸子也聽到了，腳步頓時一停，眨著眼看向神色不善的關山盡，與垂著頭看不清表情的親兵。

「你……要回馬面城了嗎？」吳幸子下意識開口就問，控制不住翹起嘴唇。

他能去拿《鯤鵬誌》了？太好了！

「我要走了，你這麼開心？」闕山盡冷冷勾起唇角。

「呃……」要說開心當然是開心的。雖然也習慣了與闕山盡一起的生活，每天都能看美人，吃美人做的菜，還能玩美人的鯤鵬，但……

「嗯？」這一聲濃情蜜意，卻令人後頸發麻、寒毛直豎。

多少也摸清闕山盡的脾氣，吳幸子立刻用力搖頭，討好地道：「怎麼會呢？你走了，我就沒鯤鵬可以玩了。」

糟了，他完了。

闕山盡的表情實在一言難盡。他眉峰緊蹙，唇角也顯得僵硬，眸底的霜雪猶如臘月寒冬，似乎想說點什麼，最終卻無言以對。

吳幸子知道自己說錯話，乖巧地低著頭連大氣都不敢喘一下。

「你……」終於，闕山盡開口：「這一個月的相處，對你而言，我只有鯤鵬值得你留戀？」

這話問得太苦澀，聽在他人耳中卻又滑稽至極，至少一旁的親兵沒忍住，噗哧一聲笑出來。

「將軍，屬下知錯，自去領罰。」親兵很自覺地低頭領錯，但語氣裡的笑意藏都藏不了。

「去吧。」還能說什麼？要是易地而處，闕山盡恐怕會笑得更開懷。

他在吳幸子這老傢伙身上費了一個月的心思，就連爹娘都沒受過他如此體貼細緻的照顧，偏偏這老東西平時看來蠢鈍，誰知道卻是個養不熟的。

吳幸子要能聽到他的心聲，一定會替自己喊冤——若他有勇氣的話。

闕山盡對他的體貼入微吳幸子自然感受深刻，真要說他活到今天這個歲數，還沒有誰這麼照顧過他。

以前爹娘在的時候都沒有闕山盡的細心。

但即使如此，吳幸子心裡清楚，關山盡跟自己永遠不可能在一起，先不提年紀，一個身分背景就足以表明一切。大夏朝中，但凡撈到一官半職的人家，就不可能娶男妻，更何況關山盡出身世家大族，他的婚娶必得對家族有利才行。

吳幸子有什麼？早兩個月前還有十兩棺材本，現在只剩下九兩多了。

但這些話，即使吳幸子再直腸子，也明白絕不能對關山盡說。要是關山盡不在意也就罷了，如若關大將軍有一絲在意，怕會為了爭一口氣，與他許下山盟海約，這可太鬧心了。

待親兵走遠，關山盡又柔聲問：「怎麼不回答？舌頭被貓給叼了？」

明明就是個將軍，還是個北方人，怎麼說起話來這麼纏纏綿綿酥麻入骨呢？吳幸子耳朵一紅，期期艾艾地回道：「我、嗯……也沒別的意思，就是、就是……不想礙著你的正事罷了……」

「礙著我？」關山盡揪著他語尾重述一回，問得吳幸子手腳發軟，老臉紅得快要滴血。

「是、是啊……你回馬面城定是有急事要處理，我能理解的，你放心回去不用掛念。」

前面都是虛的，最後一句才是重中之重，關山盡還能聽不出來？他胸口悶著一口氣差點喘不上來，桃花眼惡狠狠瞪著吳幸子，把人瞪得低下頭閃躲，臉上都是茫然與無辜。

「你不想我留下來？」關山盡咬著牙問，向來都是他乾脆俐落地甩開人離去，這還是頭一回有人迫不及待地趕他走。

想到這個月的朝夕共處，他就氣得肝疼，還有一種難以言述的強烈不甘心，蟲蟻般啃噬著他的心口，真恨不得拿刀戳進去捅一捅，圖個痛快。

「你總不能一直留在清城縣吧？」吳幸子面露訝異地反問。駐軍除非換防，不能隨意離開駐地不是？

自然，以鎮南大將軍的身分，關山盡也離開夠久了，確實該回去才行，但……

「你就不想隨我回馬面城？」

「隨你回馬面城做什麼？」吳幸子這是真的驚訝，他本就打算一輩子老死在清城縣，關山盡應該是知道的啊！

「這一個月的相處，你對我就沒有絲毫留戀？」問雖問了，關山盡心裡卻已經知道答案。吳幸子的態度向來如此，不求也不留，他迷戀的似乎只有兩人的肉體相依，斷然沒有更多感情上的依戀。

面對這個問題，吳幸子難得遲疑了片刻。

不能說毫無留戀的，至少對關山盡的鯤鵬他絕對心心念念永生難忘，而對於關山盡這個月的照顧，他又怎麼可能毫無感覺呢？只是……唉……都說情字傷人，他還沒碰到情字的一角，就頭痛不已了。

「可是你終究要回馬面城的。」最終，吳幸子深深嘆了口氣，淡淡地回答：「我們好聚好散不好嗎？」

關山盡忍不住伸手按住胸口，心跳撲通撲通敲擊在胸口，幾乎讓他嘔出血來。

他奶奶的！這句話向來是他對那些魯先生的影子所說，哪兒輪得到這老傢伙搶他的話！

「你、你臉色有些難看，怎麼啦？」總算發現關山盡臉色不對，吳幸子也慌了，靠上來替他拍胸，安撫道：「是不是晚上吃太多啦？剛剛就不該喝那碗餛飩湯，這是不是上火啦？要不要吃顆清心丸？」

還不如來顆救心丸！

關山盡氣得都掩飾不了，一把甩開吳幸子的手，嘶啞地道：「我是上火，但不是為了餛飩湯，是為了你這隻蠢鵪鶉！你就這麼想把我甩脫？」

「也不是啊……」吳幸子無辜地晃著雙手，「但你得回馬面城不是嗎？我們還是能靠飛鴿傳書聯繫的，等回去我給你一隻衙門裡的信鴿用？這樣還能省錢呢，鯤鵬社一封信要一文錢，還得來鵝城收信，直接寄衙門你看如何？」

「隨你開心吧……」除此之外，關山盡也不知道自己能回什麼。

這輩子，關山盡目空一切、唯我獨尊慣了，別說爹娘，就算是龍椅上的那位也不敢掠他的鋒芒，還是頭一次翻了這麼大跟頭，卻無能為力。

當然，吳幸子只是隻手無縛雞之力的老鵪鶉，關山盡兩指一夾也就捏死了。但他實在與魯先生太相似，關山盡再怎麼氣悶，也不敢真的做什麼傷害他的事情。

實在憋得慌，窩囊至極了！

「你……還是不高興啊？」吳幸子也不是全沒眼力的傢伙，關山盡桃花眸晶亮、臉頰泛紅、呼吸沉重的模樣，肯定沒有嘴上說得輕巧。

他悄悄靠過去，拉了拉關山盡的衣袖，「要不……今晚我隨你處置？」

脫口就想拒絕，但在見到吳幸子那羞澀卻討好的模樣，關山盡心裡的怒火，瞬間變成邪火，燒得他渾身燥熱。

「你這騷寶貝……」恨恨地低罵，關山盡將人攬進懷裡，重重吻下。

柔軟靈巧的舌在吳幸子嘴裡掃蕩，勾弄幾個敏感的地方後，纏住他的舌吸吮。直把人吻得氣都喘不勻，關山盡才退開。

夜極深，銀月被雲朵遮掩，只隱隱約約泛出一層淡青色蟬翼般的光暈，而院子裡點上的燈籠也顯得黯淡，模糊地搖曳著。

對比之下，關山盡的眼眸就亮極了，氤瀧雨潤的黑眸緊盯著吳幸子喘不過氣而透紅濕潤的眼，除了兩人的喘息聲外，沒人說話。

吳幸子不敢問關山盡在看什麼，乖巧安靜地依偎在他懷中，回味適才的親吻。

他的舌尖被吮得又麻又疼，幾乎要被吞下肚似的。

「你讓我怎麼辦才好？」半晌，關山盡低低嘆息，語氣中淨是綿軟的情意，吳幸子整個耳朵都紅得發燙。

可顯然關山盡不需要他回答，打橫將人抱起，朝自己的住處走去。

宅院看著不大，可從大門邊行至關山盡房前，竟也花了不少時間。

踢開房門，屋內已經燒起火盆，空氣暖融融的，帶著關山盡身上的白檀香氣，應該是刻意薰過的。

將人往床上一放，關山盡這次沒多廢話調情，乾脆俐落地將兩人剝得赤條條，從床邊小櫃子裡翻出未開封的膏脂看了看，唇角微微勾起。

「你說今天全憑我處置？」那膏脂盛在小小扁扁、通體烏黑泛光的圓形盒子裡，盒蓋上用金泥描繪細緻的雙龍搶珠圖，奢華打眼，吳幸子看了一眼就不敢看了。

他怕自己會算起價錢，白白壞了興致。

「嗯，都聽你的。」他低眉順眼地垂著腦袋，雖然羞得滿臉通紅，也沒試圖遮一下自己白生生的身子。

「乖了。」湊上前吻吻他。

關山盡將盒子旋開，一抹甜膩的香味瞬間散逸而出，盈滿整間屋子。

膏脂的色澤粉中帶紅極其滑膩，關山盡細白如玉的指頭挑起些許，粉紅映上玉白，彷彿維摩詰拈花微笑，又有如彩衣而舞的魔羅，勾得人心緒難平，呼吸都沉重幾分。

關山盡單手將吳幸子翻在床上，也不知怎麼一扣一抓的將人擺成上半身攤在床褥間，腰部扭出一道漂亮的弧度，肉臀高高翹起的淫蕩模樣，手上的膏脂直接往紅豔豔的菊穴抹去。

這朵羞澀的小菊花，經過一個月的洗禮，原本粉嫩細緻的模樣，已變得妖豔誘人，緊緻的皺褶微微鼓出，指尖一壓便被含了進去，欲迎還拒地收縮著。

關山盡極有耐性，一遍一遍將膏脂塗抹上去，不只菊穴外的皺褶，連裡頭的軟肉都細心照顧，全抹上厚厚一層膏脂，被體溫一蒸都化開來，咕啾咕啾直響，吳幸子忍不住摀住自己耳朵。

膏脂溶化後更加滑膩，而吳幸子的肉臀也光滑細膩，這一摸上去都分不清哪個更滑一點。不稍片刻，菊穴便被張開一指寬的小口，掛著晶瑩膏脂可能還有些許淫汁，開開合合地邀請人。

「餵不飽的老東西。」關山盡輕聲笑罵，在床上他說話稍微粗魯，語調卻依然溫柔纏綿，宛若情人絮語。

吳幸子的腰猛地抖了抖，後穴莫名一陣搔癢，他哼哼唉唉地悶叫，肉臀無意識地搖擺起來，雪白臀肉間半張小嘴的菊穴，晃得人眼花，心裡那個癢，恨不得把人操死在床上。

關山盡也早就硬得發痛，猙獰粗長的肉莖前端沁出汁水，更顯得分量沉重。

他握著吳幸子的腰，往自己下身按了按，堅硬的龜頭從臀縫中蹭過，在菊穴外磨了磨，那張小嘴貪吃得緊，吮住龜頭就想往裡啜，關山盡也由著它入了半個龜頭後，突然抽身退開，擦過會陰往下頂了頂吳幸子的兩顆肉球。

「癢……」吳幸子可憐兮兮地晃著肉臀，他腸肉現在癢得又痠又麻，恨不得有個東西進去捅捅好替他緩解緩解，這股子癢可不只在後穴裡咬他，還順著血管往四肢百骸蔓延，直燒上腦子，讓他控制不住地哭求：「海望、海望……求你替我搔搔，我好癢……」

「我知道你騷，這我可替不了你。」

關山盡剛戳了半個龜頭進去，自然沾染到化開的膏脂，呼吸也越加粗重，額上都是隱忍出來的汗水，壞心眼的低語更顯得多情惑人。

他擺動精實的腰，用自己粗長的肉莖由下而上地磨蹭吳幸子粉嫩的小肉莖，兩顆大小差異甚巨的龜頭抵在一起，肉稜互相刮搔，吳幸子舒服得直咬嘴邊的被子，斷斷續續地呻吟。

同樣得到樂趣的關山盡俯身將人裹在懷裡，著迷地不停用自己堅硬的前段去戳頂吳幸子嫩嫩的肉莖，大概是用得少加上天生條件，吳幸子的肉莖光滑粉嫩，磨蹭起來滑膩膩的極為舒適，但仍是個男人的什物，自然硬邦邦的極有彈性，與軟滑的肉穴全不相同。

那種掠奪中遇上抵抗，讓對方丟兵棄甲的滿足感，讓關山盡也忍不住悶哼著低吟。

這下可苦了吳幸子，那飽含春情的嫵媚輕吟混著滾燙氣息，簡直像把火焰燒得他渾身痠軟、腦子迷糊，鬆開嘴裡的被角側頭往關山盡唇上吻去。

關將軍可真是個小妖精！

身下的人難得主動獻吻，關山盡豈有拒絕的道理？便任由吳幸子又啃又咬，吸著他舌尖不放，口涎順著唇角流淌而下，吻得嘖嘖有聲。

「海望……海望……」吳師爺吻著吻著，身子搔癢得更加厲害，肉臀搖搖擺擺地磨蹭關山盡胯下，可憐兮兮地哀求：「我肚子裡好癢，你替我撓撓，求你了……替我撓撓……」

「用什麼撓？」關山盡也幾乎忍耐不住，他舌尖輕勾吮了吮吳幸子的舌，順著唇角吻向他敏感的耳側，含住軟糯的耳垂咬了口，「說清楚。」

「用你的大鯤鵬……我喜歡你的大鯤鵬替我撓……」吳幸子人雖害羞，但慾火焚身之際，他向來坦率。肉臀也不停搖擺著磨蹭關山盡，粉嫩的肉莖在粗長肉莖的頂磨下，噴出好大一股淫汁，把被子都噴濕了。

「嘖！」用力拍了下那浪得沒邊的肉臀，身下傳來又痛又騷的啜泣。

關山盡扣住扭得更歡的細腰，一口氣將粗長的肉莖全肏進水漫金山寺般的菊穴裡。

「啊——」一下被頂到菊心，吳幸子渾身顫抖地哀叫，硬生生噴出白汁直接高潮了。

「說你騷寶貝還真是夠騷的！」剛高潮的腸肉緊緊咬著關山盡的肉莖，一時間竟動彈不得，又彷彿有千百張小嘴又吸又啜，爽得他額頭冒汗，瞇著一雙桃花眼喘氣。

「緩、緩一緩……嗚嗚……」吳幸子也沒想到自己敏感如斯，快感沒有因為他洩身而稍緩，反而因為粗長肉莖上血管和青筋的脈動，將他癢得哭出來。

並不理會他的哀求，關山盡抓著他的腰輕聲道：「忍住，我還沒全進。」

語畢，關山盡大開大闔地肏幹起來，將抽搐的肉壁頂開，直接肏到深處的彎處上，那兒戳過去後就會頂到肚子裡，過去他不見得次次歡愛都全入，但今天絕不可能輕易放過。

壓住在身下扭動哭叫的人，他一手按住柔軟肚皮，龜頭從小口肏進去。

「啊啊——」吳幸子尖叫，死了一般癱軟在床褥上痙攣。

他的肚子被戳出一塊，模糊可見男人肉莖的形狀，底下的小鯤鵬又噴了，稀淡的白液濺在被子跟自己肚子上，被一隻滾燙的手掌抹開，順著那可怕的突起撫摸而過。

「別……別這樣……海望，饒了我……」他哭得渾身抽搐，身體又因為緩不過氣的高潮顫抖，幾乎快暈過去。

「胡說什麼。」關山盡的胸膛覆蓋在他背上，攔腰將他上身撐起，有力的大腿跪起卡在他雙腿之間，他幾乎是坐在關山盡的鯤鵬上。

接著他被壓在床頭上，兩條白細的腿無力地撇在關山盡大腿兩側，鼓起的肚子又被揉了揉，吳幸子還來不及唉叫，關山盡就往上一頂，鼓脹的雙球啪地打在他滑溜溜的肉臀上，肚子裡的肉莖又往前戳了點，進到前所未有的深處。

吳幸子哭叫一聲，語尾都在顫抖，白細的腿繃起，腳趾都蜷曲了。後頭就是一連串三淺一深、九淺一深，把吳幸子操得哭叫不已，軟肉被粗暴的肏弄給帶了出來，後被頂回去，哆哆嗦嗦地裹著凶猛的肉莖試圖討好，卻總被戳得潰敗，只能無力地任由男人玩弄，肚皮被戳得一鼓一鼓的。

而關山盡猶不滿足，滾燙的手掌按著隨著他動作浮起的肚皮上，時不時按一下，彷彿隔著肚皮自瀆的感覺，也讓他爽得眸色晦暗，狠狠地啃咬吳幸子纖細的頸側，把人咬得唉唉叫，脖子上都是青青紫紫的印子。

沒一會兒吳幸子又洩了，這回噴出的東西清淡如水，他仰著脖子發不出一點聲音，兩眼翻白眼看就要厥過去。

偏偏關山盡還往前又頂了下，掌心也配合地往下按，還在高潮中的敏感身軀根本承受不了這種玩弄，猛烈地痙攣幾下後，淅淅瀝瀝地尿出來。

被這腥羶的味道一刺激，加上腸肉的抽搐吮咬，關山盡也頭皮一麻，痛痛快快地在吳幸子肚子裡射了。

男人射得極多，熱呼呼的精液燙得師爺狂顫，好半天才喘出一口氣，人就這樣昏了過去。

並沒有立刻抽出來，關山盡也不知道自己究竟是何想法，撫摸著吳幸子被自己的肉莖及精液撐得像懷胎三個月的軟肚子，翻身摟著人躺進內床，也沒有將尿髒的床墊清理一下的意思。

在床帳遮掩下，腥羶的味道充滿這寸方之地，隱約還殘留有膏脂的甜香，與關山盡身上的白檀香氣，及一股子淡淡的青草味．那是吳幸子的味道。

嗅著這稱不上好聞，卻難分難捨的氣味，關山盡心裡有塊地方軟了，有點滿足又帶點埋怨，也許還有不少的氣憤跟不甘。

「你就這麼想離開我？」他摟緊懷中的人，半軟半硬的肉莖滑動了下，發出曖昧的水聲，昏睡的老傢伙也哼哼唉唉地呻吟幾聲，接著往他懷裡縮了縮，睡得更甜。

唉，罷了。有什麼明天再說吧……關山盡吻吻懷中的人，即便不怎麼願意抽出，還是爬起身整理一切。

在鵝城住了兩日，關山盡似乎有要務得處理，派一名親兵跟著吳幸子後，就不見人影。難得機會，吳幸子自然不會放過，一早起來便帶著親兵去了鯤鵬社。

眼熟的伙計一看到是他，親親熱熱就迎上來，「吳師爺，大掌櫃這些日子總掛念你。」

「承蒙染翠大掌櫃掛念了，不知他有沒有空見我？」吳幸子也熱情地拱拱手，腦子早就飛去《鯤鵬誌》上。

「自是有的，大掌櫃千叮嚀萬交代，要是見著吳師爺，務必請您進去敘話。」夥計那熱呼勁，讓吳幸子既害臊又開心，誰不喜歡有人惦念呢？更何況，這還事關五十文錢。

親兵顯然對鯤鵬社跟《鯤鵬誌》也是心知肚明的，沉默地跟在吳幸子五步開外，要不是夥計看了他一眼，吳師爺早就忘了身後還有一個人。

「這位是？」夥計其實是認識這位親兵的，上個月染翠大掌櫃為了阻止關大將軍前往清城縣，雙方沒少交手過。

「這位是……」吳幸子一時答不上話，歉然地看著親兵問：「是我疏忽了，敢問軍爺怎麼稱呼啊？」他只知道對方是關山盡身邊的親兵。

「在下黑兒。」親兵恭恭敬敬地回道，接著朝夥計拱拱手，「這位小哥，在下奉將軍之命貼身護衛吳師爺，染翠大掌櫃的為人我們是信得過的，但軍命難違，只能請大掌櫃多包涵。」

「這個嘛……」對方態度放得低，夥計也沒法多說什麼，更何況前些日子的衝突他還有些餘悸猶存，後院有數個小廳至今仍無法使用，「我帶你一同過去是可以，但大掌櫃與吳師爺敘話時，您還是站遠些吧！」

「在下明白，多謝。」

既然對方執意要跟，吳幸子也沒有拒絕，很快就把心思都放在《鯤鵬誌》及染翠身上。夥計將兩人帶往那座熟悉的涼亭，染翠大掌櫃已經等在裡頭，正端著茶啜飲。抬眼看見吳師爺的時候，露出一抹風華絕代的笑容。

「吳師爺。」放下茶杯，染翠站起身對吳幸子拱手相迎，接著看向他身後，笑容就有些冷淡，「黑參將又見面了。」

「在下黑兒，前些日子打擾大掌櫃了。」黑兒垂著頭看不清表情，人也站得遠遠的，回應的聲音卻中氣十足，染翠冷著臉哼一聲，隨即轉向吳幸子親切地展顏一笑。

「吳師爺快請坐，這都一個月沒見到您了。」

「多謝大掌櫃掛念。」吳師爺趕緊拱手道謝，拘謹地在椅子上落坐，「大掌櫃，是這樣的，我想問問《鯤鵬誌》……」說著轉頭朝黑兒看了眼，壓低聲音小心翼翼地續道：「在下沒能來拿上個月的《鯤鵬誌》，下個月的五十文錢請大掌櫃先收下。」說著偷偷摸摸拿出小錢袋推給染翠，臉頰紅撲撲的像是做了壞事的不安跟興奮。

「吳師爺的意思是……」染翠沒收下小錢袋，而是朝涼亭外的夥計打個手勢，夥計立刻心領神會地走到黑兒身邊，開始天南地北攀扯。

「在下的意思是，還想繼續收到《鯤鵬誌》。」吳師爺老臉一紅，神態卻很堅定。染翠瞧了他片刻，臉上的笑容更加明媚。

「染翠以為，您與關將軍有意結契？」說來就氣嘔，染翠一個半月前確認吳師爺只想春風一度，當即著手處理關大將軍，甚至不惜動用手段翻動一下南疆局勢，雖說是小打小鬧不會對百姓生活有所影響，但對關山盡來說也得花點工夫擺平。

關大將軍那點小事雖然隱密，但染翠卻是知道的。一個心有所屬的人，實在不合適參加《鯤鵬誌》的飛鴿交友，偏偏老闆就是看上了關大將軍的這點小事，存心攪亂那汪春水，說什麼要是連這樣的人都能在鯤鵬社覓得良緣，鯤鵬社的未來就更有保證了。

能否覓得良緣染翠不知道，但帶給會員困擾這點實實在在，蘇水鄉的帳房先生在關山盡離開後心如死灰，最後竟然娶妻去了，前兩日染翠收到餅，氣得肝疼，索性把餅一口氣都吃了，這會兒胃還有些疼。

原本想著，依照關大將軍對他人不上心的程度，南疆的事敉平後，差不多也把吳師爺給忘了。誰知道他非但沒忘，還殺回鵝城拆了半座院子，用沉鳶劍抵著染翠的咽喉，笑吟吟地告訴他手別伸太長，下回可就要剁了。

說真的，染翠原本已感到絕望，特別上個月吳幸子甚至沒來拿《鯤鵬誌》，他還想著也許吳師爺送來的餅口味會清淡些，他一口氣吃光也不怕鬧胃痛。誰知……

「這可沒有。」吳幸子紅著臉連連擺手，「我跟關將軍不是同路人，我哪高攀得上呢？」

「吳師爺也無須太過謙遜，在染翠看來是關將軍高攀了您。」儘管將軍拆完院子後扔下足夠再蓋一棟宅子的銀兩，染翠卻怎麼也無法解氣。他在鯤鵬社兢兢業業十個寒暑，怎麼也想不到短短兩個月會連續折兩名會員在同一人手上。

他的臉簡直被打腫了一圈啊！

誰高攀誰這件事，吳幸子無意爭論，他關心的只有《鯤鵬誌》。

「大掌櫃，我能把上個月的拿走嗎？」

「這自然是沒有問題。不過，您現在與關將軍應當還住在一塊兒吧？」瞥了黑兒一眼，那人還是低著頭，任由夥計說得口乾舌燥他自巍峨不動，也不知道是否聽見他們的談話了。

「這是這是，唉……」吳幸子搔搔鼻子，有些悶悶不樂，但很快又振作起來，「不過他很快要回馬面城了，不如等他離開，我再來拿《鯤鵬誌》？」

「這自然沒有問題。」染翠笑吟吟地答應，但心裡多少有些好奇，忍不住問：「您似乎對關將軍要離開一事，並不很在意啊？」

甚至可以說是萬分期待，雖說染翠不喜歡關山盡，但不得不承認那個男人確實很吸引人，情場上肯定無往不利，也不知踩著多少真心行走至今。

吳師爺看來半點陷落情網的樣子都沒有，實在讓人意外。

「這……在意他也得走啊，我又不想離開清城縣，說來不怕大掌櫃見笑，在下已經挑好墓地，那真是個適合長眠的好地方啊。」

看那無限嚮往的模樣，彷彿說的不是墓地，而是某個名勝幽景呢。

「沒想到，吳師爺看得如此灑脫。」照染翠看人的銳利目光，吳幸子在他眼裡是個極為長情之人，又因為寂寞，理應非常容易陷入溫柔鄉掙脫不出的。

可如今看來，吳幸子對關山盡別說長情，恐怕沒如何放在心底。

「灑脫嗎？」吳幸子眨眨眼，拿起茶杯啜了口，隱隱苦笑，「大掌櫃太看得起吳某了，這不是灑脫，而是有些人原本就不可能長長久久，何苦自尋煩惱呢？」

這話在理，卻莫名有些心酸。

染翠索性沒有回應，只招呼吳幸子用點心。

兩人又交談了一會兒，眼看又有社員來找，染翠才將小錢袋推回吳幸子手邊柔聲道：「吳師爺，這五十文錢您收回去。關將軍找上你，是鯤鵬社辦事不力，幸得您沒有受到傷害，可鯤鵬社卻不能不補償您。在您覓得良人之前，《鯤鵬誌》無條件奉上，您千萬不要推辭。」

「這怎麼好意思。」

吳幸子慌張地將錢袋又推過去，可染翠已經站起身，擺明了不接。

「吳師爺，您是鯤鵬社重要的客人，安心接受敝社的歉意，小小一本書無足掛齒，染翠恭候您的大駕。」語畢染翠招來夥計，命他將吳幸子帶出去。

眼看推辭不了，吳幸子滿是感激地一再拱手稱謝，直到染翠避身不受，這才離去。

等出了鯤鵬社，都已經未時三刻。

吳幸子摸摸肚皮，雖然吃了點心也喝了茶，可肚子依舊空虛，他歉然對黑兒道：「黑參將，是我疏忽了，您也餓了吧？不如我們找個食鋪填肚子？」

「將軍有命，您從鯤鵬社出來後，將您領去長歌樓相見。另外，請吳師爺喚在下黑兒即可。」

「這……」吳幸子揉揉鼻尖，他一介白衣，只是個小縣衙的師爺，哪能隨意直呼參將大人的名字呢！

「您是將軍的人，自是黑兒的主人，無須介懷。」黑兒垂著頭，語氣恭謹，更加令吳幸子手足無措。

似乎也察覺他的侷促，黑兒便把稱謂一事姑且擱開不講，領著吳幸子往長歌樓去。

說起長歌樓，是鵝城最有名的幾座酒樓之一，也是當中開業最久，價格最為平實的酒樓，只需十來文錢就能吃上三菜一湯與半桶米飯，用料做工依然扎扎實實，絕對不偷斤減兩敷衍了事，以至於聲名日遠，吳幸子也曾吃過兩次。

關山盡選在這裡讓他安心許多，肚子也更餓了。

即使已過飯點，長歌樓依然高朋滿座，夥計一看到他與黑兒就迎上來，熱情招呼道：「兩位客官，用飯嗎？」

長歌樓還有一項比其他酒樓特出的地方，是它有官府特許的釀酒證，能自行釀酒無須向酒坊批貨。

獨家釀造的空桑酒是混著桑葚釀製的，酒色近似葡萄酒，但更淺淡些宛如瑪瑙，入口微酸帶甜，後味顯得爽辣，酒過舌尖時溫潤甘醇，滑至喉中略帶刺麻隱含辛辣，及致腹中暖如炭火，使人渾身暢快。

許多酒客特地來喝上幾杯，而不用飯。

「我們找關公子。」黑兒對夥計說道。

「關公子？」夥計思索片刻，笑得更加親熱，「關公子在聽雨間等候兩位，請隨小的來。」

一路爬上了頂樓，長歌樓算是鵝城最高的建築，視野開闊四周景物盡收眼底。

整個頂樓只有四個包廂，自然都很寬敞。

聽雨間在左手前側，是景色最好的地方，怪不得夥計笑得見牙不見眼。

推開門，落入眼底的是關山盡修長如竹的身影，依然穿著黑袍，正倚窗而坐，聽見聲響後回頭睞了眼，那桃花眸如雲似霧，又似帶著點點光彩，見到吳幸子後輕輕一彎。

雖然沒笑，卻比笑容更加親切迷人，帶著綿綿情意。

吳幸子看得移不開眼，一張老臉紅得幾乎滴血，整個人飄飄然地朝關山盡靠近。

「等、等很久了？」直走到能嗅到男人身上的冷香，吳幸子才停下腳步，磕磕巴巴地問。

「不算久，才喝了一壺酒。」關山盡伸手將人攬進懷中，竊了個吻。

酸甜的酒香從他的唇染到吳幸子唇上，明明什麼也沒喝到，吳幸子卻彷彿微醺了。

也不知道是不是心知關山盡即將離去，吳幸子也珍惜起兩人相處的時光。

他主動把舌尖探過去，舔過關山盡的唇，然後被含住啜吸一番，直到喘不過氣開始掙扎才被放開。

「怎麼如此乖巧？」關山盡挑眉問，吳師爺有些害羞地垂下腦袋不說話。

並沒有逼問他的意思，關山盡喝了一壺酒顯得興致很好，讓夥計上了幾樣小菜，招呼吳幸子吃了，他自己在一旁臨窗飲酒，身前擺著一盤棋，怡然自得地下著。

很快將滿桌菜都掃光，吳幸子拍拍肚子滿足地啜著茶，對關山盡面前的棋局似乎很有興趣，拉了張椅子在旁邊看。

「會下棋嗎？」關山盡左右互搏，黑白子在棋盤上殺得難分難捨，但白子看來更技高一籌，開局時韜光養晦，不知不覺將黑子給蠶食鯨吞。

「跟自己下棋不無趣嗎？」白子會知道黑子怎麼走，同樣的黑子也知道白子怎麼走，勝負早已定下了，不是？

關山盡聞言一笑，解釋道：「這與排兵布陣是一個道理，打仗的時候不能只排己方陣法，還得模擬對手的布陣，運籌帷幄之間、決勝千里之外就是這個道理。帶兵打仗比的不是誰武功高強，比的是誰的謀略準確、誰的目光狠辣、誰的反應機敏、誰的命更硬。」

「誰的命更硬？」吳幸子歪著腦袋面露茫然。前面他聽得懂，但命硬不硬就有點玄乎了，這可不是人能控制的，得求神問佛呢。

他以為關山盡對這種鬼神之事，全然不信的。

不自覺將問題問出口，關山盡朗聲大笑：「我怎麼會不相信？上戰場那是把腦袋別褲帶上的行為，出去了就沒想著要回來，天底下沒有完美的陣法跟戰術，人無完人，定會有弱點可以攻破，我揣測對方心意時，對方又何嘗不正在揣測我呢？生死看多了，很多勝負拚得不是布陣有多周詳，而是氣運在誰身上。這很難言述，可大夥兒都是敬畏的。」

「這樣啊。」吳幸子似懂非懂地點點頭，看著白子最終把黑子殺得片甲不留，而關山盡臉上的神情，卻比任何時候都溫柔輕鬆，眼裡帶著淡淡的笑意，風情無限。

「這局棋，是當年我平定南蠻的那場戰役，南蠻王最後被我生擒押送去京城，鐵騎踏破王都所在，王長子不得不投降稱臣，我順手替他將幾個不聽話的兄弟都收拾了。」棋盤上，只剩下最南面一小塊黑子，也被衝得零零散散，可憐又寂寥。

「你很想念上戰場殺敵的日子嗎？」吳幸子隱約覺得這段話有點不對，但他率先注意到的是關山盡眼底的眷戀與豪情。南疆平定五年，在鎮南大將軍的駐守下，南蠻這二、三十年大概都翻不出什麼大風浪，除了偶爾剿剿匪，過慣戎馬生活的軍人，肯定有些無所適從吧。

「怎麼會？戰場上局勢詭譎，一不留心便成了異地孤魂，百姓要付出的代價更大，誰喜歡打仗呢？」關山盡嘆息，動手將黑白子分開，「與我下一盤棋？」

「我棋藝不佳。」吳幸子老臉微紅，小時候跟爹下過幾年棋，但那時候年紀小玩玩居多，後來自己孤單一個，儘管衙門裡事務不算繁忙，卻也失了下棋的閒情逸致。

「無妨，就當湊個趣也好。」說著將白子推向吳幸子，「就讓你二十五子吧。」

「多謝多謝。」吳師爺揉揉鼻尖，也不推託客氣，適才那盤局他是看懂的，關山盡的棋力絕非他所能及，這真的只是陪將軍玩玩而已。

將旗子排好，這局棋才算開始。

然而不過一刻鐘，吳幸子已被關山盡殺得丟兵棄甲，面上看來他已生機全無，就是吊著一口氣苟延殘喘而已，而這時恰好又輪到他，就見他隨手放下一子，對全盤局勢恍若不見。

這已經不是頭一回。應該說，放完二十五子後，吳幸子就是用這種輕鬆寫意的態度下棋，他非但不揣摩關山盡的布局戰術，甚至都不介意對方走的棋步，這已經不是隨意而安，而是全然超脫於外，對勝負沒有絲毫關心。

「為何走這一步？」關山盡掂著棋子，雪白如玉的指尖與瑪瑙製成、螢光流轉的黑子互相輝映，實在眩目至極。

可惜美人現在蹙著眉，神情雖說不上不悅，卻似乎若有所思。

「也沒有為什麼，我棋藝本就不好，這裡既然有位子放棋子，我就放了。」吳幸子搓搓鼻尖，有些赧然地低頭回道。

以前爹就說過他天性不適合下棋，天賦有無姑且不論，他的秉性太過澹然，於勝負沒有爭搶之心，這樣的人下棋「勝固欣然，敗亦可喜」，自然使人欣然的時候多了。

「是嗎？」關山盡將棋子扔回盒中，「你不可能贏了，七步內我就能勝你，到此為止吧。」

明顯鬆了一口氣，吳幸子開開心心地將棋具收拾好，顯然比起對弈這件事，他對棋子的材料更有興趣，愛不釋手地摸了幾把才收拾好。

「能喝酒嗎？」待吳師爺空下手，關山盡就把人拉進懷裡，一同看著樓外美景。

第六章　酒後吐真情

「你要是不想我走，我就不走。」
「不行的……」吳幸子眼淚依然流個不停，
「你得去京城趕考，我不能誤了你……」
進京趕考？關山盡蹙起眉，滿心都是苦澀。
原來，吳幸子哭著想念的人，並不是他嗎？

冬日雖蕭索，遠山卻依然黛綠。

「偶爾小酌一番罷了。」吳幸子舔舔唇，語氣帶點可惜。

「今日有我在，你想喝就喝，帶個醉鬼回家還難不倒我。」低柔一笑，關山盡將手上的酒杯塞進吳幸子手中，替他斟滿酒，「這是陳年佳釀，有錢也喝不到的，長歌樓主人與蘇揚是至交，這才勻了三斤酒給我，再多沒有了。」

酒香撲鼻，帶點桑葚的酸甜氣味，吳幸子想到適才在關大美人唇上舔到的滋味，自然饞得不行，連忙湊過去啜了一大口酒，在舌尖上細細品嘗。

果然濃郁醇厚，比店裡頭一般賣的空桑酒，更增添絲綢般滑順的風味，入喉後的爽辣有如在河中滾過的鵝卵石，稜角盡去又不失風骨。

「真美味。」不過三口，一杯酒就喝完，吳幸子咂吧咂吧嘴，臉上泛起紅雲，溫柔的眸子像被洗過一般，晶亮得不像話。

他肚子裡暖洋洋的，暖流順著血液在體內流淌，不多時整個人都像裹在厚被子裡似的，舒服得讓他咯咯直笑。

「再喝一杯？」說著，關山盡又替吳幸子斟滿酒杯，師爺傻笑著沒有推拒，小口小口把酒又喝光了。

就這樣連續三杯酒下肚，吳師爺已經醉得恍恍惚惚，紅著臉直磨蹭關山盡的胸口，嘴裡模模糊糊地喊熱。

將酒杯拿回來，關山盡替自己倒上酒，一邊拍撫著懷裡不安分的人，一邊看著窗外遠山緩緩將酒飲光。

空桑酒雖然口味甘醇酸甜，後勁卻很大，要不是關山盡內力深厚，又天生不易醉酒，也沒辦法獨飲獨酌一壺半還神志清明。

吳幸子鬧了一陣，最後乖乖地窩在關山盡頸窩，神情迷醉地嗅著男人身上的薰香味，喃喃地念著：「我喜歡你的味道……我喜歡你的味道……」

「你要是喜歡這薰香，我讓人調一盒給你。」敏感的頸側被磨得發癢，關山盡卻也任由他。

「不用不用，你別送我東西，我……我很好……」這溫柔的許諾，卻讓吳幸子顫抖了下，那傻兮兮的笑容不復存，人也喪氣地縮了起來。

「怎麼了？」關山盡心頭起疑，低頭刮了刮他的鼻尖，看著那張因酒氣而泛紅的平凡臉蛋，心裡莫名覺得可愛。

這念頭一閃而過，關山盡也不特別在意。只要吳幸子帶了魯先生的影子，他自然能從中看出可愛，不是嗎？

「你別送我東西……不需要的……」吳幸子皺皺鼻子，臉上帶著認真混著茫然，似乎很不放心地又強調一次：「別送，一定別送。」

「為什麼？你不是喜歡這薰香的味道嗎？」把人摟緊了些，關山盡實在好奇，忍不住逼問：「你說出原因，我再決定送不送你。」

「說出原因？」困惑地眨眨眼，吳幸子伸手攬住關山盡的頸子，將那張美麗的臉龐拉近自己，專注地盯著瞧。

看著看著，吳幸子神情羞澀地笑了

「怎麼了？」

「你真好看……」吳幸子喟嘆，噘起肉嘟嘟的唇在他花瓣般的唇上親了一口，傻兮兮地笑個不停。

「你喜歡我嗎？」關山盡放下酒杯，一手摟著吳幸子細腰，一手扣著他的下巴，吐氣如蘭地問道。

「嘿嘿……」吳幸子看了他半晌，有氣無力地垂下眼，卻沒回答他的問題。

這模樣與往常大不相同，平日裡吳幸子雖然羞羞怯怯、又顯得自卑、直心腸沒心機，看來幾乎沒啥煩惱的模樣，就連被鄉親們說閒話，他都沒動過怒，萬事不上心，掛念的只有《鯤鵬誌》，就連關山盡都沒能讓他露出患得患失的模樣。

然而眼下，他神情萎靡，閃避著關山盡的目光，那醉態可掬的模樣已然不見，徒留一抹蕭索跟傷心，整個人都有些愣愣的，垂著臉什麼話也沒說。

直覺這與吳幸子不留不求的態度有關，關大將軍忍不住又勾起他的臉龐，輕柔地哄著：「怎麼傷心起來了？說給我聽聽？」

「說給你聽聽？」吳幸子緩緩眨了眨眼，直勾勾地盯著關山盡看，半晌後才遲鈍地開口道：「你不是走了嗎？」

「你就這麼想我走？」臉色不禁一沉，關山盡回想數日前與吳師爺的對話，這老傢伙滿腦子希望他趕緊離開，好去拿《鯤鵬誌》，還以為他不知道嗎？特意派了黑兒跟著，也是給染翠捎警告的意思。

對這個人他還沒膩，誰都別妄想動上一動。

「不是啊……我不希望你走的。」吳幸子眨眨眼，突然就滾下淚水，關山盡原本心裡有氣，這下子卻心疼起來，把人摟在懷裡拍撫著安慰。

吳幸子除了床上，壓根沒哭過，也不像會輕易落淚的人。關山盡從黎緘這個清城縣的縣太爺口中問到許多吳師爺的事，對這老傢伙可謂是了解頗深。吳師爺其人親切也冷淡，對誰都好像很關心，但又顯得萬事不上心，一個人生活著也有二十來年，日子過得平平淡淡，前幾年還找準墓地，開心了好幾天。

「你要是不想我走，我就不走。」關山盡沒想到這串眼淚來得如此令他心疼，更沒料到吳幸子嘴上說的瀟脫，內心卻是茫然失措，讓他極為憐惜，輕柔地吻著他哄道：「我不急著回馬面城，有滿月在也夠了，再陪你幾個月也不是難事，你別哭了。」

「不行的……不行的……」吳幸子乖乖地趴在他懷裡，眼淚依然流個不停，很快就沾濕關山盡胸前的衣料，溫熱的淚水彷彿帶著烈焰，將那塊肌膚灼得泛疼。

「可以的，馬面城的事我說了算，你安心便是。」柔軟的吻落在吳師爺髮頂，關山盡心裡有些慌，他努力承諾，卻依然沒能止住眼淚。

就聽得吳師爺輕輕抽泣著，含糊地低語：「你得去京城趕考，我不能誤了你……我等你，等你回來，一年、兩年、十年都等，你一定能衣錦返鄉的！」

進京趕考？這四個字一進關山盡耳中，他便蹙起眉，滿心都是苦澀。

原來，吳幸子哭著想念的人，並不是他嗎？

這個人究竟是誰？他很清楚打從十六歲父母雙亡後，吳幸子身邊就沒有過人，雖曾經喜歡過那個賣豆腐腦的小哥安生，但在得知安生與張捕頭結契後，卻沒有更多留戀，轉身好像就把這件事給忘了。

原來吳幸子並非不求不留，而是心裡有個人嗎？

究竟是誰！關大將軍心裡又氣又悶，捂著心口幾乎要吐血了。

而偏偏醉得迷迷糊糊的吳師爺還可憐兮兮地哽咽著把自己賣個精光：「我、我知道你一心想光耀門楣，載宗兄，你有才氣又有學問，這小小的鵝城關不住你這隻大鵬鳥的，你應當進京考試，考上狀元！」

載宗兄？這名字很耳熟啊……

關山盡也沒打斷吳幸子的叨叨絮語，在腦中搜刮誰是這個名字，一邊拼湊吳幸子嘴裡的那個故事。

「路費你甭擔心，我手邊還有些銀子，家裡就我一個人，你先拿去用吧。」吳幸子仰起頭，臉上滿是真誠。

看著那張誠懇的臉龐，溫柔但晶亮的眸雖然望著自己，腦子裡想的卻是另一個人，關山盡忍不住就捏了吳幸子臉頰一把。

「唉……」痛叫一聲，力氣沒收斂的結果，就是差點把吳師爺的臉給捏青，關山盡連忙撒手，心裡煩躁得不行。

既然提到進京趕考，那肯定也不是這幾年的事情。吳師爺手邊有多少錢，關大將軍老早摸得一清二楚，可憐兮兮的十兩也不知道攢了多久。

這什麼載宗兄，聽起來上京後就沒回來了吧？要不是死在半路上、要不是考場失利無顏回鄉、要不是迷失在京城的繁華中、要不就是考上了進士覓得良緣，把吳幸子拋到腦後。

但關山盡對這名字耳熟，看來載宗兄應是進入朝堂，且品位還不低，至少在四品以上。

這樣一個負心人，憑什麼讓吳幸子經年不忘？甚至還為之落淚？

低頭看著吳幸子傻楞楞又乖巧地窩在自己懷裡，臉頰上還留著淚痕，眼眶依然是紅的，但總算沒再繼續落淚。

思考片刻，關山盡決定把事情問清楚。他隱約猜到，吳幸子當年曾發生過什麼，才成為這樣極端不與人親近的脾氣，不久前的那局棋原本就讓他介懷。確實有人秉性澹然，對勝負沒有爭奪之心，總是隨遇而安。但吳幸子已經不能說是隨遇而安了，他壓根就不打算求任何東西，只有不求才能安心，勝負也好、良緣也好、餬口的工作也好、自己的名聲也好，他首先看到的都是那條逃走的退路，絕對不往前走任何一步。

所以，即使喜歡安生，甚至還買了玉簪子要表白心意，最後也只是把那送不出去的心意埋在床底下，需要的時候挖出來賣了換錢，半點留戀也無。這件事吳幸子甚至都沒瞞著關山盡，坦坦然然地在他面前邊說邊挖，最後看著玉簪唏噓道：「這玉色真不錯呢，你看能多賣幾文錢嗎？」

「你不留著這玉簪？」關山盡接過沾著土的盒子，隨意打量了眼成色黯淡的物件，在他看來這玩意兒就是家裡粗使嬤嬤會用的東西，但對吳幸子來說也是不小的花費了。

「原本想留著，但……」吳幸子抿抿唇，迅速地瞥了下一旁的衣櫃。

關山盡雖然注意到了卻也沒放在心上，自然不知道吳師爺腦子裡想的是：鯤鵬圖總歸也用不到這東西啊，埋著也可惜了。

「先別賣，帶去馬面城吧！這玉成色雖然普通，但馬面城畢竟比不上鵝城繁華，賣的價錢也能高些。」將盒子蓋上，拍掉上頭的土，關山盡將東西交還回去。

「去馬面城？」吳幸子眨眨眼，沒心沒肺地噗哧笑了。

那時候關山盡還沒提到離開清城縣的事，而吳幸子竟然也問都沒問過。

如今想來處處透著不對勁，關山盡不解自己怎麼會視若無睹到這個地步？再怎麼說吳師爺都是最像魯先生的人，他也想把人留在身邊久一些。

說到底都是他太托大了，關大將軍五味雜陳，擊掌將候在外頭的黑兒招進來，交代他打一盆熱水，捎上一條乾淨的棉巾上來。

沒察覺自己心情不同往常，關山盡將酒換成茶，小口小口地餵給吳幸子，腦子裡已有計量。

「幸子。」他輕柔地喚了吳師爺的名字，懷裡的人微微一顫，羞羞怯怯地抬起臉看他，欸了一聲。

「你說要給我旅費，是多少銀子？」

對於離京城較遠的地方學子，官府會補助一定的路費，還有驛馬可以使用。以鵝城來說，離京城約要三個月的路程，畢竟一般學子也不見得會騎馬，很多人會選擇坐牛車甚至徒步前往，一般會撥十五兩銀子當補助。

然而，京城花費高，雖然旅途上也許用不到十五兩銀子，但在京城備考的日子及等待放榜的日子，要花的錢就多了，千里迢迢上京，最後卻潦倒得回不了家鄉，也不是什麼稀奇事。

聽到他的詢問，吳幸子瞇起眼，似乎很認真在分辨眼前之人

本以為他酒醒了，關山盡有些扼腕自己恐怕暫時問不出事情原委，誰知吳幸子卻綻出一抹笑，認認真真地回道：「我這裡有八兩銀子，載宗兄你全都拿去用吧，一點小錢不用掛在心上，你是鴻鵠之才，不能待在燕雀之地。」

「八兩？」關山盡聲音微沉，這筆錢對吳幸子絕對不是小錢，想想他現在的棺材本也不過十兩啊！

「載宗兄，要是不夠用，我再替你借點？」吳幸子說得急切，似乎擔心嘴裡的載宗兄不悅，「縣裡頭有一筆為了考生而準備的銀子，平時都不動的，就等著哪天縣裡出一個舉人，好送他上京替鄉親掙臉。你雖是鵝城人士，但我跟縣太爺提一提，也許還能借點來？」

這段話說完，吳幸子自己卻愣住了，瞪著眼似乎陷入某種迷障之中，就聽他喃喃低語道：「我、我借了、借了十五兩銀子給你，載宗兄我相信你能考上進士的，我……載宗兄，你不是娶妻了嗎？再也不回來了嗎？」

娶妻了？關山盡心裡一痛，張嘴就想阻止吳幸子繼續沉溺在過往回憶裡，但卻慢了一步。

吳幸子繼續自言自語：「我還記得初次見到載宗兄，是在春天。鵝城外桃花開得正好，我替縣太爺送信來，就看到你一身儒服，像蒼松般站在桃花林裡，遠遠地不知道在看什麼。你能告訴我，你在看什麼嗎？我一直想問，卻沒敢問，怕驚擾了你。」

吳幸子臉上的神采溫柔得彷彿帶著光，關山盡完全可以想像那時候的載宗兄，多麼勾動年少時吳幸子的心絃。

彷彿天底下最美好的事物、最溫柔的絮語，流轉著瑰麗光彩。

他不禁也想到自己第一次見到魯先生的那日，天地之間色彩盡失，只有那一抹白衣身影，謫仙般微笑看著他，一切就足夠了。

「後來，我找著機會就來鵝城，十次裡總有兩三次能看到你在桃林中，我就想著，也許你是桃花花仙，而我是上輩子燒了好香才能見著你。但眼看桃花就要謝光了，我心裡那個急啊！於是我終於鼓起勇氣，搭訕了載宗兄……」吳幸子輕輕一笑，看來羞澀不已，「唉，這可是我做過最勇敢的事了，還好載宗兄你溫柔，沒介意我這樣唐突你。」

「怎麼會介意？你這傻樣兒，心裡那點不軌誰看不出來？」關山盡酸澀地哼了聲，老傢伙這心滿意足的模樣看得人心煩，忍不住在他肉鼻上咬了口。

「唉……載宗兄，你今天怎麼老咬我？」吳幸子捂著鼻子，那抱怨裡帶點撒嬌，雖然有些羞怯但不扭捏，顯然是習慣這麼與載宗兄相處的。

「你接著說。」心裡悶得緊，吳師爺可從來沒這樣對關大將軍撒過嬌。

「接著說？」眨眨眼，吳幸子倒是很乖地繼續張口：「後來我們就成了好友，載宗兄你人溫柔又博學，氣度非凡，不是個能被侷限在小地方的人。我們都沒有家人，我心疼你的苦，茫茫人海中，孑然一身的寂寞，誰又能明白呢？不怕，以後有我疼你，我總是心疼你的。」

「心疼著、心疼著，你就喜歡上了？」語氣悶悶地，正巧黑兒端了水盆及棉巾回來，關山盡惡狠狠瞪了他一眼，把人瞪得直冒冷汗，迅速地扔下東西退出去。

「你生氣啦？」吳幸子縮起肩抖了抖，似乎一瞬間恢復了清明，盯著關山盡的臉直看，「噯，你長得真好看，我喜歡你的味道。」說著，把鼻尖湊到他頸窩裡蹭了蹭，滿足地喟嘆。

「我可不是你的載宗兄。」關山盡把人推開，將棉巾沾了水擰乾，替吳幸子抹了臉和頸子，吳幸子舒服地直哼哼，整個人不斷往大將軍懷裡蹭。

「看你這沒用的小樣兒，活該被人拋下。」

「嘿嘿……」找準了舒適的位置，吳幸子窩著不動了，醉鬼向來不可理喻，關山盡也只能獨自生悶氣，搜腸刮肚地回憶朝堂上的眾位大臣，打定主意只要讓他找到是誰，絕對不輕易放過。

「我原本不知道自己喜歡你的。」緊了緊環著關山盡窄腰的手，吳幸子語氣悶悶：「不知道多好？」

「但你畢竟知道了，所以才願意給他那麼多銀子吧，你這傻東西！」忍不住手癢，在他鼻頭刮了刮。

「我沒想你也喜歡我的，雖然咱大夏不禁男風，很多人也結契過日子，可你畢竟是要當官的人，我不想讓你難做。可……我把銀子交給你的時候，你送給我一個香囊，我看過那個香囊的，總是懸在你腰側，上頭繡著蒼松，在冬日裡傲然挺立的蒼松，就像我在桃花林中看到的身姿，凜然又風華絕代。」

說到後頭，吳幸子聲音也低沉下去，隱隱帶著哭腔，眼眶也泛紅了，卻並沒有落淚，反而接著說：「我記得你告訴我，這是你娘以前替你繡的，也是唯一留給你的念想了。你是老來子，爹娘一直寵著你，替你請最好的先生、給你最好的日子，雖然眼睛不好了，依然繡了這個香囊給你。而你，將這念想送給我，讓我等你回來，你定不負我……定不負我……」

吳幸子重重喘口氣，呆愣了好一會兒。

「別想了，都過去的事了。你醉了酒，睡一會兒吧，免得晚些頭疼。」關山盡說著就要點他睡穴，接下的事不聽也能猜到六成，那說著定不負人的載宗兄，最終沒有回來，而是娶妻生子平步青雲，連那二十多兩都沒想過要還。

「不不……我信你的！我真的信你的！」誰知吳幸子卻激動起來，狠狠地抓著關山盡的手，力氣大得連久經沙場的大將軍都疼得皺眉。

他眼神渙散，卻又洗過一般晶亮，呼吸急促滔滔不絕：「那個香囊我每天帶在身邊，怕被人看到會問起，我還縫了個袋子將它收藏好，貼身帶著。我每天看著那香囊，想著你的模樣，桃花林中你究竟在看什麼？我又為何偏偏看到你？我每天想念你，請求上蒼讓你一舉中的，我不求能與你結契，我明白官場險惡，你不得不身段柔軟，只要像過去那樣能在你身邊就夠了。」

那語調幾乎是哭泣的，卻一滴淚都沒有。

「我等了一年，沒有聽到你的消息。那無所謂的，京城路遙，你考上進士後也有許多要務得處理，鵝城沒有你的家人，沒有消息流傳回來也是正常。我又等了一年，又等了一年……三個寒暑過去，我心裡害怕，擔心你是不是遇到了危險，可我又叫自己安心，你是有大福氣的人，也許只是太過忙碌了。」吳師爺此時又怔住了，眼中一片迷離，微微搖晃著腦袋，抓著關山盡的手卻更加使勁，在白皙手背上留下彎彎月牙，幾乎滲出血絲。

關山盡沒有出聲打斷，他看出來吳幸子已經陷入魔怔，這時候不如讓他發洩個痛快，否則怕是要大病一場。

好半晌，吳幸子才輕輕地，像是畏懼著什麼，嘶啞地開口：「第四年春天，桃花開了，我想念你就去那座桃林走了圈。回頭想帶點小東西給柳大娘，她對我好你是知道的。一進鵝城，我就聽說有個從京城來的行商，賣些有趣的小什物。」

「我怎麼會就好奇了呢？」吳幸子喃喃問著自己，但這個問題是沒有答案的。「那個行商還帶來了吏部侍郎的消息，說是鵝城的人，長得好學問又好，深得皇上喜歡，三年前被點為狀元，很快就得到皇上的信任，連年升官，去年還娶了戶部尚書的閨女，今年就抱上孩子了……我啊，其實心裡早就知道了……你要是還活著，那就是不想回來了，我早就知道了……可至少你留了個念想給我不是？」那張平凡的臉露出微笑，卻比哭還難看，他呵呵地笑了起來，越笑越暢快，眼看就要瘋魔似的。

關山盡伸手就往他睡穴點，不能再讓他繼續沉溺傷痛，這傷埋得太深，饒是吳幸子再如何天生澹然，也已經扛不住了。

然而指頭點下前，吳幸子低低地喃語：「我看到了行商攤子上賣的香囊，和你送我的一模一樣……好幾十個、好幾十個啊……」

關山盡俐落地將人點昏，緊緊地將發涼的身子抱在懷裡，終於確定載宗兄是誰了。

前戶部尚書的女婿，曾經的吏部侍郎，如今戶部尚書已告老，他的女婿則成為吏部尚書——顏文心，字載宗，鵝城人士，皇上眼前的大紅人，堅定的太子黨，曾經想方設法地要拉攏護國公一門，當年他還在京城時，也收過顏文心長女的畫像。

哼！好你個顏文心！關山盡嫵媚多情的麗顏上露出笑容，彷彿墮神般惑人又恐怖：「等我騰出手，自會收拾你！」

摟著人小憩時，黑兒敲了敲門沒等關山盡回應，就推門走入，冷肅的臉上帶了些許陰沉，他看了眼睡在將軍懷裡，眼角還微微濕潤，鼻尖尚且泛紅的吳幸子，話到嘴邊卻躊躇了。

「什麼事？」黑兒與其他三人是關山盡除滿月之外最親近的下屬，平常在軍營裡也沒有太多講究，因此他也並沒如何放在心上，想著也許是滿月又來信催促他回去。

「滿副將來信。」果然，黑兒開口就這麼說，但語氣未盡，關山盡懶懶地撩起眼皮睨向他。深吸口氣，黑兒又瞥了睡得並不十分安穩的吳幸子一眼，壓低了聲音續道：「滿副將信裡說，魯先生兩日前墜馬，摔斷了一條腿，還有些輕微的內傷……」

關山盡唬地直起身，懷裡趴伏的人差點跌在地上，他卻置若罔聞，還是黑兒機靈掠步上前扶了把，才沒讓吳幸子摔著。

「魯先生受傷了？」波光流轉的眸瞇起，藏不住心焦急躁。

「為何現在才說？」他厲聲質問，冷凝的氣息讓吳幸子顫抖了下，發出模糊的嗚咽，一滴眼淚滑過蒼白的臉頰，關山盡卻宛若不見。

「立刻回馬面城，告訴滿月，讓屠大夫幫魯先生診治。」

「滿副將已經請屠大夫了，信裡說魯先生傷得並不特別重，將養兩個月也就能下床。」黑兒遲疑了片刻，上前將明顯被將軍忘在腦後的吳師爺抱進懷裡，免得摔傷。

「哼，將養兩個月才能下床，還不特別嚴重？滿月對魯先生諸多不滿，難保不會趁機敲打敲打他。我必須立刻回去，你和其他三人把鵝城的事收完尾再回去就可，別拖我後腿。」關山盡笑得陰沉，他身邊幾個親近的人都不喜歡魯先生，想來這會兒魯先生恐怕養傷也養得不安心吧！

越想越心急，關山盡甚至都沒打算從大門離開長歌樓，直接運起輕功往外跳，一刻都不想多耽擱。

「將軍！」黑兒手上抱著人追不上去，只能看著那抹黑袍人影遠去。

這下可麻煩了，黑兒低頭看著懷中臉色蒼白，神情頹喪的人，在心裡嘆氣。

適才，他在門外也聽全了吳師爺嘴裡的故事，自然察覺到關山盡的心疼。這吳師爺在關山盡心裡是不同的，有眼睛的人不會看不出來，可再怎麼上心，畢竟比不上長年刻在心裡的人吧。

滿月來信時特別交代，不得有任何拖延，必須立刻將魯先生的消息轉知將軍，黑兒是不大明白的。

眼看魯先生就要跟樂家納采了，卻偏在此時整出這麼個么蛾子，時間上未免太湊巧，要不是滿月千叮嚀萬交代，黑兒本想拖上幾日才告訴關山盡，這下可好，吳師爺到底是送回清城縣呢？還是帶回馬面城？

多想無益，關山盡的態度並不稀奇，滿月也定有深意才如此交代，他現在只需煩惱吳師爺就好了。

小心翼翼將人用披風裹緊，黑兒拉開門招來夥計交代幾句，也抱著吳幸子躍窗而去，數個縱落回到鵝城別院，正巧目送關山盡騎著逐星的背影

「黑兒。」一把大鬍子的方何見著他便迎過來，「怎麼回事？將軍只交代將吳師爺帶去馬面城就走了，昨天不是還說要多待幾日？」

「滿副將來信說魯先生墜馬受傷了，將軍能忍得住？」至少還記得吳幸子，黑兒心裡莫名有點欣慰。

「這時候墜馬？」方何咋舌，虎眸藏不住諷刺，「不是都要與樂家納采了嗎？聽說打算在開

春前把婚事辦妥，這個年難過了。」

「可不是嘛……」黑兒嘆口氣，顛了顛手上的人，「若要帶吳師爺走，是不是先去清城縣一趟？還是趁人睡著帶走？」

他心裡隱約猜到，等吳師爺醒了，要帶走人恐怕不容易，私心裡難免想放人一馬，這次回馬面城，恐怕吳師爺也不會好過。

「吳師爺醒了願意去馬面城嗎？」方何問是這麼問，卻很篤定地搖頭。

他們四人都知道，吳師爺對將軍沒有任何留戀，染翠大掌櫃的地位恐怕都贏過將軍的鯤鵬，怎麼可能願意離開清城縣？

「只能對不起師爺了。」嘆口氣，黑兒一生戎馬，服從命令幾乎成了天性，更何況這個命令來自關山盡？再如何覺得不妥，也無法抗命的，不是誰都能像滿月那樣，身段柔軟、手段高超還兼能言善道。

「吳師爺身子弱，路上太辛苦也不行，你先駕車帶他上路吧，什物由我們收拾，處理完了立刻追上你們。要是差太久回馬面城，也不知將軍還記不記得師爺。」方何憐憫地搖搖頭，轉身就去準備馬車。

記不得才好啊！師爺肯定樂得回清城縣，從此長伴《鯤鵬誌》，安安靜靜過日子。

晚了關山盡半個時辰，馬車也準備好了。雖然是四個糙漢子，但做事都細心，馬車裡鋪了舒適的坐墊被褥，雖狹小了些卻溫暖，解悶用的書籍字畫、點心茶水樣樣不缺，還買來幾套換洗的衣物，整整齊齊、分門別類地收在暗格裡。

柔軟的被褥讓吳幸子鬆開了眉心的結，嘴角隱隱掛起微笑，臉頰蹭了蹭靠墊，睡得更香了。

黑兒駕馬車的技術極好，加上馬車本身的製造也精良，一路上幾乎沒有顛簸，那些微的搖晃反讓人更加舒適，吳幸子這一睡直睡到第二天過午才醒，傻楞楞地看著比自己臥房還侷促的空間，陷在雲朵般的被褥裡頭，一時間還以為自己在作夢。

於是他伸手就往自己大腿上擰，這一把捏得自己鼻頭發酸，幾乎痛哭出來才鬆手。

這裡……是哪兒啊？

沒等他緩過神，一束日光從前方照在他臉上，一道鐵塔似的身影逆著光對他問：「吳師爺您醒了，要喝點什麼或吃點什麼嗎？」

吳幸子瞇著眼，日光不特別耀眼，可睡了一日夜的人眼睛自然畏光，眼眶被刺得泛起淚花。

「壯士是……」他連忙從被褥間坐起身，此時算看出來，這是一輛馬車。他怎麼會在馬車上？總不會有土匪搶了他吧？

「在下清城縣師爺吳幸子，壯士要錢要命啊？」

聞言，黑兒愣了幾息後朗聲大笑：「在下黑兒，要人。」

「呃……黑、黑參將？」吳幸子揉揉眼，終於模模糊糊看清楚眼前的人，這才鬆了一口氣，尷尬地低頭道歉：「對不住，我剛睡醒腦子不清楚，竟把黑參將當成土匪了，您大人有大量，別介意啊。」

「無事。師爺喚我黑兒就好。」黑兒將車簾固定起來，讓車廂裡曬曬難得暖活的冬日，也想讓吳師爺那張蒼白的臉曬點血色。

「您一日夜沒吃東西了，要吃點啥嗎？」

這一提，吳幸子確實感到自己飢腸轆轆，他紅著老臉捂著肚子，靦腆地回答：「是有些空虛了，不知黑參將有什麼乾糧能勻一些給小人嗎？」

「不如你叫我黑兒，我叫您師爺可好？這稱謂問題咱們各退一步。」黑兒無奈，滿月信上交代他與吳幸子拉好關係，最好到達馬面城前能習慣他的貼身護衛，就算當不了主人也得平輩相交，切不可讓吳師爺自貶身價。

唉，沒想到這任務竟如此困難。

「這……」吳幸子躊躇，他一介白衣，又對軍人天性畏懼，更何況參將最少也是個從四品武官，對他這個平民老百姓來說，簡直是天人一般的存在啊！他怎麼有膽子隨隨便便用小名稱呼黑參將呢？

「就這麼說定了，黑兒想與師爺您平輩相交，這點心願還望牽成。」黑兒索性不迂迴了，吳師爺這人直腸子又實心眼，與其等他自己想清楚，還不如趁這十幾日路程潤物細無聲來得有用。

「呃……」吳幸子搔搔臉頰，也實在沒有勇氣下對方面子，只能胡亂點點頭，結結巴巴喚了聲：「黑、黑兒……」

「欸。」黑兒對他笑笑，接著遞出個油紙包，吳幸子趕忙接住，掌心溫溫熱熱的，能嗅到一股誘人的香味，他咕嘟嚥下唾沫，不再客氣直接撕開油紙，麵團的香氣與肉餡的濃郁撲面而來，空了一日夜的肚子霎時間響了起來。

吳幸子臉一紅，偷偷瞄了黑兒一眼，見他已經回頭趕車，才伸手拍拍胸口。

紙包裡一共有四個大肉包，還熱呼呼的，一口咬下肉汁順著嘴角就往下流，燙得舌尖發麻。皮薄鬆軟、餡兒塞得滿當當的，剁得細細的腴潤醇郁，帶點薑的辣味但不顯突兀，像開在肉汁中的朵朵小花，鮮美得讓人連舌頭都想吞下。

這與鵝城的包子不大一樣，麵皮更有嚼勁也更蓬鬆，裡頭那圈吸滿了肉汁，但也不讓人覺得軟爛，鮮鹹的口感，讓吳幸子停不下嘴，一口氣吃了三個，眼巴巴看著第四個不敢下手。

「黑、黑兒，對不住啊，在下肚子實在餓，竟連你的份也吃掉了。」

四個包子一人兩個，這是理所應當，黑兒身材壯碩，吃得恐怕比他只多不少，這可讓吳幸子羞恥得恨不得把自己的老臉埋了。

「師爺哪裡話，這都是你的。黑兒早已經用過了。」黑兒回頭安撫了兩句，順手遞了一竹筒涼水過去，「車裡暗格有茶葉，如果你想喝熱茶，晚些我再替你燒水。」

「不麻煩、不麻煩。」吳幸子連連搖手，他不習慣被人這麼照顧，還是在這奇怪的地方……他咬著最後一個肉包，往外頭張望。陌生的景色不斷往後流動，馬車速度很快，拉車的兩匹馬毛色光滑如絲，體態結實修長，踢躂蹄聲流暢有力，極為神駿。

雖然想開口問黑兒要帶他去哪兒，但吳幸子也不是傻瓜，轉念一想也猜到怎麼回事了——這肯定是往馬面城的官道吧！

糟糕了，他的《鯤鵬誌》！染翠大掌櫃能知道他被帶離清城縣了嗎？還有他那一箱鯤鵬圖！春宮圖！角先生！

吳幸子茫然無措地坐在被褥間，舔著手指上殘留的肉汁，心痛得腦子都空白了。

因為喝得太醉，吳師爺早就不記得昨天在長歌樓的事情，現在也根本無心回想他怎麼會莫名其妙被帶上前往馬面城的馬車，而總跟在自己身邊的關山盡又怎麼不見蹤影了？

他腦子裡想的只有：最近天氣冷，蟲蚋不多，驅蟲的香囊應當還能撐一些時日。

要是不能在開春後回清城縣，他的鯤鵬圖可就危險了！

這一張都是一文錢啊！一張都是一個美好的夜晚，他想著想著就心痛得幾欲落淚，臉色沒有吃飽喝足的紅潤，反有種落寞的慘白。

黑兒注意到了，卻誤以為他發現關山盡不在，心裡難過。想了想，出聲安慰道：「師爺不用掛念，將軍有急事先走一步，待到了馬面城就可相見了。」

「嗄？」吳幸子眨眨眼，愣愣地看著黑兒，腦子裡還在翻著那一張張記憶中的鯤鵬圖，整個人空落落的，壓根沒注意他說啥，胡亂地點點頭。

「此外……」黑兒看了他這模樣，更加不忍，不由得提點道：「您不需要太介意魯先生，將軍雖然一時沒能抽身，但他心裡是有你的。」

「嗄？」這回是聽了也沒聽懂，那茫然的模樣，讓吳幸子看來更加可憐，像隻被淋濕的鵪鶉，小小一坨。

「黑兒會幫你的。」嘆口氣，黑兒認真承諾道，希望眼前的人別受傷太深。

馬車速度畢竟不夠快，加上顧慮吳幸子的身體，黑兒總是多留點心關照他。第三日傍晚，另外三人也騎著馬趕上他們。

四個高大健碩的男人，明顯就是在戰場上千錘百鍊過的，神情冷凝嚴肅，相貌雖好卻都帶著掩藏不住的風霜，眼底隱隱浮現血煞之氣。其中一人臉上帶長疤，將帶點異域風情的臉龐分成略歪斜的左右兩半。

吳幸子窩在車裡，他原本就膽子小，見到衙門裡的捕頭、捕快都會下意識繞道而行，更何況是這種在戰場上拚殺過的軍人。

這種心情也說不上害怕，應當算敬畏，還有些不知所措。

所幸四名親兵都知道他的為人，靜默策馬在一旁護衛，除了黑兒誰也沒試圖與他搭話。當然，這些都是滿月特別交代過的，他們不懂其中道理，依然服從命令。

幾日後，吳幸子也習慣了幾人，拘謹的態度放鬆不少，甚至還會同黑兒閒聊兩句，打聽馬面城的風光。

在離馬面城剩半日路程時，方何放出飛鴿與滿月報信。這趟路走得稍久，竟用了十七天，比關山盡晚十日才到，四人心裡有些嘀咕，滿月刻意要他們放緩腳步不要急，卻又要他們不攔阻將軍，也不知道葫蘆裡賣些什麼藥。

若不是大夥兒知道滿月向來不待見魯先生，恐怕會以為他打算替魯先生固寵，刻意排斥吳師爺呢。

半日後，眾人來到馬面城門外，遠遠就能看到一匹高駿紅毛銀斑的馬，駝著一位圓乎乎、肉敦敦的銀甲將士，在陽光下十分顯眼。

「滿副將。」眾人加快腳步迎上前，心裡千言萬語，不免有些埋怨。

「回來就好，跟我來吧。」滿月看了馬車一眼，吳幸子剛好掀開車簾往外看，兩人四目相交，滿月就露出憨厚的笑容，師爺心口霎時一鬆，不那麼緊張了。

這看來像笑彌勒似的人，原來就是大家嘴裡的滿副將啊。看起來就是好人，半點沒有軍人的殺伐之氣。

「滿副將。」吳幸子也拱拱手，卻忘了自己還在馬車上，一個踉蹌險些摔出馬車，所幸黑兒眼明手快，一把扶住他輕輕將之推回車內。

「師爺請小心。」

「啊……多謝多謝，又麻煩你了。」吳幸子老臉一紅，尷尬地揉揉鼻尖不敢再亂動，只有雙眼好奇地往外張望，看著這與清城縣及鵝城都不相似的邊城。

馬面城原名南安城，可惜南蠻進犯嚴重長年征戰，幾乎沒有過幾天安生的日子。

城裡年輕力壯的不是傷殘就是駐兵，當地居民老的老小的小，能逃的都逃走了，幾乎靠女人一肩扛起，也因此馬面城及其左近四個縣，幾乎以女為尊，女子地位與男子平齊，有時更勝一頭。

因為死傷者實在太多，馬面城不興土葬，習慣把人火化，骨灰用小土罐裝著，就埋在家裡床底下，一則避免敵人挖屍汙衊祖先，一則祭祀也方便安全。可對外鄉人來說，即便是親人骨灰，就這樣埋在床底下，實在令人毛骨悚然。

如此奇特風俗，久而久之就被用牛頭馬面的馬面戲稱，叫著叫著也積非成是，習慣成自然。

馬面城民風強悍，雖然五年前重歸和平，漸漸繁榮，但放眼看去依然是蒼勁剛毅的建築群，實用功能大過一切，幾乎沒有什麼裝飾，全是灰濛濛的土色，半點不像南方特有的秀氣飄逸。

路邊有時還能看到女子露著雙臂，下身穿著長褲，衣襬紮在腰帶上，哼吒哼吒地往牛車上搬貨物。混在男人之間，似乎誰也不覺得奇怪。

真是大開眼界，吳幸子左看右看，身子越探越往外，險些又摔出去。黑兒輕輕嘆口氣，乾脆將人扶出來坐在自己身邊，低聲介紹馬面城的景物。

約略走了一炷香，眾人終於抵達鎮南將軍府，吳幸子盯著匾額跌宕遒麗的字跡看，嘴巴張得圓圓的幾乎能塞下兩顆雞蛋，眼睛都不會眨了。

「海、海海海海望是……鎮南大將軍？」半晌，他才聽到自己的聲音這麼問道。

「是。」滿月彎著眼對他笑問：「將軍從沒同吳先生說過嗎？」

「沒……」吳幸子僵硬地搖搖頭，腦中突然閃過關山盡曾說，馬面城沒有人能管他……是了，只有鎮南大將軍才沒人能管啊！他怎麼就沒往這兒想呢？

吁口氣，吳幸子拍拍自己撲通跳的心口，莫名生起一種僥倖逃脫的悵然。

他不敢想自己為什麼一直避免猜測關山盡是鎮南大將軍，明明大將軍的名聲遠揚，在清城縣也流傳許多流言，除了殺伐之名外，最愛提的還是大將軍年少有為。

早該猜到的不是嗎？關山盡那般年輕，又出生頂級世家，雖然長相不若傳言中那般凶狠嚇人，臉上連道疤都沒有，簡直像仙人般好看，但種種跡象都說明關山盡是鎮南大將軍……是他，不願意這樣猜測吧……

纖瘦的肩膀微微垮下，他現在迫切需要《鯤鵬誌》來安撫他的無措。

儘管不願意承認，但關山盡這一個月的體貼入微，依然讓他的心防鬆動許多。

「將軍安排吳先生住在西進的雙和院，請跟滿月來吧。」滿月似乎全然沒將吳幸子惶然的神情看在眼裡，該幹麼就幹麼，領著人往裡走，「對了，你們四個快去見將軍。」

「是。」

下意識往黑兒看去，回到將軍府後，黑兒也收斂起路上溫暖的氣息，比初見時更加冷肅漠然地轉身離開。吳幸子更加惶然，他在陌生的地方，身邊沒有熟人，滿月看來雖好相處，可畢竟還是陌生人，吳幸子扭著自己袖口，幾乎要撕下一塊布來。

「不用緊張，將軍府裡都是好人。」滿月適時開口安撫，笑吟吟的圓臉怎麼看怎麼溫和親切，吳幸子慢慢冷靜下來，羞澀地對他點頭致謝。

雙和院是個偏小的院子，房舍樸素，倒是院子裡種了一片梅林，甚至還有幾塗菜圃，儘管荒草漫漫，卻讓吳幸子大大地鬆了口氣。

「將軍特別怕你無聊，馬面城也不比鵝城花樣多，種點菜應該能打發時間。這塊土地算得上肥沃，吳先生想要什麼菜種都可以同在下說。」滿月帶著吳幸子在院子裡走了一圈，接著推門帶他進屋裡。

一陣木頭的香味撲鼻，顯見裡頭的家具都是新品。

屋子裡布置得溫馨舒適，馬面城比清城縣更南方，只要不下雨、不颳風，幾乎感受不到冬日的嚴寒。

窗子推開後屋子裡更顯敞亮，窗外梅花才開始結出花苞，待到盛開後定能滿室馨香。

吳幸子倒很喜歡這間小屋，處處是他喜歡的擺設，甚至偏間還有間小廚房，也不知道是原本就有，還是後來另外建的。

「吳先生你先休息，晚些我讓黑兒帶兩個丫鬟來服侍你。」滿月說著就要離開，他可是將軍府裡最忙的那個人，要不是想瞧瞧吳幸子是什麼樣的人，也不至於出面處理這些瑣事。

「丫鬟不用了！」吳幸子連忙拒絕，他的身分哪用得著丫鬟。

「那可不行，將軍府不能怠慢貴客。吳先生放心，滿月派來的都是俐落的丫頭，不會驚擾你的。」滿月面上帶笑，語氣卻不容拒絕，吳幸子張著嘴也無話可說，只能點點頭應下。

滿月圓潤雪白的身影很快消失，院子裡瞬間安靜下來，偶有風聲吹拂過梅林，沙沙的輕響讓吳幸子縮起肩，有些畏懼。

思索片刻，他索性把心裡那些緊張都先拋開，既來之則安之，等見到關山盡後再請他送自己回清城縣就是，開春前總能回家……吧？

在雙和院裡前前後後裡裡外外走了一趟，最後他停留在那幾漥菜圃前，撩起袍角掖在腰帶上，勤勤懇懇地開始處理雜草。

等雜草都清理乾淨，吳幸子將之堆在一旁，進廚房裡找火摺子準備燒了當肥料。

菜圃裡的土是肥沃的黑土，帶著一股子泥土清香，幾乎讓吳幸子忘記自己身在將軍府，倒像回到家裡。

好不容易找到火摺子，回到院子裡時，卻看到一名陌生男子。

還是個相貌清雅、如松如竹、氣質溫柔如水的美男子。

向來愛看美人的吳師爺，忍不住盯著男子看，直到對方朝他微微蹙眉，似乎頗感不悅後，才連忙垂下頭，脹紅了臉拱手道歉：「這位公子，在下失禮了。」

「嗯。」男子輕哼聲，那聲音也是極悅耳的，就連饕餮居的主人蘇揚都沒有這麼好聽的聲音，如流水淙淙，又如夜鶯婉轉，吳師爺耳尖微微泛了紅。

「你就是清城縣來的人？」

「是是是，在下清城縣師爺吳幸子，見過公子。」欸，真是好聽，只比關山盡差一些。

「吳幸子……」男子輕聲念他的名字，語尾隱淡嘲，「這名字倒特別。」

「哪裡哪裡，先父心血來潮起的，也沒什麼深意，就是叫得順口。」吳幸子有些赧然，他的名字不牽涉任何典籍掌故，真要說只有父母一番拳拳愛兒之心吧。

「在下華舒。」

「華公子。」

「我是魯先生身邊服侍的人，將軍這幾日都在魯先生住所，也許會輕慢了貴客，魯先生特意遣我來向吳先生告罪，還望吳先生千萬不要誤會什麼，免得心裡難受。」華舒驕矜地微揚白皙尖細的下巴，一雙水眸瞬也不瞬地看著吳幸子，唇角輕勾隱約帶笑。

「嗄？」吳師爺眨眨眼，他感覺出華舒看不起自己，這沒什麼，畢竟是將軍府裡的人嘛，有些傲氣是正常的。可他有些不懂這段話的意思，路上黑兒告訴過他，關山盡趕回馬面城是因為魯先生摔斷了腿。

既然魯先生目前在養傷，關山盡多陪陪他也是人之常情，他們畢竟是師徒不是嗎？老師就跟義父一樣，晚輩原本就該多關照才對。

於是他連忙拱手回答：「請魯先生好好養病，所謂有事弟子服其勞，海望是晚輩，理當陪在魯先生身邊的。」

卻不想，這段話讓華舒瞬間變了臉色，水盈盈的眸中閃過一絲陰鬱，冷哼道：「吳先生好利的一張嘴。」

嗄？吳幸子臉上都是茫然，他說錯了什麼嗎？

「你以為將軍真心看中你嗎？哼！在將軍心裡，你連魯先生一根頭髮都比不上，趁早看清楚自己的身分，不要癡心妄想了！」語罷，華舒猛一甩袖，便轉身離開。

再次被留下的吳幸子百口莫辯，也沒有時間替自己辯白，傻兮兮地目送華舒遠去，才重重嘆口氣：「乾脆種黃瓜好了。」

城裡人脾氣真爆啊！

有個菜園子，吳幸子在馬面城的小日子過得也算頗滋潤。

那天華舒離開不久，黑兒就領著兩個丫鬟回來，是對孿生姊妹，姊姊叫薄荷，妹妹叫桂花，年紀都十三、四了，是馬面城當地人，做事俐落乾脆，對菜園裡的工作也絲毫不陌生，每天挑水除草抓蟲，做得比吳幸子還熟練。

也不知關山盡是否有特別交代什麼，兩個丫頭每兩日去大廚房領菜肉蛋米麵，三人在雙和院開小灶，從來沒吃過大廚房的菜。

吳幸子是很滿意的，頭一天他吃了薄荷煮的麵，麵條像一隻隻小白魚似的，煮好了撈起來拌上辣醬、醋、醬油、香菜、豆芽等等，味道很好，但把吳幸子辣得嘴都腫了，一晚上都沒睡好，半夜還拉肚子，第二天整個人都蔫了。

這才知道馬面城的吃食一向這麼重口味。

特別是數年前從海外引進一種地胡椒，紅紅尖尖的看起來可愛，誰知吃進嘴裡簡直能把死人給辣活過來，嘴裡針扎般的疼，在調料中卻彷彿畫龍點睛，香辣刺激讓人停不下來。

清城縣地處偏遠，資訊比較封閉，加上不大時興吃辣，頂多用點茱萸調調味道，甚至很少有菜餚會用到花椒，因此吳幸子是吃不了辣的。

也難怪關山盡特意讓人整出小廚房，讓吳幸子開小灶，否則用不了兩天，吳師爺沒辣死也會拉死的。

倆丫頭後來做的菜就清淡許多，總會細心地吊高湯，讓食材原本的鮮味發揮到極致。吳幸子本來擔心小姑娘委屈了，後來看兩人一到吃飯就抱出個小鐔子，從裡頭挖醃漬過的地胡椒配飯，也就安心了。

就這樣種種菜、吃吃飯，偶爾在黑兒的陪同下逛逛馬面城，不知不覺竟也過了一個月，眼看再十來日就要過年了。

過去，吳幸子總是獨自過年，年夜飯也吃得簡單，往往煎條魚就打發了。

年貨什麼的，他也辦得隨意，貼個窗花、寫個門聯、備些乾果也就算備齊了，祭祖用的菜餚向來從簡，他一個人吃不完也是浪費。

整個年節期間，除了走走春，剩餘時間他都縮在家裡頭看書。那些書其實都是看舊的，在參加鯤鵬社之前，大概有十來年吳師爺連本新書都沒買過，一次一次重覆看著當年僥倖搶救下來，屬於他爹的那些書。

當年受過潮，加上年代久遠，無論他如何小心保養，有些字跡都糊了，特別是他爹寫在上頭的眉批，墨原本就不是太好的墨，十一、二年前就已經糊得幾乎像墨跡看不出字形，但吳幸子還是珍惜地年年翻看，等過完年後就扎扎實實地用幾層油紙包著，與驅蟲的草藥一起收藏起來。

唉，今年大概來不及回去拿書了。吳師爺嘆口氣，心中悵然若失。

對了，還有祭祖怎麼辦？家裡就剩他一個了，讓爹娘跟祖宗們餓這一年一頓，身為子孫實在說不過去啊！

這一想，他心裡著急。

剛好黑兒帶年貨來給他，他匆匆將人抓住，「黑兒，將軍近日還忙嗎？」

「這……」不能說不忙，但也不能說忙，只不過將所有閒暇時間都給魯先生罷了。黑兒沉吟片刻，下定決心搖搖頭，「不算忙，都要過年了，公務往來也減少了，你要是想見將軍，黑兒替你問問。」

「多謝多謝，要快。」吳幸子鬆口氣，但很快又不安地搓著手詢問：「要是將軍沒時間見我怎麼辦？滿副將有時間見我嗎？」

「滿副將那兒恐怕就真沒時間了。」畢竟馬面城最忙的人就是滿月啊！黑兒想著那不小心又胖了五斤的人，臉色有些扭曲，克制著不敢笑。

「這樣啊……」這可不行，馬面城到清城縣，快馬也得花上八九天，他又不會騎馬恐怕得多拖上幾日，這一算若他想回家祭祖過年，順便替鯤鵬圖換香包，那這兩三日非走不可。

「請你替我告訴將軍，我就一句話想對他說而已。」

「好的，在下定不負所託。」在黑兒心裡，認定吳師爺是想念將軍了。也是，來到馬面城這麼些日子，兩人卻一面都沒見上，即便師爺再如何淡然自處，心裡也難免會埋怨吧！

也不知道將軍怎麼想的，既然特意將人帶來了，又為何遺忘腦後？既然都忘了，又為何每隔幾日打聽師爺的消息？黑兒自認腦子不夠靈光，想了幾次就乾脆撇開不想。

「多謝多謝。」吳幸子連連行禮致謝，直把黑兒給逼得逃出雙和院才感恩戴德地停下。

兩個丫頭在一旁聽了半天，見黑兒走遠了，薄荷才脆生生地開口問：「先生您心裡掛念大將軍了嗎？」

之所以這麼問，是這一個月的相處，兩姊妹從沒聽眼前這溫柔親切的主子提過一次大將軍，倒是同他們提過三次那塊看好的墓地，什麼前有樹、後有蔭、芳草茵茵成合抱之勢，必定是個長眠的好地方。

她們是聽不懂的，馬面城都是燒了裝罐子後埋床底。

當初滿副將選她們來服侍吳先生時，她們還以為這位先生是大將軍的情人，雖然老了些，但小姑娘喜歡他身上親人柔軟的氣息，比起華公子、魯先生等人那是要好太多了。

但日日相處，她們越來越看不懂了。吳先生是因為大將軍的關係，才從清城縣來到馬面城，可大將軍每天都陪在魯先生身邊，她們姊妹去大廚房領菜的時候，曾看過兩三回大將軍陪魯先生散心的場面，和以前沒什麼不同，多情的桃花眼裡滿是克制不住的愛意。

這樣的大將軍，為什麼要帶吳先生回來呢？

而更讓她們疑惑的，是吳先生對大將軍好像更不上心。

這兩人橫看豎看都像陌生人哪！又怎麼會湊到一塊兒了？

「也不算掛念吧……」吳幸子搔搔臉頰笑得尷尬，他總不能告訴小姑娘，他掛念的是爹娘祖宗跟鯤鵬圖吧。

「先生，您這回見著將軍一定要抓住他的心！」桂花小臉嚴肅，正在抓蟲的手一使勁，啪唧了一聲。

「是啊，先生，魯先生開春就要成婚了，你忍耐幾年好好陪著將軍，把他變成你的繞指柔。」薄荷附和，小臉上滿是興致勃勃。

小姑娘平日裡看了不少才子佳人的話本，對愛情懵懵懂懂卻很嚮往，特別是話本裡的小丫鬟不但是主人的貼心小棉襖，通常還能聰明地替主人出主意甚至固寵，她們倆早就躍躍欲試了。

吳師爺苦笑，他不好當面戳破小姑娘的幻想，但固寵什麼的他真不需要啊！說到底，他在關山盡面前，本來也沒有什麼寵愛不寵愛這回事，頂多是露水長一點的姻緣罷了。

「小丫頭多做事少說話，別把我的黃瓜給養死了。」不得已，他只能調轉話題，似真似假地斥責倆丫頭。

早將他摸得透透的，薄荷和桂花咯咯笑著，全然不怕他，但也沒再繼續揪著這件事說。

傍晚時分吳幸子正帶著薄荷、桂花揉麵團，準備晚上包餡餅吃，黑兒又來到雙和院。

「師爺。」鐵塔般的男子看來有些憔悴。

「黑兒？」不過半天沒見，怎麼變得這副模樣？吳幸子吃了驚，隨意將手上的麵糰甩下就湊過去看他，「怎麼啦？人不舒服？」

不動聲色退後半步，黑兒垂著腦袋回答：「謝謝師爺關心，黑兒很好。將軍有話命下官傳達，明日中午一起用飯，有話當面說。」

「明日中午嗎？」吳幸子點頭記下，總算真正鬆口氣。雖然知道關山盡十有八九早將自己忘了，就算不告而別大概也不會惹上麻煩，但畢竟吃喝用住人家一個月，總該見上一面表達謝意，況且他還得借馬呢。

「多謝你了黑兒，晚上一起吃飯啊？丫頭們吵著要吃餡餅，多包幾個也不麻煩。」

「師爺的好意黑兒心領了。」拱拱手，黑兒這次連退三大步，看來有些慌張，「在下還有要務在身，就先告辭了。」

「喔，這樣啊。」吳幸子看著那三大步的距離滿是迷惘，黑兒與他這些日子頗是親近，怎麼突然疏遠起來了？

想問，又不好問出口，只好拱拱手送走黑兒，有些悶悶不樂地回到丫頭旁邊，使勁揉麵團。察覺他心情不好，小姑娘也不打擾他，自覺地將麵團都留給他，到一旁拌肉餡兒去了。

吳師爺本就不是個囿於過往的人，那麵團揉著揉著心情又明朗了，醒麵的時候還教丫頭們念詩：「社日取社豬，燔炙香滿村。飢鴉集街樹，老巫立廟門。雖無牲牢盛，古禮亦略存。醉歸懷余肉，沾遺徧諸孫。」

丫頭不認識字，隨著他念，聽他解釋意思，薄荷掩著嘴笑：「唉呀，這都冬天了，眼看年關將近，社肉都吃光了吧。」

「雖無社肉，但豬肉也取自豬身上，沾點福氣也不錯。」吳幸子本就心血來潮隨意吟詩，這會兒同薄荷及桂花兩人說說笑笑，轉眼就把黑兒留下的那點隔閡給忘了。

而他自然也不知道，院外有雙眼睛盯著他紅撲撲的笑臉，神色頗為陰沉。

「不進去？」滿月手上拿著看了一半的邸報，分心瞥去一眼。

「明日中午自然會見到。」關山盡仍是一身不變的黑袍，半垂眼瞼看來有些慵懶，卻是為了遮掩眸底那抹幽暗。

「那你倒是等啊！何必這時候抓我來偷看呢？」滿月忙得恨不得多生兩隻手、四雙眼，哪有時間陪將軍閒逛？

「我就想看看他為何突然想見我。」

忍不住白眼以對，滿月沒好氣地回：「你心真夠大了，萬一明日吳師爺在魯先生面前問你怎麼不理會他，你打算怎麼辦？」

「他會問嗎？」關山盡咬牙，他存心晾著吳幸子好些日子，沒想到這老東西卻過得有滋有味，半點憔悴的模樣也沒有，還勾搭上了黑兒！哼！黑兒的鯤鵬他是看過的，比得上鎮南大將軍的重劍嗎？

「你又在想什麼骯髒的東西？」滿月實在太熟悉關山盡，這才瞟了眼就皺起眉頭嫌棄他。

「鯤鵬。」關山盡冷哼一聲回道，滿月手一抖差點把邸報落地上，不自在地乾咳了幾聲，「夜還沒深呢，你真行就叫魯先生掏出來讓你鑑賞啊。」

「胡說什麼！」關大將軍蹙眉啐了滿月一口，視線又調回院子裡瘦瘦乾乾的人影。

也不知道吳幸子到底什麼體質，吃得越多越好，人卻好像更清減了。盯著看了好一會兒，直到吳幸子帶著一大盤餡餅走進廚房，關山盡才收回目光。

「看出金子了沒有？」總算看完邸報，滿月抬眼不輕不重地諷刺了句。

「看到一隻老鵪鶉。」輕咋舌，關山盡也弄不懂自己為什麼要拉著滿月跑來偷看。吳幸子說到底就是魯先生的一抹影子，這些日子卻越看越不像了。

原本，有了魯先生在身邊，而影子又失去了該有的模樣，他早該將人丟回清城縣才對，但為什麼他總是抗拒這麼做？莫非，是因為魯先生即將大婚，他心裡迫切需要個填補的人？

也只可能這樣了吧！勉強說服自己，關山盡又拉著滿月離開。

魯先生傷還沒全好，吞嚥東西總會胸痛，他不放心華舒照顧，得回去餵魯先生吃飯才行，耽擱了對身體不好。

「唷，我說今天魯先生一定等你等得心急了吧。」滿月任由關山盡拖著自己，也不知怎麼就說了這句話。

「胡說什麼。」在滿月圓潤的下巴上捏了把，關山盡心裡倒希望魯先生心急，可也清楚魯先生為人淡然，做人處事向來有分寸得令人痛恨，又怎麼會為這延遲的半刻鐘而急躁？

「哼哼。」滿月甩脫關山盡的手，厭煩地趕他，「去去，去餵你那摔斷腿的寶貝吃飯，小爺我也餓了，就不奉陪啦！」

語畢用讓人無法想像的敏捷，閃得無影無蹤。

第七章　白月光與硃砂痣

「你為什麼總想離開我？」關山盡苦澀地問。
雖說吳幸子在他心裡終歸是魯先生的一抹影子，
但他自認對吳幸子比任何人都要上心，
連魯先生都沒能讓他這般體貼關照過，
然而吳幸子卻有如局外人，
心裡竟未對他起任何漣漪……

吳幸子睡遲了，醒來時已經過了辰時，聽不出是薄荷或是桂花，正敲門喊他：「先生！先生！您起了嗎？」

睡眼惺忪地起身，吳幸子愣了好一會兒，聽著門外小姑娘急得商量是否要破門而入時，慌張開口：「我起了！我起了！」

「先生起了！」這聲音應當是桂花，欣喜又安心地吐了口氣，接著道：「先生，大將軍派人來請您了。」

「大將軍？」吳幸子腦子還沒完全清醒，披上外衣搖搖晃晃地走上前開門，大概是睡太久了，骨頭有些疼。

「是啊，大將軍請您過去呢。」薄荷一眼看出吳幸子還愣著，看人都直勾勾的，忍不住噗哧一笑搖搖頭，「先生您快梳洗梳洗，今天一定要把將軍牢牢抓緊！」

「牢牢抓緊？」這可不行啊！他還得回老家祭祖呢。

總算緩過神來，吳幸子尷尬地對倆小姑娘笑笑沒回話，接過薄荷手中的臉盆轉頭回房裡。

早已習慣萬事自己動手，小姑娘逕自開了衣箱從裡邊翻出套鴉青色的雲紋直裾，又挑揀了牡丹紅的金蔥腰帶，一件水色立領中衣，領子上用銀線繡了飛鳥紋，雖簡單卻很精緻。

桂花則翻出幾樣配件與薄荷兩人在腰帶上比來比去，很是遲疑的模樣。

梳洗完了，吳幸子正想束髮，薄荷已經快步搶上來，將梳子奪去，推著他在鏡檯前坐下，快手快腳地將桂花味的髮油抹上去，俐落地替他梳頭。

這……吳幸子整個人都傻了，桂花髮油的味道有些濃，他忍不住打了幾個噴嚏，臉色微微發苦，隱約猜到丫頭們這番作為的原因。

「欸，我這不是……」要去邀寵的，我就是想回家過年罷了……這話說不出口，倆丫頭大概也聽不見，吳幸子嘆口氣，認命地由她們去了，就希望別讓關山盡也誤會了什麼。

「原本說好午時一起用餐的，可偏偏這時候大將軍就來請您了，肯定有鬼。」

桂花在一旁替衣物薰香，氣味倒是挺好，是清爽的草木香氣，讓吳幸子鬆了一口氣。

「也許是有軍務要處理。」這話一出口，倆丫頭同聲冷哼。

「恐怕是擔心誤了魯先生的用膳時間吧。」薄荷俐落地將髮綰成髻後，插上一根玉色溫潤的簪子，樣式倒是挺簡潔大方，沒有多餘的紋飾。

「肯定是的。」桂花噘嘴，不甘心地叨唸：「魯先生不是跌斷腿嗎？又不是摔斷手，何必需要大將軍餐餐餵飯啊！」

「我聽屠大夫說，魯先生有些內傷，恐怕是因為這樣大將軍才更擔心吧。」薄荷警告地瞪了妹妹一眼，有些話他們下人不該多做議論。

桂花吐吐舌，乖巧地將薰好的衣物捧來，服侍著全身僵硬的吳幸子穿戴好。

「先生，您也是一表人才玉樹臨風的。」薄荷滿意地看著吳幸子。原本溫柔但平凡的中年男子經過一番打扮，隱約有種謫仙般的氣質，少了點親切，卻多了些飄逸。

吳幸子只能苦笑。

這何止是無奈兩字，他再實心腸也隱約覺得這下恐怕要糟糕了。

關山盡派來的人等在外頭花廳裡，倒是很沉得住氣，半天沒有出聲催促，待吳幸子被丫頭拉出來時，已等了將近半個時辰。

「啊，方何方參將……」吳幸子一眼認出對方，是當初送他來馬面城的四人之一，那臉大鬍子顯眼極了。

「吳師爺。」方何對他拱拱手，「將軍有請，請隨下官來。」

「有勞有勞。」吳幸子連忙走上前，「讓方參將久候了。」

「哪裡話。」方何客氣地擺擺手，轉身在前面領路。

這一路吳幸子走得有些跌跌撞撞，方何腳步極快，偏偏將軍府內路徑又曲折，一不小心就會跟丟，吳幸子當真是使出吃奶的力氣才勉強追在方何身後四步距離，幾次都險些絆倒，等來到關山盡所在的花園時，他已經累得氣喘吁吁，整個人都憔悴了幾分。

「將軍，吳師爺到了。」

「將、將軍……草民見過將軍……」喘得幾乎岔了氣，吳幸子腳步有些虛軟，大冬天裡身體卻熱得冒汗。

「海望。」關山盡語氣冷淡，站在數步外，仰頭盯著結滿花苞的桃樹。

「你下去吧，沒有本將軍的命令，誰都不許進來。」這是對方何交代的。

「屬下遵命。」方何領命而去，經過吳幸子身邊時，不動聲色瞥了他一眼。

吳幸子正用袖子抹汗，還在努力平順呼吸，壓根沒注意到那意味深長的一眼。

一時間，花園裡沒有任何人的聲音，只有風吹過草木的沙沙聲，混合著吳師爺漸漸穩定下來的喘氣聲。

「你有話要對我說？」先沉不住氣的，還是關山盡。

「嗯？啊！是是是，我有話對你說。」沒了外人，吳幸子的語氣也輕鬆起來，儘管一個月沒見到關山盡，可曾經的親近也沒那麼容易消失。

「說說。」關山盡朝他瞥了眼，在注意到他的衣著時，神色隱隱有些愉快。

「是是，欸，這個嘛……」話到嘴邊不知怎麼有點難以啟齒，吳幸子拘謹地揉揉鼻子。

「有話就說，無需如此吞吞吐吐。」關山盡早就沒注意桃樹了，藏在袖子裡的手微微緊了緊，不知為何有些汗濕。

他等著吳幸子的話，也許是想念、也許是埋怨、也許是撒嬌……一整個晚上他都在猜眼前的人打算對自己說什麼，覺都沒能睡好，早上用膳時面對魯先生都有些心不在焉，要他真等到中午才見，那是絕對等不了的。

這才急匆匆將會面的時間移到這時候。

「再、再幾日就要過年了，我想著也許……」話還沒說完，關山盡突然抬手要他噤聲，眉峰微蹙，看起來有些不高興。

呃……他可什麼都還沒說呢！

「有人來了。」語尾剛落，就看才出去的方何神情慌張地奔進來，垂著腦袋對關山盡拱手，「將軍，魯先生要見您。」

「魯先生怎麼來了？快讓他進來。」關山盡說著從吳幸子身邊掠過，一眨眼就不見人影。

吳幸子傻楞楞地待在原地，與方何大眼瞪小眼。

見了他的模樣，方何嘆口氣：「吳師爺別介意，將軍就是擔心魯先生的腿罷了。」

「我明白、我明白。」吳幸子倒不如何介意魯先生，他介意的是方何看他的眼神，是不是有些憐憫啊？莫非，方何也以為他跟關山盡有什麼不可告人的私情？

還來不及為自己辯解，身後就傳來雜亂的腳步聲，吳幸子下意識循聲看去。

這一看不得了，從小生在清城縣這樣不毛之地的吳師爺，看得眼都直了。

來的人有七八個，簇擁著關山盡及他摟在懷裡一身白衣的男子。那個男子肯定就是大名鼎鼎的魯先生了吧！

不能怪吳幸子看傻眼，實在是除了關山盡外，魯先生是他看過最好看的人了，就連饕餮居的主人蘇揚，在這位魯先生面前，都顯得黯淡無光。

若說關山盡的美，是一種多情嫵媚，彷彿妖物般的惑人，一個眼神能把人看得骨頭都化了的張揚媚態。那魯先生的好看，則是如月光、如流水，光風霽月、欺霜傲雪的仙人之姿。

魯先生也看到吳幸子了，他在關山盡臂彎間輕輕掙扎，卻被摟得更緊，彷彿擔心手中的寶物會摔碎消失一般。

「放我下來。」魯先生垂下眼眸，清雅的聲音簡直比絲竹樂音還要悅耳。

「等他們擺好椅子，學生自然會將老師放下。」

關山盡下巴微揚，身邊那幾個僕役立刻在桃樹的樹蔭下擺放起貴妃椅、茶几及幾樣什物，布置得舒適溫暖。

關山盡這才將人輕柔地放在貴妃椅上，替他將靠墊調整好，自己也在貴妃椅一角坐下，將魯先生受傷的腿移到自己腿上，拿著湯婆子替他熱敷。

「這位是？」直到此時，眾人才將注意力移到吳幸子身上，他差點被眾人擠出花園，這會兒正盯著魯先生看，被美人迷得老臉泛紅。

「這位就是前幾天舒兒同您提過的，清城縣的吳師爺。」華舒就站在貴妃椅右後，正在替魯先生擺放茶點，帶著笑意回道。

「吳師爺。」魯先生對吳幸子溫和一笑，「總聽海望提起你。」

「是嗎？」吳師爺眨眨眼，滿是不可思議，「他為什麼要提起我？」

這可不好辦啊！本以為關山盡已將自己忘到腦後了，他都打定主意道完謝、借了馬，今天就出發回家呢！

「定是掛念你吧。」魯先生語調溫柔，彷彿想到什麼有趣的事般點點關山盡的肩頭輕笑，「昨晚他同我說今天要見你一面，說得兩眼都發光了，跟個孩子似的。今早用飯人都魂不守舍，我還是頭一回見到他心裡這麼看重一個人。」

「他對魯先生就很上心啊。之前在鵝城的時候，他也掛心著要帶魯先生去饕餮居吃飯呢！聽說您受傷了，也是快馬加鞭趕回來。對了，您的傷好點了嗎？」

一番話說完，花園裡眾人表情都有些怪異，只有魯先生神色未變，依然溫溫潤潤地微笑著。

「海望這孩子就是孝順，他把我這老師當義父看待，自然比較照顧。吳師爺不用多想，這是不一樣的。」

「我也是這個意思，尊師重道總是好的。」

「你少說兩句。」關山盡耐不住性子，語帶不悅地斥責：「有話就快說，魯先生身體還沒好，吹不得風的。」

他清楚吳幸子說這些話都是肺腑之言，絕對沒有任何指桑罵槐的意思，可他心裡怎麼就覺得鬱悶得緊呢？

「是我疏忽了！」吳幸子連忙拱手致歉。

「我其實只是想跟大將軍道個謝，借匹馬回家而已。」

「回家？」關山盡語氣一冷，陰惻惻地瞪著他又問了一次：「你說你要回家？」

「是是是，在下在將軍府已經叨擾一個月，眼看年關將至，家裡只剩下我一個人，得回去祭祖啊！」

「吳幸子！」關大將軍顧不得魯先生就在身邊，咬著牙眼中都快噴出火來！

「好你個吳幸子，你在將軍府待了一個月，開口就要離開？你很好！」

關山盡只覺得眼前發黑，氣血瘀積於胸一陣疼痛，腦子裡嗡嗡作響，喉頭嚐到腥甜的味道，接著身邊的人發出驚叫，全都慌亂了。

「海望！」魯先生擔憂的呼喚讓他稍微清醒了些。

他頭暈腦脹地睜開眼，查覺到唇邊有什麼液體蜿蜒而下，一段距離之外的吳幸子看來被嚇傻了，慌張失措地盯著他。

將唇邊的液體抹去，關山盡反倒平靜下來，從懷裡拿出帕子將手指上的血紅抹去，沉著聲音：「老師，學生有話要對吳師爺說，今日就先不陪老師了，我讓下人送你回去。」

「你沒事？」魯先生伸手握住他的手，並拿過那沾著血的帕子，輕柔地替他抹去唇邊的殘血。

「學生沒事的，老師不用掛懷。」將魯先生的傷腿移開，關山盡站起身交代：「你們動作要謹慎，別弄疼了魯先生。」

「是。」

接著關山盡走到吳幸子身邊，咬著牙道：「你跟我來。」

「呃……喔……」吳幸子也不敢拒絕，乖巧地跟在關山盡身後離開。

待兩人走遠，華舒才湊到魯先生耳邊低語：「魯先生，您看這吳師爺是什麼來頭？竟然把將軍給氣得……」

「就算是玩物，不聽話也是鬧心。」

魯先生淡淡地看了華舒一眼。

「是啊……」華舒臉色一白，垂下腦袋，語氣有些悶悶的：「魯先生，我們回去吧！」

「嗯。」將手搭在華舒肩上，魯先生緩緩站起身，僕役推來輪椅，扶著他坐下。

「兩刻鐘後去告訴海望，就說我胸悶喝不下藥，你是偷偷去通知他的，我不讓說。」

「舒兒明白。」

關山盡沉默不語地走在前頭，吳幸子擔心卻不敢開口，不住偷瞄那挺直得近乎僵硬的背脊，腦子裡都是不久前男人唇邊的那抹豔紅。

怎麼就吐血了呢？體虛？還是氣火上湧？或者是近日太累了？莫非是舊疾復發？

這樣胡思亂想著，腳步不由得緩了下來，關山盡儘管怒氣盈胸，心思卻無法不放在身後的老男人身上，耳中聽著他搖搖晃晃一腳高一腳低的足音越離越遠，便強壓著內心鬱結，停下腳步回頭瞪了吳幸子一眼。

「連路都不會走嗎？」

「呃……」吳幸子連忙追上來，討好地笑道：「一時分神，對不住啊。」

那雙總是平淡清澈的眼眸，似乎頭一回映照出關山盡的身影，心中的鬱悶莫名就淡了不少，唇角隱隱然勾起。

「你不喜歡馬面城？」心緒稍微平靜，關山盡總算不再悶頭往前走，拉著吳幸子隨意在臺階上落座，歪頭盯著他問。

「說不上喜歡不喜歡……」吳幸子搔搔臉頰，小心翼翼地瞄了關山盡冷淡的面龐幾眼，心裡不免湧出些許無奈，「唉，咱們不是說好，用飛鴿傳書聯繫也很好嗎？縣衙裡的信鴿都是我親手養的，又乖又伶俐，不會將信送丟的。」

「你為什麼總想離開我？」關山盡問得苦澀，他是真不明白。雖說吳幸子在他心裡終歸是魯先生的一抹影子，特別今日略作打扮，那溫文淡雅的氣質宛如謫仙，與魯先生更是相像，初見的瞬間他掌心都是汗，有種終於擁抱了魯先生的愉悅。

即使如此，他自認對吳幸子比任何曾經的情人都要上心，在清城縣那一個月，他幾乎是無條件、無底線地寵著這老傢伙，連魯先生都沒能讓他這般體貼關照過，然而吳幸子卻依然有如局外人，心裡竟從未起任何漣漪……莫非是與顏文心那段過往有關？

想起顏文心，好不容易紓解的氣悶又上心頭，臉色又難看了幾分。

「怎麼啦？心口又疼了？」吳幸子面露擔心，遲疑地問：「我替你揉揉可好？」

「你為什麼要替我揉？吳幸子，在你心裡，我到底算什麼？」與其說是質問，不如說困惑求解，關山盡一輩子沒這麼茫然無措過，眼前的人讓他所有力道都像打在棉花上，任何作為都彷彿石子落入水中，眼看著以為起了動靜，轉眼那圈漣漪又消失無蹤。

要說吳幸子對他完全無意那倒也還好，總有個能施力的弱點，行軍打仗也是這個道理，怕的不是敵人強大，而是敵人完全被動地配合你周旋，那就是掉進了泥淖中，施展不開又掙脫不了，最後反而會被拖死。

沒料到關山盡這麼問，吳幸子愣了愣，竟不知道如何回答。

「你是心悅我、厭煩我，或者……」疑問戛然而止，關山盡垂下眼簾，纖長的睫毛在眼下錯落出一片青影，隨著呼吸微微顫動。

——或者，視我如無物？

從小要星星不給月亮，自身天才橫縱，即使遭遇挫折也總有辦法破除，靠著才氣及功績被眾人拱月的關山盡，突然發現自己竟得不到一個小地方師爺的青眼？說不上是不甘心或是失意，與吳幸子相逢以來，他頭一次審視自己的心思。

究竟，他希望在吳幸子身上得到什麼？

那抹魯先生的影子嗎？他介懷的是自己連魯先生的影子都得不到？抑或單單為了吳幸子這個

老傢伙？

吳幸子半張著嘴，似乎被問懵了，直盯著關山盡連喘氣都變得微小謹慎。

「你想回清城縣？」覷了他一眼，關山盡強行將自己腦中的紊亂思緒通通攆開，並不打算逼吳幸子回答，索性拉回正題。

「欸，是是是。」吳幸子看來還在恍惚，隨意搖晃著腦袋回答他。

「為了過年祭祖？」關山盡又問。

「欸，沒錯沒錯，是這樣。」吳幸子眨眨眼，似乎回神了，臉上又掛起討好的笑，眼神裡明白寫著擔心。

冷哼，關山盡伸手擰了他鼻頭一把，滿意地看著吳幸子耳根泛紅的模樣。

「吳家就剩你一個了？」手癢癢的，忍不住將人摟在懷裡搓揉。

這座院子地處偏僻，也是少數只有他與滿月能進的地方，前邊一點就是他的書房，存放的都是軍情機要，擅自入內者杖斃。

因著如此，關山盡的動作頗為大膽，才眨眼的工夫幾乎把吳幸子剝得只剩褻衣。

「噯，光天化日的……」吳師爺臉皮薄，扭著身子想掙扎，自然是掙脫不開，索性將臉躲進關山盡頸窩中來個眼不見為淨，任人施為。

不得不說，一個月未見，他也並非完全不想念關山盡。特別是嗅到白檀混合橙花的氣味，腦子都有些糊塗了，手腳軟塌塌地纏在壯實的男子身軀上，下腹部像有把火在悶悶地燒著。

「光天化日的，正好把你看仔細了。」關山盡笑著親他髮梢，靈巧修長的手指，隔著薄薄的絹料順著脊椎往下滑動。

料子是特意選的，又輕薄又舒適，有種流水般的觸感。裁縫是關山盡特別從京城帶來的，向來只為他、滿月及魯先生製衣，技巧自然無雙。吳幸子來了之後所有衣物都是由他量身製作，即使人依然瘦瘦弱弱，細腰幾乎不盈一握，卻沒有過去那種空蕩蕩的窮酸感，轉化為文弱的讀書人雋雅。

儘管晾著人，關山盡其實沒少去雙和院偷看吳幸子，看著這老東西人模狗樣的，心裡很是滿意，自然更不待見他沒心沒肺地過他滋潤的小日子。

「有什麼好看的？」吳幸子被摸得微微顫抖，背後那隻溫熱的大手簡直像團火焰，每碰一下就燒得他發燙，壓根感受不到冬日的寒冷，熱得都要冒汗。而這種熱意還不斷往肌膚裡鑽，越鑽越滾燙，又像蟲子似地啃他骨髓，癢得他直喘。

「我就喜歡看。」低笑著，關山盡的手摸進褻衣裡，直接熨燙上早被搓揉得泛紅敏感的肌膚，隔著小身板幾乎都能感受到心跳紊亂地彈動。

雪白的衣物落地，光裸的身軀泛著粉紅，被冷風吹得冒起小疙瘩，吳幸子卻只覺得熱。他想推開關山盡喘口氣，但又沉迷於好聞的氣味中不願掙脫，甚至都沒發現自己喘著氣親吻關山盡頸側，哼哼唉唉地呻吟著。

「你的身子總是這麼誠實可人。」關山盡歪著腦袋任他舔咬自己，細細的牙啃在敏感肌膚上，男人也不禁悶哼，麻癢麻癢的肯定留了印子，那個位置很容易被看見，關山盡卻毫不介意。

兩人不知不覺就滾成一團，關山盡俐落地將自己的衣物鋪在地上墊著兩人，並讓吳幸子壓在自己身上，免得被土地裡的寒氣給凍著，同時不忘將鶴氅披在他肩頭，好歹擋點冷風。

兩人就這樣幕天席地吻得難分難捨，舌尖在彼此口中交纏，關山盡似乎有意放緩情慾的累積，吳幸子立刻不滿地加深了吻，難得強悍地去舔男人口中的敏感之處，嘖嘖地翻攪他的舌，捧著嫵媚的臉龐深深地幾乎吻到小舌。

吳幸子也不知道自己這是怎麼了，大概是太想念關山盡的鯤鵬吧？他的褲子也不知何時被剝乾淨，赤條條的白細雙腿跨在男人精壯的腰上，肉臀隨著動作不輕不重地蹭著男人胯下，沒一會兒就感覺到有什麼燙人的東西，隔著褲子戳在他屁股上。

「你……」好不容易才將舌頭從關山盡嘴裡抽出來，兩人唇間牽著一道銀絲，他愣愣地看著身下的大美人對自己魅惑地一笑，用赤紅舌尖舔去那些羞人的水痕。

「既然點了火，就自己收拾。」

肉臀被拍了拍，吳幸子垂著眼瞼有些不安地扭了扭身子躲開，本以為會被關山盡抓回來，畢竟過往經驗，床笫之間男人的動作向來凶猛又粗暴，哪容他有半點反抗？誰知，眼下關山盡卻沒有動手的意思，只是笑吟吟地瞧著他，多情的眸底霧水濛濛。

這下就有點騎虎難下了。吳幸子紅著老臉，揣揣不安地又動了動，從關山盡腰上滑開了些許。

這時候總該有所作為了吧？誰知，關山盡硬是不動，定定地瞅著他，要不是額上有些細細的汗冒了出來，吳幸子都要以為關大美人芯子被人換了。既然沒換，那壞心眼肯定也一如既往。

「我……」嚥嚥唾沫，吳幸子喉嚨乾得厲害，他臉皮薄人又靦腆害羞，偏偏在床事上又騷浪又大膽，心裡已經蠢蠢欲動了起來，「我不大會騎馬……」

簡直了，關山盡心頭發緊，被眼前的騷寶貝迷得恨不得將人吃進嘴裡、融進血中，免得這老傢伙總想逃跑。

「放心，這匹馬可乖巧了。」他握起吳幸子的手移往自己的下腹揉了揉，「瞧，多駿的馬。」

「真駿、真駿……」吳幸子摸了又摸，根本撒不開手。關山盡的體格那是槓槓的，從小從軍又在戰場上征戰多年，每天鍛鍊，每塊肌肉都堅實得彷彿岩塊，虯結分明暗藏力量，卻不至於過度張揚，而是種流暢慵懶的精壯。

呼吸顯得紊亂沉重，吳幸子也將肉臀一點點地移回原處，蹭啊蹭地將那隻驚人的鯤鵬給蹭得汁水橫流，褲子都濕了一大塊，眼看都快將布料給撐壞了。

「不將馬給套起來？」低啞的聲音極為蠱惑人，吳幸子眼神迷茫，哆嗦著手將關山盡的褲子給扯開，啪地一聲，粗壯的肉棒子打在他渾圓的臀肉上，那又麻又癢的疼讓吳幸子顫慄，半張著嘴喘氣，口涎從唇角滑下，淫蕩得不行。

他趴伏在關山盡懷裡，肉呼呼的屁股將那隻熾熱的鯤鵬給夾住，扭著腰上下磨蹭，有時動作大了，堅硬濕滑的龜頭會頂在會陰上，狠狠地擦過去，吳幸子就發出悠長騷浪的呻吟，肉臀擺動得更歡快了。

沒多久，臀肉上被男人馬眼流出的汁水給弄得濕乎乎，幾次從穴口蹭過，都會將那緊緻的小口壓出些許凹陷，幾乎都要戳進去了。可惜沒有膏脂，吳幸子又不得要領，總是過門而不入，頂得那塊地方又腫又癢。

次數多了，吳幸子整個人都快被慾望給燒死，他趴在關山盡胸口哼哼唧唧：「套不進去……這馬兒壞透了……」

「那是套子的錯，可不是馬的錯。」關山盡也被懷裡的騷寶貝給弄得快死，幾次快克制不了想出手將人按住，直接肏進菊穴裡幹死這隻老鵪鶉。

「幫幫我啊……」吳幸子翹著屁股扭擺，龜頭一次又一次從穴口摩擦過去，癢得他幾乎哭出來，急不可耐地催促：「你幫幫我啊！套不住馬，怎麼騎呢？」

「你這騷寶貝！」關山盡徹底忍不了了，低吼著握住吳幸子的肉臀揉了幾把，用手指捅了捅早就騷得流水的菊穴，雖然一個月沒有性事而略有些緊澀，但指尖一戳到那處微微凸起的敏感處，吳幸子就癱在他懷裡又抖又叫，淫汁都噴出來了，淋得關山盡手上、肉棒上都是騷水，黏膩得緊。

男人咬著牙抽出手指，握緊顫抖的肉臀往左右扳開，中央的菊穴微微張開小嘴。

接著便狠狠地將硬得發痛的肉棒肏進去。

「啊啊——」吳幸子尖叫，扭著屁股想逃。畢竟太久沒跟鯤鵬交際，這猛然一下窄緊的穴口痛得不得了，他現在可真的不敢騎這匹駿馬了。

但，馬都套上了，哪裡有反悔的機會？關山盡扣緊他的細腰不讓逃，纏綿地安撫：「乖了。」

「好疼……你輕點、輕點……」吳幸子哽咽地咬他肩膀，被輕柔地捏了捏繃緊的腰，不知不覺也沒那麼疼了，身體裡倒是掀起一種搔癢，他不由得搖起屁股，試著把肉棒吞得更深些。

果然悶著騷。

關山盡輕笑，配合著將自己的大鯤鵬往裡頭頂，很快就頂在腸子底端的陽心上，再過去就要戳進肚子裡，而他的肉棒還有一截留在外頭，吳幸子卻嗯嗯啊啊地不肯再吞更多進去，搖著屁股開始騎他這匹駿馬。

他一會兒抬高屁股讓只留一顆龜頭，再一口氣坐下將肉莖吞入，直抵陽心；一會兒撐著關山盡的胸膛搖屁股，磨蹭自己的敏感處。

來來回回玩得不亦樂乎，雖然沒有被關山盡抓著幹的高潮迭起，但勝在能自己掌控速度，舒服得讓他仰起頸子呻吟，腸肉緊咬著粗長滾燙的肉莖吸吮，騷水嘩嘩地往外噴，平凡的臉蛋嫵媚得足以勾人心魂。

這溫溫和和的進出自然是滿足不了關山盡，可眼前驚人的媚態卻令他著迷，心口癢癢的彷彿破出了什麼又甜又膩的東西，順著血液漫流全身，腦子都糊塗了，渾身充滿一種別樣的滿足。

畢竟體力不行，吳幸子騎了沒多久馬就喘得渾身抽搐，他咬著牙又擺弄了幾下，前端的粉色肉莖就噴出了白濁汁液，人也軟綿綿地倒進關山盡懷裡。而被咬在他肉穴中的肉棒子被高潮的痙攣狠狠一吸，也沒忍住射進吳幸子肚子裡，把人燙得唉唉叫，小肉莖又吐出一大股汁水，整個人都在抽搐。

摟在一起喘了好一會兒，關山盡才將自己抽出來，騷水混著精液流淌出來，弄得兩人下身都亂糟糟的。

吳幸子也回過神，對自己剛才淫亂的言行羞得不想見人，乾脆攤在關山盡懷裡裝死。

心裡暗笑，但關山盡也沒戳破他，前所未有的滿足讓他心情很好，也忘了不久前吳幸子惹怒自己的事情，輕柔地拍了拍懷裡的人。

「明日，我陪你回清城縣吧！一個人過年太寂寞了。」

聞言，吳幸子莫名的一陣欣喜，接著又是一陣鬱悶。

糟了，他的鯤鵬圖該怎麼換香囊啊？

不過眼下可不是擔心鯤鵬圖的時候，師爺騎夠了馬，但大將軍還沒騎夠啊！要知道，身為鎮南大將軍，關山盡大半人生都在馬背上度過的，騎術可不是一般二般。

等懷裡的人休息夠了，關山盡拉開他細白的腿就騎上師爺這匹老馬，又軟又糯的怎麼騎怎麼愉悅。

直把老馬騎得前射後噴，肚子都被精液灌滿了，隨著抽幹的動作不停往外噴白漿，哭叫得嗓子都啞了，這才被邊走邊幹著帶進書房裡側的睡房，把尿都肏出來了才終於結束。

禁慾了一個月總算開葷，大將軍吃得心滿意足、齒頰留香，這可苦了師爺，差不多是半個死人，可憐兮兮地倒在床褥間昏睡。

如往常那般，關山盡將人細細地清理乾淨，用自己的外袍裹好，將被子捂實免得吹風受寒，這才將自己也梳洗一番。

披著濕髮，走出裡間就看見滿月胖敦敦的身軀在書房裡翻看邸報，聽到他的腳步聲，才撩起眼皮睨他，「禽獸不如。」

「多謝誇讚。」闞山盡挑眉輕笑，走過去將滿月手中的邸報抽走，「怎麼等在這裡？外頭有人找我？」

「嗯哼。」否則小爺有這閒工夫在這等你大將軍完事嗎？

「何人？」那控訴的小眼神闞山盡只當不見，真要說滿月也是趁機休息，外頭太多人找他，整天團團轉，都得趁喘氣時才能喝口水。

「華舒。」滿月面無表情地看著闞山盡，平淡地轉述：「他說：『魯先生心口悶喝不下藥，但怕將軍擔心所以不讓小的同將軍說。可是魯先生身子這種狀況，不喝藥如何能好？小人只能偷偷來告訴將軍，請將軍勸勸魯先生。』一字未改，一字未增，在外頭跪了兩時辰了。」

闞山盡臉色一變，顧不得散髮未束，起身就往外走。

「慢，你的魯先生兩個時辰沒喝藥怎麼行，我讓屠大夫去看過了，沒什麼大礙，氣血瘀胸罷了。幾針下去順暢得能跑馬，這會兒喝了藥正在睡呢。」滿月動手把人拉住，促狹地擠擠眼。

「我身為你的副將，這種小事何須驚動大將軍呢！聽說你明兒要陪吳先生回家祭祖啊？唉呀這可是大事，行李準備好了嗎？」

「你又偷聽？」闞山盡啐了口，剛想回什麼，腦中突然閃過個念頭，臉色霎時陰沉黑如水，「你……該不是看見老傢伙的裸身了？」語尾才落，沉鳶劍鏘一聲出鞘，泛著冷光的劍尖追著滿月短短的脖子去。

「操你奶奶的！您行行好，拔劍前打聲招呼好不？讓我解釋解釋啊！」滿月驚叫著躲閃，一竄就躍到房梁上，然而他動作雖快，卻快不過關山盡，沉鳶劍有如附骨之蛆，不近不遠、不偏不倚地指著他的咽喉，再進一寸就要見血了。

嚇出了一身冷汗，滿月瞬間像顆消氣的皮球，整個人都瘦了一大圈似地盯著烏黑冷銳的劍尖不敢移開眼。

「解釋解釋。」關山盡勾出一抹風華絕代的笑容，劍尖又往前了半寸，滿月的肌膚都能感受到沉鳶劍的鋒銳，冷冷地掃過咽喉，泛著隱隱的刺痛

「你悠著點啊，我這就解釋……」滿月小心翼翼地連聲音都不敢稍大點，幾乎是含在嘴裡說道：「你和吳先生離開後，沒兩刻鐘華舒就來找你，但你進了致知院他也無計可施，就找到我這裡來。我只是進來找你，免得你心頭肉出事，剛巧聽見吳師爺打算騎馬……呃！劍下留人啊！」

就見黑光一閃，滿月往後倒去，直挺挺翻下房梁，險險躲過沉鳶劍的劍鋒，狼狽地搖著手吼叫：「我沒聽見也沒看見任何吳先生床上的那一面！這不就轉頭去找屠大夫了嘛！否則你那心肝魯先生誰勸他喝藥？這會兒又怎麼睡得好？」

語尾剛落，人已經翻出書房，臉上都是汗水，埋怨地瞪著站在書房門口仗劍而立的關大美人，眼睛瞬都不敢瞬一下，就怕被沉鳶劍戳出個血窟窿來。

「你時間掐得倒好，還能知道吳師爺騎完馬了才回來？」關山盡也不知自己為何生氣，他就是不願意有人聽到老鵪鶉的呻吟、看到他的媚態。

「你當我願意嗎？華舒就跪在外頭，我總得來帶話呀！耳力好不是我的錯，誰要你們不進屋裡呢？」

院中原本隱隱約約傳出來的呻吟聲停了，滿月才敢偷偷摸進去打算傳個話，誰知道會剛好聽到兩人說情話呢？真是冤枉死他了！

「我聽你對師爺說你也想騎馬，轉頭就逃了，後面啥也沒聽見了。」咽喉上還留著沉鳶劍殘留的銳意，滿月又退了幾大步，彌勒佛般的臉上滿是鬱結，苦悶得要命。真是平白惹禍，魯先生這藍顏何止禍水，壓根是天災。

「既然魯先生睡下了，華舒怎麼又跪在外頭？」關山盡心裡雖然不悅，但也並沒真要滿月見血，給個下馬威也就是了，既已達到目的，他手腕一翻將沉鳶劍重新回鞘，對滿月勾勾手指。

滿月才餘悸猶存地走回書房，身上的汗水被冷風一吹著實凍人，他連連拍了幾下胸口順氣，連忙鑽到火盆邊烤火，順便替自己倒了杯熱茶牛飲一頓才滿意。

「華舒說想見你，見不到人就跪著不走，也不知道心裡有什麼盤算，大概還是為了魯先生吧。」滿月咂咂嘴，關山盡身邊都是京城帶來的好茶，還有幾斤貢茶呢，難得有機會自然得盡量喝才對。

「為了魯先生？」關山盡皺眉，他對華舒這個人沒啥記憶，也不知道何時就留在魯先生身邊服侍，久而久之臉倒是記熟了，也知道魯先生對他頗為信任重用。

「你還記得前些日子，你讓我送走華舒嗎？」滿月隨口一問，倒不認為關山盡還記得這種小事。果然，關大將軍倒了杯茶啜著，對滿月聳了下肩。

「總之前些日子你讓我送走華舒，哪知道他才離開沒兩天，魯先生又把人找回來了，說是用得順手不想讓其他人服侍，要我告訴你一聲，他替華舒謝罪。」

「他要替華舒謝罪？」關山盡面露不喜，冷哼道：「也罷，既然魯先生用得順手，這種小玩意兒也無須介意。要是還不懂得聽話，就賣到南蠻去吧。」

「那你要見見這小玩意兒嗎？」

「他這麼喜歡跪，就繼續跪著吧，免得回去打擾了魯先生休息。」但凡與魯先生太過親近的人，關山盡都不喜歡，他派到魯先生身邊的人都明白，自然也不會與魯先生有過多的接觸，也就這個華舒了。

「明天真要帶吳先生回清城縣？」

「是，怎麼？」年關將近，邊城事務輕鬆不少，滿月也能喘口氣，關山盡自然走得沒有心理壓力。

「魯先生你打算怎麼辦？他腳傷內傷都沒痊癒，樂家三小姐這些日子天天來關心，要不是礙著你，恐怕早把人接去樂府照顧。你就這麼心大？」這可不是關山盡向來處事的方式，過去膽敢接近魯先生或對魯先生示好的人，或多或少都吃過苦頭，久了誰都知道魯先生是關大將軍的硃砂痣，碰都不敢碰呢。

也就這樂家三小姐自幼嬌養，也是個嬌蠻任性的主，並沒如何把關山盡放在眼裡，膽敢大張旗鼓地追求魯先生，還真讓她給得手了。

也虧關山盡這回沒有出手，似乎默許這件事的進行，至今還沒想對樂家動手的意思。樂家家主也懂得蛇隨棍上，更縱容女兒對魯先生獻殷勤，打算就著這層關係攀上關山盡這棵大樹，也許還能搭上京城裡的其他貴人。

「魯先生一直想成家立業，有妻有子……」關山盡苦澀一笑，握著茶杯的手猛地捏緊，上好的青瓷杯就這樣化為齏粉。他隨手拍去粉末，抬眼對滿月笑道：「你不會無緣無故問我這件事。這回你的態度很讓我疑惑，平日你是絕不待見魯先生的，這回倒是替他做了不少事。滿月，你有何打算？」

話已經說到這個份上了，滿月仍聳聳肩，笑得無賴，「沒什麼打算，就是怕你衝冠一怒為魯君，樂家身後站的是誰不用我提醒你吧？也就樂大德這蠢東西看不清局勢，都快被他那好兒子帶人一鍋端掉了，還整天傻樂傻樂的。」

「晚了。」關山盡露出一抹豔色無雙的淺笑，傾身捏了滿月圓潤的下巴一把。

「晚了？」莫名一陣心慌，滿月扯住關山盡的手正色問：「你為什麼這麼說？怎麼會晚了？」

「樂家後頭那個人，我已經打算對他下手了。」關山盡雲淡風輕地拋下話：「有些人我就是看他不爽快，順手整治整治圖個開心。」

「他怎麼你了？為了魯先生？」滿月整個人都不好了，從椅子上跳起來在書房裡團團轉，「海望，你離開京城五年了，這五年那裡頭局勢更加詭譎複雜你不會不知道，你滯留南疆護國公沒說話，連皇上都沒催促過你，原因為何你比我還要明白吧！這一動，那可是攪風攪雨，何苦為了魯先生如此？你真不待見樂家，我替你出主意嫁掉樂三小姐也就是了。」

「別動樂三小姐，魯先生願意娶她，那就娶她，我不想魯先生氣怨我。」想到這場婚事，關山盡心裡自是苦澀，可不忍過這一回，未來他也許連魯先生的面都見不到了。等樂三小姐生了孩子，他有的是辦法將魯先生留在身邊。

「那你又為什麼要動那個人？」滿月大惑不解，真要說樂家後頭的人不算硬骨頭，以關山盡及護國公的勢力，動動手指就能收拾。

然而，京城權貴之間勢力錯綜複雜，牽一髮而動全身，護國公世代純臣早就在這灘汙水裡亮如明珠，誰都想踩上一腳，吞不掉難道還打不碎嗎？

這人一動，那護國公一系就露了破綻，說不準會發生什麼麻煩，關山盡雖然桀驁不馴，卻不是個看不清大局、恣意妄為的人，否則也不會乖乖蝸居在南疆當土皇帝了。

「我一定要動他，而且還要動他背後的那些人。」關山盡露齒一笑，眼中閃過一抹血煞之氣，彷彿欲擇人而噬的妖魔，看得滿月背脊發涼。

「怎麼回事？」

「我高興。」關山盡朝內室看了眼，想到裡頭安睡的人，露出一抹溫柔的笑，「總之，我明天陪老傢伙回清城縣，樂家三小姐想把魯先生帶走，那就帶走吧！魯先生也會高興的。」

「關山盡，你被奪舍了不成？」

「胡說些什麼？」對滿月翻了個白眼，他毫不客氣地揮手趕人，「滾吧你！既然知道我要對付誰了，還愣在這裡做什麼？開春的喜宴上，有多少手腳能動，還要我告訴你不成？」

「關山盡，你他媽就是個渾球！」滿月氣呼呼地離開，他儘管不安，但關山盡都發話了，身為副將自然唯將令是從。

只是他不明白，樂家身後的勢力是哪裡惹毛了這尊殺神，細數了幾個人名，也就只有吏部尚書顏文心曾想靠嫁女兒拉攏護國公一門，這事甚至都沒有說成，關山盡便放出話只娶男妻了。要說過節，那也該是顏文心怨恨關山盡如此下人臉面才對。

顏小姐後來嫁得也不錯，兵部的侍郎，私底下收攏了負責京城防衛的禁軍左右營，差不多將京城的咽喉給掐起一半。

而顏文心又極端受寵於皇上，眼下京城完全掌握在顏氏一黨手中毫不誇張。

何苦捅這個馬蜂窩呢？魯先生當真藍顏禍水呀！

既已議定，關山盡收拾好兩人的行囊，他沒打算在清城縣久待，過完年後就得立刻回馬面城替魯先生的婚事做準備，因此只收拾了幾件衣物銀兩，並飛鴿傳書給鵝城的蘇揚，請他代為操辦年貨。

吳幸子是被飯菜的香味薰醒的，他摸著肚子懶洋洋撩開眼皮，抽動鼻尖準確地順著氣味走過去，甚至都沒注意到自己只穿了薄薄的褻衣褻褲，連件外袍都沒來得及披。

先前趁他熟睡，關山盡將他帶回自己住的小院，布置與雙和院相似，格局也差異不大，吳幸子還迷迷糊糊的，一時也沒發現什麼不對勁。

只隱隱感覺似乎走得比平常要遠些才到達偏廳，也直到此時他才回過神，留意到佳餚羅列的圓桌邊坐著兩個人。一個是關山盡，另個則是不久前見過面的魯先生。

兩人一穿黑一穿白，諧和得彷彿呼吸般自然，吳幸子霎時看傻了眼，要不是肚子實在餓，他還真願意長長久久欣賞下去。

「魯先生。」要是只有關山盡在，吳幸子直接上桌就是了，他倆已相處習慣，沒有太多講究。但這會兒卡著魯先生，他就有點尷尬無措，總覺得在這兩人面前，自己就是個多餘的外人，實在有些難做。

「吳先生。」魯先生淡淡一笑，柔聲招呼：「快請坐，海望估算著你差不多該餓醒了，特意讓人準備了你喜歡的菜色，吃吧！別放涼了。」

算得真準。吳幸子喜孜孜地看了關山盡一眼，桌上的菜色確實多半是他喜歡的，簡單樸素沒有過多的花巧，但看來就十分饞人。

很自然地在下位落座，全然未注意關山盡扯了扯眉心，面上儘管不顯，眼神卻冷得可怕，死死地盯著眼裡只有菜餚的吳師爺，看著那饞得不行的人，無意識伸出一點舌尖，一下下舔著唇。

「吳先生怎麼這般生疏？」魯先生自然沒落下關山盡的表情，帶著溫雅的淺笑對吳幸子道：「你與海望的關係我心裡清楚，無須刻意疏遠。」

嗯？吳幸子根本沒仔細聽魯先生說了啥，他現在肚子餓，滿腦子只想著：那個醬肘子看來挺美味啊！肘花又肥又嫩咬下去肯定滿嘴流油，等會兒該大膽挾一根回來啃呢？還是拘謹點剔些邊角肉解饞就好？

對他的心思也算有點理解，關山盡心裡鬱悶，卻又不好在魯先生面前發作。說起來，吳幸子也是避嫌吧！當只有他倆的時候，都是靠著肩一塊兒吃飯的。眼下魯先生在場，老傢伙臉皮也確實挺薄的。

這麼一想，心情也好多了，注意到吳幸子兩眼發光地盯著醬肘子，他直接挾了一塊進他碗裡，「吃吧，你該餓了。」

「這是這是。」原本還苦惱不知怎麼開飯呢，但碗裡的醬肘子讓他全然忘記拘束，歡天喜地地用手抓起來就咬。

果然，肉燉得糜爛，卻沒有失去形狀，一口咬下鮮美的肉汁噴進嘴裡，順著嘴角流出些許，幾乎入口即化，又不失豬肉該有的口感。味道也是吃得很深，鹹辣甜香混合得渾然天成。

配飯自然是極好，可單獨啃著吃別有一番滿足。他那香甜的吃相，看得關山盡肚子也餓了，便也端起碗，挾了些清炒的百合根、山野菜等等口味清淡的食物給魯先生，才自己吃了一口菜。

魯先生瞥了吳幸子一眼，看他吃得滿嘴滿手油膩，心裡覺得粗野難看，但往關山盡瞥去，卻發現這過去風采優雅，對禮儀看得頗重的學生，竟對吳師爺的吃相見怪不怪似的，逕自用飯不說，還連連替對方挾菜。

心裡莫名堵得慌，他拿起筷子挾了口野菜放進嘴裡嚼，吞嚥的時候只覺胸口悶痛，不禁蹙起眉放下碗筷，伸手揉了揉。

「老師，胸口還是疼得難受嗎？」關山盡自然很快注意到，面露關懷憂愁，也不再關注吃得開懷的吳幸子，轉身替魯先生揉胸。

他有一雙大手，生得優雅好看又寬厚溫暖，捂在胸口上彷彿一團小火焰，將鬱結的疼痛揉散許多。魯先生舒緩了表情，低聲道了謝，便推開他的手，不若往常那般任他多熨燙幾息。

察覺他的推拒，關山盡神色微凝，看來有些無奈，低聲勸道：「老師，您胸口還痛，讓學生替你活活血路。吳幸子不是多嘴的人，也不會多想什麼，您請安心。」

「胡鬧。」魯先生還是拒絕，拿起了碗筷藉此擋開關山盡的手，「你與吳先生的關係畢竟不一般，是人都會介意的，哪像你這小傢伙這般心大，雖說你行得正，可人心畢竟是偏的啊。」

這意有所指的一番話，讓關山盡也遲疑起來。他對魯先生自然是愛之若命，一點都不想讓他難受，即使魯先生開春就要大婚，他也願意壓住自己的難過不捨，只希望魯先生過得肆意開心。

儘管吳幸子只是魯先生的影子，但面對影子若不好生安撫也是不行的，更何況這個老傢伙至今對他尚未有足夠的留戀，所幸還未察覺他的本意，否則只怕逃得更快了。

再說了，人心確實都是偏的，這老傢伙的心就直直往《鯤鵬誌》偏啊！

關山盡忍不住看了吳幸子一眼又一眼，直把朵頤中的人看得渾身不自在，咬著筷子一臉傻樣地回望他。

「怎麼啦？」吳幸子吃飯就是吃飯，總是心無旁騖，大概是獨居久了的習慣，是以他竟半點沒將眼前兩人的私語聽進耳中，也對兩人親密的舉動毫無所覺。

要不是關山盡的視線太灼人，他恐怕都覺察不到呢。

「沒什麼。」關山盡皮笑肉不笑地彎彎唇，他現在也弄不大清楚自己的心意。吳幸子要是問起魯先生的事情他肯定厭煩，可吳幸子全然不問也沒讓他心裡好過，反倒焦躁鬱悶得緊，忍不住就試探道：「魯先生傷還沒好，心口總是悶痛吃不好睡不好，我替他活活血氣你別多想。」

「你是晚輩嘛！魯先生也說，你把他當義父一樣尊敬，也是本分應當。」吳幸子不解關山盡沒頭沒腦地說什麼，不過人之常情也不難回答。

比起他的漫不經心，魯先生白皙的臉皮卻泛紅了，開口就拒絕：「不需要，海望太謹慎了，一些小傷吃點藥慢慢養就好。」

「可是我聽丫頭們說，您是墜馬呢，受了內傷的。」

「不是什麼了不得的大傷，只能怪罪自己騎術不精，勞吳先生掛懷了。」魯先生垂下眼擋住其中的羞憤。

他認定吳幸子言詞間意有所指，心道這老東西看來老實巴交，誰知竟有一張利嘴。

他不想自己看起來像爭寵，關山盡的心思放在誰身上他是明白的，這十多年的相處，他對自己的看重與掛念，魯先生比誰都要清楚明白。他知道關山盡想從自己身上得到什麼，但他仗著對方的孺慕愛戀之情，給得十足吝嗇。

他們都是男人，怎會不清楚妻不如妾、妾不如偷、偷不如偷不著的道理？關山盡原本就不是個長情的人，連對自己的父母都僅有尊重而無掛懷，更何況他身為外人？魯先生早就看得透徹。

「噢……」被搶白了一頓，吳幸子已非全無所覺，他面露尷尬卻也迷惘，朝關山盡看了一眼。

「你吃飯就吃飯，多話什麼？」關山盡挾了顆鵪鶉蛋往他嘴裡塞，免得老傢伙又說什麼讓他心悶的話。

無辜得緊，吳幸子嚼著鵪鶉蛋想，我原本可不正安安靜靜地吃飯嘛！噯，這鵪鶉蛋黃又嫩又滑的，半點也不乾澀，可真好吃啊！

想著，又挾了兩顆蛋回碗裡。

既然魯先生和關山盡都不待見他說話，他樂得埋頭吃飯，每道菜都一一嚐遍絕無遺漏。

而另外兩人就沒他的好心情了。

魯先生原本就心口悶痛、食不下嚥。這會兒更覺胸中鬱結，一口鬱氣梗在喉頭，嚥不下也吐不出，噎得他全身都不爽利，內傷好像又重了幾分。他的每句話都像打進棉花堆裡，別說漣漪了，連個反彈的水花都沒有。

關山盡倒是早習慣吳幸子的為人，卻也沒因此感到比較舒坦，食慾早就沒了，索性讓人撤掉自己的碗筷。

他是何苦刻意讓魯先生與吳幸子湊一塊兒吃飯呢？白便宜了那老傢伙，獨吞了整桌佳餚。

「老師，您還是吃點，空腹喝藥傷身。」眼看魯先生也食慾全無，臉色很是蒼白，關山盡心疼不已，柔聲勸慰。

「嗯。」魯先生神情鬱鬱地吃了幾口菜，便放下筷子不肯再用。

關山盡無法，招來僕役讓他們傳話給廚房熬粥，藥晚些再上，便扶著魯先生打算將人送回去。

「噯，你們吃飽了嗎？」吳幸子連忙嚥下嘴裡的食物，略顯慌張地站起身。

「吳先生別掛懷，我身體不快，只能先失禮了。」語落，魯先生推了推關山盡，蒼白的臉上掛著淺笑，「你也別繞著我轉了。明日還要陪他回鄉祭祖不是嗎？要多多珍惜人家，我有華舒服侍著。」

「學生送老師回去也不耽誤什麼。」想到明日與吳幸子回清城縣後，樂三小姐就要來將魯先生接走，接下來有很長一段時間，他與魯先生之間再也無法像現在這般親密無間，關山盡不免心口酸澀。

「讓吳先生見笑了。」魯先生也不再推辭，他腿傷未癒，本就不利行走，這會兒更將身子全倚靠在關山盡懷中，讓他半扶半抱著自己，不忘招呼道：「吳先生繼續用飯，不用送了。」

關山盡也回過頭，神情冷厲地道：「你乖乖待著別亂跑，連件外衣都沒穿，著涼了讓我替你祭祖不成？」

吳幸子聞言臉色一赤，乖巧地坐回位子上，繼續攻克晚膳的大業。

待踏出偏廳，關山盡便把魯先生打橫抱起，免他動著傷處。

這一抱，魯先生的腦袋就恰好枕在關山盡頸窩，視線所及是一節優美白皙的頸子，在領子邊上散布著不少紅痕，直蔓延進衣領中，彷彿蟲子咬傷的。既有零散分布者，也有雜亂重疊在一塊兒的，甚至有個淺淺的齒印。

這下魯先生可真的焦躁了，他不會看不出那是什麼痕跡，更令他心煩意亂的是，關山盡從不會讓任何人在這麼顯眼的地方留記號。他伸手往那處抹去，抱著自己的人微顫了下，多情的桃花眸垂下與他四目相交。

「老師？」

「吳先生在這裡咬了一口。」他一臉雲淡風輕，用手指又刮了刮那塊肌膚，「既然喜歡他，就要對他好，我總是心心念念你的幸福。」

「老師知道我心裡有誰。」關山盡輕輕躲開他的手指，轉開了視線不再看他，「我讓人替您熬了粥，喝完粥再吃藥。過完年我就回來了，老師在樂府好好養傷。」

說著，輕手輕腳將人放在外頭僕役推著的輪椅上，替他披上鶴氅，捂實了免得吹風。

「別掛念我，拋下你與樂三小姐議親，是我對不住你。別再對我這般好了，吳先生人老實，別辜負人家。」魯先生握住關山盡的手，輕柔地拍了拍，語尾淡了手卻沒有鬆開。

誰不想，卻是關山盡先掙開了手，柔聲道：「老師快回去，夜風吹多了傷身。」

「嗯。」魯先生看著自己空了的手，浮出一抹苦澀的淺笑，細聲道：「是我對不住你，你是好孩子，別再掛念我了。」話落，也不等關山盡回應，便讓僕役推著自己離開。

直到那抹陷在輪椅中的纖細身影看不見了，關山盡才轉身回屋。

偏廳裡，吳幸子吃飽喝足，笑得傻兮兮地揉著自己圓滾滾的大肚子。

桌上的菜餚幾乎吃空，關山盡看了心裡滿意，又隱隱有些不甘心，走上前在那吃撐的人肚子上搓了把，將人搓得驚叫，險些摔下椅子，他順理成章把人摟進懷裡。

「就知道吃，怎麼不長肉呢？」雖說吳幸子骨架子不大，肌肉軟嫩嫩的，搓揉起來手感極好，依然扛不住時不時硌著骨頭難受。

「你怎麼沒陪魯先生回去？」吳幸子原本以為關山盡這一送好歹得花上一時辰，他可以趁機消消食，這才坐沒坐樣地癱在椅子上揉肚子，沒想到被抓個現行，老臉實在掛不住。

「魯先生要我多珍惜你。」關山盡低頭咬了口他肉肉的鼻尖，牙齒癢癢得不過癮，乾脆往下也咬了口還殘留醬肘子味道的嘴唇。油膩膩的、肉嘟嘟的，倒比真正的醬肘子還好吃。

「噯……」聞言，吳幸子著實心塞。唉，連魯先生都這麼大誤會。

「明日我們早些上路，你不擅騎馬與我共乘便是。」關山盡倒是沒繼續提魯先生，認真交代。

「欸，你真要陪我回去祭祖？」吳幸子總覺有點不合禮節，哪兒都不對勁，卻又沒想真的抗拒這個決定，自己心裡也朦朦朧朧地感覺不大妙，卻說不上哪裡不妙。

「都說好了不是？」

關山盡含了含他的唇瓣，心頭越加火熱，恨不得將人推倒，胡天胡地一番。

「那你吃不吃飯啊？我跟你說啊，這醬肘子真好吃，我留了兩塊給你，別浪費了。」吳幸子對他的答案有些害臊，顧左右而言他，挾過一塊肘子，「我替你把肉剔下來方便吃，你這麼大一個人，一頓也不能餓著啊。」

「你餵我？」摟著他的細腰，將下顎靠在窄窄的肩上，關山盡眼中盈著笑，看他仔仔細細替自己剔肉，那一堆肥瘦相間、油光腴潤的碎肉堆在碗裡，拌著飯還真香。

側頭睨他，吳幸子有些無奈，也不知關山盡怎麼回事，對他的態度與過去隱隱有些不一樣。

「喏，張嘴。」餵就餵吧！關山盡可是連他的私處都洗過，餵個飯沒啥的。

正所謂飽暖思淫慾，飯餵完了，關山盡底下也支帳篷了，畢竟他懷裡的人可只穿了裡衣呢，又軟又香的。

於是當魯先生院子裡的僕役趕來通知，他人喝了藥卻吐得都嘔出酸水時，被無情地擋在外頭吹風，無緣見著裡頭春暖花開的纏綿。

第八章　返鄉祭祖

「對了，你跟祖先怎麼說我呢？」

吳幸子瞬間抖了抖，顯得有點不安，

畢竟他剛剛是這麼說的：

『列祖列宗，不肖子孫帶露水鯤鵬來看你們了……

請保佑鯤鵬年年有今日、歲歲有今朝，金鎗總不倒。』

也不知道祖先們聽到這段禱詞，

會不會罰他多跪幾天算盤？唉，愁人。

風塵僕僕回到清城縣時，再兩日就要過年了。吳師爺確實騎術不精，關山盡又怕累著他，速度實在不快。

隔了一個多月，推開家門時吳幸子有種鬆了一口氣的安心感。桌椅地面都覆蓋著一層薄薄的塵土，所幸入冬前的房舍修整得夠仔細，儘管冬日雨多，卻沒漏雨水進來。

顧不得因長時間騎馬腿還有些發軟，吳幸子挽起衣袖開始打掃屋子。

關山盡餵完馬，將馬寄放於縣衙的馬廄後，轉回時吳幸子已經打好一缸水，正在抹家具。

自然看不慣他在大冬天裡累得滿頭大汗，萬一被冷風吹著受寒可怎麼辦？關山盡走過去將工作接下，怕吳幸子坐不住，乾脆打發他去買些米麵回來做飯。

「我已經讓蘇揚替我們辦好年貨，明日午時前就會送來，無須買太多東西回來。」交代完，將人推出屋子，連掙扎的機會都不給。

愣愣看著眼前關上的屋門，吳幸子揉揉鼻尖，心裡有些暗喜。

人非草木，這單獨趕路的十多天，關山盡對自己的呵護可謂細膩至極，怕他冷、怕他餓、怕他不舒服，總能掐著點恰好在日落前抵達村落城鎮。上路前薄荷、桂花偷偷同他說，大將軍的逐星從不讓人騎，就連魯先生都沒有那個福氣能在逐星背上坐上一程。

「我想大將軍一定很喜歡您。」薄荷掩著嘴笑說。

「可不是嘛！大將軍還陪您回家過年呢！他可沒為魯先生回過一次京城。」桂花附和。

吳幸子聞言卻只能苦笑以對，他半點也不希望帶著鎮南大將軍回家祭祖呢！該怎麼同列祖列宗說？

爹爹、阿娘、祖先們，這是我……放在心裡的鯤鵬，暫時要同他過一段日子了，請您們保佑鯤鵬年年有今日、歲歲有今朝，上得了天入得了海，擒得了龍打得了虎，金槍不倒、剛毅不屈。

恐怕爹娘及祖先們當晚就會入他的夢，將這不肖子孫教訓一頓吧！

於是這一路糾結地回到家鄉，吳幸子依然沒能想出個兩全其美的好主意。揑著小錢袋，吳幸子慢步踱到柳大娘家裡，這時間街上連食鋪都收了大半，只能直接同農家買糧食。

柳大娘有兩個兒子，家中糧食還算充足，勻一些賣他應當沒有問題。

路上和幾位鄉親錯身而過，吳幸子笑盈盈地對他們打招呼，對方的表情卻十足精彩，先是猛地停下腳步盯著他瞧，接著露出一抹了然的幸災樂禍或同情的神情，最後對他報以複雜到接近扭曲的笑容，即使吳幸子心再大，三五人後也察覺事態有些不對勁。

最後他幾乎是躲著人來到柳大娘家，敲敲門就聽柳大娘在裡頭拉著嗓門應，接著木扉一開，看清楚門外的是吳幸子後，柳大娘瞠大雙眼，隨後啥也沒說就拉著他的手開始哭。

「娘，怎麼啦？」柳大娘的大媳婦阿秀驚慌地跑出來，在看清楚一臉尷尬的吳幸子後，竟也跟著抹起眼淚。

「大嫂、阿娘，怎麼啦？」接著連二媳婦阿寶也湊上來。

隨後的一刻鐘，柳家大門充塞著啜泣聲，吳師爺手足無措地看著三個女人，張著嘴也不知道自己能說什麼。

最後還是柳老頭出來將人叫進屋裡，溫柔地拍拍吳幸子的肩道：「好孩子，回來就好。」

嗄？滿臉困惑，但吳幸子也猜到這肯定與路上鄉親們異樣的舉動有關，偏偏柳家男人天生寡言，柳大、柳二還沒回來，柳老頭已經坐到一旁抽旱菸，要他一個人勸三個女人別哭，實在有心無力。

沒辦法，他只好拍著柳大娘的手，蒼白地重複著：「別哭啦、別哭啦，哭多了傷眼睛。」

女人真正是水做的吧！吳幸子直哄得口乾舌燥，喉嚨都快冒火了，三個人才勉強停下淚，手忙腳亂地拿水、拿果乾給他吃喝。

一口氣喝完一大碗水，吳幸子滿足地吁口氣，但沒捨得動果乾。正想開口同柳大娘買菜呢，柳大娘倒是先說話了：「幸子，可憐的孩子，你是不是又瘦啦？那公子看起來出身富貴，竟然這麼狠心，連頓飯都沒讓你好吃嗎？」

「嗯？」吳幸子一時沒聽懂，更顯得茫然無措。而這表情在柳大娘眼中，就變成強忍悲傷，妥妥一副被傷透了心、騙走了身子的可憐模樣。

「唉呀！幸子！是大娘的錯，當初就該阻止你跟著那沒心沒肺的狗東西離開！」看柳大娘義憤填膺的模樣，還有阿秀及阿寶淚眼婆娑、同情又心痛地盯著他的眼神，吳幸子也不知怎麼就反應過來了。

他欸一聲，慌張地搖著雙手，「不不，大娘您誤會了，海望對我可好了，一天也沒讓我餓著，我住的院子裡還能種黃瓜呢！」

「這時節種黃瓜嗎？這可不行啊，不好養大呀！」一提起莊稼，柳大娘的心思就跑偏了，「這大冷天的，你應該種蘿蔔。」

「這是這是，我那時候沒想起來，只覺得他們那裡的人脾氣爆烈了些，種點黃瓜吃，可以安神定志、除熱解毒，送禮應當不錯。」當然還有別樣用途，吳師爺臉皮薄，肯定也不能說給柳大娘知道，畢竟那還是他從染翠大掌櫃給的春宮圖中瞧見的。都說黃瓜耐吃，哪張「嘴」都能吃。

「阿娘，這時候種黃瓜、種蘿蔔都不是要事。」阿秀聽不下去了，她深吸口氣看著吳幸子道：「幸子哥，你千萬別瞞著我們啊！大夥兒都在傳，你被那位公子帶走後，沒過多久就被忘得一乾二淨，那公子後院裡好多美人，聽說他心尖尖上的那位更是美得跟仙女似的，李大娘她們都說你肯定是被厭棄了，那位公子哪裡看得上你。」

「哼，歹瓜厚籽歹人厚言語，李大娘那些人天生臭嘴，見不得幸子哥過好日子。」阿寶人就率直得多，撇撇嘴啐罵了句。

「可最近大夥兒都在傳這些話呢，還說幸子哥說不定連年都過不了就被趕回來了。」阿秀抿唇，小心翼翼瞧著吳幸子，「要是那位公子對你好，怎麼沒留你過年啊？」

「他說……」吳幸子臉猛地一紅，人顯得有些扭捏。畢竟這可是一起祭祖的大事呢！

「說什麼？別吊大娘的胃口了！」柳大娘可等不了，急切地催促。

「欸，他說、說陪我回家過年祭祖。」

話落，吳幸子但凡露出的肌膚都泛紅了，心裡羞得要命，卻也甜滋滋得彷彿沾了蜜似的。

儘管心裡知道關山盡與他之間必不會有什麼未來，他也一向堅定地以蒐集更多鯤鵬圖為人生志向，然而多多少少依然為了關山盡的體貼寵愛而動搖，要說山盟海誓那是不必的，偷些小甜蜜卻是別有一番風味。

「這是說，你真同他結契啦！」柳大娘眼尾因哭過還紅著呢，這下轉眼就笑得見牙不見眼，「老天保佑！老天保佑！你是個好孩子，那位公子有眼睛就該知道疼惜你。哈！趕明兒我就去李家，狠削那老娘兒們，給你出口氣！」

祭祖是大事，外人自然沒可能也沒那個資格參與，既然都到這個份上，名分肯定是定下來了。結契雖不比婚娶那般繁瑣，只需去縣衙裡辦個手續、登記戶口也就行了，卻仍會宴請親朋好友沾沾喜氣。

「你們要在哪兒宴客啊？啥時宴客啊？」柳大娘疊聲問，直把吳幸子問得招架不住。

他連連搖手，「大娘！大娘！我們沒有結契啊！他只是陪我過年祭祖，初十之前就要回馬面城了。」

「唷！都來祭你家祖先了，結契那是早晚的事情。」大手一揮，柳大娘轉身鑽進廚房裡，不一會兒拿了一條臘肉、幾根蘿蔔、一顆大白菜，還有四顆雞蛋走出來，一股腦兒塞進吳幸子懷裡，「這是大娘送你們的，以後你在馬面城要是被欺負了，儘管回來找大娘，一定替你出氣。」

愣愣地看著手上的食物，那塊臘肉肉肥膘滿，色澤油亮很是誘人，肌理層層分明，他嚥口唾沫便把臘肉塞回大娘手中。

「大娘，我今天確實是來找你買些米菜，夠我與海望吃一餐就行了。他拜託朋友辦置了年貨明天就到，這塊肉您留著自己吃，幸子心裡知道您疼我。」

「那位公子倒是細心啊。」這段話聽得柳大娘心花怒放，也不推辭收回臘肉，卻無論如何不肯收幸子的買菜錢。

沒辦法，吳幸子只能收下柳大娘的心意，帶著菜、雞蛋以及一升米回家，半路上就遇著打掃完等不到吳幸子，索性出來找人的關山盡，將東西都接過去了。

「這些菜夠你吃嗎？」調侃著瞄了吳幸子的腰肚一眼。

吳幸子臉色微紅，赧然地垂下腦袋，這模樣讓關山盡心頭一陣火熱，要不是在大街上，周圍有些零零星星的路人，還真想將人摟進懷裡吻個夠。

「家裡就剩一些鹽巴了，怕你吃了不舒服。」吳幸子最近倒是養成習慣，與關山盡並肩的時候下意識就會拉他胳膊，兩人姿態親密，後頭不知不覺就細細碎碎地議論起來。

畢竟先前李大娘說得有眉有眼，那吳師爺如何被拋棄、生活如何悲慘，神仙公子的心上人如何天仙絕色，聽說還是個舉人呢！都說神仙公子原本對心上人求而不得，這才將吳幸子當成替身留在身邊，可最近兩人心意相通，吳幸子自然變成礙眼的角色，要不是心上人慈善，恐怕得流落異鄉。

「嘖！吳幸子要是知恥，很快就會逃回來了吧！」這是李大娘的結論，獲得眾多婆婆媽媽的附和，差不多是這半個月來清城縣流傳最廣的談資了。

可眼下，談資裡的主角並沒有形單影隻、灰頭土臉地出現，反而帶著那位風采絕塵、宛如謫仙的公子回來，兩人還在大街上親親熱熱地交頭接耳，瞧瞧吳幸子，也不看自己多少歲的人了，真是不要臉！

甭說，李大娘肯定是吃了滿嘴酸葡萄，這才在後頭造謠生事。

「嘖！這神仙公子該不是真被下了蠱吧！吳幸子這種臉面，多看一眼都討厭，神仙公子怎麼就看上了？」

「唷！有人就是嫌臉不夠大，讓人替他長長吧！」

東一句西一句，雖然聲音微弱也不敢真讓當事人聽進耳中，可關山盡內力深厚，一不小心就將流言給聽全了，眼底滑過一抹冷厲不悅。

這個流言與事實的重疊度太高，幾乎將魯先生的存在亮晃晃地攤在眾人面前，要說沒人刻意操弄，他可不相信。

會是誰呢？這些流言的目的又是什麼？吳幸子若是知道了，會……有何想法？最後一點，讓他莫名打個寒顫，低頭瞧著在他身邊叨叨絮語的吳幸子，樣貌平凡的臉上泛著紅暈，全沒有半點魯先生的天姿絕色，卻怎麼看怎麼順眼。

他甚至不記得，當初在吳幸子身上究竟是看到哪一點魯先生的影子？

若是吳幸子發現，自己的親近跟體貼，全是因開始時將他當成魯先生的替身，是否還能像現在這樣對自己微笑？是否還會看著自己臉紅？是否……全然不在意，反倒鬆了一口氣，回到鯤鵬社繼續飛鴿交友？

不知怎麼就心煩意亂了起來，關山盡將所有東西用單手拿好，空出的手將纖瘦的人緊緊圈在懷裡，顧不得大庭廣眾之下，低頭就含著那張甜蜜的嘴深深吻住，翻攪著柔軟舌尖，舔舐他口中津液，直把人吻得手腳發軟氣喘連連才鬆口。

那雙疏淡的眸水光粼粼，傻傻地看著他，只有他。

「你餓了嗎？」關山盡柔聲問道，語帶纏綿，彷彿有把小鉤子在吳幸子心頭作怪。

咕嘟嚥下唾沫，嘴裡還殘留著男人的味道，吳幸子腦子還亂著，傻傻回答：「餓了，我能吃你嗎？」

一抹醉人的笑在眼前綻放，耳側被吻了吻，「任憑處置。」

兩人回到家裡，連帶回來的食物都沒來得及收拾，隨手扔在門邊就深深吻在一塊兒。

吳幸子略有些急不可耐，又被吻得手腳發軟，扯了幾次都扯不開關山盡的腰帶，不由得抱怨：「你脫啊！」

關山盡忍不住好笑，安撫地在他唇上吻了吻，老男人咬著他舌尖吸吮，彷彿在吃什麼無上美味，半點都捨不得鬆口。

任他笨拙但熱烈地吻著自己，關山盡輕巧俐落地將兩人的衣物剝除。屋子裡雖燒了火盆卻不夠暖，他擔心吳幸子受風寒，將人緊緊摟在懷裡。

吳幸子哼哼唉唉地蹭著他，男人身體強健還內力深厚，肌膚柔軟溫暖，簡直像個火爐，熨貼著讓人舒服得不住呻吟。

肉臀被男人寬大的手包住揉了揉，他的呻吟拉高了些，更顯甜膩。手腳更自動自發地纏上精壯身軀，嘴唇移向關山盡形狀優美的耳側，小狗似地舔吻。

「這麼快就浪了，嗯？」他笑著又捏了一把臀肉。

「嗳……」吳幸子哼著，在他懷裡拱了拱，腿緊緊纏著關山盡的窄腰，似乎半點也不怕摔著。

自然不會令他失望，關山盡穩穩地捧著他的屁股把人壓在門板上，早已硬起來的肉莖磨蹭著他軟軟的下腹及半硬的小東西，蹭得稍用力些，兩人都不禁愉悅地粗喘。

在性愛中向來騷得沒邊，吳幸子很快就不滿足於這樣黏黏膩膩的磨蹭，浪叫著催促：「你快點進來，我、我癢……」

確實是癢了，關山盡狠狠掐了把那肉乎乎的屁股，明明沒肏多久，後穴都會流水了，這會兒正濕淋淋地往下滴水，弄得他手指與握在其中的臀肉都滑膩得要命。

這騷寶貝，天生來剋他的！

關山盡粗喘，手指隨意戳進濕軟的後穴裡捅了捅，他一動就有淫汁往外噴，順著玉石般的手指往外流淌，滑過手腕後往下滴，才幾下就在地上積了小水窪。而老男人也抖著腰，越叫越歡快，渾身肌膚都泛著粉紅。

「再弄弄……再弄弄……」比起粗大的鯤鵬，關山盡的手指有些太細，雖然勝在靈活溫柔，可習慣狂風驟雨般操幹的吳幸子很快就不滿足，他討好地舔著男人的頸側哀求，肉臀不住搖擺。

「悉聽尊便。」關山盡在他肩上咬了一口，便使勁將人壓在門上，粗硬的龜頭從臀縫擦過去，其下囊袋啪地打在吳幸子的會陰處，被擠壓在兩人小腹間的粉色肉莖顫抖了一下，噗地流出一大灘汁水。

關山盡的手指戳得更深更用力，修剪圓潤的指尖猛地就抵上裡頭那塊微凸的敏感處，還沒等吳幸子喘口氣，就按著那處又是磨蹭又是刮搔，間或抽出些許再往裡狠狠頂一下，不過數息就讓吳幸子抖著聲音渾身抽搐，將白濁精液噴在兩人的肚皮上。

「這麼不經玩還總愛點火，你說騷不騷？」帶著笑聲的輕語有些低啞，氣息也顯得混亂，鑽入吳幸子耳中，他頭皮微微發麻，人也幾乎沒了力氣。

「不騷……」

「還不騷？」聽著他哼哼，關山盡也差不多忍到極限，猛地將手抽出肉穴，大肉棒一口氣就戳了進去。

即使玩得下身發大水，吳幸子的肉穴對關山盡的肉棒來說還是小了些，軟是足夠軟，濕也足夠濕了，每回進去依然要吃點苦頭，薄薄的肌肉被撐開，粉嫩的肉褶都不見了，撐得有些發白，先前甜膩的呻吟染上顫抖，可憐兮兮地抽氣。

「你輕點、輕點……」要說非常疼，那也不至於，老男人卻仍咬著關山盡肌肉厚實的肩頭，模模糊糊地啜泣。

「乖了。」這才進了三分之一，關山盡安撫地揉揉他的臀肉，親親他的頰側，忍得滿頭大汗也沒立刻大開大合地幹，就怕把人給肏壞了，他心裡也不好受。

吳幸子真是天生尤物，即便他疼得嘴唇泛白，看來可憐得不行，彷彿要被戳穿了似的，裡頭柔軟的腸肉卻緊緻又有彈性，毫不害臊地吸吮關山盡的大龜頭，恨不得多吞些進去的態勢。

果然，才沒多久，吳幸子自己就癢了，哭唧唧地催促男人用力肏，手腳纏得愈發得緊。

「你自找的，騷寶貝。」關山盡咬著牙，這回就不忍了，厚實的胸膛將人牢牢壓在門板上，雙手緊握著那肉乎乎的臀，狠狠一頂直接戳到腸子深處的陽心上，肏得懷裡的老男人踢著腿尖叫，他也沒停下來，將剩下一段肉莖都戳了進去。

一下子入得如此之深，吳幸子薄薄的肚皮被肏鼓了一塊，浮起男人肉棒子的形狀。

「我要壞了……嗚嗚、輕點、輕點啊啊……」吳幸子被幹得整個身體都在顫抖，嘴角掛著口涎目光渙散，手指無力地抓著男人強壯的後背，只淺淺留下幾道紅痕。

關山盡往後退出大半，帶出一部分嫩紅的腸肉，滿肚子騷水也跟著噴出，水淋淋的讓屋子裡飄滿了騷味。

感受著懷裡纖瘦身軀的顫抖，關山盡狠狠將肉莖再次幹進去，把吳幸子幹得尖叫一聲，都流出眼淚了。

粗長猙獰的肉棒大開大合地肏，豔紅的腸肉也被一會兒帶出、一會兒頂入，因為實在粗硬，即便沒有刻意頂弄那塊敏感的突起，也在這狂風暴雨的抽插下磨得那塊地方又癢又痛，彷彿都腫了起來。

更不提陽心了，早被肏得紅腫噴水，隨著每次抽插響起淫靡的水聲。

吳幸子被幹得腦袋空白、目光渙散，眼淚直流，狼狽得像被玩壞了般，嗯嗯啊啊地呻吟。

他一開始還會扭著屁股迎合，但關山盡實在幹得太狠，他幾乎被肏得喘不過氣，腳趾頭蜷曲再鬆開，沒一會兒就像抽筋似地抖著不停，小肉棒又噗地噴出零星精液，眼看都快射不出來。

肏了不知多久，關山盡將人放在桌子上，拉起他一條細白的腿扛在肩上，扣著胯骨，大肉棒進入得更深了些，囊袋啪啪地撞在臀肉上，將那塊肌膚都打紅了。空出的手則握住吳幸子軟綿綿的小肉棒，用帶繭的掌心擺弄。

別看關山盡手長得好看，肌膚又白皙，玉石雕就一般就以為他有雙十指不沾陽春水的手。畢竟是個軍人，他手上有不少繭子，都是練武練出來的，掌心的肌膚更是粗糙，摩搓而過時都讓人絲絲發癢。

這樣的手掌握著敏感嬌嫩的小幸子套弄，那快感可不是一般二般，來去幾下就把吳幸子弄得尖叫，用手去推他，想救出自己的小東西，那種癢簡直不能忍，特別是刻意用拇指搓鈴口的嫩肉時，吳幸子的呻吟都破音了，抖得幾乎叫不出來。

當然，他是推不開關山盡的，一來二去的反倒讓自己陷入更深的歡愉裡，幾乎又要射了。

「你別這樣……別這樣……」他嗚嗚哭泣，扭著身子往前挪，妄圖躲開關山盡操進肚子裡的肉棒，與那隻毫無人性的手，關大將軍動作卻很快，一把扣住他胯骨把人往下一按，猛地又往肚子裡戳一下，白皙肚皮上鼓起老大一塊。

「啊啊——」吳幸子仰著腦袋哭叫，哆哆嗦嗦伸手去摸自己的肚子。

「喜歡嗎？」關山盡低頭吻他的眼皮，因為快感他看來更加嫵媚豔麗，眉心微蹙，桃花眼中泛著水霧，吳幸子看得心跳加快、口乾舌燥，就算被幹死都心甘情願。

這麼好的鯤鵬呢！不只鯤鵬像蘭陵王，關山盡本身也像蘭陵王吧！他沒看過他身披戰甲，在戰場上奮勇殺敵的英姿，但肯定是極為好看的。

「喜歡……」吳幸子輕聲囁嚅，迷醉地盯著關山盡看。

這小眼神，看得關山盡渾身燥熱，抓著他的腰幹得更狠，雞蛋大的龜頭一次次肏進肚子裡，把身下的人弄得神情渙散、渾身抽搐，腸肉猛地縮緊痙攣，又被他粗暴地操開。

「我不行了……我不行了……」吳幸子微翻白眼，嘴邊掛著口涎，整個人幾乎要瘋了。高潮來得很猛烈，像浪潮般將他捲入，一波波綿延不絕，他想自己肯定被操壞了，高潮彷彿永無止盡，他張著嘴什麼都叫不出來。

突然，男人吻住他的唇，撞擊的力道變得更加猛烈，他翻著白眼，痛苦地痙攣著，哭叫聲都被封在嘴裡，關山盡結實的腰奮力頂動，十幾下後一股熱液噴進他肚子裡，他一口氣喘不過來，硬生生厥了過去。

這一次關山盡射得很多又很久，畢竟趕路的這些日子他半點不敢碰吳幸子，在此之前除了出發前一天，他可是禁慾了一個月。

癱軟在桌上的吳師爺身體還微微抽搐著，眼角、臉頰、鼻尖都哭得泛紅，流瀉出驚人的媚態，狠狠攢緊了關山盡的心弦。他帶著自己也不知道的寵愛，俯身親了親那張肉嘟嘟的嘴。

下身無法控制地又硬了起來。

既然接下來也沒什麼事，索性幹個痛快。

這麼想著，關山盡便放棄節制，就著下身相連的姿勢把吳幸子摟起來，邊走邊幹著進了寢室。

蘇揚將年貨送來的時候，吳幸子還沒能從床上起身。昨晚著實有些放縱了，加上奔波疲勞，饒是比外表壯實許多的師爺都承受不住，睡得跟死了似的。

於是蘇揚這輩子頭一回看到關山盡穿著一身短打，認認真真地與他帶來的僕役一同卸貨的奇景。就算關山盡把粗布短打穿出了一種貴氣，也阻擋不了蘇揚的火氣。

他跳下馬車，拉著髮小的手氣急敗壞，「關海望，你怎麼自甘墮落到這種地步！好歹是堂堂鎮南大將軍啊！這種粗活還用得著你？那老傢伙呢？」

「還在睡，他累著了。」蘇揚的手勁大，倒是真把關山盡給拉停下來，他也沒掙扎，對幾個僕役交代東西怎麼收拾後，由著髮小將他拉進馬車裡。

「瞧你一身臭汗，把我這金絲猴毯子都弄髒了。」蘇揚叨叨個不停，順手斟了一杯茶遞過去，更嫌棄地問：「你到底發個什麼瘋？為什麼來這破地方過年呢？」

「我高興。」啜了口茶，關山盡眼中帶笑，下意識往那棟小屋子瞥了眼。裡頭的人應當睡得很好，外頭這些聲音半點都沒驚擾到他。

「哼，那你想過魯先生會不高興嗎？」蘇揚啐了口，曲起一隻腿，把手肘靠在膝上，握著自己的下顎，一副風流不羈的模樣，看得關山盡直笑。

「魯先生怎麼會不高興？這件事他是知道的，我做決定後，頭一個就跟他說了，老師要我好好過個年、散散心。」

當時對魯先生提起這件事，多少有些試探的意味，他知道魯先生開春就大婚，雖能體諒魯先生的想法，但實在心頭酸澀，忍不住想給他添點堵。

「還散心呢。」蘇揚一撇唇不以為然，「滿月都忙得胖了吧？」提起這圓潤的老同鄉，蘇揚狐狸似的眼裡流洩些微惡意。

「那可不是你該管的事。」關山盡淺笑回應，他向來不喜蘇揚對滿月的敵意，畢竟親疏有別，滿月對他來說還是特別親近的。

咋舌，蘇揚自不會挑戰他。不提滿月也成，他本就不為這圓墩而來。

兩人間靜默了好片刻，蘇揚才又開口：「你說說，究竟對魯先生，你是什麼章程？」

「初十前我就會回去，必定替他將大婚事宜操辦得妥妥貼貼。」關山盡一眼也沒看蘇揚，垂著眼逕自喝茶。

「你就捨得？別說你不知道樂大德那老傢伙心裡的小九九。」實在看不過去，蘇揚這人就愛美人，他即使看魯先生不上眼，也比破屋裡的老鵪鶉好。與關山盡站在一塊，完全就是一顆白菜被鵪鶉給啄了。

面對質問，關山盡沒有回應，還掂起一塊玫瑰松子酥吃。

「你別逼我罵娘啊！」

淡然瞥了齜牙咧嘴的髮小一眼，關山盡帶笑道：「你想罵你娘我也不好阻攔，至多替你遮掩一二，不同蘇伯母提起你這不孝子就是了。」

呸，這都說得什麼話？蘇揚即使氣得牙癢癢，但也拿關山盡毫無辦法，誰想拿自己的脖子試沉鳶劍呢？

「倒是有件事我要問你。」關山盡語氣一變。

蘇揚撩起眼皮睨了他眼，「你問，但我不一定回答。」

「清城縣這些流言，是你放的？」倒沒與他多磨唧，關山盡劈頭就問。

「是又怎麼著？」蘇揚也沒否認，勾起唇角笑得像隻狐狸，「你想替老傢伙闢謠嗎？我醜話說前頭，那些流言說的可都是事實，半點加油添醋也無，魯先生難道不是你心尖尖上的人？」

至於傳到後來是否被誇張了，那可不是自己這個源頭需要負責的，不是嗎？

得到答案，關山盡微蹙眉，玉雕般的手指一下一下地撥弄矮几上的茶杯，把杯子推得四處亂滾，看得蘇揚心煩。

「怎麼？」

「是誰讓你傳這些閒話的？」關山盡瞥了髮小一眼，夾著森冷的冰霜，饒是對他性格捉摸頗透的蘇揚，都禁不住打個寒顫，只能強撐著臉色不變，卻錯開了他的視線。

「我就看那老東西不順眼，怎麼？還不許我膈應他？」

「你膈應的只有他？」關山盡卻是笑了。

咔啦一聲，被他滾來滾去的茶杯，瞬間被捏得粉碎。蘇揚眉頭一皺，低聲罵了句粗話。

「蘇揚，我們相識也有二十來年，你什麼人我心裡會不清楚？同樣的，我為人如何，你心中也該有點譜才是。」輕輕拍掉手上的碎渣子，關山盡整個人溫和儒雅，甚至帶著一點春風般的暖意，笑吟吟地看著髮小，「你看吳幸子不順眼我能明白，可你偏偏記掛著這讓你不順眼的醜傢伙，那就不尋常了。照你一貫的處世態度，吳幸子對你來說就是一粒塵埃，吹口氣的時間就忘得一乾二淨，哪裡來的閒情膈應他？」

「你想問什麼，爽快地問了。」蘇揚也是聰明人，面對關山盡最好的方式就是不打迷糊仗，這傢伙冷血起來毫無人性，也就對魯先生傻了。

「是滿月要你傳的，還是……華舒？」

「你自己心裡知道。」蘇揚聽到華舒的名字便笑了，他拍拍曲起的膝蓋，笑不可遏，「你竟真說出這個名字來。」

相對於蘇揚笑得差點打嗝，關山盡就面無表情了。他心裡自然有猜測，昨日聽到的流言太過真實，指示性又強烈，他總擔心吳幸子聽見了會察覺自己的私心。要是老傢伙會傷心難過也便罷，可他總覺得這老東西恐怕會樂開花，安安心心地用他的鯤鵬，等著失寵的那一天。

心裡莫名一股子悶氣沒處撒，這才沒忍住問了蘇揚。

問完後他心裡沒能舒坦點，反倒更加鬱結。他知道，若消息是滿月放的，不會這麼粗糙，而蘇揚更不會為滿月做這件事，就算是為了膈應吳幸子。然而若是華舒做的，蘇揚卻有可能為了解悶玩玩。

然而，華舒不過是魯先生身邊的僕從罷了，儘管私下小動作頻頻，但牽扯到洩漏將軍府內宅私事，重則會被杖斃，他有這滔天的膽子敢這樣做？關山盡自然不相信。

也就是說，這整件事……他揉了揉太陽穴，果斷決定不再細想。魯先生為人晴雲秋月、沅芷澧蘭他是知道的。

當年他從西北回京城，一直覺得自己宛若局外人，與京城的繁榮奢靡格格不入。畢竟從十二歲開始整整八年時間，他待在西北這苦寒荒蕪、彷彿被血染紅的地方，生與死的界線都模糊了。最慘的時候，他們甚至會將敵人的屍體帶回去當糧食。

他眼中的世界早已不若當年離開時那般純淨美好，像隻金絲籠裡的名貴雀鳥，無憂無慮、驕縱任性。平靜的日子讓他惶惶不安，儘管面上不顯，但他其實並未離開西北，魂魄早被拘在那匝地煙塵、厭人之肉的地方。

於是他很是放縱了一段時日，不只整天飲酒作樂，甚至還鬧了幾次事，將幾個朝堂要臣、京城名貴整得叫苦不迭。

那年燈節，他帶著小倌乘著畫舫沿河賞燈，不期然一抹雪白儒雅的身影落入眼中。顧不得身邊侍衛的驚叫，他追著那抹身影離去，最後在一株梅樹下，他找到仰著頭靜靜地欣賞馬騎燈的魯先生。

只一眼，天地彷彿都失去了顏色。

餘下的，只有那抹雪蓮般的白，又如朝露般剔透，一點一點滋潤了他這些日子來焦躁茫然的內心。

應是察覺了他的目光，魯先生轉過頭來，似乎很快就認出他來，唇角彎起一抹笑，輕輕喚了聲：「海望。」

直到此時，關山盡才有回到故鄉的感覺。

他不再是局外人、不再是那個睜開眼就要殺人的環境，空氣裡帶著柔和溫暖的氣味，而非混著風沙的血腥味。他是護國公世子，不是一把斬人的利刃。

對於軍旅生活，關山盡沒有任何不滿，他自知在本性上，唯有在那樣的環境下他如魚得水，然而即便剛毅冷酷如他，也需要喘口氣。

魯先生和他七歲與之初見時幾乎沒什麼改變，儒雅溫柔、光風霽月，猶如一抹純淨的月光，靜悄悄地灑在人心上，雖無陽光的熾熱明亮，卻是暗夜中的光明，那般溫柔、那般撫慰人心。

無論懷疑誰，關山盡都不會懷疑魯先生。

蘇揚又替他斟了杯茶，沒帶酒來實在失策。

默默將茶水一口喝乾，關山盡神情也恢復平常，似笑非笑看著蘇揚道：「下回再讓我知道你膈應吳幸子，就別怪我用沉鳶劍招呼你了。」

「你就這麼寶貝這老傢伙？」蘇揚簡直覺得天地要毀滅了，關山盡對一個玩物的關心，難道不會太多嗎？

「寶貝不寶貝那是我的事，可你知道我痛恨有人把爪子伸太長，碰了不該碰的東西，剁了也是應該。」說著，他拍拍蘇揚的肩，力道雖輕柔，卻把人拍得寒毛直豎、頭皮發麻，臉色都白了。

「你簡直就瘸了眼！」忿忿不平地罵了句，蘇揚也沒敢真的與關山盡硬著幹，說到底他雖不待見這醜八怪的吳師爺，可又怎麼會在意螻蟻的蹦躂？孰輕孰重他還是很清楚的。

就是沒料到關山盡真的上了心。

「我把你當好友時，眼睛就是瞎的。乖了，別吃這種小醋。」又拍拍蘇揚的肩，關山盡跳下馬車，他聽見臥室裡傳出動靜，自然無心再與髮小敘舊。

年貨已經卸完，也全放進屋子裡分門別類地整理好，就是有些該放睡房裡的什物還擺在外頭，得等吳幸子醒了才能收進去。

關山盡推開睡房的門，剛好看見吳幸子傻楞楞，一副還沒睡醒的模樣，裸著一雙白細的腿，坐在床沿邊上，盯著恰好停在窗外的馬車一角。

這軟綿綿的模樣，看得關山盡的心裡也一片柔軟，走上前將人摟在懷裡親了親。

「睡得好嗎？」

「啊？喔……」吳幸子眨眨眼，臉頰浮現一抹紅暈，有些害臊地點點頭，顯然是回想起昨夜的胡天胡地。

他身子仍泛著痠，後穴用得有些過度，總有種還含著什麼的感覺，隱約有些濕答答的讓他不大自在，又不敢伸手去抹。

「蘇揚送年貨來了，有一床新的被褥，你想現在鋪上呢？還是晚上睡前再鋪？」把人拉到腿上圈著，關山盡將下巴靠在吳幸子肩上，笑吟吟地問。

熱氣吹在敏感的耳際，吳幸子不由得縮起肩，耳朵整個紅透。

「待、待會兒就鋪吧……」他摀住耳朵，期期艾艾道：「你別摟著我，光天化日的，外頭還有人呢。」

吳師爺臉皮向來薄，與關山盡兩人獨處時他敢做很多事，可只要多了外人，他就慫得很。

「蘇揚等等就走了，別在意他。」關山盡哪裡捨得輕易把人鬆開，故意緊了緊胳膊，還咬了那紅透的耳垂一口。見懷裡的人幾乎都要縮成一團球了，忍不住低低笑起來。

「來，別理會蘇揚，咱們得先順一順這年怎麼過。明天就是除夕，窗花春聯貼不貼？餃子包幾個好？你喜歡豬肉白菜餡兒的，還是白蘿蔔雞蛋餡兒？冬筍羊肉餡兒也不錯。」

「餃子？幹麼吃餃子？」吳幸子露出茫然的表情。

「過年不吃餃子嗎？」關山盡雖在馬面城待了五年多，但身邊的親兵、私兵都是北方人，過年一貫是吃餃子的。

「過年吃餃子嗎？」吳幸子眨著眼，「我過年吃的是湯圓，還有發糕。」說著他舔舔唇，露出饞樣。

「那好，今年隨你。年菜該做些什麼你教我，咱們一起做吧。」

那截粉色的小舌讓關山盡心頭一緊，沒忍住低下頭含住那截舌尖，綿綿密密地吻了好一會兒，直把懷裡人吻得喘不過氣，微微掙扎才不捨地鬆口。

埋怨地瞪了他一眼，吳幸子才曲著手點算起年菜。說真的這時間有點太急，所幸他也不要求羅列滿前，有一大鍋湯圓、幾個發糕、煎條魚、燜隻烤雞、炒個長年菜似乎也夠了。

就是祭祖比較趕，今天得去上墳才行。

所幸關山盡做事穩帖，已經先讓蘇揚備好簡單牲禮祭品，香燭紙錢樣樣不少。

兩人抵著腦袋商量流程如何，免得浪費時間。

一刻鐘後，總算將事情都排定了，關山盡拍拍吳幸子的肉臀笑道：「還不快梳洗穿衣，要是又把我給看硬了，這年咱們就躺在床上過也不錯。」

吳幸子聞言抽了口氣，滿臉通紅地從他腿上跳下，用憤憤不平的小眼神瞟關山盡一眼，卻不敢多說什麼。

備好了祭品及香燭，關山盡替吳幸子裹了大襖子，一手提了東西、一手牽了人，神色自若道：

「走吧。」

「喔。」心裡總覺得哪裡不對勁，可吳幸子依然帶著關山盡往後山走。

約莫走了半個多時辰，來到一處山坳。大冬天的山坳裡倒是比外頭要暖和，地上鋪著一片芒草，一塊一塊的小土丘在芒草中若隱若現，多數都有人祭掃過，才沒淹沒在芒草中。

吳家的祖墳不遠有一棵蒼天老樹，老樹左近有塊不大不小的空地，那塊地倒特別，長的不是芒草，而是一片絨絨的翠綠短草，關山盡隨意瞥了眼，便從簍子裡拿出鐮刀，開始割草。

「你看到那塊地了嗎？」吳幸子語氣竟有些雀躍，讓關山盡心生好奇。

「看到了。那塊地有什麼特別嗎？」關山盡動作迅速又俐落，問話的同時已經割掉大半的芒草，露出半個土丘。

「那是我以後要躺的地方。」語調無比嚮往。

關山盡一直知道吳幸子已經買好自己的墓地，他直起腰往那兒又看了眼，倒是一塊向陽地，視野也好。

「是個好地方。」話雖這麼說，他心裡卻有點澀澀的不是滋味，也說不上為什麼，只是覺得吳幸子這塊地躺一個人剛好，兩個人就嫌擠了。

「可不是嘛。」吳幸子依舊喜孜孜的，一邊將割下的芒草堆好，繼續說道：「這塊地很多人看上呢！」

「喔？那你是怎麼買到這塊地的？」

墳丘前的墓碑也清理出模樣了，木頭的碑已經看不大清楚上頭的字，短短的一個，上頭爬了不少青苔，莫名有種蕭索的感覺，看起來就像清城縣這個地方。

「這個嘛……」吳幸子揉揉鼻子，笑得有些靦腆，「我不是師爺嘛！清城縣又小，土地買賣的文書都經由我整理，當年我看上這塊地後，就稍微……咳咳，假公濟私了一下。」

說白了沒什麼，像清城縣這樣的小地方，官用地的買賣也單純。

總的來說，上衙門填個買賣契約就好了，縣太爺一般也不浪費人力時間去調查這個、調查那個，便宜行事即可。要是有太多人看上同一塊地時，就看縣太爺心屬誰了。吳幸子多年懇懇切切地辦事，深受歷任縣太爺的信任，既然他想買這塊地，縣太爺大筆一揮就允了。

「我這後門走得值得。」一輩子就謀這麼一次私，吳師爺心裡既有些忐忑，又有些得意，如今提起這件事，臉上依然泛著紅光。

「看不出吳師爺是這樣的人啊。」關山盡出口調侃，雖然老傢伙長得普通，可這小模樣怎麼看都順眼，要不是地點不適合，他都想拉人進懷裡搓揉一番。

「欸。」吳幸子從耳尖紅上脖子，低下頭有些慌張地開始擺放香燭祭品。

終於還是沒忍住，關山盡湊過去在他頰側蹭了下，把人嚇得縮起肩，又害羞又害怕，整個人毛躁得不行。

後來吳幸子就躲著關山盡，總跟他隔上一人多距離，直到燒完紙錢，收拾完祭品香燭，才肯靠近一些，卻還是不肯讓關山盡握他的手。

直到走出山坳後，吳幸子才一點點挪近關山盡，語帶抱怨：「在我爹娘祖先面前，你怎能這般猛浪？」

「哪般？」關山盡長臂一攬，把人摟進懷裡，「那就叫孟浪了？昨晚又叫什麼？」

這問題誰有臉回答呢！吳幸子滿臉通紅，急急地摀住他的嘴，左右張望了片刻確定沒遇見人，這才鬆口氣。

「噓！門裡的事別往外說啊！」雖然附近沒人，可祖先們還在身後呢！萬一說出來了，不聽得正著嗎？這讓他以後還怎麼做人啊！夜裡會不會被罰跪算盤？想著就毛骨悚然啊！

知道他臉皮薄，關山盡也沒多逗他，攬著他的肩往家裡走。

「對了，你怎麼說我呢？」祭祖的時候吳幸子看來挺誠心的，花了老長時間對著那塊木頭碑碎聲叨唸許久，關山盡若要聽自然是聽得清楚的，可人家祭祖他湊熱鬧已經很異乎尋常，再偷聽禱詞就真的說不過去。

可雖然沒偷聽，他心裡難免有些好奇，迫切想知道自己在吳幸子心裡究竟什麼位置？瞬間察覺到臂彎裡的人抖了抖，顯得有點不安，吳幸子的臉色都白了不少，挑起眼對他討好地嘿嘿一笑。

還真不能說！吳幸子掌心都冒汗了。

他祭祖向來快，畢竟祖墳裡其實只有衣冠跟幾個替代用的小木人，當年那場大水把爹娘捲得不見蹤影，祖墳也被破壞殆盡，水退了之後各家骨頭都混在一起，也多半找不齊全了。他那時候年紀小，在柳家幫忙下才用木人衣物代替，重新整理好祖墳。

也不知道他死了之後，萬一又來場大水，他跟祖先們該怎麼辦呢？

「怎麼不說話？」甚至臉色都不好了，似乎想起什麼傷心事，連嘴唇都略顯蒼白。關山盡有些心疼，伸手揉了揉他的唇，安慰道：「我沒有逼你說的意思，不想說就別說了。」

「嗯？」吳幸子眨眨眼，弄清楚關山盡的意思後，大大鬆了口氣。

畢竟他剛剛跟祖先們是這麼說的：『列祖列宗，不肖子孫帶露水鯤鵬來看你們了，還望祖宗們別見怪。來年，若有更好的鯤鵬，還望有機會一見。請保佑鯤鵬年年有今日、歲歲有今朝，金鎗總不倒。』

他那時候被關山盡蹭得心煩意亂，整個人胡言亂語的，如今回想起來有些發怵，也不知道祖先們聽到這段禱詞，會不會罰他多跪幾天算盤？唉，愁人。

大概祖先們真是被吳幸子的禱詞給氣壞了，兩人才到家門口，就遇見李大娘與柳大娘各自帶著老姊妹，在他家門前撕上了。

吳幸子都無法形容自己的心情有多震驚，他傻傻地看著柳大娘拿著掃帚揮舞，李大娘扛著畚箕抵擋，大牛他娘手上握著鍋鏟，柳大娘這邊還有人拿了兩根大蘿蔔像拿兩把刀似的。

這都怎麼回事？眼瞅就要過年了，怎麼就撕上了呢？

吳幸子下意識就要上前勸架，卻被關山盡拉住，遠遠地站在樹蔭下看戲。

「快放開我，鄉親們都吵起來了，真打傷人怎麼辦？」吳幸子心裡急，用力甩了幾次手，反而被抱得更牢，都快嵌進男人懷裡了。

「她們想吵就吵吧，你已經不是清城縣的師爺，過完年也要回馬面城，不需要惹一身腥。」關山盡早已經聽清兩方人馬在爭執什麼，他看著李大娘那群人冷笑。

雖然對這群愚昧村婦爛嚼舌根的行為厭惡至極，但堂堂鎮南大將軍不可能與女子爭執，他知道謠言來源是誰，回去馬面城自會處理。而粗鄙農婦，自有柳大娘會替吳幸子討公道，他不能讓這實心眼的老鵪鶉去壞事。

「我不是清城縣的師爺了？」吳幸子倒抽一口氣，這才想到自己無緣無故曠職近兩個月，也不知給衙門裡添了多少麻煩，心裡更是空落落得有些慌張，好像腳突然踩不著地。

「你既然與我在馬面城，自然無法兼顧師爺的職責，黎緘已經找著人了，你不用太掛心。」

怎麼可能不掛心？吳幸子越想越慌，他一直以為自己會是井裡那隻開心的青蛙，誰知一眨眼被撈出井，那口井還轉眼乾涸，他想回都回不去了。

「可是……我也不能一輩子待在馬面城啊？我的墓地還在這裡呢……」等他與關山盡露水緣盡，回到清城縣後又該怎麼辦？他還想繼續蒐集鯤鵬呢！看來得種莊稼了，雖然累了些，但他還有九兩多棺材本，儘管以後可能買不起杉木棺材，但挑個四五兩的柏木棺材也可以。盤算著，吳幸子又恢復心情，他現在有鯤鵬萬事足，人生總能柳暗花明又一籠子鯤鵬對吧！

這頭吳幸子還在盤算他的鯤鵬，那頭柳大娘與李大娘已經扔了手裡的掃帚畚箕，袖子一撩徒手打起來了。

關山盡看得津津有味，柳大娘顯然比李大娘能打多了，別看人生得瘦小，力氣還真不小，一巴掌搧得李大娘左頰高腫，狼狽地跌在地上。

「哼！讓妳說！讓妳說！」柳大娘還不解氣，撲在李大娘身上又劈劈啪啪連續三個巴掌，把李大娘的臉打得跟麵龜一樣，又紅又腫還發燙。

「賤人！」大牛他娘看老姊妹吃虧，尖叫著撲上來。

這下可好，明天就要除夕了，原本歡歡喜喜、熱熱鬧鬧，這會兒亂成一片，七八個大娘都挽袖子打上了，那兩根蘿蔔接連幾次揮在方家嬸子臉上，最後各自斷成兩截，也把人打得暈頭轉向，倒在地上尖利地哭喊。

「柳大娘倒很厲害。」關山盡從供品裡摸出果乾餵給吳幸子，自己也摸了把瓜子嗑。

這可不？柳大娘、李大娘各自帶了三人，這眼下李大娘那邊除了大牛他娘還在頑強抵抗，另外兩個人都被打成兩只麵龜。眼看一場混亂就要在柳大娘全勝的狀況下結束時，李大娘突然尖叫：「吳幸子！」

「呃……」吳幸子正在咬果乾，這一嚇就噎著，用力咳了起來。

李大娘也不知道哪兒來的力氣，連滾帶爬連柳大娘都拉不住，猛撲到吳幸子跟前，兩手一伸揪住他的衣襟嘶聲尖叫：「你說！你說！你用了什麼妖術迷倒了神仙公子？禿毛雞還以為自己是鳳凰嗎？憑什麼？憑什麼？」

「咳咳咳……呃……」果乾跑進吳幸子氣管，他咳得連話都說不出來，臉都憋紅了。

「放手。」哪能讓他在自己眼前被欺負？關山盡伸手一格，直接將李大娘雙腕給扭了，慘叫著往後跌了幾步遠，一屁股坐倒在地，鼻涕眼淚糊了滿臉，既畏懼又討好地看著關山盡乾嚎。

「神仙公子！您醒醒啊！吳幸子用了妖術迷了您的眼！老身說的都是實話啊！」

「呸！」柳大娘幾步追上來，蒙頭蓋臉用掃帚又是一頓打，邊打邊罵：「妳就是眼紅！誰不知道妳看幸子早就不順眼了！哼！禿毛雞講的是妳家的漢子吧！不過識得幾個字就想取代幸子當師爺？誰給妳的臉？蛤！誰給妳的臉！」

李大娘被打得躲不開，手腕又扭了更是痛得她殺豬般慘叫，方家嬸子與大牛他娘已經消停許多，是人都得審時度勢不是？先不管吳幸子是不是用了妖術，那神仙公子剛露的那手可見不是個善茬啊！

那些大娘們嗟呼些什麼關山盡聽而不聞，他只擔心吳幸子嗆壞了，伸手輕柔地拍他後背，解下腰間的竹筒小口小口餵他喝水，好不容易才將果乾咳出來，眼眶鼻頭都是紅的，看得關山盡心軟，摟著人又安慰了幾句。

「柳大娘！柳大娘！快別打了。」可吳幸子一門心思都在幾個大娘身上，掛著嗆出來的淚花，慌張對柳大娘揮手試圖阻止她。

「幸子你別怕！大娘有分寸，李家的皮粗肉厚打不壞，不好好教訓一頓，她的嘴上永遠不把門！」柳大娘簡直像個女將軍，儘管大打出手後氣息微亂，但比起李大娘的狼狽，她整個人精神得都能發光了。

「大娘，那個……」吳幸子又搓手又揉鼻子，也不知道怎麼勸才好。他心裡清楚，今天的混亂肯定是昨天聽到的那個傳言惹出來的，柳大娘都是為了他才動手。他心裡感動，又怕大娘攤上官司，他現在不是師爺了，可沒辦法替柳大娘保駕護航，這可怎麼好？

還想再勸，關山盡卻摀住他的嘴，「你讓柳大娘解解氣，黎緘那裡有我。」

呃……吳幸子看著笑吟吟的關山盡，感嘆衙門這扇後門，恐怕開得有城門那麼大了……

又是一陣子雞飛狗跳，李大娘不敢再哭嚎，柳大娘這才停下手中的掃帚，颯爽地抹去額上的汗，拄著掃帚像拿著長槍似的，「妳以後再胡說幸子壞話，我聽見一次打一次！」

李大娘怨恨地瞪了柳大娘一眼，接著看了吳幸子與關山盡親密依偎的模樣一眼，氣紅了眼，但她現在已經沒膽子再多嚼舌根，哼哼唧唧地在方家孀子的攙扶下站起來，不甘心地領著老姊妹們離開。

確定敵人退走，柳大娘得意洋洋地拍拍裙上的灰塵，朝關山盡睨了眼道：「看到沒有，老身雖然是一介婦人，當幸子的靠山還是可以的。你們好好過日子，要是傷了幸子的心，老身也不會放過你！」

這豪氣干雲的一番話，關山盡倒也佩服，點點頭應下。

心滿意足的柳大娘與老姊妹們又同吳幸子寬慰了幾句，便挺著胸，歡歡喜喜地各自回家。

家門前還有些撕打後的痕跡，吳幸子怔怔地盯著那幾處看了半晌，噗哧笑了。

「怎麼這麼開心？」關山盡緊了緊懷裡的人，看著那紅通通的肉鼻，有些嘴癢便低頭啃了口。

「嗳，別咬。」吳幸子害臊地躲開，拉著關山盡走回家，「就是覺得，這個年，似乎還挺不壞的。」

大娘們打架這個小插曲沒有捲起太多風浪，原本吳幸子與關山盡當眾卿卿我我就被不少人看了去，早就傳遍半個清城縣，也就只有李大娘那一掛人仍執意認定吳幸子會妖術。

然而吳幸子本就對蜚短流長不上心，柳大娘又替他出了那麼一大口氣，自然就把這事兒給揭過了。

眼下更緊要的，是包湯圓。以往只有一個人，怕麻煩也怕吃不完，他通常只準備鹹湯圓。可今年多了關山盡，吳幸子心血來潮多準備了芝麻松子餡兒的甜湯圓。

肉是上好的豬腹肉，油花分布均勻，肌理滑膩鮮嫩，先用酒及薑片去腥後，細細剁碎調味，最後與切碎的芹菜、炒香的紅蔥頭攪拌做成餡料。

關山盡動作俐落，手藝又好，一顆顆鮮肉湯圓都飽滿圓潤，看得人嘴饞。

吳幸子則包起甜湯圓，為了區分甜鹹便在上頭點一個紅點，更顯得喜氣洋洋。

兩人四手很快就包完，合計竟將近六十顆。

吳幸子有些犯愁，他家的湯圓個頭可不小，也不知吃不吃得完。

可他也沒什麼時間多想，還許多事要做呢。貼窗花、貼春聯、換新的床褥什麼的，也不知怎麼那麼多事要做，以前他一個人過年可簡單了，年三十再處理這些雜事都來得及呢！

忙碌中時間過得就快，關山盡承攬了幾乎所有廚房裡的工作，除夕當天吳幸子就煮了鍋鹹湯圓而已，這還是因為關山盡不知道怎麼調味，不得已才讓他進廚房。

第九章 鯤鵬榜引來的血案

「瞧什麼呢？」關山盡想把吳幸子手上的酒杯拿走。

「我知道你是誰了！」

「喔？我是誰？」關山盡笑睨他。

吳幸子滾進關山盡懷裡，得意回答：

「你是鯤鵬……嗝呃……成了精！嗝！」

關山盡無奈道：「你醉了，明日再同你算帳！」

當年夜飯都上桌後，兩人分別梳洗一番，換上新衣裳，齊齊吃將起來。

不得不說，關山盡手藝真好，竟然還做了一道菊花魚，外脆內軟、酸香甜中帶些微辣，像洪水中開了朵小花，鮮美得讓人恨不得連自己的舌頭都吞了。

「要陪我小酌兩杯嗎？」關山盡知道吳幸子不能喝酒，但心想難得過年，小酌一番也無傷大雅，所以讓蘇揚準備了味甜清淡的青梅酒，是才釀了兩年的薄酒，連小孩兒都灌不倒。

「喝啊喝啊。」酒才一開封，吳幸子就嗅到清凜芬芳的酒香，他不擅飲酒卻喜歡飲酒的氣氛，忙不迭點頭答應。

酒果然是好酒，青梅的味道微酸，入口卻甜美甘凜。吳幸子捧著酒杯小口小口啜，兩人都沒怎麼談天，氣氛很是溫馨親暱。

關山盡吃得不算多，他更喜歡拿吳幸子心滿意足大啖美食的模樣下酒，就這樣吃吃喝喝，吳幸子終於掃光了桌上的菜，酒杯也空了。

「再來一杯嗎？」關山盡隨口一問，他想吳幸子應當會拒絕，畢竟那老傢伙臉上已經泛紅，兩眼洗過似地發亮，唇邊掛著一抹有些傻的笑。

「好。」哪知道吳幸子開開心心地拿著酒杯伸向他，等著第二杯酒。

這模樣太乖巧、太無害，導致關山盡一時不察，真替他倒了第二杯酒，這杯酒喝得就快了。吳幸子縮回手三兩口就喝得杯底朝天，打了聲嗝後，暈乎乎地笑得更傻。

「吳幸子？」關山盡眼看有些不妙，便伸手搖了搖他的肩。

不搖不打緊，這一搖吳幸子人就往後倒，關山盡大驚連忙將人抄進懷裡，東倒西歪的老傢伙瞇著眼瞧他，眼神前所未有的認真。

「瞧得什麼呢？」嘆口氣，關山盡想把他手上的酒杯拿走，奈何他緊抓不放，還探出舌尖在杯口舔啊舔的，似乎在回味甘醇的滋味。

「我……我認得你。」這句話一出口，關山盡就知道吳幸子醉倒了，心裡倍感無奈，他可還記得喝醉的吳幸子有多愛說話呢。

「剛巧，我也認得你。」同醉鬼多說都是白搭，吳幸子酒醒後也不會記得任何事，關山盡索性順著他的話應付了。

「是嗎？」吳幸子把臉湊近關山盡，盯著看了好一會兒，才紅著臉讚嘆：「你長得真好看。」

「我也這麼覺得。」關山盡輕聲笑了，上回長歌樓醉酒，吳幸子也說了好幾次他好看，這老東西自己生得普通，卻很愛看美人。

「嗯……你是誰呢？」醉得歪歪倒倒的吳幸子動作卻比平時都大膽。

他伸手捧住關山盡的臉龐，幾乎把鼻子都蹭上英挺的鼻尖了。關山盡任由他，稍微用手護住免得他把自己給摔了。

「貼這麼近，看得清楚嗎？」

「可以……可以……」吳幸子打了個酒嗝，翕動著鼻翼嗅關山盡身上的味道，接著露出恍然大悟的表情，「我知道你是誰了！」

「喔？我是誰？」關山盡笑睨他，因為酒氣，比平時要更增添惑人的氣息，紅唇宛如點絳，卻不顯得女氣或陰柔，只讓人想湊上去嘗嘗。

著迷地盯著那張水潤的唇瓣，吳幸子滾進關山盡懷裡，得意回答：「你是鯤鵬……嗝呃……成了精！嗝！」

何方妖孽！

關山盡這下也不知道自己是好氣或是好笑，他搓了吳幸子臉頰一把，無奈道：「你醉了，明日再同你算帳！」

就知道不能讓吳幸子碰酒，本想小酌一番也圖個喜慶，誰知，吳幸子還是沒能撐過第二杯，瞧瞧他說了什麼？鯤鵬精？

他要是鯤鵬精，頭一個就把這暈乎乎的老鵪鶉連皮帶骨吞了！省得給他置氣。

偏偏這老傢伙醉得雲裡霧裡，在他懷裡滾來滾去，啃啃他的嘴、啃啃他的頸子，一邊叫著好甜好甜，大有抱著他腦袋啃到天荒地老的意思。

這麼能折騰，今晚還睡嗎？

突然，吳幸子消停下來，乖巧地窩在他懷中用亮晶晶的眸子盯著他直瞧。

「又瞧什麼了？」關山盡無奈問道。

「我給你看我的寶貝。」吳幸子叼著酒杯含糊地笑道，一臉神祕又得意，「你可別告訴其他人啊，特別是那個……那個……蘭陵王。」蘭陵王？誰？關山盡心裡鬱悶，但還是點頭應了。

當然，喝醉酒的吳幸子並不在意關山盡究竟是否真心想看，他朦朦朧朧地覺得眼前的人與自己很親近，是一起祭祖的關係了，忍不住就想把寶貝炫耀給他看。

「你跟我來啊。」吳幸子試了幾次想起身，但他手腳都是軟的，反倒像隻撲騰的烏龜，怎樣都翻不過身。

嘆口氣，關山盡把人打橫抱起，「來，你指路，我帶你去。」他從不知道自己的耐性脾氣能好到這種地步。

「好好好，嗳，你這隻鯤鵬精真不錯，我能把你留下來嗎？」乖順地把腦袋依偎在關山盡胸膛上，這麼問時語氣帶了些渴望，卻一眼都沒看關山盡。

不答，他顛了顛懷裡的人提醒他別忘了正事，然後就在吳幸子的指引下進了睡房，打開櫃子，拿出收得細細緻緻的藤箱，連人一起放在床上。

看得出吳幸子非常寶貝這藤箱，竟還仔細地擦過手才打開箱子，一股淡淡的驅蟲草藥味飄散出來，頭一個被拿出來的也確實是個香囊，關山盡在床沿坐下，可以看到藤箱裡似乎是一疊畫了東西的圖紙。

心裡莫名湧起不祥的預感，他張嘴想勸吳幸子停下，但對方的動作快了一步，得意又謹慎地將那疊圖紙拿出來，獻寶似地對他招手，「來來，你瞧。這些都是你的兄弟。」

兄弟？他是獨子，哪裡來的兄弟？

待他看清楚所謂「兄弟」是什麼後，直接氣笑了。

好你個老東西，說你悶著騷，還真是騷得不要臉了啊！

「這就是你的寶貝？」那一張張都是男根圖，關山盡也玩過飛鴿交友，自然知道這些圖都怎麼來的！

究竟這歪風從誰開始？關山盡咬牙，他千防萬防，卻只顧著防止吳幸子寄自己的男根圖，忘了這種圖可是一來一往的，他沒往外寄，不代表別人不會寄給他！瞧瞧這一疊，好歹也有個四、五十張！

興許是酒喝多了，氣血翻湧起來，喉間微微一甜，似乎都快氣吐血了。

偏偏吳幸子丁點沒察覺他的不對勁，寶貝地翻著一張張男根圖介紹起來：「我啊，一共蒐集了五十來張鯤鵬圖呢！你瞧，這十張是我最喜歡的，你想他們會不會也成精了啊？」

「不會。」怎麼能會？關山盡銀牙緊咬，桃花眼都染紅了，簡直像隻要暴起傷人的大豹子。

誰敢成精，就別怪他出劍斬妖！

「不會啊……真可惜。」吳幸子看著關山盡漂亮的臉龐，輕輕嘆口氣，但那雙眼依然亮得很，

「我能親親你嗎？你真好看，又香……」

「不能。」冷笑拒絕，在男根圖的環伺下，關山盡才不願意讓吳幸子得逞。

「唉，那我能舔舔你嗎？」退而求其次，吳幸子看著鯤鵬精那雙玉石雕就般的優美雙手，不由得舔舔唇，明明才吃飽，又覺得餓了。

「不能。」色心色膽都不小啊，老鵪鶉你可以！他獰笑指著「兄弟」們問：「你不是要介紹我的兄弟讓我認識嗎？說說都是誰吧！」他早晚一個個揪出來尋他們晦氣！

一提到鯤鵬圖，吳幸子眼神更亮，那小心翼翼的模樣讓關山盡氣得心肝脾肺腎哪兒都疼，卻又得忍著脾氣，好多了解了解那群「寶貝」的來處，才能順藤摸瓜找到人。

「欸，你瞧你瞧，這十張是我喜歡的，你在裡頭的時候沒跟他們說過話嗎？」吳幸子舉起的是特意用油紙包起來的圖。

怎麼說？他還是今天才知道吳幸子喜歡的並不是《鯤鵬誌》，而是一張張寄來的鯤鵬圖！

「油紙包裡悶，不好說話。」

「很悶嗎？」驚呼一聲，吳幸子連忙解開油紙包，一疊聲地道歉：「唉呀，是我想岔了，悶壞你們了。」

「嗯。」盯著那解開的油紙包，關山盡突然覺得眼前一片血紅。好！他總算知道吳幸子為什麼在性事上那般開放，敢情這老傢伙原本就對粗壯的男根特別上心嗎？瞧瞧這十張鯤鵬圖，無一不是又粗又長，幾乎都要填滿畫紙，沉甸甸的彷彿都能感受到熱氣。

「這張啊，是我第一次看到上頭有疙瘩的，你說，為何有些人長痲子，鯤鵬也長痲子呢？蹭起來是不是也癢絲絲的？」這是第二張圖，鯤鵬沒特別巨大沉重，就是看起來猙獰得很，青筋嶙峋還有入珠，吳幸子輕輕地撫過入珠突起的部分，臉蛋紅通通的。

「難看。」關山盡嫌棄得緊，他喜歡的是細白秀氣的物什，像吳幸子的就很好。

「這玩意兒中看不中用，硬不久的男人才長麻子。」撇撇唇，他手癢捏了吳幸子臉頰一把，「繼續。」

「是嗎？唉，我都不知道這種事，還是得問你這鯤鵬精才清楚。」吳幸子略顯失望地將麻臉鯤鵬放下，指著下一張說：「那你瞧，這向右歪的呢？我一直想，這麼粗壯又歪脖子，磨蹭進去是不是很舒服？」

「粗壯是夠粗壯的，但這歪法戳不到癢處，正所謂船過水無痕，大抵是這種感覺。」關山盡可勁地詆毀其他鯤鵬，見一張批評一張，吳幸子偷偷看了他好幾眼，也不知道是埋怨還是單純愛看他的臉。

就這樣一口氣看到第九張圖，這會兒關山盡抿著唇不說話了。

吳幸子對這張鯤鵬的態度與先前是不同的，甚至還拿起圖自以為不著痕跡地在關山盡臉側比劃了下，肯定在想是不是這隻鯤鵬化了精。真他媽欠肏！

「像嗎？」他沉著聲問，手指動了動，忍著沒把人直接推倒辦了，畢竟還有一張鯤鵬榜首呢！可惜他因為氣急，沒注意看那最後一張鯤鵬圖，與自己的大兄弟有多像。

「嗯……」吳幸子瞇起眼，很是認真地來回比對了幾次，最後搖搖頭，「不像。我記得他是一個讀書人，斯文儒雅的，我很喜歡他的臉，所以頭一次寄信就寄給他了。唉，真是隻好鯤鵬啊！你想他燙不燙？是什麼味道？會不會戳進我肚子裡？」

「他不敢。」關山盡用兩指夾住畫紙一角，一點點往自己扯過來。先前幾張鯤鵬讓他氣得胸口疼沒錯，但只有這張讓他感受到威脅。吳幸子顯然是非常喜歡這隻鯤鵬的，甚至連鯤鵬主人什麼樣兒都記得。

這老東西！怎麼就能騷成這樣？這每張圖上都有薰香與驅蟲草藥的氣味，可除此之外隱隱約約地還有一個他熟悉的味道……吳幸子騷水的氣味。

關山盡幾乎都要爆粗口了，這老傢伙原來還不只看春宮圖，敢情他自瀆時用的都是這一張張來自某個男人的男根圖！

必須得毀掉！

「噯，你別搶我鯤鵬呀！」吳幸子抓著不放手，關山盡自然也不會放棄，僵持片刻眼看鯤鵬快斷成兩截了，還是吳幸子心疼先鬆手，眼巴巴看著自己心愛的鯤鵬圖落入鯤鵬精手中，當著自己的面被絞成碎片，難過得眼中都泛淚了。

「這、這可是一文錢啊……」

瞟他眼，關山盡從腰間荷包裡摸出一文錢扔過去，「還你了。」

笨手笨腳地接住銅板，吳幸子眨眨眼，愣愣地回了句多謝。

「最後一張呢？」關山盡把牙咬得嘎嘎響，他打定主意，吳幸子拿起來他就要搶過來，一樣撕碎了省得礙眼。

「最後一張啊……」吳幸子突然嚥了嚥口水，帶著酒氣飛紅的臉上，染上些許心醉神迷，「噯，這張可好看了。」

這張圖紙顯然比其他都長了些，上頭勾勒的形狀粗長得幾乎能破紙而出，前端微微裂開的鈴口沾了些水光，簡直像冒著熱氣的實物，關山盡幾乎能肯定吳幸子多想啜一口。

正想動手搶，可這形狀看著有點熟悉，關山盡不由得又細看一眼，突然靈光乍現。敢情，這鯤鵬榜首竟然是自己的陽物嗎？

「算你有眼光。」心裡還是鬱悶得緊，可又隱隱參雜了得意。他將其他鯤鵬圖一股腦塞回藤箱裡，直接動手解開褲頭，掏出還沒完全硬起的肉莖，對著吳幸子搖了搖，「瞧瞧，我是什麼樣的鯤鵬精。」

這一看，吳幸子的眼睛就黏著動不了，咕嘟嚥了口唾沫，整個人好像又燙了幾分、紅了幾分，不住地舔著自己的唇。

「是……原來是你成了精……」將手上的鯤鵬圖小心翼翼地收回藤箱，擺好香囊、闔上蓋子，往床下一收，手指輕顫地探向那隻鯤中蘭陵王，卻不敢輕易摸下去。「唉，我才知道，原來鯤鵬要是有蘭陵王，肯定就是你這樣的。」

原來蘭陵王指的還是他，關山盡噗哧笑了，這老東西總能踩著他心裡的柔軟處。

「過來。」他低柔地命令道，聲音彷彿帶著不知名的酥麻，傳入耳中直上腦髓，吳幸子激靈了下，粗喘了起來。

吳幸子挪啊挪地朝鯤鵬精靠去，白檀混著橙花的香味鑽入子鼻子裡，比甘甜的青梅酒還中人欲醉……

「今晚可別哭厥了，嗯？」

那纏綿多情的語尾，吳幸子似乎渾身都沒了力氣，軟綿綿地倒進鯤鵬精懷裡，大腿就壓在那現在已經硬起來的大鯤鵬上，燙得他渾身麻癢。

「欸……」

剝乾淨一個醉鬼是很容易的，特別當這個醉鬼不老實的時候。關山盡三兩下剝光了吳幸子後，便下床脫起自己的衣服。

吳幸子著迷地盯著關山盡的動作，臥室內的燭火搖晃了幾下，明明暗暗的在他身上錯落著陰影，白皙肌膚暈著一層柔軟的淺光，肌肉稜角分明、精實虯結、暗藏力量，是個經過千錘百鍊的身軀，好看得不得了。

就是這樣瞧著，吳幸子就呼吸急促，不住地舔自己的唇，喉嚨發乾。

「你總是喜歡對吧？」關山盡笑睨他，褪下了褲子後赤裸著回到床上，底下大鯤鵬已然蓄勢待發，前端微微滲著清液。

咕嘟一聲，吳幸子嚥口唾沫，目眩神迷地投懷送抱，哆嗦著手撫摸那隻鯤鵬精，果然又燙又硬，彷彿烙鐵一般，火苗參雜著麻癢，鑽入骨血只往上竄入腦髓，他整個腰都是軟的。

「想舔？」

「想……」他摸了又摸，滿臉渴求，「能嗎？」

「舔吧。」下顎被搔了搔，酥麻又舒服，吳幸子控制不住地呻吟。

「今晚可得耐著點啊。」手指擦過臉頰，撫過眉尾，最後按在後腦上，把人往自己的肉莖壓。

嘴唇觸碰上冒著熱氣的龜頭，略帶腥味的清液從唇縫滲入嘴裡，有些鹹、有些苦，吳幸子動了動舌尖，他喜歡極了這個味道，張嘴含住堅硬的大龜頭，小口小口地吸著，舌尖在上頭的縫隙舔來舔去。

他的動作依然帶點生澀，卻很大膽，軟軟的舌往下順著冠狀部位舔了一圈，接著不怕死地張大嘴，一點點把兒臂粗的肉莖含進嘴裡。

「嗯……」耳中傳入男人低沉的悶哼，吳幸子只覺得自己被這勾人的聲音給叫得酥軟，討好也帶點私心地直接吞到嗓子眼，嗆得自己連連乾咳才不得不停下。

「這麼急？」關山盡刮刮他鼓起的臉頰，桃花眼在燭火下彷彿帶著星辰。

欸，真好看啊！雖說是鯤鵬精，但好歹是精怪，果然就是賞心悅目。

更不說那舉手投足之間的風情，吳幸子自己都硬了，下意識扭著屁股蹭床。

那又浪又騷的模樣，看得關山盡心中火熱，被裹在小嘴裡的肉莖又大了一圈，撐得吳幸子舌頭都動不了，嘴角隱隱像是要撐裂般有些發白。即使如此他還是不怕死地往裡吞，直到喉嚨鼓起一塊，眼淚糊了滿臉，不斷地乾嘔。

男人太過粗大，他幾乎要喘不過氣，顫巍巍地扶著關山盡的大腿邊搖著屁股邊往後吐出些許，肉莖被舔得光滑黏膩，更顯得猙獰滾燙。

等嘴裡只剩下龜頭時，吳幸子又垂下腦子往喉嚨吞，這樣一來一回幾次，關山盡的動作也粗暴起來，抓著他後腦的頭髮狠狠往下按，自顧自操了起來。

才幾下，吳幸子都要翻白眼了，喉嚨彷彿成了一個肉套子，專門套關山盡的大肉棒，脖子上不斷鼓起陰莖的形狀又抽出去，舌頭動都動不了，任由雞蛋大的龜頭輾壓摩擦。

他嗚嗚地哭起來，卻又抓緊那雙有力的大腿，配合著擺動腦袋。突然，吳幸子整個人猛抽了幾下，竟然是射了。

關山盡連忙把肉莖抽出來，吳幸子軟綿綿地倒在他腿上，可憐兮兮地乾咳，臉整張臉都是紅的，唾液混著男人的清液，絲絲縷縷地往外流，與大龜頭間還牽著一條銀絲。

「老是這麼不禁撩可不行。」關山盡目光微暗，用肉莖拍拍他通紅的臉頰，誘惑道：「想不想試點不一樣的？嗯？」

在床上吳幸子幾乎不可能說不，也沒怎麼拒絕過，輕易就把自己給賣了，乖巧地眨眨眼，嘶啞地回了聲好。

「乖了。」俯身在他耳側親了親，關山盡抽掉束髮的髮帶，絲滑柔順的黑髮披散下來，少了一抹冷漠、多了許多柔軟與惑人的嫵媚，看得吳幸子張著嘴忘了呼吸，眼神都直了。

關山盡當著他眼前扯了扯髮帶，似乎很滿意結實度，接著便纏上吳幸子剛射完軟綿綿的肉莖，一圈一圈地盤纏，最後在根部打了結。

「做什麼？」醉酒與高潮後的疲倦，讓吳幸子呆愣愣地，他心裡隱隱約約感到大事不妙，卻失了拒絕的先機。

「愉悅的事情。」那抹笑半掩在長髮間，吳幸子霎時就沒有任何疑問。

關山盡接著抱起老鵪鶉摁在自己腿上，長指在後穴裡捅了捅，已經習慣性事，加上剛剛高潮，小小的菊穴毫無障礙地就吞下兩根指頭，在戳上那塊突起後，吳幸子發出長長的甜膩呻吟，細腰緊繃，肉臀卻得趣地搖擺，腸肉貪婪地吸吮著指頭，恨不得再吞深些。

「真騷。」啃了一口他肉肉的鼻尖，關山盡手上動得靈活，一時在菊穴中進進出出，一時抵著敏感處用堅硬的指甲刮搔，或揉捏或按壓，直把吳幸子玩得淫水直噴，前邊的小肉莖一抖一抖地硬了起來，眼看就要射了，卻偏偏被髮帶捆得緊緊的，怎麼也射不出來。

「你、你解開……解開……」他難受地伸手要去扯，卻被關山盡眼明手快地撥開，用空著的手扣住他雙腕，死死地按在腰後。

「痛……」

「忍忍，你不是想試點不一樣的嗎？」說著，指尖狠狠往那塊突起按下去。

「啊——」吳幸子哭叫，身子在關山盡懷裡不斷抽搐，肉臀直往上頂，卻什麼也射不出來，那種無法滿足的快感流竄在身子裡隱隱泛疼，他可憐地抽著鼻子哀求：「你解開……求你、求你……」

回應他的卻是關山盡抽出手指，將肉莖底上他鬆軟的菊穴，直接幹到底，龜頭就這樣戳上陽心，大有一口氣頂進肚子裡的意思。

「唔呃……」吳幸子仰起纖細的頸子，小巧的喉結滾動著，他看起來想求饒，卻什麼話也說不出口。而這位置恰恰好讓關山盡一低頭就能咬住他的喉結，動情的男人自然張口就咬，把那塊小小的突起啜出青紫的印子。

接下來是一陣狂風暴雨似的操幹，吳幸子的手被鎖在腰後，維持不住平衡，被男人頂得東倒西歪，每次狠狠肏入都會啪地一聲頂起他的肉臀，退開時汁水嘩嘩往外流，他被頂著陽心幹，粗大的肉棒又總會擦過敏感處，不多時就把他整個腸子都操腫了。

大肉棒半點不因這彆扭的位置而收斂分毫，飛快地在騷浪得沒邊的菊穴裡抽插，肏得吳幸子又哭又叫，被綑住的小肉莖不斷硬起又頹然地萎掉，非但沒能舒緩體內過多的快感，反而層層疊加，直到他全身都麻癢痠痛起來，腦子裡除了射出來外，什麼也無法思考。

「求你……求你……」他哭得打嗝，胡亂地叨念著自己都聽不清楚的細語，接著又是一聲拔高的尖叫，肚皮被戳起一塊。

吳幸子張著嘴，半吐著舌尖，唾液從嘴角滑落，身軀無法控制地不斷痙攣，他說不清自己到底是什麼感覺，只覺得再射不出來他說不定就要死去。

然而關山盡依然沒放過他，鬆開對他雙手的箝制後，捧起他的肉臀，幹得益發猛烈，肏得腸肉痙攣噴水，新鋪的床褥濕了大半。

「啊——啊啊啊——」老鵪鶉扯著頭髮狂顛了似地浪叫，失神的雙眼也不知看著哪裡，又猛烈地顫慄起來。

他真覺得自己會死在床上，但很快連這個念頭都無法停留在他腦子裡，眼前所見是一片亮白，彷彿被推上一個山峰後又越過另一個山峰，永遠有更高的頂峰，而他被催促著不斷攀爬。

他哭著叫著求著，雙眼翻白，硬生生在沒射的狀況下高潮，他完全被肏開、肏熟、肏得忘乎所以，扣著他猛幹的男人動作更加凶狠，一次次戳進他肚子裡，最後射出滾燙的濁液時，一把扯開髮帶。

「嗚嗯……」瘋狂的快感席捲而至，超過吳幸子能承受的範圍。他兩眼翻白抽搐著，小肉莖淅淅瀝瀝地尿了，到最後也沒射出來。

摟著他粗喘片刻，關山盡將人翻在床上，從背後覆蓋上去，剛射的肉棒還很硬，在痙攣的肉穴裡轉了一圈，讓吳幸子哭著又尿了。他扣著布滿自己指印的細腰，一點點往裡頂進去，一手則抓著吳幸子的手共同按在肚子上，感受漸漸突起的肚皮。

「難得成精了，別浪費。」他笑道。

吳幸子壓根聽不懂他的話，只會搖著腦袋哭泣。

小肉莖被搓揉幾下，才硬起來就被拖入另一個狂暴的性事裡，被肏得射了又射，直到雙球可憐兮兮癟著，連尿都射不出來，也沒能被放過。

除夕夜，守歲是理所應當的。

從大年初一起，接連五天吳幸子都沒能下床。

別說走春了，他連招呼一下來拜年的柳大娘、安生及幾個交好的街坊都辦不到。

關山盡直接把人擋在門口，三兩句話將人打發回去，而他則在睡房裡睡得昏天暗地，好不容易醒過神，就被摁在床上猛肏。

用關山盡的話來說，是要幫他長長記性，可吳幸子只覺得自己的腦子都要被肏壞了，老腰更是生受不住，直不起來。

他真是怕了鎮南大將軍的體力，一邊被肏得痙攣顫抖，一邊哭哭啼啼地道歉：「我錯了……我錯了……你饒了我吧！饒了我吧！」

「說說你錯在那兒？」關山盡好整以暇地捻他的小肉莖，因為射過頭縮成小小一團，可憐兮兮地都快被搓掉一層皮了。

抽抽鼻子，吳幸子還真不知道自己究竟做錯了什麼。他就記得除夕那晚喝多了，第二杯酒下去後啥也不記得。

待他醒來時，腰痠腿軟渾身骨頭都是痛的，關山盡一如以往將他弄得舒舒服服，就坐在床邊看書等他醒。

注意到他醒了，關山盡輕柔道：「前不久，柳大娘一家來拜年，我請他們回去了。」

「欸？怎麼不叫醒我？」吳幸子大驚，想從床上起身，卻發現自己一根手指頭都動不了，「咦？這這這，怎麼回事？」他莫不是癱瘓了吧？

「嗯？沒啥，昨晚稍稍過頭了些。」放下書，關山盡輕柔地撫了撫他的臉頰問：「餓了嗎？我熬了粥，吃點？」

「吃吃吃。」

肚皮果然空虛不已，吳幸子這才發現窗外天色已經昏黃，他幾乎睡掉半個年初一。

酒色誤人啊！吳幸子偷偷瞟著關山盡，他一身絳色長衫，因為在內室並未綰髻，只是粗粗將絲緞似的髮攏成一束垂在腦後，那張過分嫵媚的臉龐柔和了線條，原本的凌厲張揚淡去不少，更添一抹柔情似水的儒雅。

如此風情，還是頭一回見到，吳幸子看得臉紅，不知不覺被餵完一碗粥。

那粥是啥味道，吳幸子真想不起來了。關山盡一連三大碗粥餵下去後，便脫衣上床，瞇著桃花眼對他笑，「吃飽了？有力氣了？」

「呃……」一股寒顫從腳底直竄上腦門，吳幸子不敢輕易回話，討好地回以微笑。

「看來是好了。」關山盡撫身啃了啃他的唇，啞聲道：「既然你喜歡鯤鵬，本將軍就成全你一番心願吧。」

啊？啊！吳幸子還沒能弄懂這句話的意思，就被抬起腰，劈劈啪啪地狠肏，直操得天地色變、日月無光，哭得嗓子都倒了，肚子被射得滿滿當當，簡直像懷上了似的，關山盡還刻意揉他肚子，弄得吳幸子在床上抽搐得像剛離水的魚，三魂七魄飛了大半。

這還只是第一天呢！之後的每一天他基本就是這麼過的，保暖即淫慾，連思一思的機會都沒有。眼看這都初六了，吳幸子剛被肏完，半暈半醒地趴在床上，關山盡倒是神清氣爽，打了水正替他擦身子。

等弄乾淨床上圓潤了一圈的老鵪鶉，關山盡滿意地拍拍那似乎又被揉大了點的肉臀，心口上的鬱悶終於徹底淡去。相信不管他那一整箱的「兄弟」如何蹦躂，總歸不如他這隻成精的。

被拍得嗚嗚呻吟兩聲，吳幸子眼皮都快撐不開，卻還是可憐地討饒：「我錯了……你饒了我……」

「饒了你可以，等你醒來咱們再好好聊聊。」在他頰側吻了口，關山盡也將自己弄得清爽了，上床摟著人睡去。

吳幸子又緩了兩日才真正的清醒。他一早醒來，身邊的人已經不見，被子裡塞著兩個湯婆子免他著涼。關山盡向來會照顧人，細緻貼心，又不讓人覺得過度黏膩。

屋子裡飄散著兩人身上的殘香，隱隱還混著魚湯的香氣。吳幸子抽抽鼻子，揉揉肚子，慢吞吞地披衣下床，腳踩實地的瞬間，他莫名有種恍若隔世之感。

大概是在床上躺太久，吳幸子一開始撐不起身子，腳總是軟的。

試了幾次，終於顫巍巍地起身，第一件事不是梳洗更衣，而是搖搖晃晃地走去他收藏鯤鵬圖的櫃子前，打開櫃子拿出藤箱，想趁機檢查裡頭的香囊，也許還有機會能換上一換呢？

「嗯？怎麼有些不對？」打開藤箱後，吳幸子難得地皺起眉，神情嚴肅。他謹慎地拿出香囊，位置擺得不大對，竟直接壓在鯤鵬圖正上方，這樣的擺法圖紙可能會染上香囊的顏色，所以他向來是貼著藤箱邊緣放香囊。

莫非是關山盡整理屋子時移動過了？猜測著，他心疼地拿起寶貝鯤鵬圖，一張張檢查有沒有弄髒，所幸目之所及，大夥兒完好無缺。

才剛鬆了一口氣，吳幸子復又倒抽一口氣，瞠大了眼盯著裡頭的油紙包，臉色都蒼白了幾分。那裡頭，是他最心愛的十張鯤鵬圖，包含了關山盡的。

油紙的包法那可是極有講究，首先油紙得抹平整，一丁點疙瘩都不能有，免得嗑著裡頭的鯤鵬。接著折線得像尺畫的，才不會委屈了鯤鵬們。最後，那封口的部分得朝上，並向內封折，切不可壓在鯤鵬圖下，這樣放久了，圖紙也會變得凹凸不平，鯤鵬就無法金槍不倒了。

可如今，他眼前的油紙是包得很整齊沒錯，封口卻是朝下的，還沒細想這油紙包翻身是怎麼回事，吳幸子就心疼不已地連忙將之取出來，細細緻緻地重新包了一回，才安心地吐了口氣，打算檢查一下鯤鵬榜有沒有其他閃失。

「你可以啊，才能下床，就奔著你的寶貝去了？」關山盡的聲音輕柔帶笑，吳幸子卻嚇得渾身寒毛都豎起來了。

「呃……這這這……是我爹留下來的書。」吳幸子連忙將油紙包一放，往櫃子裡一推，回頭討好地對關大美人笑道：「我我向來……都習慣在除夕時邊守歲，邊讀我爹留下的書，今年喝醉了沒看，心裡總有點掛念。」

「嗯？」關山盡挽起雙手，瞇著眼笑睨他，「接著編，我聽著。」

這還怎麼編！吳幸子都蔫了。

「你……你怎麼知道的？」吳幸子本來就不擅說謊，又被抓個現行的，蒼白著臉轉眼就認了。他心裡知道自己這箱寶貝今天凶多吉少，那個心痛啊！

「這說來話長，你要不要先喝碗魚湯緩緩？」

濃郁的香氣從打開的房門傳入，吳幸子不爭氣地肚子敲鑼打鼓起來，他也饞得要死，不停嚥口水。關山盡自然都看在眼裡。

「好好好。」忙不迭點頭，吳幸子關上櫃子，走到關山盡身邊，「我們把那鍋湯全喝了吧！」拖得一時是一時啊！

好笑地盯著他藏不住表情的臉，關山盡沒忍住低頭親了一口，「要喝多少就喝多少，前幾天累著你了，多補補身。」

提起前幾天吳幸子整個人就紅了，「噯，我腰還疼著呢，你今兒……可別又……」

「放心，再兩天要回馬面城了，我姑且放過你的腰。」長臂一伸攬人上桌，除了魚湯外還有幾樣清淡的小菜，及幾顆白胖的饅頭。

吳性子連連吞口水，顧不得招呼關山盡，埋頭吃將起來。連續幾日吃的都是粥，儘管變著花樣，味道也好，但到底比不上扎扎實實的飯菜有感。

魚湯是雪白的，上頭點綴了些許青蔥，看起來可口得緊。

啜一口鮮甜濃郁，簡直像直接喝魚。碗底是燙得鮮嫩的魚片，舌頭一壓就散了，混著魚湯滑進胃中，身子都暖和起來。

一頓飯吃得吳幸子眉開眼笑，差不多都忘了已被關山盡發現鯤鵬圖這個茬了。

見他吃飽，關山盡收了桌子，細細抹乾淨，才對吳幸子道：「來，咱們好好聊聊你那箱子寶貝吧，都拿出來。」

「呃……」吳幸子揉揉鼻子，背脊挺得老直，簡直像根棍子佇在椅子上。

「那其實也沒啥，就、就……飛鴿交友的回信罷了。」

「我知道。」關山盡坐在他對面，長指輕輕敲著桌面，「吳幸子，你不拿，那我可拿了。想清楚，那些東西到我手上，會如何？」這是赤裸裸的威脅啊！

吳幸子臉色一白，生無可戀地迅速瞟了關山盡一眼，垮下肩垂頭喪氣道：「我、我這就去拿，你可、你可千萬別、別……」傷了我的寶貝啊！

「去吧。」看吳幸子蕭瑟的背影，關山盡忍著笑提醒了句：「別藏私啊，你每一張圖都讓我看過了，少了一張我就撕一張陪它，嗯？」

那纖瘦的背脊猛地一顫，顯然是被這凶殘的言詞給嚇壞了，也可能是心思被看透的畏怯，總之老鵪鶉縮成小小一坨，步履不穩地走進睡房搗鼓了一陣，才抱著藤箱走出來，滿臉壯烈。

把藤箱擺上桌時，吳幸子眼中隱約泛淚。

「都、都在這兒了。」他思索許久，最後還是藏起了關山盡的鯤鵬。

他哪有臉皮在鯤鵬主人面前品圖呢？這自然也代表，有一張無辜的鯤鵬要慘遭鎮南大將軍的毒手……吳幸子心疼得要命，卻也只能安慰自己：世上鯤鵬何其多？能折在鎮南大將軍手中，也是上輩子修來的福氣啊！

關山盡哪能看不懂吳幸子臉上的表情？肯定是把自己的鯤鵬圖給藏起來了。

「都在這兒了？」他刻意多問一聲，就看吳幸子猛地顫了顫，連嘴唇都泛白，這模樣他看了心疼，壞心眼就歇了不少。伸手將人拉進懷裡搓揉一回，關山盡才拍著老傢伙的後腰，一張一張翻看那些鯤鵬圖。

要說，鯤鵬社的畫師技巧確實好，每張圖都栩栩如生，比起燭光下的朦朧，近午的日光將鯤鵬圖上的細節一絲不漏地都照出來。

確實各有春秋、燕瘦環肥啊。

「你喜歡這些人？」翻完那四十張芸芸眾生，關山盡把手伸向十缺二的八方如來。

「這……」

吳幸子心弦一緊，眼巴巴地看著關山盡玉石般的手挑開油紙包，腦子裡都是空白的。

「嗯？」關山盡捏捏他的腰，「喜歡？不喜歡？」

「喜……喜歡吧？」

這是個反問，關山盡噗嗤笑出來，霎時如春暖花開，吳幸子看得眼都直了。

「喜不喜歡你自己不知道？」實在可愛，關山盡在他唇角吻了吻，「那這幾張特別包在油紙中，肯定是上心了？」

「這是這是……」吳幸子一不小心就被套出了心裡話，他連忙摀住嘴，卻為時已晚。他不知道早在除夕那晚，他就把自己給賣得透透的，這會兒嚇得猛眨眼，直盯著關山盡翻看鯤鵬的手。

「哼。」存心嚇唬他，這老傢伙不好好敲打一番，肯定賊心不死。於是關山盡拿起麻臉鯤鵬，在吳幸子眼前晃了晃，「你原來喜歡這種醜東西？」

「呃……就是、就是……好奇……」吳幸子垂下眼謹小慎微地回應，他哪敢說這十張鯤鵬是他漫漫長夜，無數次想過要用用看的呢？不過至少，蘭陵王他是用到了。

「好奇，嗯？」關山盡冷笑，他還記得除夕夜裡吳幸子說的話呢！這老傢伙何止好奇，要是有實物擺在眼前，肯定都撲上去用了，騷浪得很。

心裡厭煩，這麻子臉怎麼看怎麼討厭，關山盡索性不裝了，當著吳幸子的面把麻臉鯤鵬絞碎。

「啊啊——」吳幸子抖著身子倒抽口氣，還沒從鯤鵬被碎屍萬段的驚嚇中回神，掌心就被塞入了一文錢。

「蛤？」他茫然地看向關山盡，腦子還是懵的。

「一張鯤鵬一文錢不是？」見吳幸子傻傻地點頭，關山盡展顏一笑，「那我可繼續啦？」

繼續啥？啥繼續？吳幸子瞪著眼，摀著心口，在混亂中看著關山盡又拿出一張鯤鵬圖，照樣撕碎。

「啊啊啊——」掌心又進了一文錢。他盯著那文錢，頭都發暈了，欲哭無淚地顫抖道：「別、別撕了！」

「兩文錢？」又撕一張。

「不不不……」吳幸子連連搖頭。

「五文？」再折損一張。

「求求你住手……」吳幸子心疼得眼眶都紅了。

「十文？」眼看關山盡又要撕，吳幸子撲上去，掌心裡的銅板撒了一地。

他心疼得全身都在抖，顧不得害怕，緊緊地抱著關山盡的手，一疊聲哀求：「這就是紙畫的，你何必較真呢？何必呢？饒了它們吧！」

「都是紙畫的，你又何必較真呢？撕了又如何？」關山盡用他的話堵回去，噎得吳幸子一時說不出話，眼淚終於滾了出來。

「怎麼就哭上了？」

「我、我……」也不知道。吳幸子哭得傷心，趴在關山盡的手臂上，眼淚鼻涕口水糊得亂七八糟，壓抑的哭聲從喉嚨裡發出來，有些嘶啞。

他也知道這些都只是畫而已，飛鴿交友重要的不是這些鯤鵬圖。但，這些畫對他來說就是無比重要，在沒人陪伴的時候，這些鯤鵬圖陪著他，以後關山盡走了，還是這些圖陪著他，年年月月、暮暮朝朝，只要收藏得好，就能陪他一輩子。

他原本打算，四十生辰就自戕的，是這些鯤鵬圖緩了他的絕望。無欲無求是他的天性，可不代表他耐得住這二十來年的寂寞……他真的很寂寞

「我不撕了……是我過分了。」嘆口氣，關山盡將鯤鵬圖收回藤箱中，專心致意地安撫懷裡的人，那一聲聲細弱低啞的哭泣，像針一樣扎在他心口。這樣的哭聲他只在戰場上聽過，那些絕望的將士們，想念家鄉想念家人時，也會這樣低聲啜泣。

「是我錯了，別哭。」將吳幸子的臉壓進懷裡，關山盡難得感到後悔。

吳幸子依然哭泣著，沒有撕心裂肺的吶喊，也沒有憤世嫉俗的怨懟，他只是安安靜靜地哭著，苦澀的淚水沾濕了關山盡胸前的衣裳。

吳幸子哭得傷心，關山盡不知該怎麼哄。他這輩子就沒哄過誰，魯先生為人內斂，從沒在他面前暴露過多情緒。他又懂得寵人照顧人，過往的情人唯一一次哭的時候，往往是他離開之時，無論多傷心，那些眼淚都無法在他心上掀起任何漣漪。

但吳幸子不一樣，胸口被哭濕的地方燙得像團火，燒得他心疼、內疚又鬱悶。既生氣幾張死物在吳幸子心中的地位遠超他這個大活人，又後悔自己不該衝動行事。

他以為老傢伙性子軟，又無欲無求的模樣，也許損失幾張鯤鵬圖會失落一陣子，但不至於太難過才是，誰知他卻猜錯了。

「別哭了……是我過分了……」他翻來覆去念著這句安慰道歉，吳幸子卻不理他，雖不再哭出聲音，淚水卻沒停。

「你放開我。」嘶啞的哭腔悶悶地從懷裡傳來，關山盡一僵本想拒絕，但略一遲疑，他悻悻然鬆了手。

獲得自由，吳幸子立刻遠遠躲開，偏著頭用袖子抹去臉上亂糟糟的眼淚，除了鼻頭眼尾泛紅外，氣色顯得很是蒼白憔悴。

「初十……我不同你回馬面城了。」

「嗯？」關山盡臉色一黑，藏在袖中的手狠狠捏成拳，可擔心又嚇著老傢伙，他努力地克制面上神色，表情如同冰雕般冷肅。

「我不去馬面城了。」吳幸子喘口氣，聲音還有些哭過頭的嘶啞，「我要留在家裡，外頭的世界我看過了，夠了。」

「你的黃瓜怎麼辦？」關山盡莫名這麼問。

吳幸子聞言微愣，傻傻地看向他，還在抽噎的氣息岔了下，吹出一大顆鼻涕泡，他霎時羞得滿臉通紅，好不容易攢積起來的硬氣瞬間消失，慌亂地抬起袖子遮臉。

關山盡倒是起身端了一盆水回來，擰了棉巾遞給他擦臉。

「多謝多謝……」吳幸子接過棉巾，心裡埋怨自己不爭氣，可又有些暗暗的甜蜜，真是太沒用了。

吳幸子！想想你無辜殞命的鯤鵬！

視線落在桌上被撕碎的圖紙上，他立刻振作起來，奮力憋出一臉嚴肅，仔仔細細把臉抹乾淨，確定不會再吹鼻涕泡子，才看著關山盡胸口被自己哭濕的痕跡道：「我說過了，我就想當一隻井底之蛙。黃瓜薄荷、桂花會看著，等收成了你可以拿去吃，很甜的。」

「不需要給你送幾根來？」關山盡的語氣前所未有的溫和。

吳幸子眨眨眼，差點沒控制住嘴角，深吸幾口氣才維持住表情。

「嗯，送兩根來就好。」別說，他還真有些掛念那幾株黃瓜，有沒有生蟲哪？長得壯實嗎？差不多該開花了吧？

「就兩根？」

「五根也行啊，我一個人吃不了多少。」還能送兩根給柳大娘嚐嚐。

見他的心思被黃瓜帶偏，關山盡趁機幾大步上前，把人再次撈回自己懷裡扣緊，用下顎磨蹭他髮頂，示弱地柔聲道：「可我想你一塊兒回馬面城，這件事是我霸道了，你別生我的氣好嗎？」

這、這……吳幸子本就性子軟心也軟。

關山盡這樣一示弱，他的脾氣也蔫掉了，搓著鼻子不知如何回話才好。

「還氣我？」沒得到回應，關山盡心裡有些急，伸手捏著他的下顎抬起來，眉頭微蹙，「那些鯤鵬圖對你就這麼重要？」心中的愧疚被酸澀取代，彷彿有塊大石頭壓在胸口，他都鬧不懂自己為何這麼鬱悶。

「你……你還撕鯤鵬圖嗎？」吳幸子不敢輕易回答，要是他肯定了，該不會整箱鯤鵬都慘遭毒手吧？

還真他媽上心！關山盡眼前一黑，鬆開懷裡的人，雙手緊捏成拳，粗喘了好一陣子才緩過氣來，舌根泛著腥甜的味道，被他硬吞回肚子裡。

這老傢伙是上天派來磨練他的不成？想他堂堂鎮南大將軍，戰場上的修羅鬼將，沉鳶劍到處血流成河、屍橫遍野，敵人遠遠看到他的身影就嚇得肝膽俱裂、丟兵棄甲落荒而逃。即便朝堂之上，也無人敢掠他鋒芒，皇帝老兒見了他都得溫言細語。

偏偏這老傢伙硬生生氣得他吐血，這讓他臉面何在？

雙目赤紅地瞪著桌上那些鯤鵬圖，他恨恨咬牙，在吳幸子的驚叫聲中將那些圖一股腦兒塞回藤箱中，連撕碎的都一併塞入。

「我們上鵝城。」關山盡半垂頭，擋住猙獰的臉色，「穿暖些，我去牽馬來。」語罷頭也不回飛身離去。

被留下的吳幸子滿臉茫然，愣了好一會兒才上前收拾好自己的寶貝，找個荷包將碎紙細細收好，差點又掉眼淚了。他的鯤鵬榜，只剩不到一半，也不知那些鯤鵬主人還交不交友啊？第二回寄信大概也不會再回鯤鵬圖給他了吧。

也不知道關山盡帶他去鵝城要做什麼，該不會要找染翠晦氣吧？這一想，吳幸子更加緊張，隨意套好衣服，才出屋子就看到關山盡騎在逐星上的挺拔身影。

相較於他裹得跟饅頭似的臃腫，關山盡一身輕裝，合身的衣物襯得他修長如竹，神色冷淡宛如謫仙，見到他後唇角微微彎起，似笑非笑帶了些淡淡的愁緒，吳幸子立刻忘了自己想說啥。

「來。」關山盡朝他伸手，吳幸子握住後就被拉上馬背。動作輕柔，一點沒讓他難受。

「你、你怎麼突然要去鵝城？」背靠在男人溫熱厚實的懷抱中，吳幸子才終於找回一點冷靜，連忙詢問。

「帶你去鯤鵬社找人。別再開口了。」關山盡用斗篷罩住吳幸子臉面，一夾馬肚絕塵而去。

一時辰後兩人到達鵝城，牽著馬直接前往鯤鵬社的骨董鋪子。大概是過年的關係，鋪子裡有些冷清，布置得卻很喜氣，大廳裡玩賞的骨董換了一批，倒是那個眼熟的夥計還在，看到兩人同時出現，依然神色如常地迎了上來。

「歡迎兩位客人，請問想看點什麼？」

「染翠在不在？」關山盡也不拐彎抹角，摟著人就往裡頭走。

「大掌櫃還沒起，請關公子先留步！」夥計急忙追上來，卻也不知道怎麼阻攔關山盡，被拆掉大半的後院可是過年前才全部修好，他就算用肉身阻擋大概也只會被一腳踩過而已。

「去叫他，就說生意來了。」關山盡熟門熟路地往染翠接待吳幸子的那座涼亭走去，語調平和卻依然嚇得夥計直聳肩，搓著手在他身邊繞來繞去。

「你、你別對大掌櫃亂來啊！」吳幸子心裡也急，但他被攬在關山盡懷中帶著往前走，只剩嘴巴能勸解：「大掌櫃跟鯤鵬圖一點關係也沒有，你、你要是不喜歡，我回頭就都扔了，好不好？回馬面城，我弄黃瓜給你吃，可甜了！」

「回去時黃瓜就長好了嗎？」關山盡冷哼，他心裡悶得發痛，也不願意向吳幸子多解釋什麼，幾乎是提著人往前走。

「這……也許還要再兩個月也難講，冬天黃瓜不好長，開春後就長得快了。」

「哼。」提到開春關山盡更是煩躁，魯先生開春就大婚，這老傢伙還這麼不讓人省心。

很快來到涼亭，亭子周圍罩上布簾，裡頭似乎燒了小火盆，染翠赫然坐在亭子裡。但他顯然不是刻意等著他們，就是恰巧在這兒喝茶。

簾子一掀，染翠受驚地抬起頭，在看清楚來人是誰後，起身皮笑肉不笑地冷聲拱拱手，「原來是將軍大人，不知蒞臨小店有何指教？」

「我想看看最新的《鯤鵬誌》。」關山盡語氣僵硬，動作卻很溫柔，先抹了抹椅子才讓吳幸子坐下，「方便的話，也跟大掌櫃借用紙筆。」

想看《鯤鵬誌》？染翠蹙眉，他看了一眼惶惶不安的吳幸子，想起兩個月前吃的喜餅，下意識揉了揉胃。

關山盡向來對《鯤鵬誌》沒興趣，而這種脾氣的男人染翠熟得很，壓根不可能允許自己看上眼的人看上其他人事物，發起狠來會做什麼事都難說，這會兒竟主動要看《鯤鵬誌》？這是想藉《鯤鵬誌》折磨誰？

心裡各種揣測，染翠依然擺手讓夥計去取《鯤鵬誌》及文房四寶，換上溫和的笑臉對吳幸子拜年。

「吳師爺很久沒來了，近日好嗎？」他不動聲色地觀察自己的客人，那總是溫和澹然的師爺，現在有些驚惶不安，眼中帶了些血絲，像是哭出來的。

一凜，染翠不由思索著該怎麼將客人完完整整從鎮南大將軍的魔爪中救出來，回頭他一定要逼老闆禁絕關山盡繼續騷擾鯤鵬社的會員！

「哼，跳梁小丑。」關山盡看出染翠的心思，冷哼一聲啪地拍去石桌一角，斷面光滑整齊彷佛利刃削出，這可是張圓桌。

「將軍大人似乎不每回拆一兩樣小店的東西，就渾身難受是嗎？」染翠瞪了那塊桌角一眼，也並沒有膽怯，他什麼大風大浪沒見過？既然將軍愛拆房子，有本事把整間店給拆了啊！新年新氣象，他就當翻修屋子。

「你倒硬氣。」關山盡手指動了動，微弱的破空聲直向染翠肩頭。染翠來不及躲就被什麼給擊中，整條手臂及半個身子一陣痛麻，他幾乎維持不住表情，臉微微皺起。

「太硬了，小心折了。」關山盡冷哼。

「大掌櫃？您怎麼啦？」吳幸子自然不知道關山盡做了什麼，起身就想扶彎下腰的染翠一把，卻被按在椅子上動彈不得。

「你……你做什麼了？」吳幸子又不傻，立刻就明白染翠痛苦的模樣，肯定是關山盡的手筆，他心裡實在生氣，又對染翠滿懷歉意，冷冷地哼了聲別過頭，不想再看關山盡。

就算是泥菩薩還有三分土性，更何況吳幸子還是個人呢！就算脾氣再溫和，也難得冒了火氣。他就是不明白關山盡為何這麼做？撕了鯤鵬圖他哭過也就算了，染翠大掌櫃這麼好的人，卻被自己給拖累了，大過年的還攤上這檔子事，平白無故受了皮肉痛。

「我什麼也沒做，你都看到了不是？我一步也沒靠近染翠。」關山盡當然不會任由吳幸子跟自己置氣，放軟了身段摟著他安撫：「我帶你來鯤鵬社是想補償你，怎麼會又惹你生氣呢？嗯？不看看我？」

「真的？」吳幸子狐疑地回頭，「那染翠大掌櫃怎麼那麼痛苦？你還不讓我上去扶他？」

「也許大過年吃太雜又太油膩，所以胸口悶吧。你上去扶他，不是讓大夥兒都尷尬？」這睜眼說瞎話，染翠差點氣笑。

吳幸子顯然也不信，但又看不出破綻，便往染翠看去。

「多謝吳師爺關心，染翠很好。」他半邊身子還在發麻，更是氣得心口疼，但又能怎麼辦？形勢比人強，關山盡就算是個敗類，他的拳頭就是比所有人都硬，還有一把沉鳶劍呢！

「大掌櫃沒事就好……」吳幸子半信半疑，似乎還想問點什麼，最後依然閉上嘴，繼續歪著頭，不看關山盡那張讓他心醉神迷的臉。

所幸夥計回來得很快，一本《鯤鵬誌》擺在眼前，為了配合年節還用了喜氣的紅色封紙，《鯤鵬誌》三個字墨色裡甚至摻了金粉，這一不小心就俗氣的色彩卻搭配得宜，年味十足卻很精緻。

「喏，看看你那幾張鯤鵬的主人還在不在。」關山盡將《鯤鵬誌》塞進吳幸子手中，便動手磨起墨來。

吳幸子沒弄懂是什麼意思，捧著《鯤鵬誌》發愣。

「嗯？怎麼不翻？」那蠢透的模樣實在可愛，關山盡湊過去親了親他。

「你、你為什麼讓我找人？你不會想……」吳幸子搗著嘴，臉上滿是驚恐，「海望，不過就是鯤鵬圖而已，你千萬千萬別把人也撕了！我回去把那箱圖都燒掉好不好？」

染翠正喝茶呢，聞言噗一聲把茶給噴了。他是不是聽到什麼不該聽的祕密？就他所知，吳幸子確實寄過很多封信，但會員想多認識朋友他們自然不會阻止，如今聽來，敢情吳師爺把回信的男根圖都收藏起來了？

厭惡地瞪了染翠一眼，硯臺裡噴了茶水，關山盡招來夥計讓他換一個，冷笑道：「大掌櫃這個年看來過得太滋潤了，胸悶到連茶都喝不下了嗎？」

「怕沒有將軍大人滋潤，噴噴茶水沒什麼，吐血就不好了。」染翠嘴上哪裡饒得了人，吳幸子要真收藏了鯤鵬圖，關山盡肯定是發現了，肯定也鬧了一場，才會都快氣吐血了還得幫吳幸子重新蒐集一回鯤鵬圖。

這一刀懟得又狠又準，關山盡眉峰蹙得更緊，險些將沉鳶劍出鞘。

但他還是硬生生忍了，低頭安撫吳幸子：「胡說什麼，這才多大的事兒我怎麼會輕易對人動手？我是想，既然撕了你的鯤鵬圖，但就還你新的圖，用我的名義寄信，還能再收到一回圖是不？來，找找看人還在不在。」

這下吳幸子可感動壞了，他眼中含淚，一手抓著《鯤鵬誌》，一手扯著關山盡的袖口，抿著唇半天沒有開口，好不容易才輕聲道：「謝謝你。」

「別謝，是我的錯。不過……」關山盡握住他的手，桃花眼微瞇，神色嚴肅，「你得陪我回馬面城，那些鯤鵬圖一張都不能再增加了，明白嗎？」

吳幸子連連點頭，紅著臉笑開，「一定一定。」

看兩人三言兩語就和好了，染翠陰著臉坐在一邊喝茶。

唉，大過年的，眼睛疼。

最後除了鯤鵬榜榜眼，那張在除夕夜就慘遭大將軍毒手，偏偏吳師爺還醉得不記得這件事，於是順理成章被略過外，其他鯤鵬還真找到了主人。

關山盡沉著臉冷笑地瞟了染翠一眼，「都說《鯤鵬誌》情牽千里，必得良人，看來傳言都是做不得真的。」

「誰讓有些人不好好找良人，揣著繡花枕頭到處睡呢。」染翠刻意地大大嘆氣，看向臉色微紅，心情頗佳的吳幸子，意有所指道：「我看吳師爺就不是個喜歡繡花枕頭的，枕頭嘛，還是要樸素耐用的才好。」

「這是這是。」吳師爺家裡的枕頭都是自己親手做的，每年秋天換批新的稻殼什麼，軟硬適中又不怕髒，聞起來還香。

看吳幸子輕易就被套進去，關山盡心裡不悅，卻又無奈。匆匆寫好信，交代染翠寄往馬面城的分社，起身撈了人就走。

那動作快得染翠都來不及道別，他捂著胸口，抄起墨水未乾的筆，扔進火盆燒了。

雖說這枝筆是老闆送的，烏骨木狼毫筆，名家製作，筆身流暢，用得越久便會養得越好，這筆他養了七年，筆桿光滑細膩幾乎能反射人影，握起來重量適度，是他的愛用品之一。

不過既然關山盡用過了，染翠脾氣上來也不屑再用。

「可惜了一枝好筆……」他盯著火盆，又揉了揉胸口，都分不清是氣憤多一點還是心疼多一點。直到筆身完全被火焰吞沒，火舌猛得竄高，染翠用力捏起拳頭，把夥計叫來：「你即刻返京，替我傳話給老闆。」

「是。」夥計有些弄不明白，如果有事要報告，派人跑還不如寄信，他們鯤鵬社最不缺的就是信鴿了。

「告訴他，染翠大掌櫃這麼說：『我操你大爺！今天鯤鵬社有我就沒有關山盡，有關山盡就沒有我！你奶奶的站著說話不腰疼，老子折了兩個會員在關山盡那廝手裡，此等涼薄寡情之人，鯤鵬社要不起，你行你自己來！操你奶奶的，老子去馬面城了，不送。』」

染翠的聲音清亮悅耳，如鶯啼婉轉，平日說話斟字酌句，即使對下屬也溫和有禮，夥計跟在染翠身邊也有七年多了，別說粗口，就連難聽的字眼都沒聽過，畢竟染翠大掌櫃口舌伶俐，罵人從不帶髒字的。

儘管這一串粗口被他吟詩般唸出來，夥計愣了半天，才僵硬地掏掏耳朵，顫聲問道：「大、大掌櫃，阿恆適才沒聽清您要對老闆說啥……您沒真的講了什麼大爺跟奶奶吧？」

「我說了，你聽的沒錯。記得，一字不許多、一字不許少，完整給我帶給老闆，明白了？」

染翠自然也知道飛鴿傳書比較快，但問題那不解氣啊！他都能想像出老闆看到他滿紙粗話後毫不在意地朗聲大笑，對愛侶說「你瞧，染翠這孩子長大了，都會罵奶奶了」。光用想像他就氣得肝疼，要不是掛念吳幸子，他定要自己回京一趟罵人。

「把管事們都找來，送一封信去馬面城分社，就說我明日起身過去，讓他們準備好。」

這是要拋下鵝城分社轉戰馬面城的意思了？阿恆抹了抹汗，自然不會蠢到問大掌櫃這麼做的原因，肯定是為了膈應關大將軍，順便找時機在必要的時候撈出吳師爺吧！

唉，鯤鵬社也就大掌櫃對會員最盡心盡力，鯤鵬社能壯大到今天這個地步，還真都是染翠大掌櫃的功勞。

「可大掌櫃，馬面城是龍潭虎穴，您就不怕關大將軍使絆子嗎？」阿恆不免擔心，關山盡可是馬面城的土皇帝，動動手指就能神不知鬼不覺地捏死染翠大掌櫃，即便老闆有能力救，也鞭長莫及啊！

厭煩地咋舌，染翠咕噥：「我還怕他不使絆子呢！」

以關山盡那唯我獨尊的秉性，他現在可謂是眼中釘肉中刺，要真追過去了，不管出於什麼心思，關山盡都必定會敲打他一番，就怕那關大將軍滿腦子都是即將大婚的魯先生，而將吳幸子給晾在一旁不理不睬，那他可真得把人撈出來不可。

說來說去怪老闆，淨給他添麻煩。

「我說的話都記住了嗎？」染翠喝口茶緩緩氣，看著阿恆又交代一回：「切記，每個字都得原原本本地告訴老闆，他不會罰你的。」

老闆不會，但老闆的愛侶可能會啊！阿恆苦著臉，卻也只能點頭應下。手裡突然被塞進一塊玉珮，他直覺往染翠看去，就見大掌櫃擺擺手，「那是他送我的禮物，你傳話的時候就舉著這塊玉珮，絕對沒人會動你的。傳完話就到馬面城找我，一刻也別耽擱。」

「阿恆明白。」總算鬆了口氣，阿恆連忙將玉珮貼身收好，領命退下辦事。

話說這頭染翠安排好鵝城的事務後，便趕往馬面城去了。

而那頭，關山盡拉著吳幸子離開鯤鵬社後，並沒有直接回清城縣，而是帶老鵪鶉上了趟長歌樓用飯。

日夜宣淫了幾日，早上只吃了一頓就鬧了一場，依照吳幸子的食量，肯定又餓又累。事情總歸是解決了，便不急著回去，不如好好犒賞兩人。

自然，不是為了跟鯤鵬圖那種死物爭寵。

鯤鵬圖的事情既然已經放到檯面上，吳幸子就大方許多，眉開眼笑地多吃了兩碗飯，還多上了兩道菜、一道湯，直吃得肚腹溜圓才心滿意足地放下筷子，誠心誠意對關山盡道謝。

雖然他不願意多加揣測關山盡行動的真意，但保住鯤鵬圖，還能帶去馬面城，也足夠了。

第十章　宅門門外漢

「吳幸子。」關山盡喚了聲，
這名字滾過舌尖的時候，莫名有些甜意。
他也弄不懂自己的心意，
吳幸子在他心底有個未曾預料過的位置，
全然超出他的掌控，讓他第一回慌張起來。

吃飽喝足後，關山盡和吳幸子接著逛起市集，鵝城極為繁華，眼下已經在替燈節做準備，燈市這兩天也熱鬧起來，人來人往的有許多吃的、喝的、新奇好玩的東西。吳幸子從沒逛過燈市，小時候他爹為人嚴肅，喜靜不喜鬧，頂多在家裡點個花燈應景而已。成人後他孤家寡人，這家家團聚逛市集的日子，他總覺得尷尬，所幸阮囊也羞澀，正好歇了心思。

因為是頭一次，吳幸子看什麼都有趣，關山盡自然願意陪他從頭一攤逛到最後一攤，怕他被人潮給擠了，仗著身材高大將人牢牢護在臂彎間，渾然不將行人各種窺視的目光放眼裡。

逛著逛著，燈也一盞一盞點上。

鵝城的花燈不比京城的奢華精緻，卻很是細緻可愛，沿著燈市的那條大街，兩旁懸著各式各樣的燈，有宮燈、有走馬燈，圖案從花鳥、山水、八仙過海、招財進寶等等，不一而足。

「啊，你瞧！是八仙過海的走馬燈。」吳幸子驚呼，眉眼都帶著歡愉神采。

那盞走馬燈做得極為精緻，在一片相對樸素的燈海中，顯得鶴立雞群，高高地掛在一棵大樹下。這裡地處稍微偏遠，鬧中取靜，三三兩兩的行人多是成雙成對、姿態親密。

關山盡看著那盞燈，以及燈下的人，表情微微扭曲。

吳幸子今日恰好穿了一身白衣，冬衣有些臃腫，但他原本就體態清瘦，反倒顯得豐腴些，更加好看。那張帶笑的臉龐，平凡無奇，肉肉的鼻、肉肉的唇，人中太短，額頭太窄，一雙淡眉搭配圓滾滾的小眼睛，笑彎的時候可愛，發愣的時候就像隻傻呼呼的鵪鶉。

這樣的一張臉，哪裡都沒有半點魯先生皎若明月、宛若春華的麗色。

然而，當吳幸子一身白衣，站在樹下仰望著走馬燈時，關山盡卻恍若看到當年燈節上的魯先生身影。

淺淡溫雅、悠然自得。若魯先生是月光般的輕柔皎潔，吳幸子就是映照出月光的清澈溪流，他摘不到天上的月，卻能撈得起水中的倒影。於是他緊了緊手臂，將人牢牢按在懷裡。

「海望？」突然被摟緊，吳幸子老臉一紅，下意識伸手推拒。奈何氣力不足，關山盡又用了巧勁扣住他，掙得氣喘吁吁地也脫不出分毫，只能垂下頭藏住自己的臉，免得讓人看了笑話。

「怎麼？又害羞了？」關山盡低頭笑睨他，親暱地刮刮他鼻尖，又覺得不滿足，乾脆吻了一口，把老傢伙羞得臉色火紅，眼眶泛淚。

「不會有人注意咱們，大夥兒都在賞燈呢。」

「是嗎？」吳幸子悄悄抬起頭迅速往周圍看了幾眼，果然那些成雙成對的人們，要不就抬頭賞燈，要不就如同他與關山盡，躲在暗處親密摟抱著。

雖然依然害羞，但總算鬆了口氣。吳幸子任由關山盡搓揉，摟著將剩下的燈都看完，才依依不捨地離開燈市。

回到清城縣時，已過了戌時，原本想先上柳大娘家拜年，送個燈市買來的小禮物，可眼瞅這時間恐怕太晚，莊稼人起得早，這時候都差不多要準備歇息了。

想了想，吳幸子乾脆轉去安生家。清城縣整個過年時間都沒人做生意，只有最大的那個茶樓初十開業，市集攤販都要過上元節才開門迎客。這些日子安生是清閒的，衙門也要等上元過完才正式上工，去拜訪不會打擾了張捕頭。

既然決定，吳幸子就同關山盡說了，言下之意是要他先回家，免得安生跟張捕頭尷尬。

關山盡自然不肯，緊緊握著他的手，將馬寄在衙門的馬廄後，要吳幸子帶路。

沒辦法，吳幸子只能害害臊臊地帶著關山盡訪友，安生跟張捕頭這下更肯定了兩人的關係。

安生幾次想私下同吳幸子說話，卻都被關山盡擋開。

張捕頭看了幾次心裡也開始不樂意，黑著臉瞪關山盡，要不是看在吳幸子的面子上，可能都要動手了。

於是他們也沒能久坐，吳幸子草草送上東西，約好下次回來一定去舖子吃豆腐腦，就被關山盡拉走。

「明天去看柳大娘，你可不能這樣啊。」回去的路上，吳幸子有些悻悻然地叮囑，他總覺得關山盡這幾天不大對勁，也不知道為什麼，似乎刻意防著別人接近他。

「嗯。」關山盡無所謂地哼了聲，摟著吳幸子也不管是否在外面，幕天席地地就吻上了，直把人吻得氣喘吁吁、眼眶泛淚，這才饜足地舔舔唇抽身離去。

「明天見完柳大娘，我們就回馬面城吧。」關山盡輕柔地撫著吳幸子被吻腫的唇。

「這麼急啊？」吳幸子有些遲疑，他想著既然要離開一陣子，那得將鯤鵬圖和父親的書都帶上才行，雖然行李不多，可來去匆匆，他捨不得。

這小屋盛載了他半輩子的歲月，就算只有一個人，也是他安身立命的地方。

可他也不知該如何留關山盡多待幾日，既然魯先生開春要大婚，日子確實有些趕，關山盡想早些回去馬面城處理婚娶事宜也是情有可原。

「你還有什麼事要做嗎？」

「這倒是沒有……」言談間，兩人已來到家門前，吳幸子看著這棟小屋，莫名有種很長時間裡大概都回不來的感覺。他搖搖頭，心裡暗笑自己想多了。

「海望，你為什麼願意讓魯先生娶妻生子呢？」

這個問題猝不及防，關山盡竟愣住，半天回不了話。

倒是問話的人沒什麼心眼地喃喃自語：「我看魯先生也很喜歡你啊。說來也好笑，我先前沒回味過來你們的關係，多虧李大娘說了那些話我才弄懂呢。」

「弄懂什麼？」關山盡聲音嘶啞，他原本正要點蠟燭，現下卻手指僵硬，全然忘了自己打算做什麼。

「嗯？你和魯先生不只是師徒吧！他是你的心上人，不是嗎？」吳幸子眨眨眼睛，屋子裡很黑，窗外月光又暗淡，他啥也看不清楚，只聽見關山盡驀然嘶啞的聲音及略顯粗重的呼吸聲。

心裡有些慌，他摸索著要點蠟燭，手腕卻被狠狠扣住，那力道大得驚人，幾乎折了他的手臂，痛得他唉叫出聲，依然半點沒有放鬆。

「海、海望，你弄痛我了，快鬆手……」

「你知道了？」關山盡的牙咬得喀喀響，手上的力道越發沉重，捏得吳幸子的腕骨都發出咯咯聲，人也帶著哭腔叫痛。

「回答我！你都知道了？」

「我、我知道什麼？」吳幸子痛得掉淚，臉色慘白，彷彿下一刻手腕就會被直接捏碎，他顫抖地哀求：「你、你鬆開我……我很疼……」

「你知道……」我只是將你當成魯先生的替身？你知道我心悅魯先生？你知道……「原來你都在裝傻嗎？」他不但沒鬆手，還一點點將人扯近自己。

「啊？」吳幸子壓根沒聽懂他的意思，這模樣過去讓關山盡心軟，現在卻只餘憤怒。

原來他都用這副模樣欺騙他嗎？原來他什麼都知道了？所以他留在自己身邊，反倒是另有所圖嗎？各種念頭閃過，最後不知為何停在一張鯤鵬圖上，關山盡先是一愣，接著彷彿被火燒著似地猛地鬆開手。

吳幸子低聲痛呼，身子不穩地往地上摔，所幸摔倒前一刻被關山盡攬入懷裡。

他喘口氣，餘悸猶存地瑟瑟發抖，手腕痛入五臟六腑，也不知道究竟斷了沒有，他現在是動都不敢動了。

「我到底該拿你怎麼辦才好？」關山盡不知問的是自己還是他，適才一時瘋魔，竟險些傷了吳幸子，這會兒有些後怕得心跳如雷。

吳幸子不是傻子，李大娘那些傳言既然傳入他耳中，綜合在馬面城時見到自己與魯先生之間的相處，肯定也能猜出一二來。

讓他憤怒的究竟是什麼？關山盡難得陷入茫然。

「我替你揉揉，你別怕我。」他放低身段，語中竟帶了些微的哀求。

吳幸子抹去眼淚，點點頭，將手遞給他。

吳幸子人單薄，手腕自然也細細瘦瘦的，腕骨有些凸出，圓圓的一塊骨頭很是扎眼。他的皮膚也白，能看到幾條青色血管往手背攀爬。

而現在，他整個腕部被勒出一道瘀痕，正紅腫著，細瘦的腕部都粗了一大圈，能看得出留下這痕跡的人用了多大的勁。

關山盡從行囊中翻出傷藥，外敷內服樣樣不缺，推著吳幸子回房躺下後，小心翼翼地替他上藥，並推拿活血。

萬幸骨頭沒有傷著，上了藥後也沒那麼疼了，吳幸子瞇著眼似乎打起盹來，關山盡手上的動作更加輕巧謹慎。

輕緩的呼吸聲讓他的心緒略略平穩，手上的動作也停了下來，陷入沉思之中。

關山盡不敢說自己是多好的情人，他過去把每個人都當成魯先生的替身，即便如此在情濃時他也是懂得寵人的。

不如說，他藉由寵這些替身，說服自己是在寵溺魯先生。兩人之間咫尺天涯，相處起來總是拘謹有禮。

既然那些人都是魯先生的影子，他自不可能有任何粗魯舉動，他不能驚嚇到魯先生。這還是頭一回……他怎麼捨得在吳幸子手上留下這麼猙獰的痕跡？而他那時，又為何就瘋魔了呢？

關山盡不是個蠢人，事實上他聰明太過，那般失控絕非尋常，就算是在戰場上殺敵，他也未曾有喪失理智的時候。當他聽到吳幸子嘴裡說出他與魯先生的關係時，那如入冰窖般的冷意，現下想來仍讓他不自覺打個寒顫。

他究竟在畏怯什麼？

腦中有什麼隱隱然要破土而出，那並非他眼下能夠控制的情愫，咬咬牙，他狠狠將之壓下，不願再去想。

吳幸子為人溫和，就算是被他粗暴對待，也沒有口出一句斥責抱怨，他一則以安心一則以鬱悶，更多的是說不出的愧疚，卻又無可奈何。能如何補償這老傢伙？

燭光下，吳幸子的睡顏愜意，彷彿手腕上的傷壓根不存在，骨頭也並沒有險些折斷，反倒是這個始作俑者比他更後怕。

嘆口氣，關山盡確認瘀血已經被推散，便上了一層外敷藥，用乾淨的麻布裹起來，和衣上床摟著人睡去了。

第二日吳幸子醒來用了早餐，便整理起行囊，半點沒提起昨晚的事情。關山盡幾次想開口問，話到嘴邊去不知能說什麼，不禁有些氣惱吳幸子的沒心沒肺。

「怎麼啦？」吳幸子將鯤鵬圖及爹留下的那些書都收拾好，牢牢實實地壓在衣物底下，拿著行囊出來，就看見關山盡神色不豫地坐在桌邊喝茶，聽到他的問話才瞟他一眼。

「沒什麼。」他替吳幸子斟了茶，微蹙著眉問：「你手上的傷還疼嗎？何必急著收拾。」

他不好說自己能替他收拾，看吳幸子搗鼓半天，也知道此行他帶了自己的寶貝，不只是那箱鯤鵬圖，還有更重要、連他都無法得知的寶貝。這一想，他心裡便鬱悶，與昨夜留下的愧疚混雜在一起，心口都悶疼了。

「啊？喔……」吳幸子笑著看看自己的手腕搖頭，「也不怎麼疼了，多謝你昨晚替我抹藥，這藥性真好。」

這傻子！都被人傷了也不知道生氣嗎？關山盡倒寧可吳幸子罵罵自己，也好過現在這樣轉頭就忘。

「應該的，畢竟是我不對。」他語氣僵硬，盯著老傢伙開開心心地喝完茶，吃了幾塊點心，與往常竟一般無二……難以言述地窩火，既氣自己心緒怪異，又氣吳幸子不懂得爭一爭，但又能如何？這件事對吳幸子來說，已經揭過去了，他就算氣悶得當場吐血，老傢伙也只會滿臉茫然地看著他罷了。

揉了揉胸，關山盡不得不逼自己暫且撇下這件事，硬著聲道：「東西既然都收拾好，我們就把沒吃完、沒用完的東西都送給柳大娘，過午就啟程回馬面城吧。」

「這是這是。」

蘇揚置辦的年貨太過齊全，就算他和關山盡再住上十天也還夠用，食材都是上好的，他們也帶不走，正巧送去給柳大娘加菜。

既然議定，兩人便很快整理好一切。

能帶走的點心帶了一大半，剩餘的與食材連同日常物什都給柳大娘送去了。知道他們要離開，柳大娘也不推辭，叨叨唸唸地要吳幸子照顧好自己，城裡人心裡小九九多，自己要多長些心眼。

「咱們不去害人，卻也不能讓人欺到頭上來。明白嗎？像李家那樣的人，你要多上些心眼，他們欺善怕惡，該出手時就要出手，懂嗎？」

「幸子明白的。」吳幸子安撫地拍拍柳大娘抓著自己的手，不慎露出手腕上包著的麻布，柳大娘眼神一利，張口正想問，吳幸子卻早一步搖搖手，「大娘，這是小事，您別放心上。」

即使不樂意，但吳幸子都這麼說了，柳大娘也只能憋下這口氣，狠狠瞪了關山盡一眼，特意提高聲音：「要是有人對不起你，儘管同大娘說！以前大娘護著你，以後大娘依然能護著你。」

也不知關山盡聽到沒有，沉默地端坐在主位上，半垂著眼似乎正神遊物外。

柳大娘心裡那個氣啊！差點沒忍住擼了袖子上前教訓這小夥子，還是吳幸子給攔住，連午飯也沒用就帶著關山盡告辭。

這次去馬面城也不知會待上多久，離開清城縣地界前，吳幸子依依不捨地回頭看著這片熟悉的土地，景物蕭瑟得緊，泥塊又硬又乾，雜草都長不好。

「走了。」關山盡騎著逐星踢踏地在他身邊繞了一圈，遲疑了片刻才伸手摟了摟他的肩，「明年再陪你回來祭祖，嗯？」

「清明就得回來了。」吳幸子眨眨眼實事求是地回道。

聞言，關山盡輕笑出聲，刮刮他鼻頭，「可不是，清明得回來一趟才行，就這麼說定了。」

清明還得來一次嗎？吳幸子苦了臉，下回他得怎麼同列祖列宗說才好？這露水鯤鵬都快變湧災了啊！

回馬面城的速度倒是很快，吳幸子的騎術進步許多，即使關山盡依然每回都能掐著點在日落前進城鎮，也比去程快了兩天就回到馬面城。

關山盡照例將他送回雙和院就先行離開。

年節已過，各種軍務政令接踵而至，滿月累得臉色慘白，整個人像消了氣的球，體型依然圓潤，卻有種癟掉的感覺。

薄荷及桂花見到吳幸子，著實欣喜了一番，繞著他嘰嘰喳喳地問這問那，還獻寶似地將已經開始結果的黃瓜展示給他看，兩張嬌俏的小臉帶著得意。

「吳先生您瞧，我和妹妹可盡心了，您的黃瓜一個蟲眼都沒有，等長起來了，肯定又脆又甜。」薄荷拎著剛開始膨脹起來的小黃瓜，上頭的黃瓜花都還沒枯萎，鮮豔明亮的花朵可愛得緊。

「這是這是。」吳幸子也小心翼翼地拎起一根小黃瓜，愛不釋手地翻看。

馬面城確實暖和，黃瓜長得比他預計的還快，帶了一層絨毛，著實可愛。

「不過似乎長得有些太多了。」桂花蹲在一旁逐一檢查有沒有長蟲，唸著：「要不摘掉一些，怕長大了味道也會差些。」

「不如，咱們摘掉一半醃起來吧？」薄荷提議。

「這倒是不錯，可行。」吳幸子立刻贊成，與兩個小姑娘商量起怎麼醃黃瓜，要酸點呢？鹹點呢？還是辣點呢？

接下來的日子又回到過年前那般清閒悠哉，黃瓜長得快，才半個多月已經有巴掌大了。而醃漬的小黃瓜也差不多能吃了，吳幸子心裡雀躍，不知怎麼就想起半個月沒見的關山盡。

倆丫頭其實沒少同他說過關山盡的事情，都說大將軍近來忙，連魯先生那兒都沒怎麼去了。不知道他有沒有好好吃飯呢？吳幸子也不明白自己怎麼就擔起這無謂的心，關山盡是大將軍，身邊一定會有人好好照顧他，吃飯睡覺這種小事都輪不到自己，魯先生肯定也會掛念的。

他們做的是醬黃瓜，口味偏辣，但兩個小姑娘怕自己味道下重了，所以最後的調味是吳幸子的手筆。

他還記得答應要給關山盡做黃瓜吃呢！

眼下正巧，吳幸子遲疑著要不要送一點醬黃瓜過去呢？

「送吧，聽廚房大娘說，將軍最近胃口不好。」

薄荷倒是很快猜到吳幸子的掙扎，興沖沖跟妹妹裝了一碟子醃黃瓜，催著主子送去。終於，讓她們等到這一天了！吳先生要固寵了！她們過年時又看了幾本話本，滿腔熱血總算有了抒發的地方。

可他們沒來得及離開雙和院，就先迎來一位不速之客——這是桂花偷偷咕噥著的。

來的是華舒，比起先前所見，少了一股高高在上的傲氣，低眉順眼的模樣很是親切，臉上帶著淺淺的微笑，對吳幸子福了福，「吳先生，許久未見，您可好。」

「很好很好，華公子也好？」吳幸子連忙拱手，他只見過華舒兩次，卻對這樣貌精緻的公子記憶極深。前一回對方的態度那般高不可攀，這回倒讓他有些受寵若驚。

兩個丫頭躲在他身後，垂著頭擋住大翻的白眼。

這華舒忒討人厭，明明只是魯先生身邊的侍從，仗著魯先生的寵信，對他們這些年紀小的丫頭小廝們很不客氣，總是端著個架子，也不知哪兒來的臉面。

「多謝吳先生垂問。」華舒垂著眸態度恭謹，語氣卻還是藏不了一絲驕矜：「魯先生想請吳先生一同午餐，請吳先生隨華舒來。」

「慢著！」薄荷當然不能等自己的主子開口，她很清楚吳幸子的性子軟，肯定不會拒絕就跟著去。哼！她的主子能讓人這樣叫狗似地叫走嗎？

「嗯？」華舒抬眼往擋在吳幸子眼前的小姑娘一瞥，唇邊帶著冷笑，「哪裡來的丫頭，這般沒有禮貌？誰教的規矩？」

「我娘教的。」薄荷是馬面城本地人，身邊的女性長輩可都能一肩扛起一個家族，華舒這陰陽怪氣的模樣她半點也沒放眼裡，怒嗆道：「就不知道華公子你的規矩誰教的？你這是請人還是叫狗啊？」

「妳！」華舒蹙眉，臉頰有些火辣辣的錯覺。

「我怎麼著？你的魯先生要請咱吳先生用飯，吳先生就得去嗎？魯先生這麼教你請人嗎？」薄荷把手往腰上一扠，撇嘴道：「吳先生沒空，他要去見大將軍。」

「見大將軍？」華舒聞言臉色一白，但很快振作起來，秀眉微蹙，「大將軍近日軍務繁忙，當真說要見吳先生？」

「這……」吳幸子正想答，桂花卻站出來輕輕柔柔地把話接過去，「這與華公子有什麼關係？總歸，大將軍也沒打算見華公子啊。」桂花比起薄荷總有種天真爛漫的模樣，卻不想口舌之伶俐絕不亞於姊姊。

字字誅心，華舒臉色更顯難看，連嘴唇都有些泛白。

「大將軍沒想見華舒不假，可……」華舒勉力對兩個小姑娘淺淺一笑，「大將軍一早就外出了，此時尚未歸府，妳們打算見誰呢？」

「他外出了嗎？」吳幸子有些可惜地嘆了口氣，往醃黃瓜的土罈子看去。

薄荷及桂花看自己沒唬到人，都癟起嘴，互看了眼後薄荷依然面不改色，「就算大將軍不是現在要見吳先生，魯先生肯定也沒讓你來叫狗吧！雙和院沒有狗，你可以走了。」

「小姑娘好利的嘴。」華舒冷笑。

「哪有華公子的利，連人都不會請，是拿石頭磨過了嗎？」薄荷又揮揮手，天真地笑道：「華公子，您請回吧，雙和院地方小，就不請你喝茶了。」

「這是吳先生的意思？」華舒朝被倆小丫頭擋在身後的吳幸子看去。

「哪裡哪裡。」吳幸子連連搖手，各扯了兩個小姑娘一下，連忙道：「既然魯先生有請，吳某就不客氣了。」

「吳先生！」薄荷不滿地喊他。

「噯，總歸要吃飯的。」面對華舒高高在上的語氣，吳幸子半點沒放在心裡。他當了半輩子師爺，什麼人沒見過，有些人必須得用這種方式與人應對心裡才踏實，他無妨的。

「那麼，請吳先生跟華舒來吧。」華舒垂下眼，掩過一絲鄙夷，在他看來吳幸子的識時務正代表自身的低賤，寫入骨血裡的窩囊。大將軍怎麼能看上這種人？

「多謝華公子領路。」吳幸子拍了拍倆丫頭安撫她們，連忙跟上華舒。

魯先生住處名為望舒小築，地處幽靜背倚一片梅林，房舍錯落有致，皆為青竹築成，別有一番結廬在人境的幽深靜謐。

梅樹開得正好，紅豔豔的一整片，彷彿連吹拂過的輕風都被染上濃墨重彩。淡雅到極點，卻又靡豔到極致，把吳幸子給看傻了。

這座小院，確實像魯先生。腦中回憶起那身著白衣的纖纖身影，靡顏膩理又儒雅溫文，彷彿一泓清泉、一抹月色，翩翩然落入眼底、鑽入心中，忘都忘不了。

既然身為關山盡的老師，魯先生年紀必定也不小了，然而看起來依然年少，約略才二十郎當的模樣。

華舒察覺吳幸子停下腳步看著那片梅林發愣，眼中難掩厭煩，半垂著頭催促：「吳先生見諒，魯先生用膳時間不堪延誤，請您緊隨華舒。」

「啊，喔，對不住、對不住。」吳幸子這才猛回過神，老臉脹得通紅，連連拱手道歉，老老實實跟在華舒身後，走進左進的竹屋。

「魯先生，吳先生到了。」

「嗯。」竹屋裡擺了一張小巧的圓桌，上頭布了幾道菜，兩副碗筷分置兩端，擺設簡潔樸素，卻處處透著精巧秀緻。窗上掛著竹簾半開著，外頭就是梅林，清風帶著梅花香氣沁了滿屋。

魯先生倚靠在右側窗下的美人榻上，幾乎能透光似的纖白指間是看了大半的書，聽見兩人的腳步聲後，微微挑起眼皮看過去，吳幸子連忙拱手。

「吳先生許久未見，可好？」魯先生放下書有些不甚俐落地起身相迎，腿看來雖大好，但依然需靜養。

「多謝多謝，我很好。魯先生腿傷可好？」

「蒙吳先生掛念，在下腿傷已無大礙，就是還有些笨拙，還望您別介意。」

華舒將魯先生攙扶至圓桌邊坐下，便退後幾步低眉順眼地站在屋中一隅。

「吳先生快請坐，我茹素多年桌上都是素菜，多有失禮還望您見諒。」魯先生招呼道，吳幸子這才入席，迅速掃過桌上的幾道菜。

確實都是素菜，連半點葷腥也無，色彩卻是搭配得挺好看，用的都是素面的盤子，盈盈一泓青綠，由邊緣往下漸深，彷彿一片片荷葉似的，嬌嫩欲滴。

盛飯的碗也是玉色的，竹筷的淺褐就顯得惹眼。

吳幸子頓時有些手足無措。首先，這一碟碟菜分量都小，就算讓他全吃了大概也不會飽，頂多算墊胃而已。再來，這碗筷的擺設像幅畫似的，有種不可褻玩的距離感，他實在難以下手，無意識地不停揉著袖口。

「不合吳先生胃口？」魯先生蹙著眉看來自責：「看來在下確實失禮了，吳先生遠從清城縣來作客，理當炊金饌玉才是。」

「不不，您太客氣了、太客氣了。吳某一介粗人，怕唐突了魯先生，這才……」吳幸子揉揉鼻子，看了魯先生一眼又低下頭。他倒是想吃，但魯先生看來沒打算動筷子，他總不好露饞相，再說那筷子看起來就很滑手。

「是我思慮不周，怠慢了吳先生。」魯先生蹙眉輕嘆一聲，招來華舒：「請廚房替吳先生做一碗蛋羹。」

「可是……」華舒帶點忿忿不平地瞪了眼吳幸子，卻發現他正對著醋溜白菜吞口水，那副饞樣壓根沒注意這邊在說什麼。華舒銀牙狠咬，恨聲道：「魯先生您為了大將軍茹素十多年了，又何必……」

「噯，去吧。」魯先生隱隱帶笑地睨著華舒，眼中彷彿帶著嘲諷，華舒連忙垂下頭擋住自己的表情，匆匆退下。

「嗯？」吳幸子才從那泛著酸味令人食指大動的醋溜白菜中醒過神，就看到華舒退開，腳步有些倉促，他茫然地看著魯先生，微微紅了臉，暗暗提醒自己別露了怯。

「讓吳先生見笑了，華舒這孩子沒什麼壞心眼，只是太護著我罷了。」魯先生輕嘆，見吳幸子連連點頭卻明顯敷衍的模樣，心裡不免氣悶。華舒適才的話不在他預料之中，但也不算出乎意外。卻顯然沒讓該聽見的人聽見，徹底打了水漂。

「在下明白。家裡兩個小丫頭也是相同的，可愛得緊。」吳幸子想起薄荷和桂花，明明是兩個能當他女兒的小丫頭，卻把他當犢子護著，心頭就一暖。

「是嘛。」魯先生淺淺一笑，招呼道：「菜涼了就可惜了，吳先生先用點，華舒晚些會帶蛋羹回來，替您加加菜。」

「何必這麼麻煩，您太客氣了。」吳幸子連連擺手，他確實也餓了，繼續推辭就顯得太小家子氣，他心裡雖然有些躊躇，但依然端起碗吃將起來。

幾道菜都甚是美味，足見將軍府中的廚子手藝極好，吳幸子吃得舌頭都快吞下肚，但又顧忌著魯先生幾乎沒用幾筷子菜，吃完一碗飯就不得不停下筷子，端著茶啜飲。

這時，華舒端著蛋羹回來，蛋香混著雞湯的香味，吳幸子明明吃了一碗飯跟大半桌菜，肚皮依然咕嚕一聲，不識時務地叫了聲。

他老臉紅得幾乎滴血，垂著腦袋致歉，用力揉了揉肚子。

「吳先生別客氣，這蛋羹是給您準備的，趁熱用。」

魯先生招呼著，臉色卻有些蒼白，微微側著頭似乎在躲避什麼，華舒連忙遞上一塊帕子，皺著眉欲言又止地瞪著吳幸子。

「呃……魯先生，要是身子不舒暢，在下就不繼續叨擾了……」吳幸子真看不明白這到底怎麼回事，莫非魯先生討厭雞蛋？

「魯先生十多年來不染葷腥，蛋羹的味兒這麼重，當然會不舒暢！吳先生，您吃飯就吃飯，又何必非得給魯先生找不痛快？」華舒彷彿是忍耐到極限，張口就不客氣地抱怨。

顯然他不記得，這蛋羹不是吳幸子要求的，這頓飯還是魯先生硬邀的。

「啊……這……在下失禮了！唉呀，真是對不住、對不住！」吳幸子窘迫地道歉，連忙將蛋羹拉到自己眼前，舀起一大匙就要往嘴裡塞，都顧不得蛋羹還燙得冒煙，這一下去肯定連嗓子眼都要燙壞。

魯先生一看，輕抽口氣連忙伸手阻止，這一來一往蛋羹也不知怎麼就灑了，而且就這麼恰巧地灑在魯先生白玉無瑕的手上，就聽得他輕唉一聲，臉色煞白，手背被燙出一塊紅痕，接著就起了水泡，裝著蛋羹的碗也骨碌碌地滾到桌沿，帶著一煙熱氣摔碎了。

小屋裡頓時悄然無聲，吳幸子手足無措地看著隱忍著痛苦的魯先生，華舒先是大驚抽了口氣，接著氣恨地瞪了吳幸子一眼，轉身匆匆端回一盆冷水，讓魯先生把起泡的手浸進去，這才大聲喊人。

魯先生院子裡自然不止華舒一個人，喊了兩聲就不知哪兒冒出兩個小廝。

「快去請大夫！魯先生燙傷了手！」華舒氣急敗壞地命令，兩個小廝似乎也被這場意外嚇壞了，風一樣捲出去叫人。

大夫來得很快，吳幸子甚至都還沒搞懂怎麼回事，就被兩個小廝架開，只能遠遠看著大夫替臉色慘白的魯先生上藥，對華舒低聲交代些什麼，而華舒聽完後用憤恨的目光瞪向吳幸子，彷彿想撲上來咬他，把仍在茫然的吳幸子嚇得縮起脖子。

「大將軍來了！」不知是誰突然喊了聲，當場又是一片混亂，最巍峨不動的大抵就是扣著吳幸子的兩個小廝。

要不了幾息關山盡就大步走來，身後跟著黑兒及滿月。

「怎麼回事？」剛進屋內，關山盡就看到吳幸子被兩個人高馬大的小廝架著，原本就不好的臉色更顯冷肅。

「大將軍，魯先生……」華舒眼看不對，連忙開口回話，關山盡卻一揮手制止他。

「去看看。」關山盡轉頭交代滿月，自己卻走到吳幸子身邊，將人攬進自己懷裡，「你怎麼在這裡？」

「呃……我來……吃飯的……」說著，肚子又咕嚕一聲，關山盡勾起唇角似乎差點笑出來，只是顧慮著不想讓他太過羞恥才忍住。

「沒吃飽？」關山盡親暱地揉揉他的肚子，對掌中空虛的觸感很不滿意，「還沒吃？」

「吃了一碗飯。」吳幸子脹紅了臉，羞得恨不得把自己埋了。

這真是太丟人了！眾目睽睽之下他的肚子怎麼就這麼不爭氣？偏偏還讓關山盡給聽見了。

「才吃一碗？」關山盡又揉揉他肚子，眉心皺得老緊，抬頭往滿月看了眼。

滿月站在魯先生身邊正在問大夫狀況，另一側華舒眼神哀怨帶點憤怒，關山盡全然未曾注意，可吳幸子沒法子視若無睹，輕輕拉了拉關山盡的袖子。

「你不過去看看魯先生？」

「我又不是大夫。」關山盡好笑地睨了眼他，但畢竟長年的感情擺在那兒，他確實也掛念魯先生的傷。

「你要是餓得厲害，先回去用飯吧，大廚應該還有菜可以吃，我讓黑兒替你去拿。」

「欸，這……」吳幸子有些心動，那一碗飯跟幾樣菜下肚後，饞蟲徹底醒過來，餓得他有些狠。但魯先生手上的傷畢竟有他一份責任，就這樣不管不顧地離開，也不是道理。

「大將軍！您、您得替魯先生做主啊！」看著兩人舉止親暱地依偎在一塊兒，華舒終於忍不住開口。

「喔？」關山盡挑眉，他這次回來後太過忙碌，一直沒能空出手來處裡華舒非議後宅的事兒，既然有人想往槍口撞，他樂得輕鬆。

「老師，您還好嗎？」

適才滿月用嘴型告訴他魯先生手上燙了個泡，關山盡儘管有些心疼，但卻也沒了往常那種恨不得將人捧在掌心呵護的憐惜，他現在更掛念吳幸子的肚子。這老傢伙吃得多又不禁餓，這時候早過飯點了，餓壞了可怎麼辦？

「我沒什麼大不了的，燙了個泡罷了。」魯先生細語緩聲回道，頓了頓又開口帶了些擔憂地提醒：「倒是吳先生受驚了，是我招待不周。」

「魯先生！這傷，不都是吳先生害的嗎？您怎麼還替他說話。」華舒可不樂意了，不等魯先生阻止便朝關山盡福了福，「大將軍，您比誰都清楚魯先生的為人。今日，魯先生約了吳先生用午膳，自然是細心謹慎、面面俱到。您也知道魯先生為您茹素祈福多年，沾不得葷腥，卻還特意讓大廚做蛋羹給吳先生加菜。可吳先生卻……」

「蛋羹？」關山盡皺眉，他知道魯先生半點葷腥都沾不得，別說蛋了，就是蒜蔥等物都不能上桌，「老師有心了，那蛋羹現在在何處？」剛好可以給吳幸子墊胃。

全然沒察覺自己的心已經偏得不能更偏，他摟著吳幸子往前幾步，桃花眼一勁地往桌上瞧，卻只看到幾盤剩菜，竟還有一盤醋溜白菜。這道菜平日也不會在魯先生桌上出現，畢竟蔥薑蒜樣樣不少，看來確實是費了一番心思宴客。

既然這盤菜魯先生也吃不了，關山盡乾脆推著吳幸子坐下，替他盛了一碗飯將白菜拌進去，裹得飯粒一顆顆濕潤金黃，酸香誘人。

「先吃，別餓壞了。」但凡他在身邊，就絕不能讓老傢伙餓著。

既然他都這麼說了，吳幸子也不再客氣，端起碗來認真扒飯。

小屋中一片詭異的氣氛，就連滿月都忍不住盯著關山盡及吳幸子直瞅，完全別不開眼。這黏乎勁，唉呀！膈應人。

「大將軍，魯先生還傷著，您……」華舒一副大受委屈的模樣，勉強喚來關山盡的注意。

「魯先生怎麼受傷的？」既然非要他管這件事，就希望他管了之後大夥兒能生受得起。

「小傷罷了。」魯先生阻止華舒開口，對關山盡淺淺一笑，「海望用過飯了嗎？你這些日子太忙了，又要分神替我操辦大婚，實在過意不去。」

「老師別這麼說，都是學生應當做的。」他看著魯先生沉靜溫雅的臉龐，心裡依然有一絲柔情，只是彷彿淡了許多。曾經如同月光般皎潔靜謐的人兒，眼下卻似乎褪了色。

「唉。」魯先生嘆了口氣，伸手似乎想觸碰關山盡，卻又縮回手壓在胸前，「我知道吳先生是你心上的人，你要好好待他。以後，我依然會茹素替你祈福，你別勉強吳先生。」

「勉強什麼？」這句話怎麼聽都不得勁，關山盡願意為魯先生犯傻，卻不代表他真是傻子，再如何不願意，仍察覺到語氣中隱隱的惡意。

魯先生卻別開臉不答，面帶愁緒我見猶憐的模樣，畢竟還是讓關山盡心軟。

總歸，他不想把魯先生往壞裡想。

「老師別多想，您大婚了依然是海望的老師，我心裡知道您總掛記著學生。」他輕輕執起魯先生的手，被掙了下沒掙開，便稍稍用些力氣扣牢，察看處理過的傷。大夫來得即時，除了顯眼的紅腫外，並不算太嚴重。擠掉水泡裡的水後，抹上藥好好養，大抵幾天就能痊癒了。

「老師身邊還是要有個機伶點的人伺候才是，免得大婚後有人在外頭給您添亂。」

「什麼意思？」魯先生又想抽回手，這次關山盡鬆開他，彎著桃花眼像是微笑，笑意卻不達眼底。這冷凝的眼神，魯先生未曾見過。關山盡在他面前總是溫和體貼，生怕一不小心驚嚇到他。

「黑兒，將華舒拉出去。」這個命令既不冷酷亦無憤怒，反而輕柔得像三月春風，卻讓人背脊一陣發麻。

「海望，你這是……」

「老師，學生都是為了你。」關山盡溫柔地將魯先生散在耳側的髮撩到耳後。

那一頭，華舒大驚失色，撲通跪在地上哭喊著：「將軍明鑑！」

關山盡卻充耳不聞，對黑兒擺擺手，黑兒便堵了華舒的嘴，拎小雞似地把人拖下去，也不知捆去那兒了。

吳幸子看著眼前這場大戲，端著吃空的碗，整個人雲裡霧裡，事情變化太快，比那碗不知怎麼灑了一地的蛋羹還快，這個關山盡不對勁啊！

「你……」他張口欲言，卻發現自己啥也說不出口。

「嗯？」

眼前這個關山盡太像初識時的模樣了，高傲冷漠、瀰漫著掩飾不了的血性，彷彿一頭擇人而噬的野獸，他幾乎都忘了關山盡有這樣一副模樣。

嚥嚥唾沫，吳幸子放下空碗，僵著身體直直地杵在椅子上，沉默了半晌才怯怯問：「你、你吃醬黃瓜嗎？可好吃了。」

關山盡也不知自己怎麼就跟著吳幸子回雙和院吃起了醬黃瓜。

還沒長大的小黃瓜口感較硬，醃漬過後依然保持足夠的脆度，咬起來沙沙響，十足下飯，就算沒有其他配菜，依舊吃了兩大碗飯。

兩個服侍的小ㄚ頭收好桌子，上了點心和茶水後就躲得不見人影，甚是機靈。

晚冬的風已經不大冷，還帶著些春天的生機，關山盡想了想，索性拉著吳幸子，帶著凳子，雙雙坐在黃瓜架旁邊喝茶。

直到茶都快喝完了，關山盡才開口問：「你與魯先生怎麼回事？」

「嗯？」吳幸子眨眨眼，嚥下嘴裡的松子糖，啜了口茶潤潤喉，歉疚地回道：「我想快點把蛋羹吃了，免得味道惹他身子不快，但實在太急躁，魯先生怕我燙著想阻止我……沒想到卻害他燙傷了手。」

「是他讓人給你準備了蛋羹？」

「欸，是啊。唉，魯先生真好，我反倒害了他。」那雙手那麼好看，卻平白無故多了道傷，吳幸子都心疼了。

「嗯……老師一向細心體貼。」關山盡側頭看著吳幸子半晌，突然一笑，「哪像你，對我半點都不上心，你那箱鯤鵬圖可比我金貴得多，我要是少了胳膊、少了腿，怕也比不上你的寶貝缺個角。」

「噯，別胡說。」吳幸子皺了下眉，認認真真地回答：「你畢竟是個大活人，少了胳膊、少了腿我更心疼，這種事別胡說，說多了會成真。」

這謹慎擔心的模樣，關山盡心裡一陣熨貼，忍不住將人摟進懷裡搓揉了一番，就這樣依偎在一起，頗是溫情地低聲細數黃瓜能做些什麼菜。吳幸子自是如數家珍，一道道叨唸起來，柔和的嗓音比描繪出的色香味更加迷人。

關山盡閉上眼聆聽這一道道菜譜。吳幸子聲音不高不低、不慍不火，語尾偶爾有些黏糊，很南方的口音，說起家鄉話的時候一連串像唱歌，又像糊在一起的麥芽糖。

都說吳儂軟語，吳師爺的聲音更輕柔親切，彷彿永遠發不起火似的。

他喜歡這個腔調。

這種調子說起官話來，總會將幾個較重的舌頭音或喉音、鼻音混在一塊兒，甜甜膩膩的，放在大男人身上，對關山盡這個北方人來說，難免覺得有些娘氣，但吳師爺的尾音不知怎的都含了一半在嘴裡，懶洋洋的。

可聽久了，也習慣了，他特別喜歡聽吳幸子的叨叨絮語。總是不著邊際地說些日常瑣事，分明就是很小的事，他卻常常說得自己笑出來，瞇著一雙細細的眸子笑，簡直像融在水裡的陽光，磨去了稜角，只餘下溫暖。

這半個月，他是真想吳幸子。

要不是公務實在繁忙，他都想天天見見這老傢伙，聽他叨叨瑣事，滿足地大口吞吃他做的菜，羞怯怯軟綿綿地讓他摟在懷裡搓揉。

「吳幸子。」他喚了聲，這名字滾過舌尖的時候，莫名有些甜意，他下意識舔舔唇。

「欸。」吳幸子將腦袋枕在他肩上，吃飽喝足午後冬陽又暖，還有關山盡這麼個好聞得要命的大寶貝摟著自己，他腦袋輕點，幾乎打起盹。

「我先前留下的傷，都復原好了嗎？」語落，懶洋洋倚靠著他的人微微繃緊了身軀。

他拍撫了下吳幸子，沉吟道：「那時候是我的錯，這些日子來我總想起那夜。吳幸子，你認為我是為了魯先生傷你嗎？」

一回馬面城，關山盡就找滿月去了。

他弄不懂自己的心意。對魯先生，他總是放在心裡珍惜，從初會的時候他就喜歡那個人。他自知不是什麼好人，只有在魯先生身邊他希望自己是好的，溫柔體貼、和善自持，那是個最特殊的位置，從沒有人能進入那個地方。

然而，吳幸子卻莫名的，在他心底有了個未曾預料過的位置，太過奇特，全然超出他的掌控，讓他第一回慌張起來。

「喔，是嗎？」這是滿月給他的回答，接著嘆口氣，「海望哥哥啊，你都弄不懂自己的心意，誰弄得懂呢？」

「你很久沒這麼喊我了。」關山盡挑眉嗤的一笑，擰了把滿月圓潤的下巴。

「我自己聽了都難過。」滿月抖了抖，「不過，大將軍啊，您還是去找吳師爺聊聊吧，既然你放心不下他，那後頭的麻煩事可多了。」

滿月說的倒是大實話，他們接下來要對付的人有些棘手，吳幸子要在什麼位置，他得先想好才成。

誰知道好不容易見了面，卻是在魯先生的小院，那麼件不大不小的事，反倒讓他對魯先生的心意有了動搖。

「為了魯先生傷我？」吳幸子眨眨眼，垂下腦袋一時沒有回應。

關山盡也不急，他有些話想說，就趁機說吧！

「我與魯先生初會時，才十歲。」說著他捏起吳幸子的手揉了揉，老傢伙的手比一般男人略小，除了有筆繭外勻稱細滑，完全就是讀書人的手。

「十歲？他是你童蒙老師？」掌心被搔得有些癢，下意識縮了縮，被關山盡修長的手指裹進掌心。

「不算，在他之前我換了好幾位先生。我生而知之，極為早慧，前面幾位先生要不被我氣走了，要不自行去職，都待不久。」說著，關山盡輕笑，「魯先生那時候也才十七歲，剛考過了舉人，是我外祖父的同鄉，在鄰里間也頗有文名，為人光風霽月，便推介給我娘，然後成了我的老師。」

關山盡吁口氣，吳幸子偷偷抬頭瞧他，那張美得極為張揚的面龐遙望遠方，染上一種他不懂的想念。

「頭一回見到魯先生時，他穿了一身白衣，他總愛穿白衣，說是提醒自己潔身自愛，切勿行差踏錯，一滴墨水落在白紙上，你看的是白紙還是墨？」關山盡突然低頭看了吳幸子一眼，兩人四目相交，吳幸子縮了下脖子有種被逮到的窘迫，關山盡低低笑了，「嗯？」

「我看到的是白紙上的墨漬吧。」那樣顯眼，想視而不見都難哪！

「沒錯，老師也是這麼說的。所以他穿白衣，時刻提醒自己切不可蒙塵染污，老師說這也是種居安思危，思則有備，有備無患。」他又低低地笑了，搖搖頭，「魯先生每一步都思前想後，每一步都謹慎小心，從不願意犯險冒進。」

「可不是嘛！但求平安，不求富貴，踏踏實實地過日子多好。」吳幸子深以為然，他的日子也是這樣平平靜靜過來的，忍不住有點惺惺相惜，「魯先生真是好夫子，也莫怪你心悅於他了。」

「我心悅他，你倒是毫不在意啊？」忍不住氣悶，即使人就在他懷裡，怎能依舊如此心寬呢？好歹吃鯤鵬一口醋也好啊！他酸溜溜地哼道：「你就沒想過，我的鯤鵬要是不再追著你跑，轉向魯先生了，你不會傷心？」

「你的鯤鵬也沒追著我跑啊！」握在腰上的大手猛地緊了緊往下一摁，什麼硬挺挺的突起就戳在臀肉上，嚇得吳幸子驚叫：「你你你……」

「瞧，不正追著你跑嗎？」關山盡壞心眼地對他露齒一笑，眼尾飛揚，很是愉悅的模樣。

吳幸子脹紅了臉，挪著屁股想跑，卻被摟得更緊。

「你別亂動，小心鯤鵬飛入菊花叢。」

這都說了什麼！吳幸子驚愕地瞪著關山盡，分明這般好看，怎能說出如此下流的話。

長年軍旅生活，關山盡自然也有些兵痞子的行事作風，只是他的皮相太過唬人，又向來不將外人放進眼底，連多說一句話都懶，看起冷肅貴氣，猶如刺骨寒風，再下流的話經過他的口，都變成莫測高深、別有深意或者纏綿多情。

最後一個是面對情人的，仔細想想，吳幸子聽過他不少下流話，還一句比一句讓人沒臉聽，怎麼這會兒才回過味來呢？

他這小模樣看得關山盡心口火熱，情不自禁湊過去含住那雙肉嘟嘟的唇瓣，舌尖更是長驅直入，掃進敏感的口腔，舔過每個脆弱的地方，叼著那條柔軟的小舌頭吮著。

這一吻，把吳幸子吻得暈眩，身子微微發顫，軟綿綿地任憑施為。

要不是還記得正事，關山盡都想索性將人辦了。半個月沒碰吳幸子，這個吻讓他饞得跟頭餓狼似的，下身的肉莖硬得發痛，緊緊貼著豐腴膩手的臀肉磨蹭。

「你……你……」好不容易被鬆開嘴，吳幸子喘著試圖保住自己的褲子，但他現在手腳發軟，身子還抖個不停，氣息中都是關山盡身上的味道，白檀與橙花，還有些許的腥甜氣味。他都快忘了關山盡是個帶著血味的人，長年浸淫沙場之上，這股味道已經深入骨髓。

先前興許是因為清城縣的小日子過得太舒坦，讓他身上的血性少了些。如今回到馬面城，又開始了大將軍的生活，那股肅殺血性的氣味又冒了出來，像頭舔著肉掌上血跡的大豹子。看來慵懶游哉，實則那雙眸子總是警醒著，隨時能朝獵物撲殺而去。

褲子輕鬆地被關山盡剝去，在外衫的遮掩下，只露出一雙白生生的腿。關山盡也解開了褲頭，前端留著汁水的大肉棒啪一下打在吳幸子滑膩的臀肉上，把老東西嚇得驚叫一聲。

敏感的耳垂被啃了啃，關山盡纏綿的低語吹過：「乖了，我就蹭蹭不進去。」

吳幸子這人挺瘦，然而身上該有肉的地方卻一處也沒落下，一雙白細的腿摸起來手感滑膩，特別是大腿，揉起來都是軟肉。

更別提那翹挺挺的肉臀，前些日子被疼愛狠了，似乎被揉大了不少。關山盡的大鯤鵬被兩瓣臀肉夾著，越蹭越硬、越蹭越滑，他扣緊了懷中的人，動作漸漸粗暴起來。

雞蛋大的龜頭前端沁出了汁水，全抹在那兩片白皙滑膩的臀肉上，偶爾戳在會陰處，把吳幸子磨得直喘，無法控制地扭著細腰，也不知是要躲還是要迎合。

「別亂動……」幾次過門不入，關山盡已經忍得額上汗水淋漓，太陽穴鼓動，幾乎要冒出青筋來。

偏偏這老傢伙不只喘上了，還哼哼唉唉的呻吟，軟軟糯糯地含在嘴裡，細腰搖啊搖的，騷得沒邊了。

忍不住打了兩下那濕淋淋的臀肉，已經被蹭出淺紅的屁股，很快浮出兩枚清楚的掌印，淫靡非凡。

關山盡幾乎克制不住扳開兩團肉，把自己的大肉棒操進這老傢伙的後穴裡。他大肉棒上的汁水可不完全是自己的，很多都是老傢伙騷穴裡流出來的，在他褲子上留下一大灘水痕。

「你蹭啊……蹭啊……」臉皮雖薄，性事上卻向來大方的吳幸子這會兒帶著哭腔，哼唧唧地催促關山盡，這種不上不下的磨蹭讓他身子又熱又軟，身子深處有種說不出的空虛，令他焦躁不已。他試著要磨蹭男人粗大滾燙的肉莖，偏偏腰被扣得死緊，身下的人不緊不慢地磨著他腿上及屁股上的軟肉，幾次從敏感的會陰磨蹭而過，癢得他腰痠腿軟，腦子都不好使了。

「騷寶貝……」關山盡舔了舔他的耳垂，又用力拍了下肉臀，把那團白肉打得直顫，「夾緊你的腿，讓我好好蹭蹭。」

說好不進去，關大將軍還真不進去。他心頭火熱，大肉棒硬得發痛，實在恨不得壓倒人狠操一頓。

然而他身上尚有公務，實在沒辦法好好花時間玩這騷鵪鶉，只能退而求其次用他的腿替自己消消火。

吳幸子倒是乖巧，依言夾緊了大腿，內側細嫩的肌膚敏感得緊，彷彿都要被火熱的大鯤鵬給燙傷了，微微發顫。

關山盡的鯤鵬分量驚人，即使從腿縫露出來的部分，眼看都快趕上吳幸子肉莖的大小，滾燙火熱地貼著半硬不硬的粉色肉莖直磨蹭，把人頂得坐都坐不穩，搖搖欲墜地抽泣，淚眼婆娑地看著自己的小東西被磨得泛紅，歪歪倒倒地張著鈴口不住流水。

「唉……你輕點、輕點……」沒多久吳幸子就受不了地求饒，大腿內側火辣辣的疼，小肉莖卻又麻癢癢的爽快，更別提關山盡押著他的腰往後坐得極深，粗硬的體毛都磨上了敏感的會陰，比操穴的快感也不惶多讓了。

「嗯？是誰求著我蹭的？」關山盡被吳幸子滑膩的大腿夾得舒爽，雖沒有操穴那般爽快，倒也別有一番滋味。

「嗳……」多情纏綿的耳語隨著熱氣掃過耳際，吳幸子微微縮起肩，開口討饒：「是我錯了……疼……你輕點……」

雙丸突然被堅硬的大龜頭頂了下，吳幸子輕叫，整個人猛得抽搐了下，毫無預警地就射了。那一灘白濁全糊在自己肚子邊上，還有幾滴掛在半張的鈴口上，身後的男人似乎微微抽了口氣，接著用手抹上鈴口中敏感的嫩肉，用帶繭的指腹用力揉了揉。

快感像針一樣戳在吳幸子心口跟腦子裡，他半張著嘴仰著頭，什麼聲音也發不出來，會陰也同時被狠頂了幾下，他細腰一抽竟然又射了稀薄的精水出來，全噴在關山盡掌心，接著被抹在他軟下來的肉莖上，連同關山盡又硬又燙的肉棒握在一起上下套了幾下，把吳幸子弄得唉叫求饒，躲都沒地方躲。

「悠著點，我還沒到呢。」關山盡垂下頭親親他汗濕的臉頰，呼吸略顯沉重，多情的低語彷彿山雨欲來。

語罷，關山盡一改適才有些漫不經心的磨蹭，握著吳幸子的腰大開大闔地套弄。吳幸子這下喘得都哭出來了，細嫩的大腿內側幾乎要磨出火來，雖說有兩人的汁水潤滑，但還是稍嫌不夠，更別說他的會陰跟小肉莖早被磨得都腫了，這一時半刻還硬不起來，卻又被大肉棒肆意頂弄，都分不清是難受多一點還是快感多一些了。

「你、你肏、肏進來吧……啊……」肉臀被狠狠打了兩下，吳幸子可憐兮兮地抽著鼻子哀求。蹭什麼蹭呢？還不如真肏了他！

與關山盡的性事還沒這麼疼過，吳幸子扭著腰要躲，卻總被扣著掙脫不開。而他大腿稍微鬆開些，關山盡就往他臀上抽兩下，抽得他又痛又麻，只能哭著求饒。

有別於他的冰火兩重天，關山盡卻舒服得緊，滑膩的腿肉蹭起來麻癢絲滑，像個肉套子似的，吳幸子的小鵪鶉軟得可愛，左搖右擺地在肉莖上滾動，那種滋味難以言述的美妙。

操紅了眼的男人猛得提起人轉個方向，撈起吳幸子的腿夾在自己腰上，滾燙的肉棒就從被打腫的臀瓣上蹭過，被兩團嫩肉哆哆嗦嗦地夾著。

「疼？」關山盡輕柔地撫過吳幸子的腿側，接著滑向他紅成一片的內側，那兒現在滾燙得緊，手指一碰上去吳幸子就低聲唉叫，擰著腰要躲。

自然沒讓他順遂，關山盡一手制住他，撫摸大腿內側的動作更使勁了些。

「啊……」吳幸子抽搐了下，期期艾艾道：「疼……」

「乖了。」關山盡對他瞇眼一笑，安撫地吻吻他的鼻尖，又含了含他的唇，接著將人摟在懷裡，「你瞧，鯤鵬也不見得都是好東西，可沒有我疼你。」

啊？吳幸子眨眨眼，滾下兩滴淚，都被關山盡給舔去，纏綿悱惻地將舌尖探進他嘴裡勾纏一番，把人吻得腰痠腿軟，喘都喘不過氣來，腦子也糊成一鍋粥。

而關山盡彷彿解了什麼氣，笑靨如花，摟著人搓揉一番。

那全然沒有一點疲軟的大肉棒，就貼著吳幸子的肉臀磨啊磨的，幾次都稍稍戳進後穴裡，但又不真的操進去，來回數次，吳幸子的腿也沒那麼疼了，人又浪了起來。

兩人唇舌相交，吻得嘖嘖有聲，關山盡也忍耐不住，握著老東西的細腰打算長驅直入，反正馬面城有滿月在，他偶爾放縱一下也不算什麼。

正當關山盡要頂進去的前一刻，黑兒的聲音從雙和院外傳來：「將軍！樂家三小姐求見！」

聞言，關山盡動作一頓，心裡那股邪火頓時熄滅，肉莖雖然一時半刻沒能完全軟下，這會兒卻也失去興致，看起來有些不得勁。

「嗯？」吳幸子人還迷迷糊糊的，肉臀下意識蹭了蹭他，被安撫地拍了拍。

「我有事得離開，你……」關山盡替他提上褲子，將人擺回自己的凳子上，便起身打理了下，眨眼間就恢復鎮南大將軍該有的派頭，要不是眼尾還帶點情慾的粉紅，冷淡得幾乎像塊堅冰。

「你……」吳幸子還沒緩過神，愣愣地瞧著關山盡。眼前的男子說不上是陌生還是熟悉，但他隱約從那雙多情的桃花眼中看到了厭惡跟煩躁，體內點起的火也一絲絲被澆熄，略顯尷尬地坐在凳子上，手腳都不知怎麼擺放才好。

「嗯？」關山盡俯身在他眼尾落下輕吻，揉揉他耳垂道：「晚上一起用飯吧。」

「欸，我讓丫頭們多準備兩道菜。」吳幸子點點頭，輕輕推了他一把，「別讓人家姑娘等。」

這會兒吳幸子也想起樂三小姐是誰了，不正是魯先生未過門的妻子嗎？怪不得關山盡沒了興致。心裡莫名有些難受，卻又說不上為什麼，他怔怔地目送關山盡離去，伸手揉揉胸口。這種感覺彷彿似曾相識，可又想不起來是什麼。

「吳先生？」薄荷悄悄地靠上來，溫柔地喚了聲道：「我替您燒個熱水淨身吧？」

「欸，好。」吳幸子對她一笑點點頭，小姑娘眼中的擔憂他看得出來，也不知怎麼安慰。畢竟，連他自己都搞不大清楚自己現在究竟是什麼心情。

（未完待續）

【特別收錄：平行時空番外】

牛與牛郎

清城村有個放牛人，年紀已經不小了，卻依然孤家寡人，上無高堂、下無妻兒，多年來過得很是清苦，外表平凡中帶點畏縮，是以姑娘都不喜歡他，也因此眼看即將年至不惑，除了一頭老牛，牛郎身邊竟沒有其他人，就連交好的街坊都沒有。

這也怪不得別人，牛郎為人雖溫和，卻很羞澀害臊，不擅長與人相處，問他話大半天都不回，誰有耐性與他交際？更不提，後來大夥兒發現，這牛郎也不知是不是跟老牛相處太久，時不時會同老牛說話。

是以，過去還有人會請牛郎放牛，這兩三年竟除了自己的老牛外，沒有任何人上門請託。卻也不知道牛郎怎麼過日子，大夥兒也懶得過問，這山村野林的，食物倒是俯拾皆是。

牛郎與自己的老牛住在離村子有點距離的小樹林外，平日沒有人會經過此處，自然也未曾有人發現牛郎身邊那些不對勁的事。

是夜，萬籟俱寂，牛郎屋子裡卻傳出男人的喘息聲，夾雜些許軟綿綿的呻吟，拖得又長

又媚，語尾還直顫抖，聽得人臉紅心跳，傻子都知道裡頭發生什麼事。若不是屋子離村落夠遠，恐怕早被聽去了。

就見昏暗的屋子裡，一個瘦弱白皙的人被另一個高大健壯的身軀給壓在床上，月光從窗口射入，正好停在床前幾寸，讓那張滿布情慾的臉蛋照得模模糊糊的，如同籠罩在薄紗之中。

屋內春情勃發，流淌著情慾的氣味，難耐的呻吟中混雜著男人的粗重喘息，正是壓在牛郎身上的那個男人。他渾身肌肉壘壘，猿臂蜂腰，背上厚實的肌肉隨著動作收縮，汗水順著肌肉間的溝壑往下滑，隱約可見幾道指甲抓出來的紅痕，他卻似乎毫無感覺，擺動精悍的腰，按著身下的牛郎啪啪狂幹。

男人的力道很粗暴，結實的手臂緊緊按著牛郎肉乎乎的臀，每進一次都會再往裡頭頂一下，恨不得將鼓脹的雙球都塞進被肏得紅腫外翻的菊穴中。

牛郎已經被肏了大半夜，後穴彷彿一顆多汁的水果，隨著男人的戳入，便有汁水混著被射進肚子裡的白漿從穴口噴出來，噴得床褥都濕了大半，他扶著肚子也不知是求饒還是求操，尖叫都含在喉嚨中。

床幾乎都要被搖散，高大威猛的男人每回都是退到僅剩龜頭，接著狠狠撞回去，他的肉棒大得異乎尋常，竟然有五歲小孩的手臂粗細，長也是極長的，上頭青筋嶙峋，次次頂起牛郎的肚子，隔著肚皮都能看見大屌的形狀。

牛郎被肏到喘不過氣，他高潮了幾次，前端的小肉莖已經射不出來，可憐兮兮地在毛髮中縮成一小團。可男人並沒有輕易放過他，扣住他推拒的手，肏得更凶狠，肚皮被頂得蹭上男人堅硬的八塊腹肌，肏得牛郎啞聲求饒。

「太、太多了……饒了我……饒了我……」

男人低聲笑笑，含住他的嘴把舌頭塞進去舔過每一寸敏感處，他的舌頭異乎尋常的長，竟直接舔進牛郎的咽喉，把人吻得乾嘔，翻著白眼流淚，渾身痙攣不已，竟然又高潮了。

貫穿牛郎的大屌，被高潮的腸肉緊緊啜吸，男人爽得低吼，扣著戰慄不已的細腰啪啪啪肏得又深又狠，當真連睪丸都擠入了一些。

要不是牛郎這些年被操熟了，恐怕這會兒就要見血。

即便沒受傷，這卻也超過牛郎能承受的極限，他拚著最後一點力氣撲騰，試圖掙脫男人的箝制，這回倒還讓他掙脫出來，不但躲開男人讓他窒息的吻，還把那長得不可思議的大屌全從菊穴裡拔了出來。

清涼如水的月光這時完全照在床上，在牛郎白皙的身子上與男人壯實的身軀上覆蓋一層薄紗，同時也讓人看清楚男人身下的物什有多慘無人道。

那玩意兒十足地長，怪不得能戳進牛郎的肚子裡，幾乎把人戳穿。硬得很，濕漉漉地沾著牛郎後穴裡的淫汁，更顯得猙獰可怖，但形狀與一般男人卻略有不同。

首先，龜頭比起莖身要來得細上許多，尖尖的有些像毒蛇的腦袋，往根部則越來越粗。最後根本就是五歲胖娃娃的手臂粗，沉甸甸地硬著，搭配兩顆碩大的睪丸，整個看起來彷彿凶器般嚇人。

牛郎早被操得筋疲力竭，他顫抖著往床頭移，四肢跟麵條似地都在發顫，腸肉還抽搐著沒完，精水隨著他的動作噗哧噗哧往外噴，被肏得爛熟的豔紅後穴，配上白稠的濃精，男人眼色一暗，抓住了才爬沒幾寸遠的牛郎，一口氣把人貫穿。

「啊啊啊——」牛郎發出淒豔的尖叫，想伸手推男人的胸膛，手卻抖得沒有力氣，人也早就翻著白眼，攤在凌亂的床褥上顫抖，半吐著舌頭一副被肏殘的模樣。

「乖了，讓我肏完，嗯？」男人壓在他身上，大屌順勢往深處頂，直接頂過直腸口，進入個更窄小溫熱潮濕的地方，滿足地長嘆一聲。

「老牛……老牛……」牛郎口齒不清地喚著自己的牛。

按著他狂風暴雨般幹著的男人一下下啄著他的唇，纏綿地回應他的呼喚。

看著眼下被肏失神的牛郎，他心中滿是柔情。

想他是個天生妖獸，即將問鼎妖皇的時候卻被敵人暗算，被打出原型，不得不躲避到人間療傷，就這樣遇上當年才十歲的牛郎。他一開始打算吸食少年的精氣助自己療傷，誰知那傻孩子為他付出許多，兄嫂分家的時候他甚至為了這頭牛放棄一切，連塊旱地都分不到。

他一邊鄙視這傻傢伙，心頭卻又暖暖地彷彿浸泡著熱水。不知不覺，就把小傢伙當成自己的責任，想方設法要幫助他過上好日子。

身為足以問鼎妖皇的大妖，能力自然不俗，一時半會兒雖然無法化身為人，卻已經能算出天機。他算出天帝的女兒們私自下凡遊玩，便決定教牛郎留下一名仙女為妻。

誰知他本以為開口後要花上一番唇舌，才能說服牛郎相信自己不想害他性命，牛郎卻在他開口的那瞬間開心地脹紅臉頰，摟著他不撒手。然後，說什麼也不願意娶仙女為妻，他只想與老牛好好過日子。

嘖，竟然遇上個喜歡牛的奇男子，也是他命中注定吧！

（完）

【獨家專訪—上篇】

黑蛋白創作花絮、不為人知的裡設定大公開

Q1：已從事創作幾年了？寫作對妳的意義？

A：說起創作年數，這是個尷尬的問題。我年紀也不小了，所以讓我暫且保留一點神祕感好了。

我是從國小三年級開始有意識地創作小說，因為那時候開始看金庸全集，所以一心想朝武俠小說家的道路前進。不過走到今天，我更喜歡兩個男人的華山論「劍」呢（笑）。

寫作對我來說已經是生活中無法割捨的一部分，畢竟一路走來也二十年了，若捨掉寫作，對我的人生會出現很大一塊空白。我曾經想過要放棄，但畢竟無法狠下心，之後會一輩子寫下去吧。

Q2：為什麼會取黑蛋白這個筆名？

A：說起筆名也是一波三折，我一開始在大B板，也就是PTT的BB-LOVE板貼文的時候，並不是用黑蛋白這個筆名。但我現在也不會告訴大家我

舊的筆名是什麼，那是一段應該被封印的黑歷史！

總之，我一開始用舊筆名貼文時迴響並不好，當時年紀小啊，我覺得一定是名字不好，於是我決定換筆名試試，那時候剛好在日本讀書，突然超級想吃皮蛋豆腐，所以就完全沒有任何聯想地取名為「黑蛋白」。

對，完全沒有任何聯想，其實，黑蛋白完全是神來之筆，我兩三年後才想到應該跟大家解釋說：「喔，那是因為我是一顆皮蛋哪！」

Q3：如何獲得靈感？當初怎麼想到寫出《飛鴿交友須謹慎》這部作品？

A：《飛鴿交友須謹慎》這篇文的誕生（或者說靈感），其實來得非常突然。在寫《飛鴿》之前我陷入一段很長的低潮期，幾乎沒有任何新的創作，都在寫舊作的番外本。我一直想寫一篇新的小說，感謝在我低潮時依然不離不棄並總是鼓勵我的讀者跟朋友。

可惜，天不從人願啊！我腦洞雖然開了很多，可惜沒有一個最後付諸實行的。直到有次跟一位朋友聊天，我忘記原本聊天的主題是什麼了，總之聊著聊著就聊到交友軟體，也順便聊到不知從哪個人開始，現在很多男生喜歡一言不合就發送丁丁照給女生，還很

得意自己有「厲害的丁丁」。

我朋友說：「啊，要是男生送給男生就有趣了。」

所以我們兩個就開啟一個關於交友軟體寄丁丁照片最後被啪啪的腦洞。

我朋友又跟我說：「欸欸，既然都有這麼完整的腦洞了，妳就寫嘛！就算只寫一千個字也好啊！」

我想，也是啊，該寫了。就開始擬大綱，然而擬著擬著，我很快就覺得無聊了，現代社會交友軟體寄丁丁照一點都不好玩，這只是日常生活而已，以一篇小說來說，這篇故事最後要不寫實、要不就是無節操約砲文，但無論是哪種都沒有辦法燃起我心中的小火花。

所以，我本來已經打算放棄了……就在這時候，我真的不知道靈感大神那天嗑了什麼（但我希望他常常嗑，多嗑點），總之我突然決定把這個構想放到古代，在沒有交友軟體的古代，人們要如何約砲，男人要如何認識另一個想啪啪的男人呢？我覺得這一定非常有趣！於是我花了兩天完善世界觀後，才開始動手寫《飛鴿》這篇文。

為什麼要花兩天去完善這個世界觀呢？這是我的習慣，我寫文前一定要先架構好世界觀，如果有在「愛吻文創」粉絲團追《飛鴿》短期連載的朋友，應該會看到第一回連載的臉書專屬彩蛋中，我有稍微提到一點世界觀的設定。

簡單說，就是飛鴿傳書這件事是有限制的。

首先，鴿子要受過訓練，而受過訓練的鴿子並不是你想讓牠飛到哪裡牠就飛到哪裡，牠受的訓練是A地點跟B地點兩地間的往返，所以牠只會來回飛A地點到B地點兩個地方，牠不可能飛C地點或D地點，飛不過去也回不來。

另外，鴿子畢竟是小鳥，牠不可能飛太遠的距離，飛一整個國家是不切實際的。特別是古代文，我們想像中的地域應該都還滿大的嘛，鴿子沒有辦法這樣飛。所以若要把信送得更遠，不會選擇飛鴿傳書，會改為驛站送信。

在這兩個條件限制下，要如何合理使用飛鴿傳書來交友？這就是我要花時間思考的地方。

於是，最後《鯤鵬誌》不是直接發行全國通行版，而是分地區發行的，會員可以依照自己的財力選擇「我只要一個地區」或者「我要好幾個地區」，夠土豪的人就可以「哈哈，我要選全國版」，因此最後幸子拿到一本一輩子可以使用的全國通行版。送信方式就不會侷限在飛鴿傳書，但要花的錢跟時間都比較多一點。一般來說，分區的基準是鴿子一周內可以飛到的距離為限，也是說飛鴿傳書最晚兩周內可以拿到信，超過這個範圍，就必須靠驛站送信。

所以大家看文的時候，就會看到分很多區域的《鯤鵬誌》，不過其實書裡面我並沒有寫這麼清楚，這算是我心中的一個私設，所以大概要等到下一本兄弟作，才會用上這個設計。

大家敬請期待嘍！

（未完待續）

i小說 001

飛鴿交友須謹慎1

國家圖書館出版品預行編目（CIP）資料

飛鴿交友須謹慎1 / 黑蛋白著. -- 初版. -- 臺北市 : 愛呦文創, 2018.11
冊； 公分. --（i小說；001）
ISBN 978-986-97031-0-9（第1冊：平裝）

857.7　　107017214

愛呦文創

作者　黑蛋白
封面繪圖　Leila
責任編輯　高章敏
文字校對　劉綺文
行銷企劃　羅婷婷

發行人　高章敏
出版　愛呦文創有限公司
地址　10691台北市忠孝東路四段59號10-2樓
電話　（886）2-25287229
郵電信箱　iyao.kaoyu@gmail.com
愛呦粉絲團　https://www.facebook.com/iyao.book

總經銷　聯合發行股份有限公司
電話　（886）2-29178022
地址　231新北市新店區寶橋路235巷6弄6號2樓

美術設計　廖婉禎
內頁排版　洸譜創意設計股份有限公司
印刷　沐春行銷創意有限公司
初版一刷　2018年11月
初版六刷　2022年5月
定價　280元
ISBN　978-986-97031-0-9